A ABOMINAÇÃO

JONATHAN HOLT

A ABOMINAÇÃO

Tradução de
Marilene Tombini

EDITORA RECORD
RIO DE JANEIRO • SÃO PAULO
2014

CIP-BRASIL. CATALOGAÇÃO NA PUBLICAÇÃO
SINDICATO NACIONAL DOS EDITORES DE LIVROS, RJ

H699a Holt, Jonathan
A abominação / Jonathan Holt; tradução de Marilene Tombini. – 1. ed. – Rio de Janeiro: Record, 2014.

Tradução de: The abomination
Continua com: The abduction
ISBN 978-85-01-40218-9

1. Ficção inglesa. I. Tombini, Marilene. II. Título. III. Série.

14-00968
CDD: 823
CDU: 821.111-3

Título original em inglês:
The Abomination

Copyright © Jonathan Holt, 2013

Publicado originalmente no Reino Unido, em 2013, por Head of Zeus Ltd.

Texto revisado segundo o novo Acordo Ortográfico da Língua Portuguesa.

Todos os direitos reservados. Proibida a reprodução, no todo ou em parte, através de quaisquer meios. Os direitos morais do autor foram assegurados.

Editoração eletrônica: Abreu's System

Direitos exclusivos de publicação em língua portuguesa somente para o Brasil adquiridos pela
EDITORA RECORD LTDA.
Rua Argentina, 171 – Rio de Janeiro, RJ – 20921-380 – Tel.: 2585-2000, que se reserva a propriedade literária desta tradução.

Impresso no Brasil

ISBN 978-85-01-40218-9

Seja um leitor preferencial Record.
Cadastre-se e receba informações sobre nossos lançamentos e nossas promoções.

Atendimento e venda direta ao leitor:
mdireto@record.com.br ou (21) 2585-2002.

Existe, dentro de cada homem ou mulher, um cerne do mal que é apenas ligeiramente controlado. Podemos chamá-lo de selvageria, brutalidade ou barbárie; ou então por algum nome que pareça científico, como sadismo ou psicose. Podemos atribuir isso à amoralidade ou ao próprio demônio. No entanto, ele é companhia constante do ser humano. Na maior parte do tempo, fica adormecido, invisível e ignorado dentro de nosso peito, enquanto nos denominamos civilizados, fingimos que não está ali. Porém, basta nos dar um motivo para acordar a besta — nos dar poder ilimitado sobre nossos semelhantes e nos dizer que não haverá repercussões ao exercê-lo — e comprovaremos ser capazes dos atos mais terríveis que a imaginação pode conceber.

E, cada vez que despertarmos, como se de um sonho, dizendo "Nunca mais", estaremos mentindo.

DR. PAUL DOHERTY
Membro do Colégio Real de Psiquiatria

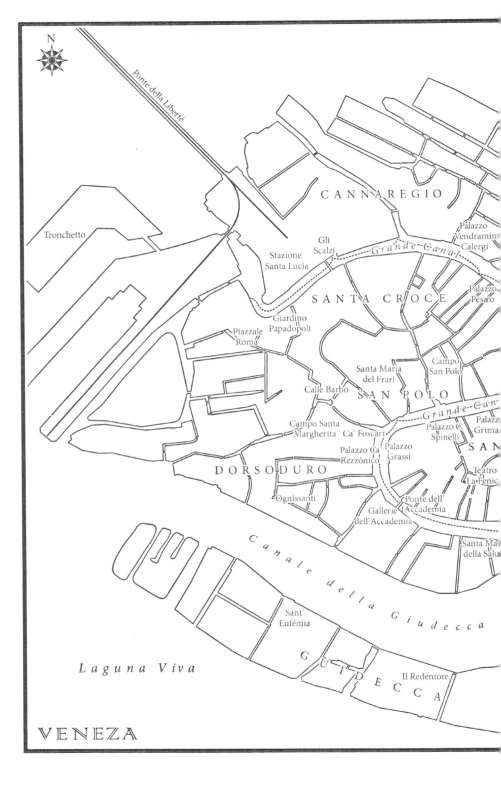

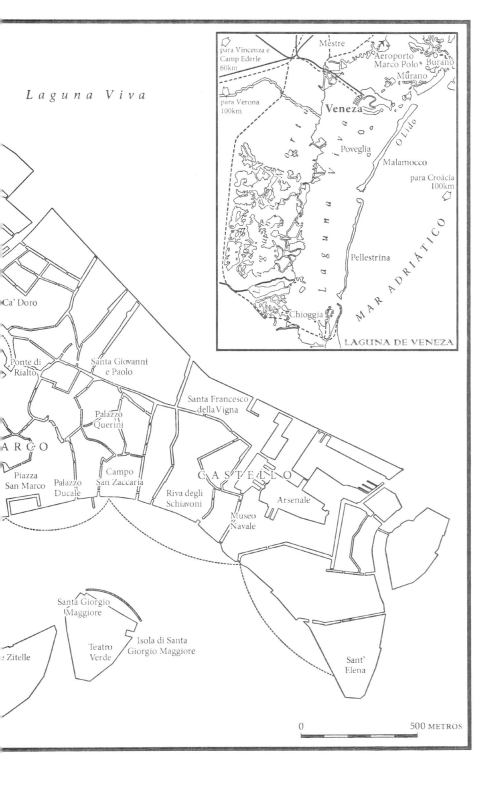

Prólogo

Veneza, 5 de janeiro

A PEQUENA EMBARCAÇÃO saiu do ancoradouro, seu motor de dois tempos não mais que balbuciou na popa. Controlando a cana do leme, Ricci a conduziu cuidadosamente entre os barcos pesqueiros e as gôndolas que, fora de temporada, se aglomeravam no pequeno estaleiro. Ele realizava esse percurso até a laguna todas as noites, verificando ostensivamente seus cestos de caranguejo. Poucas pessoas sabiam que, às vezes, suas excursões enredavam uma presa mais lucrativa: pacotes embrulhados em plástico azul, deixados por pessoas e por embarcações despercebidas pelas boias que marcavam a localização de cada cesto de arame.

Quando o barco se afastou da ilha de Giudecca, ele se curvou para acender um cigarro.

— *È sicuro* — declarou baixinho para a chama. Está seguro.

Seu passageiro surgiu da cabine apertada sem responder. Estava vestido de acordo com o tempo — impermeável escuro, luvas e uma touca de lã puxada para baixo sobre os olhos. Ainda segurava na mão esquerda o estojo de metal com o qual havia embarcado. Pouco maior que uma pasta e alongado, fazia Ricci se lembrar dos estojos de instrumentos usados por músicos. Porém, tinha quase certeza de que o passageiro dessa noite não era músico.

Uma hora antes, Ricci havia recebido uma ligação pelo *cellullare*. A mesma voz que geralmente lhe dizia a quantidade de pacotes que devia procurar o informou que essa noite ele levaria um passageiro. Estava na ponta da língua de Ricci retrucar dizendo que Veneza estava repleta de táxis aquáticos e que seu barco pesqueiro não era um deles, mas algo fez o comentário morrer em sua garganta. Desde que tinha começado a receber ordens da voz, nunca a ouvira soar tão temerosa. Nem mesmo quando as instruções foram levar um embrulho pesado na forma de um corpo para as regiões mais remotas da laguna e lá despejá-lo para deleite dos caranguejos.

Ouviu-se o som de água espirrando e de gritos vindo da lateral do barco. Vários botes de madeira, impulsionados a remo, precipitavam-se em direção a eles. Ricci reduziu a velocidade, mantendo marcha lenta.

— O que houve? — foram as primeiras palavras do passageiro. Seu italiano, observou Ricci, tinha um forte sotaque. Ele era norte-americano.

— Não se preocupe. Não é com a gente. É para La Befana. Eles estão praticando para a competição náutica. — Quando os barcos se aproximaram, foi possível ver que estavam cheios do que pareciam ser mulheres de vestido longo e chapéu antigo. E ao passarem ficou evidente que eram equipes de remadores, inadequadamente em trajes femininos. — Eles vão embora num minuto — acrescentou. De fato, os barcos rodearam uma boia e rumaram de volta a Veneza, um deles pouco à frente.

O passageiro resmungou. Quando os remadores se aproximaram, ele desceu rapidamente, deixando claro que não queria ser visto. Agora estava parado na proa, segurando-se na amurada e olhando para o horizonte, enquanto Ricci acelerava ao máximo.

Levou uma hora para chegarem aos cestos de caranguejo. Não havia nada preso a qualquer uma das linhas e nenhum barco tinha vindo do outro lado para encontrá-los. Já estava escuro, mas Ricci deixou as luzes apagadas. À distância, as saliências de algumas ilhotas quebravam a linha do horizonte.

— Qual delas é Poveglia? — perguntou o passageiro.

— Aquela. — Ricci apontou.

— Me leve até lá.

Sem mais palavra, Ricci fixou a rota. Ele sabia que alguns teriam se recusado ou pedido mais dinheiro. A maioria dos pescadores se mantinha bem distante da pequena ilha de Poveglia. Porém, exatamente por essa razão, era um local útil para um contrabandista eventual e, às vezes, ancorava lá à noite para pegar cargas grandes demais para serem atadas a uma boia — caixas de cigarros ou de uísque, a ocasional garota trêmula do Leste Europeu e seu cafetão. Mesmo assim, raramente permanecia por mais tempo que o necessário.

Inconscientemente, Ricci fez o sinal da cruz, sem ficar mais ciente do gesto do que estava dos mínimos ajustes que fazia no motor ao desviar dos bancos de areia que se espalhavam nesta parte da laguna. Em seguida o barco entrou em um trecho de água livre, o que o impulsionou para a frente. Respingos gelados chicotearam o rosto de ambos, com a embarcação colidindo de uma onda para outra, no entanto o homem na proa parecia nem notar.

Finalmente, Ricci desacelerou. Agora, a ilha estava diante deles, em silhueta contra o céu negro arroxeado, com a torre do relógio do hospital abandonado despontando das árvores. Alguns pontos de luz fraca tremeluziam entre as ruínas — talvez fossem velas num dos aposentos. Podia ser um encontro, afinal. Ninguém vivia em Poveglia, não mais.

Ajoelhando-se, o passageiro abriu o fecho do estojo de metal. Ricci viu de relance um cano, uma coronha preta de espingarda, uma fileira de balas, tudo colocado ordenadamente em seus espaços definidos. Entretanto, o que o homem pegou primeiro foi um instrumento para visão noturna, largo como uma lente de câmera. Levou-o ao olho, equilibrando-se contra o balanço do barco.

Por um momento, ele olhou na direção das luzes. Então gesticulou para Ricci rumar em direção ao píer, pulando na costa impaciente porém silencioso, antes mesmo que o barco tocasse a terra, com o estojo de metal ainda na mão.

Mais tarde, Ricci cogitaria se tinha ouvido alguns tiros, mas então se lembrou do outro tubo que havia visto de relance no estojo — um silenciador ainda mais longo e grosso que o instrumento de visão noturna. Portanto devia ter sido sua imaginação.

Seu passageiro se ausentou por apenas 15 minutos, e em seguida eles voltaram para Giudecca em silêncio.

1

A FESTA NA penumbra do *bacaro* veneziano já acontecia havia quase cinco horas e as pessoas não paravam de chegar. O jovem de boa aparência que tentava conquistar Katerina Tapo não estava simplesmente conversando com ela, mas gritando: os dois precisavam ficar muito perto e berrar alternadamente no ouvido um do outro para serem ouvidos, o que, além de tirar qualquer sutileza do flerte, também a deixava com poucas dúvidas quanto às intenções dele. Aquilo não era nada mau, concluiu Kat. Apenas quem se sentisse realmente atraído pelo outro daria continuidade a uma conversa fiada em condições tão difíceis. No que lhe dizia respeito, ela já havia decidido que Eduardo — ou seria Gesualdo? — iria para seu pequeno apartamento em Mestre mais tarde.

Eduardo, ou talvez Gesualdo, quis saber o que ela fazia para viver.

— Sou agente de viagens — respondeu Kat, gritando.

Ele assentiu.

— Legal. Você viaja muito?

— Um pouco.

Ela sentiu a vibração do celular tocando contra a coxa. Estava configurado para tocar, mas o barulho ao redor deles era tanto que ela não tinha ouvido. Ao pegá-lo, viu que já havia perdido três ligações.

— *Un momento* — gritou, indicando ao acompanhante que voltaria num instante. Então desceu os degraus da escada lotada do bar e chegou ao ar livre.

Céus, estava congelando! Ao redor, alguns fumantes resistentes enfrentavam o frio. Ao falar ao telefone, sua boca bafejou um vapor quase tão denso quanto a fumaça que eles exalavam.

— *Si? Pronto?*

— Apareceu um corpo — soou a voz de Francesco. — Você está nessa. Acabei de falar com a Central.

— Homicídio? — Ela se esforçou para não mostrar a empolgação na voz.

— Pode ser. Seja o que for, vai ser grande.

— Por quê?

Francesco não respondeu imediatamente.

— Estou enviando uma mensagem com o endereço. Fica perto de Salute. Você vai encontrar o *colonnello* Piola na cena do crime. Boa sorte. E lembre-se, você me deve essa. — Ele desligou.

Kat olhou para a tela do telefone. O endereço ainda não tinha sido enviado, mas, se era perto da Basílica de Santa Maria della Salute, seria preciso pegar um *vaporetto*. Mesmo assim, ela devia estar a uns vinte minutos de lá, e isso supondo que não passasse em casa para se trocar antes, o que definitivamente devia fazer devido às roupas que estava usando. *Droga*, pensou, não havia tempo para isso. Abotoaria o casaco e esperaria que Piola não fizesse muitas conjeturas sobre suas pernas nuas nem sobre a maquiagem. Afinal, era La Befana — 6 de janeiro, a Festa da Epifania ou Dia de Reis, mas também uma celebração em homenagem à velha bruxa que traz doces ou pedaços de carvão para as crianças, dependendo do quanto elas tivessem sido travessas — e toda a cidade estava nas ruas se divertindo.

Pelo menos havia trazido suas botas de borracha, além dos sapatos de salto alto. Todos fizeram isso: a combinação de marés invernais, neve e uma lua cheia havia trazido *acqua alta* para Veneza, as inundações intermitentes que agora os atormentavam quase todos os anos. Duas vezes por dia, a cidade ficava alagada por uma maré vários metros acima do que a construção de Veneza permitia acomodar. Os canais se expandiam sobre suas calçadas; a Piazza San Marco — o ponto mais baixo da cidade — virava um lago de água salgada, com guimbas de cigarro e fezes de pombos. Mesmo quem tentava se manter nas passarelas de madeira elevadas instaladas pela prefeitura às vezes não tinha como deixar de chapinhar.

Kat sentiu a adrenalina represar em seu estômago. Desde que havia sido promovida para a Divisão de Investigações, ela fazia pressão para trabalhar num caso de homicídio. E agora, com sorte, teria um. O coronel Piola não teria sido designado se fosse apenas outro turista bêbado afogado num canal. Portanto, aquilo significava um duplo golpe de sorte: sua primeira grande investigação seria sob a supervisão do detetive veterano que mais admirava.

Por um instante, ela pensou em voltar ao bar e dizer a Eduardo/Gesualdo que precisava trabalhar e talvez pegar seu número antes de sair. Em seguida, decidiu que não o faria. Agentes de viagens, mesmo os mais ocupados, raramente eram chamados ao escritório a dez para a meia-noite, ainda mais em La Befana. Isso significaria explicar por que não contava aos seus casos sem compromisso como ele que, na verdade, era uma oficial dos Carabinieri, geralmente tendo que abrandar o orgulho ferido, e ela realmente não tinha tempo para isso.

Além disso, se *fosse* uma investigação de homicídio, era improvável que tivesse algum tempo livre nas próximas semanas para retornar suas ligações, quanto mais encontrá-lo para sexo. Eduardo simplesmente teria que tentar a sorte com outra.

O telefone tornou a vibrar quando Francesco lhe enviou a mensagem com o endereço. Kat sentiu o coração bater um pouco mais rápido em resposta.

O detetive-coronel Aldo Piola olhou para o corpo. Estava com muita vontade de quebrar sua resolução de ano-novo, de apenas seis dias, e acender um cigarro. Não que pudesse fumar ali, de qualquer modo. A conservação das provas vinha em primeiro lugar.

— Um *piovan*? — questionou ele, usando a gíria veneziana para "padre".

O Dr. Hapadi, o perito forense, deu de ombros.

— Foi o que informaram. Mas aqui tem algo mais. Quer dar uma olhada?

Um pouco relutante, Piola desceu da passarela elevada para a lama espessa, deslizando cautelosamente em direção ao círculo de luz que emanava do gerador portátil de Hapadi. Os envoltórios de plástico azul que o médico tinha lhe oferecido ao chegar ao local ficaram imediatamente inundados de água do mar gelada, apesar de estarem presos com elásticos nas panturrilhas. Outro par de sapatos arruinado, pensou com um suspiro. Normalmente não se importava, mas ele e a mulher estavam celebrando La Befana com os amigos no Bistrot de Venise, um dos melhores restaurantes de Veneza e, por isso, estava calçando seu melhor Bruno Maglis novo. Assim que pôde, saltou para os degraus de mármore da igreja, um nível acima do cadáver, fazendo uma pausa para sacudir cada pé, como se estivesse saindo de uma banheira. Quem sabe ainda pudesse salvá-los.

O corpo jazia atravessado nos degraus, metade dentro e metade fora da água, quase como se a vítima tivesse tentado rastejar para fora do mar e entrar no santuário da igreja. Aquilo seria o efeito da maré, que já estava recuando um pouco, de volta para a calçada que habitualmente separava a igreja do Canale di San Marco. Não havia como confundir as vestes pretas e douradas de um padre católico trajado para a missa, nem os dois buracos de bala atrás da cabeça coberta por cabelos emaranhados de onde pingos amarronzados caíam no mármore.

— Isso pode ter acontecido aqui? — perguntou Piola.

Hapadi balançou a cabeça.

— Duvido. Meu palpite é de que o mar elevado trouxe o corpo da laguna para cá. Se não fosse pela *acqua alta*, o corpo já estaria a meio caminho rumo à Croácia.

Nesse caso, refletiu Piola, o cadáver não era muito diferente do restante do lixo arrastado para a cidade. A água do mar a sua volta estava com um leve odor de esgoto: nem todas as fossas sanitárias venezianas eram herméticas e era notório que alguns moradores viam as cheias como oportunidade de poupá-los da taxa de esvaziamento usual.

— A que nível chegou hoje?

— Um metro e quarenta, segundo os avisos. — As sirenes eletrônicas que informavam aos venezianos da iminente *acqua alta* também os avisavam de sua extensão: 10 centímetros acima de 1 metro para cada nota soada.

Piola se curvou para ver mais de perto. O padre, quem quer que fosse, tinha uma constituição frágil. Era tentador virá-lo, mas Piola sabia que fazer isso antes que a equipe da perícia tivesse acabado de fotografar significaria provocar sua ira.

— Então — continuou ele, pensativo —, ele foi baleado em algum lugar a leste ou sul.

— Possivelmente. Só que você está enganado a respeito de uma coisa pelo menos.

— O quê?

— Dê uma olhada nos sapatos.

Com cautela, Piola enganchou um dedo sob a batina encharcada e a levantou. O pé era pequeno, quase delicado, e calçava o que era, sem dúvida, um sapato feminino de couro.

— É um travesti? — perguntou ele, impressionado.

— Não exatamente. — Hapadi parecia estar quase apreciando aquilo. — Certo, agora a cabeça.

Piola precisou se agachar, as nádegas quase tocando a água em redemoinho, para fazer o que Hapadi pediu. Os olhos do cadáver estavam abertos, a testa repousada no degrau como se o padre tivesse morrido bem no ato de beber a água do mar. Enquanto Piola olhava, uma pequena onda chegou ao queixo e entrou na boca aberta do morto antes de voltar, deixando-o babando.

Então Piola viu. O queixo era liso, sem barba, os lábios rosados demais.

— Minha nossa — murmurou, surpreso. — É uma mulher! — Automaticamente, fez o sinal da cruz.

Não havia dúvida, a sobrancelha feita e o traço de delineador nos olhos sem vida, as pestanas femininas. Agora ele podia ver o discreto brinco meio oculto por uma mecha de cabelo emaranhado. Ela devia ter cerca de 40 anos, com o ligeiro engrossamento dos ombros característico da meia-idade, razão pela qual Piola não havia percebido de imediato. Recuperando-se, tocou a alva molhada.

— Bem realista para uma fantasia.

— Se *for* uma fantasia.

Piola olhou para Hapadi, curioso.

— Por que diz isso?

— Que mulher ousaria sair vestida de padre na Itália? — indagou Hapadi, retoricamente. — Ela não andaria mais de 10 metros. — Ele deu de ombros. — Bem, talvez não tenha. Andado 10 metros, quero dizer.

Piola franziu o cenho.

— Duas balas atrás da cabeça? Parece um pouco exagerado.

— *Colonnello?*

Piola se virou. Uma bela jovem, muito maquiada, usando um casaco preto curto, botas de borracha e aparentemente quase mais nada, o saudava da passarela de madeira.

— Não é permitido passar por aqui — declarou ele, automaticamente. — Isso é a cena de um crime.

Ela tirou uma identidade do bolso e mostrou a Piola.

— *Capitano* Tapo, senhor. Fui designada para o caso.

— Então é melhor atravessar.

Kat hesitou por um instante apenas, Piola notou, antes de tirar as botas e andar descalça em sua direção. Ele teve um vislumbre do esmalte vermelho nas unhas quando ela pôs os pés na lama.

— Da última vez que vi alguém tentar isso em Veneza — comentou Hapadi com ar divertido —, os pés ficaram em frangalhos. Tem vidro quebrado embaixo d'água.

A *capitano* o ignorou.

— Alguma identificação com ele, senhor? — perguntou ela a Piola.

— Ainda não. Estávamos apenas comentando o fato de que nossa vítima não é de fato "ele".

Os olhos de Tapo passaram, desconfiados, pelo corpo, mas Piola percebeu que ela não fez o sinal da cruz como ele. Os jovens nem sempre tinham o catolicismo entranhado com o qual ele lutava para se livrar.

— Será que não é alguma brincadeira idiota? — perguntou ela, hesitante. — Afinal, é La Befana.

— Talvez. Mas na verdade devia ser ao contrário, não acha? — Em Veneza, onde qualquer desculpa para se fantasiar era aproveitada, La Befana era celebrada com fantasias pelos barqueiros e trabalhadores braçais, que se vestiam de mulher.

Agachando-se ao lado do corpo, exatamente como Piola havia feito minutos antes, Kat o examinou com cuidado.

— Mas isso parece autêntico. — Gentilmente, ela puxou uma corrente sob as vestes. Um crucifixo de prata balançou na ponta.

— Talvez não seja dela — arriscou Piola. — De qualquer maneira, vamos começar do começo, capitão. Estabelecer um perímetro, fazer o B.O., e, quando o *dottore* aqui tiver acabado suas fotografias, remover o cadáver para o necrotério. Nesse meio-tempo, quero barreiras e um depósito de provas. Não queremos deixar os bons cidadãos de Veneza mais alarmados que o absolutamente necessário. — Não foi necessário dizer que o fato de uma mulher morta estar profanando as vestes sacerdotais é que causaria a comoção, e não o fato de ela ter sido assassinada.

— É claro, senhor. Quer que eu ligue quando o corpo estiver no necrotério?

— Me ligar? — Piola pareceu surpreso. — Eu vou junto dele. A cadeia de evidências, *capitano*. Fui o primeiro oficial na cena, portanto fico com o cadáver.

Se isso foi impressionante — o último oficial supervisor de Kat costumava sair não muito depois do término de seu extenso intervalo de almoço, pedindo que ela "ligasse se houvesse alguma descoberta", desligando o celular antes mesmo de chegar à porta —, não foi nada comparado ao que aconteceu quando a Polícia Estadual chegou, parando a lancha onde Hapadi guardava o equipamento. Kat já estava azul de frio, a água gelada corroendo seus ossos. Ao ver as palavras "Polizia di Stato", sua primeira reação foi de alívio.

Um oficial desembarcou, imaculadamente vestido para a ocasião com um macacão de pescador azul da polícia.

— Sovrintendente Otalo — apresentou-se ele. — Muito obrigado, coronel, assumiremos a partir de agora.

Piola mal olhou para ele.

— Na verdade, esse é nosso.

Otalo balançou a cabeça.

— Foi decidido num nível superior. Dispomos de capacidade extra no momento.

Aposto que sim, pensou Kat, aguardando para ver como Piola lidaria com aquilo.

As pessoas que visitam a Itália são muitas vezes surpreendidas ao descobrir que há uma série de forças policiais distintas, das quais as maiores são a Polizia di Stato, que responde ao Ministério do Interior, e os Carabinieri, que respondem ao Ministério da Defesa. Efetivamente, ambas operam de modo competitivo, a ponto de haver dois números de emergência, um sistema que o governo italiano afirma ser útil para manter as duas organizações nos trilhos, mas que os cidadãos italianos estão cientes de que na verdade é uma receita para confusão, corrupção e incompetência burocrática. Mesmo assim, era uma fonte de orgulho para Kat e seus colegas que a maioria das pessoas preferisse ligar para o 112 dos Carabinieri em vez do 113 para seus equivalentes civis.

Piola olhou para Otalo com uma expressão de desagrado maldisfarçado.

— Até que meu *generale di divisione* diga que estou fora do caso, eu permaneço. Qualquer um que tente me dizer o contrário está obstruindo uma investigação e poderá ser preso.

O outro homem parecia igualmente desdenhoso.

— Tudo bem, tudo bem. Fique com seu precioso corpo, se é tão importante para o senhor — declarou ele, dando de ombros. — Vou voltar para minha delegacia quentinha.

— Se quisesse ser útil, o senhor poderia nos emprestar seu barco — sugeriu Piola.

— Exatamente — concordou o homem. — Se eu quisesse ser útil. Então, *ciao*. — Ele subiu na lancha, fazendo uma saudação irônica, enquanto a embarcação dava ré para o canal.

Por volta das três da madrugada começou a nevar; flocos grossos e molhados, grandes como borboletas que derretiam assim que pousavam na água salgada. A neve virou uma pasta suja no cabelo de Kat, enregelando-a ainda mais. Olhando de relance para Piola, ela viu que toda sua cabeça cintilava, desde o couro cabeludo até a barba por fazer, como se ele estivesse usando uma máscara de carnaval. A neve só não derretia no cadáver, cobrindo gradativamente os olhos abertos e a testa da mulher morta como gesso branco.

Kat estremeceu. Seu primeiro caso de homicídio seria estranho, isso ela já podia prever. Uma mulher em trajes sacerdotais. Uma profanação, bem ali nos degraus da Santa Maria della Salute. Não foi preciso pisar na água salgada gelada para que um calafrio percorresse sua alma.

2

A JOVEM QUE saiu do setor de bagagens do Aeroporto Marco Polo, em Veneza, pouco antes das sete da manhã, parecia muito diferente dos outros passageiros que haviam chegado no voo 102 da Delta naquela manhã. Enquanto todos estavam vestidos para viagem de férias ou negócios, ela usava o uniforme camuflado de combatente que, desde a declaração de guerra ao terror, os militares americanos eram incentivados a usar em voos comerciais para tranquilizar os outros viajantes. A maioria dos passageiros estava despenteada após uma noite de sono no voo que havia partido do JFK; ela, porém, mantinha seus cachos louros em conformidade com a regulamentação AR670 do Exército dos Estados Unidos ("As mulheres devem certificar-se de que os cabelos estejam bem-penteados e não se apresentem irregulares, descabelados ou radicais... Cabelos de comprimento abaixo da base do colarinho devem ser presos com capricho e discrição"). Enquanto eles puxavam suas malas de rodinhas com alças prolongadas ou empilhavam a bagagem nos carrinhos do aeroporto, ela carregava a sua nas costas, uma volumosa mochila, tão grande que era notável não se desequilibrar sob seu peso. E, enquanto os passageiros se reuniam em torno dos agentes de viagens que os aguardavam ou examinavam a multidão em busca de motoristas que seguravam cartazes com seus nomes, ela virou à direita, andando de modo confiante — com uma passada de desfile militar da qual já estava totalmente inconsciente —, passou pelo café e pelo escritório de carros de aluguel da Hertz até onde uma cabine discretamente colocada num corredor lateral exibia a abreviatura "LNO-SETAF".

Atrás do balcão estava um homem da idade dela, também usando um uniforme camuflado cinza do Exército americano. Ele retribuiu a continência com um simpático:

— Bem-vinda, segunda-tenente. — Então ele virou um leitor eletrônico para que ela pudesse passar seu cartão CAC. — Calculou bem o tempo. O ônibus sai às 0800 e tudo indica que será só seu. Quando chegar a Ederle, apresente-se ao Registro. Vou comunicar ao seu responsável que está a caminho.

Assentindo em agradecimento, ela seguiu para o estacionamento que, para seu deleite, estava levemente coberto de neve. Um micro-ônibus branco estava estacionado na calçada com o motor ligado. Este também estava marcado apenas pelo acrônimo "SETAF" em letras pequenas nas portas dianteiras. O Exército dos Estados Unidos tentava manter sua presença ali com discrição: mesmo por extenso, *Southern European Task Force* ou "Força-Tarefa do Sul da Europa" soava convenientemente genérico.

O motorista, um soldado, desembarcou num salto para ajudá-la com a bagagem. Assimilando as feições de sua passageira — que era uma espécie de nerd para uma loura, porém charmosa —, bem como percebendo a aparência de nova da insígnia de segunda-tenente, ele decidiu arriscar uma conversa.

— Bem-vinda a Veneza, senhora. TDY ou PCS? — O que significava: Deslocamento Temporário ou Mudança Permanente de Unidade.

— PCS — respondeu ela, com um sorriso. — Todos os quatro anos.

— Incrível! Deve ser sua primeira unidade estrangeira, não é? Já tinha visitado OCONUS antes?

OCONUS — o jargão militar para *Outside the Contiguous United States*, ou Fora dos Estados Unidos Contíguos. Para muitos soldados, ela sabia, os Estados Unidos contíguos eram o estado de Utah ou do Texas. Talvez isso nem fosse surpreendente, dado que suas experiências nos três lugares acabaram sendo notavelmente similares.

— Primeira base no exterior — concordou ela. — Mas na verdade fui criada aqui.

Ele arqueou uma sobrancelha.

— Cria do Exército?

— Afirmativo. Meu pai esteve na 173ª Camp Darby, em Pisa.

— Você fala italiano?

Ela assentiu.

— *In realtà, lo parlo piuttosto bene.*

— Maneiro — disse ele, claramente sem entender uma palavra. — Sabe, eu não devia fazer isso, mas como é minha única passageira, gostaria de partir agora e fazer um tour pelo caminho? A vista de Veneza é incrível se formos pela estrada costeira, e ainda chegamos dentro do tempo previsto. Ederle fica apenas cinquenta minutos daqui.

Ela sabia que o soldado só estava querendo uma oportunidade para flertar, e uma parte sua reconhecia que, como oficial, mesmo com a mais verde e subalterna das patentes, era provável que devesse dizer não. Mas seu outro lado estava eufórico de finalmente retornar ao país onde havia crescido. Tinha sido difícil passar pelo café do aeroporto — um café típico! Finalmente! Com um verdadeiro balcão de zinco onde se debruçar enquanto tomava um espresso, em vez da atmosfera artificial da biblioteca da faculdade e dos cappuccinos gigantescos da Starbucks ou do Tully's! Antes disso, no avião, ela encostara a testa na janela quando a luz de apertar cintos tinha acendido, ansiosa para ter um vislumbre da Itália. Contudo, não havia tido uma visão particularmente auspiciosa do glorioso amanhecer. Nas alturas, o avião atravessara as nuvens com certa turbulência, com a janela ficando levemente salpicada de gelo, antes de emergir acima de uma laguna cinza de aparência fria e pontilhada de ilhas. Por um instante, teve a estranha sensação de que estava num submarino, descendo rumo a um leito escuro do mar em vez de estar voando. Mas o avião ainda estava virando e, só por um instante, Veneza — essa ilha mágica e extraordinária — tornou-se tentadoramente visível abaixo dela, prédios e canais aglomerados em sua área ridiculamente pequena, tão intrincada quanto um pedaço de coral ou o mecanismo de um relógio.

— Tudo bem — respondeu ela, de repente. — Por que não?

O soldado abriu um sorriso, certo de que era ele e não a prometida vista de Veneza que a fizera decidir.

— Ótimo. Como é o seu nome, senhora?

— Boland. Segunda-tenente Holly Boland. — E então, como o lugar e o solo pareciam exigir, ela acrescentou: — *Mi chiamo Holly Boland.*

Apesar de levá-la pela rodovia costeira, onde a vista de Veneza do outro lado da água — "Regularmente votada como a mais romântica do mundo", ele assegurou a ela — era tão notável quanto havia prometido, toda a conversa do soldado Billy Lewtas era sobre o destino deles. A Caserma Ederle, ou Camp Ederle como ele chamava, tinha tudo o que um soldado podia necessitar, bem ali na unidade. A loja da base não era um estabelecimento qualquer, mas um shopping completo, com um supermercado aberto 24 horas, várias concessões de vestuário, inclusive American Apparel e Gap e uma floricultura para aqueles — como ele — que gostavam de dar um belo presente a uma garota depois de um encontro. Havia uma oficina mecânica com 12 compartimentos, especializada em Chryslers, Fords e outros veículos pouco conhecidos dos mecânicos italianos. Havia um hospital com oitocentos leitos; quatro bares, incluindo o Crazy Bull, o Lion's Den e o "extraordinário" Joe Dugan's; um boliche, cinema, arena de esportes, escola de ensino médio, três bancos americanos, cinco restaurantes que serviam desde batatas fritas a porco desfiado, um Burger King... e até uma loja de presentes italiana, de modo que se podia comprar lembrancinhas sem precisar sair da base. O melhor de tudo, o soldado a deixou entusiasmada, era a proximidade dos Alpes — olha, dá para ver agora, se a gente olhar bem para cima, com uma incrível camada de neve —, onde os militares mantinham seu próprio quadro de instrutores de esqui para uso exclusivo.

Holly tinha a impressão de que, na verdade, eram as Dolomitas e não os Alpes que se via ao longe, mas achou melhor não corrigi-lo. Ela seria obrigada a morar na base por seis semanas — de fato, já tinham reservado um quarto no Ederle Inn Hotel para ela, que não soava nada militar —, mas, depois disso, estaria livre para se mudar de lá e ir morar numa residência particular ao redor de Vicenza. Seis semanas não era muito tempo para esperar. Até lá, Holly iria beber Miller e Budweiser no Joe Dugan's e provavelmente sairia e aceitaria flores de homens como o soldado, embora não — se pudesse evitar — após uma visita ao Burger King.

Ela olhou pela janela, assimilando cada placa de rua ou de carro italiano, cada gesto expressivo de motoristas ou pedestres. Um adolescente a caminho da escola, conduzindo sua lambreta com uma exagerada desenvoltura pelo tráfego arrastado da manhã, levava uma garota de cabelos pretos e lisos na garupa. Nenhum dos dois usava capacete: a garota estava sentada de costas, a melhor posição para se comer a fatia de pizza dobrada *a fazzoletto* — como um lenço — em sua mão direita. O garoto gritava alguma coisa para ela, que olhava para cima, os olhos castanhos vivos e dançantes. Com uma mistura de saudade e exultação, a segunda-tenente Holly Boland reconheceu a si mesma, uma década mais jovem, andando velozmente por Pisa na garupa da Vespa de seu primeiro namorado.

— É isso — disse o soldado Lewtas.

Holly percebeu que eles seguiam ao longo de um muro de concreto sem marcas, resistente a bombas. No entanto, não tinha muito de anônimo estando coberto de pichações escritas em rabiscos longos e curvos. "NO DAL MOLIN", ela leu, e "FORA EXÉRCITO AMERICANO". Havia pessoas andando pelo acostamento da rodovia — civis, alguns usando inusitadas roupas de palhaço, enquanto outros seguravam cartazes com mais frases. Ao verem o micro-ônibus, eles brandiram ferozmente.

— O que está havendo? — perguntou ela.

— Ah, isso não é nada. Recebemos centenas, às vezes milhares desses sujeitos nos fins de semana. O Camp Ederle tem planos para dobrar de tamanho nos próximos anos e algumas pessoas da localidade não estão muito contentes com isso.

— O que é Dal Molin?

— O campo de aviação para onde estamos expandindo.

O ônibus diminuiu a velocidade ao chegar diante do portão, Lewtas trocou rápidas saudações com os guardas quando a barreira foi levantada. Holly notou que a maioria dos guardas era *carabinieri*, a polícia militar italiana, trabalhando lado a lado com a americana.

— Era de se imaginar que esses gringos ficariam mais agradecidos por estarmos aqui, os protegendo — disse o soldado ao parar o veículo após passar pelo portão para verificação das identidades. — Bem-vinda ao Camp Ederle, senhora.

Diante de Holly estava uma cidade, ou melhor, uma cidade fortaleza dentro de uma cidade, seus limites demarcados pelo muro resistente a bombas, que se estendia nas duas direções até onde os olhos conseguiam acompanhar. As placas de rua italianas foram substituídas por americanas; neste instante, eles estavam no cruzamento da Main Street com a 8th. Postes de cruzamento instruíam os pedestres a "Andar" ou "Não Andar". A maioria das pessoas usava uniformes camuflados e os veículos militares se alternavam com Buicks e Fords.

— O Registro fica a uns 100 metros daqui. Posso deixá-la bem na frente. Eles entregarão um mapa e, falando nisso... todos ficam perdidos no início. Este lugar é muito grande. — Ele fez a volta numa rotatória onde a bandeira americana esvoaçava. — Quer me dar o seu telefone? Ah, esqueci, você ainda não tem um telefone europeu. — Estacionando, o soldado rabiscou alguma coisa num cartão e entregou a ela. — Acho que estarei de folga no sábado à noite.

Ao desembarcar do ônibus, ainda achando divertida a autoconfiança do soldado Lewtas, Holly Boland viu somente uma vasta base militar de prédios anônimos, semelhante a todas as outras unidades do Exército americano em que estivera. Nada a fez desconfiar de que os futuros acontecimentos naquele lugar logo testariam, e tensionariam, uma lealdade que ela sequer sabia possuir.

3

ENFIM, O CORPO estava no necrotério, onde Kat mal se aqueceu, pois lá a temperatura ficava em torno de 9 graus a fim de evitar que a carne de seus ocupantes se deteriorasse nos longos verões italianos. Piola ainda não tinha abandonado a custódia, e Kat, determinada a não se deixar abater, pretendia ficar com ele até o fim, apesar das várias sugestões do coronel para que ela fosse embora e dormisse um pouco, sem falar no uso de roupas adequadas.

O perito do necrotério, um homem chamado Spatz, explicava por que a identificação seria difícil.

— Estão vendo aqui — disse ele, levantando o punho esquerdo do cadáver com as mãos envoltas em luvas azuis. — A água salgada faz coisas terríveis. Vai ser quase impossível conseguir impressões digitais.

— Não há nada que possa ser feito para acentuá-las?

— Podemos moldar.

— Melhor fazer isso então. — Piola olhou para Kat. — Sabe o que é moldagem, *capitano*?

— Não, senhor — admitiu ela.

— Spatz vai tirar a pele dos dedos da vítima e esticá-la num molde ortopédico. — Com um gesto de cabeça, ele apontou para uma prateleira na qual havia quatro ou cinco mãos de madeira de diversos tamanhos. — Prática usual quando um cadáver esteve na água do mar e algo que precisamos fazer com frequência nesta nossa cidade alagada. No futuro, se você ouvir algo que não entende, pergunte, OK? Este é o seu primeiro caso de homicídio, mas espero que seja capaz de conduzir o próximo por conta própria.

— Sim, senhor — concordou ela, sem jeito.

— Agora vá para casa e descanse por algumas horas. Dessa vez, estou falando sério. E quando nos encontrarmos novamente não quero ter uma visão tão ampla das suas pernas. — Ao sorrir, as linhas laterais de seus olhos ficaram marcadas, como um leque, roubando qualquer ofensa das palavras, mesmo antes de ele acrescentar: — Para ser sincero, elas são uma distração, e sou um homem feliz no casamento.

— Coronel? — chamou Spatz, baixinho, atrás deles.

Piola se voltou. O perito ainda segurava o braço do cadáver. A manga da veste havia descido, revelando algo no antebraço direito da mulher, logo acima do punho. Os dois oficiais se aproximaram para examinar, e Kat ficou um pouco atrás, visto que tecnicamente estava desobedecendo à ordem de não estar lá.

Era uma espécie de tatuagem. Azul-escura, ligeiramente mais sofisticada que o desenho de uma criança, semelhante a um círculo com linhas saindo dele para representar o sol, exceto que, nesse caso, havia algo no interior do sol, bem como um motivo que parecia um asterisco estendido.

Puxando a manga mais para cima, Spatz revelou uma segunda tatuagem, semelhante, mas com diferenças sutis.

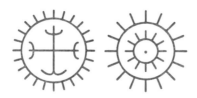

— Curioso — murmurou Piola, após um tempo.

— E aqui... — Spatz indicou as unhas. Nenhuma estava pintada e as cutículas eram curtas e descuidadas, mas três delas, Kat percebeu, estavam faltando, a pele abaixo irregular e cicatrizada. — A mesma coisa na outra mão.

— Tortura? — arriscou Piola.

O dar de ombros de Spatz dizia que a interpretação da evidência não lhe cabia.

— As cicatrizes parecem bem antigas.

— Em quanto tempo você pode fazer a necropsia?

Os olhos de Spatz voltaram para a mão.

— De acordo com a agenda, na semana que vem. Mas vou fazer hoje.

— Ótimo. — Piola se virou novamente para Kat. — Agora vá.

Enquanto caminhava para a saída, ela estava ciente de que ele a observava, acompanhando o movimento de suas pernas inadequadamente nuas. Porém, chegando ao limiar da porta, instintivamente, olhou para trás e viu que ele tinha voltado sua atenção para o cadáver. Piola estava inclinado sobre a mulher morta, sua mão na dele, que a examinava minuciosamente. Como uma manicure, ela pensou, ou alguém convidando a amada para dançar.

4

DANIELE BARBO ESTAVA sentado numa cela abaixo do tribunal de Verona e lia um livro de matemática, enquanto esperava que os membros do júri chegassem a um veredicto. A poucos metros dali, sua advogada passava os olhos, ansiosa, pelas próprias anotações e ensaiava os diferentes argumentos que poderiam ser necessários, dependendo da combinação de acusações que condenassem seu cliente. Ela sabia que não deveria envolvê-lo nessas deliberações. O mesmo livro que mantinha a atenção de Daniele agora raramente deixava suas mãos durante o julgamento, cujo processo ele só se dignara a tomar conhecimento com um ocasional olhar desinteressado, e ela tinha aprendido por conta própria que qualquer tentativa de conversa seria repelida.

Finalmente, seu cliente fechou o livro e olhou para o canto da cela.

— Agora não vai demorar muito — arriscou-se ela, hesitante.

Ele a fitou como se estivesse um pouco surpreso de vê-la ali, mas não disse nada. Já sabia o que o juiz decidiria. Sabia porque nas últimas cinco semanas alguém andara alterando seu perfil na Wikipédia, acrescentando um novo final:

Condenação e vida posterior

Em 2013, Daniele Barbo foi julgado culpado de sete acusações de hackear computadores; não impedir o tráfico de pornografia infantil e de violência sexual; facilitar empreendimentos criminosos, incluindo roubo de identidade e lavagem de dinheiro; e recusar o acesso das autoridades às informações requeridas. Foi julgado "inocente" de uma oitava acusação: viver de ganhos imorais. Foi condenado a nove meses de detenção, apesar dos apelos de sua advogada, que alegou que seu cliente é psicologicamente inapto para custódia — uma tática que havia funcionado no julgamento anterior.

Barbo cometeu suicídio um ano depois de ser solto, afogando-se no canal em frente ao palazzo veneziano que sua família ocupava desde 1898. O nome da família morreu com ele. O futuro do Carnivia, o site por ele criado, continua incerto.

A primeira vez que foi alertado — por um e-mail anônimo — sobre o acréscimo, Daniele simplesmente o apagou. Em segundos, porém, estava de volta. O mesmo aconteceu nas outras três vezes que tornou a apagar. Alguém havia criado um *bot*, um software programado para realizar essa tarefa repetidamente, reescrevendo a página da Wikipédia cada vez que alguém a corrigia. Era, em certo grau, uma pequena e maliciosa tortura, sem real consequência, contudo mostrava até onde podiam ir aqueles que queriam atacá-lo.

Ou, refletiu Daniele, mostrava o quanto queriam que ele acreditasse que não haveria nada que não fariam para destruí-lo.

Ele poderia facilmente ter criado um programa mais poderoso, que apagasse em definitivo os últimos parágrafos e bloqueasse a página, mas não existia um motivo urgente para fazer isso. Havia apenas três ou quatro pessoas no mundo cuja opinião lhe importava e Daniele pouco se interessava no que os outros 6,9 bilhões podiam pensar. Seu verbete na Wikipédia, que antes nunca se dera ao trabalho de ler, era cheio de meias-verdades e distorções.

Daniele Marcantonio Barbo, n. 1971, é um matemático e hacker italiano. É mais conhecido por ser o fundador do Carnivia, uma rede social que compartilha fofocas e informações baseado em Veneza, Itália, com mais de 2 milhões de usuários regulares.[1]

1 Juventude e sequestro
2 Condenação por fraude na informática
3 Criação do Carnivia
4 Crescimento do Carnivia

Juventude e sequestro

Daniele Barbo nasceu na aristocrática dinastia Barbo, de Veneza, cujos negócios na época incluíam os automóveis Alfa-Romeo. Seu pai, Matteo, era um célebre playboy antes de assumir o comando da companhia de investimentos da família. Mais tarde, Matteo se dedicou à criação da fundação de arte que leva o nome da família.

A infância de Daniele Barbo coincidiu com o período de turbulência sociopolítica na Itália conhecido como *anni di piombo*, os "anos de chumbo". Embora conste que seu pai favorecia relações industriais progressistas, o perfil e a fortuna da família os tornaram alvo de organizações de extrema-esquerda como a *Brigate Rosse*, ou Brigada Vermelha.

Daniele Barbo foi sequestrado em 27 de junho de 1977, aos 7 anos. Na época, foi amplamente divulgado que seu pai sofreu pressão do governo italiano para não negociar com os sequestradores,[2] apesar de mais tarde afirmarem que foi uma desculpa dada pelas forças de segurança para ganhar tempo enquanto o localizavam.[carece de fontes] Em 4 de agosto de 1977, Matteo e sua esposa americana, Lucy, receberam as orelhas e o nariz de Daniele pelo correio.

Numa operação subsequente, liderada pelas Forças Especiais Italianas, o menino foi libertado e todos os sete sequestradores foram mortos ou capturados. Os três sequestradores sobreviventes se recusaram a colaborar com o tribunal sob a alegação de que era parte da hegemonia capitalista.[3] Foram condenados a penas que iam de vinte a quarenta anos de reclusão cada.[4]

Condenação por fraude na informática

Pouco se ouviu falar de Barbo entre o fim do julgamento e o início da década de 1990, embora seja conhecido que ele frequentou um instituto para crianças surdas antes de estudar matemática em Harvard. Lá, destacou-se pela publicação de um trabalho sobre cibernética (especificamente, sobre a aplicação da divergência Kullback-Leibler para sistemas dinâmicos complexos) numa revista acadêmica.[5]

Em 1994, ele foi um dos detidos pelo Comcast Hack, no qual um grupo pouco coeso de ativistas da informática tomou conta do site da gigantesca companhia de TV a cabo, supostamente por vingança aos maus serviços prestados ao consumidor. O método empregado foi simples e eficaz, acessando os dados da empresa da qual a Comcast havia adquirido o nome do domínio Comcast.com e registrando novamente como se fosse deles. Isso lhes possibilitou redirecionar o tráfego da página da Comcast para outra que continha uma mensagem abusiva.[6]

Mais tarde, a advogada de Barbo confirmou que ele era o hacker conhecido como Defi@nt.[7] Em seu julgamento foi declarado que ele sofria de uma série de problemas clínicos em consequência do sequestro na infância, incluindo surdez parcial, transtorno de personalidade esquiva e desordem de espectro autista, tornando inexequível a pena de detenção. Evidentemente, o juiz concordou: Barbo teve a sentença suspensa, embora isso possa ter acontecido devido ao fato de que o governo italiano não queria ver as sombrias circunstâncias de seu sequestro e resgate reprocessadas no tribunal.[carece de fontes]

Barbo/Defi@nt raramente foi visto, seja em público ou on-line, nos anos que se seguiram ao julgamento, embora possa ter usado uma série de outras alcunhas, inclusive Syfer, 10THDAN e Joyride.[8] Em 1996, após a morte de seu pai, ele se mudou novamente para a residência da família, Ca' Barbo, em Veneza, e assumiu uma cadeira não executiva na Fundação Barbo.[9] Uma matéria jornalística de 2004 o descreveu como "um recluso quase total", afirmando que ele raramente sai de casa, a não ser durante o Carnaval de Veneza, quando usa uma máscara de fantasia para disfarçar sua desfiguração facial.[7]

Criação do Carnivia

Em 2005, Barbo emergiu como programador por trás do Carnivia, um mundo espelhado em 3-D de sua cidade, Veneza, notável por sua atenção obsessiva aos detalhes. Já se afirmou, por exemplo, que a Piazza San Marco real e a versão no Carnivia contêm exatamente o mesmo número de pedras de calçamento. Dizem que Barbo levou quatro anos para programar apenas o Palácio Ducal.[9]

O Carnivia é incomum pelo fato de que seus usuários quase não encontram instruções que lhes digam para que o site serve ou como deve ser utilizado. Inicialmente, supunha-se que pretendia ser uma rede social para os venezianos. No entanto, logo ficou evidente que o site concedia a seus usuários um alto grau de anonimato e rapidamente ganhou reputação entre aqueles que preferem ocultar suas verdadeiras identidades. Foi descrito como "um Facebook para hackers... um mercado aberto não regulamentado e não licenciado, não se diferenciando do que sua contrapartida real já foi, onde qualquer coisa, desde boatos infundados a detalhes financeiros roubados, pode ser comprada ou vendida por um preço".[7]

O próprio Barbo declarou numa rara postagem no Usenet que a criação do Carnivia não era impulsionada por nenhum propósito específico. "Galileu disse 'a matemática é a língua com a qual Deus escreveu o universo'. Achei que seria interessante programar um mundo virtual a partir de puros princípios matemáticos. O que as pessoas fazem com esse mundo cabe somente a elas."[8]

Evolução do Carnivia

Em um movimento considerado inovador na época, o Carnivia incorporou total cruzamento de funcionalidade com outras tecnologias, incluindo Facebook, Google Mail, Twitter e Google

Earth. Isso permite que o usuário deixe mensagens anônimas nos outros sites, um processo ligado à perseguição na internet.[10] Os usuários também podem "marcar" redes sociais com informações que não podem ser localizadas, como boatos, ou enviar mensagens criptografadas.

Os ativistas antipornografia salientaram a natureza sexual de grande parte do tráfego do Carnivia.[13] Em 2011, Barbo se recusou a permitir o acesso das autoridades italianas aos servidores do Carnivia para verificar a presença de material ilegal, numa violação de leis nacionais e internacionais.

Isso foi feito com sutileza. Quase todos os fatos ou referências individuais eram genuínos, mas o todo foi elaborado com habilidade para sugerir mais do que estava realmente afirmado. A justaposição da acusação de pornografia, por exemplo — deixando de mencionar que esta vinha num artigo que também nomeava o MySpace, o YouTube e uma profusão de outros sites —, e o apelo judicial das autoridades para abrir os servidores e examinar — novamente um apelo que havia sido feito para muitos negócios virtuais — davam a impressão de que eles procuravam especificamente por pornografia, quando a verdadeira questão era se o governo tinha o direito de se intrometer no que os cidadãos faziam on-line. A sugestão de falhas psicológicas também ficava, em grande parte, nas entrelinhas. Era verdade que Daniele raramente saía de casa, mas para uma pessoa que odeia multidões, morar na cidade mais visitada do mundo é uma experiência nada gratificante e até de mau gosto. Quanto à implicação de que ele teria criado o Carnivia como um tipo de refúgio do mundo real... bem, isso tinha mais mérito, embora provavelmente não da maneira que o autor pretendia.

Seus pensamentos foram interrompidos pela advogada, que gesticulava para chamar sua atenção.

— O juiz retornou.

Ele assentiu com um gesto de cabeça e se afastou da porta quando os guardas vieram em sua direção com as algemas. A promotoria havia requerido que, como um animal capturado, Daniele Barbo devia ficar acorrentado no tribunal e o juiz tinha concordado. Aquilo era mais uma confirmação de que a sentença seria "Culpado". Que o sistema judiciário da Itália era infinitamente subornável não o surpreendia; que alguém se desse ao trabalho de gastar tanto tempo e dinheiro para destruí-lo, sim.

Devem estar desesperados, ele se flagrou pensando. *Por quê?*

O tribunal certamente estava lotado e mesmo quando ele saísse haveria jornalistas, câmeras... Por um instante, ele desejou poder ficar ali embaixo, na relativa calma da cela. Mas ainda enquanto o conduziam escadas acima, sua mente já planejava, analisando e reescrevendo o futuro como se fosse um software que precisava ser depurado e sofrer uma reengenharia antes de funcionar como ele desejava.

5

CONFORME HAVIA SIDO instruída, Kat voltou para seu pequeno apartamento perto da orla, em Mestre, caiu na cama e dormiu algumas horas. Uma xícara de café espresso de sua velha cafeteira italiana a despertou, seguido de um banho rápido que estava ainda mais quente que o café.

Seu uniforme ainda estava pendurado na porta do armário onde ela o tinha deixado no dia anterior. O conjunto de saia e blazer desenhado por Valentino, com colarinho prateado e dragonas com acabamentos em vermelho, havia sido sua segunda pele desde que deixara o treinamento na academia dos Carabinieri três anos antes. Agora, pela primeira vez, não necessitaria dele: investigadores de homicídios usavam roupas civis. Dentro do armário, ela estendeu a mão para pegar uma saia plissada azul-marinho e um blazer claro, ambos feitos sob medida por Fabio Gatto, da Calle della Mandorla, pendurados havia meses, aguardando uma ocasião dessas. Embora discreto, o tecido era impecavelmente cortado e custara quase um mês de salário. Passou brevemente por sua cabeça se Piola a consideraria bem-vestida demais para uma capitã, mas em seguida descartou a ideia. Até mesmo uma capitã precisava causar boa impressão.

Saindo apressada, pegou um trem em frente à Ponte della Libertà, seguido por um *vaporetto* até o Campo San Zaccaria, a antiga praça próxima à Piazza San Marco, onde ficava o quartel-general dos Carabinieri, alojado num antigo convento. Francesco Lotti, o amigo que a indicara para o caso, já havia estabelecido uma sala de operações no segundo andar. O ambiente estava movimentado com as atividades.

O coronel Piola estava de pé num pequeno gabinete envidraçado, concentrado numa conversa com outro homem. Apesar de ter dito a ela que fosse para casa descansar, ele dava a impressão de não ter feito o mesmo. Quando o homem que o acompanhava se virou, Kat viu uma camisa cinza clerical com o *collarino* branco por baixo do terno escuro. Um padre.

Ao vê-la, Piola gesticulou para que se aproximasse.

— Este é o padre Cilosi, do bispado — anunciou ele, fazendo as apresentações. — Ele gentilmente se ofereceu para nos dar informações completas sobre as vestes sacerdotais.

O padre Cilosi assentiu.

— Não que eu possa ser de grande ajuda, sinto muito. As vestes parecem autênticas pelo que pude observar nas fotografias. — Ele apontou para as fotos, feitas no necrotério, que se encontravam espalhadas pela mesa. — Esse traje externo é uma casula. Todos os padres devem usá-la ao rezar a missa. Por baixo dela fica a túnica usual e a alva.

— Quando o senhor diz "rezar a missa", suponho que esteja se referindo como celebrante, não é? — questionou Piola.

— Exato. Um padre que assiste a missa como visitante usaria uma sobrepeliz... uma veste branca e solta sobre a batina.

— E o fato de a casula ser preta... o senhor poderia nos dizer o que isso significa?

— A cor da casula reflete a natureza da missa. Neste período, por exemplo, nós geralmente usamos uma casula branca, para celebrar o nascimento de Cristo. A preta é usada somente para os rituais mais sombrios, como um exorcismo ou uma missa para os mortos.

— Então não existe a possibilidade de que isso pudesse ser algum outro tipo de paramento, usado de modo legítimo por uma mulher que tenha um papel sem ordenação? Uma ajudante de altar, digamos, ou uma diaconisa?

O padre Cilosi meneou a cabeça.

— Cada veste usada por um padre tem um simbolismo bem preciso. Essas fitas vermelhas, por exemplo, simbolizam os ferimentos de Cristo. Essa tira longa de seda é a estola, usada em memória de Seus laços. Até mesmo as franjas, ou borlas, nas extremidades da estola se baseiam nas Escrituras. Números, capítulo 15, versículos 38 e 39, se me lembro corretamente: "Dize aos israelitas que façam para eles e seus descendentes borlas nas extremidades de suas vestes, pondo na borla de cada canto um cordão de púrpura violeta... para que, vendo-as, vos recordeis de todos os mandamentos do Senhor."

Kat pegou um bloco e começou a anotar o que o padre Cilosi dizia.

— Cada veste é acompanhada por uma oração específica durante a paramentação. Quando o padre veste a túnica, por exemplo, recita as palavras "Minha alma se regozijará no Senhor, pois Ele me vestiu no traje da salvação e com o envoltório do contentamento Ele me cobriu." Ao colocar os punhos, primeiro o direito e depois o esquerdo, ele diz "Vossa mão direita, Senhor, é glorificada na força. Vossa mão direita, Senhor, subjugou o inimigo". Os rituais e as vestimentas têm um profundo significado para nós. Seja quem for essa mulher, ela não tinha nenhum direito de profaná-las desse modo — declarou ele com bastante calma, mas Kat teve a impressão de perceber um tremor de autêntica repulsa em sua voz.

— O senhor poderia nos resumir o motivo, padre? — pediu Piola.

— Me refiro à situação que envolve as mulheres no sacerdócio.

— Em poucas palavras, o ensinamento da Igreja Católica, como estabelecido por Sua Santidade, é de que a Igreja simplesmente não tem autoridade para conferir ordenação sacerdotal às mulheres. Isso remonta à maldição original contra Eva, ou seja, é uma questão de lei divina em vez de julgamento papal. Desse modo, qualquer mulher que tente receber a ordenação ou que se passe como ordenada seria culpada do que Sua Santidade denomina "delito grave". Ou seja, ela seria uma espécie de herege.

A palavra, de conotação vagamente medieval, pairou no ar.

— E qual seria a pena para isso? — perguntou Piola.

— A excomunhão — respondeu o padre. — Sua Santidade é bem claro sobre esse assunto.

— O que significa que matar uma mulher não seria um pecado mortal? — indagou Kat, baixinho. Piola a fitou com ar indagador e depois assentiu para que ela continuasse.

O padre Cilosi teve a dignidade de parecer um pouco perplexo.

— Num sentido puramente teológico, talvez. Porém a Igreja ensina que o assassinato sempre vai contra o propósito de Deus, assim como nas leis do homem.

— Mas apenas para me esclarecer, padre — pressionou ela. — Uma mulher que se veste de padre, mesmo que seja como fantasia... é ela quem está cometendo o pecado?

— Como a senhorita se sentiria se alguém aparecesse numa festa, usando uma farda roubada dos Carabinieri? — contrapôs ele.

— Homem ou mulher, a penalidade seria uma pequena multa. E seria improvável que isso levasse ao assassinato dessa pessoa.

Ele ergueu as mãos.

— Se é que foi isso que aconteceu aqui.

— Será que ela poderia ser uma genuína sacerdotisa, mas de outra fé? — sugeriu Piola.

O padre considerou a questão.

— Se for o caso, não é alguém que eu conheça. Algumas Igrejas protestantes permitem mulheres no clérigo, claro, mas suas vestes são um pouco diferentes. Uma batina católica tem 33 botões, por exemplo, para simbolizar os 33 anos da vida de Cristo. Uma batina anglicana tem 39, simbolizando os 39 artigos de sua fé. — Ele captou a expressão de Piola. — Podem ser pequenos detalhes, até insignificantes, talvez, mas envolvem muitos séculos de costumes e debates e servem para lembrar a todos os sacerdotes as tradições antigas e sagradas de nossa vocação.

— *Capitano*, verifique o número de botões com o necrotério. E peça para alguém checar com as Igrejas protestantes da cidade, só por garantia — ordenou Piola a Kat, mostrando outra foto para o sacerdote. — Uma última pergunta, padre. O senhor sabe o que essas tatuagens podem representar?

O padre Cilosi pegou a foto que Piola lhe passou e em seguida se ocupou procurando os óculos no bolso do paletó.

— Não faço ideia — concluiu ele, por fim. — Parecem vagamente reminiscentes de símbolos ocultistas, mas devo salientar que essa não é minha especialidade. Posso dar ao senhor o nome de alguém que sabe mais a respeito, se quiser.

— Obrigado, padre. Isso seria muito útil.

— De nada. E não deixe de me chamar se eu puder dar mais alguma ajuda à polícia. — O padre hesitou. — O bispo me pediu para transmitir ao senhor que considera esse incidente profundamente penoso para os fiéis e espera que possa chegar a uma rápida conclusão. Como estou certo de que vai se recordar, alguns anos atrás a questão da ordenação feminina ameaçou nos trazer discórdia. A Igreja está mergulhada em problemas suficientes no momento sem reacender essa controvérsia específica.

— De fato — concordou Piola, afavelmente. — Fique tranquilo, padre. Faremos todo o possível para nos aprofundarmos sobre a morte dessa pobre mulher. — Ele deu uma leve ênfase às últimas palavras.

O padre Cilosi foi assaltado por uma ideia.

— Se quiser que eu faça uma oração por ela... Ou até mesmo por sua investigação...

— Tenho certeza de que ela ficaria muito agradecida por qualquer oração que o senhor considere apropriada — disse Piola, conduzindo-o até a porta. — E nesse meio-tempo os Carabinieri prosseguirão com uma abordagem mais secular.

Kat passou uma hora envolvida com tabelas das marés, boletins do tempo e mapas da laguna, tentando entender onde o corpo podia ter caído na água. Como veneziana, ela crescera com o mar, porém a *acqua alta* tinha complicado tudo.

— Tem variáveis demais — declarou ela a Piola. — Podemos supor que nossa vítima veio da laguna, mas são as correntes, não as marés, que determinam o fluxo da água. Alguns desses bancos de areia mudam de posição todos os meses.

— Então, qual é a resposta?

— Acho que devíamos falar com alguns pescadores. Eles serão capazes de apontar o lugar mais provável e também nos dizer se viram alguma coisa suspeita ontem à noite.

— Boa ideia. Vou com você.

A laguna de Veneza se divide em *laguna viva*, a parte banhada pelas marés do mar Adriático e a *laguna morta*, que fica mais ao norte, interna, um lugar de águas salgadas pantanosas e paradas, aonde caçadores vão atrás de patos selvagens e enguias. Raciocinando que quase certamente o corpo havia sido trazido da primeira, eles pegaram a balsa para o porto pesqueiro de Chioggia, cerca de 25 quilômetros ao sul de Veneza, e foram de barco em barco, fazendo perguntas.

Todos os pescadores concordaram que o corpo devia ter vindo de algum ponto dentro do longo e estreito banco de areia do Lido. Além do mais, ele teria sido carregado para mais adiante no mar. Ficou claro também que qualquer um com conhecimento do local estaria bem ciente disso.

— Os *criminali* levam os corpos uns 8 quilômetros para fora quando se livram deles — disse um velho pescador de pele enrugada chamado Giuseppe a Kat com um dar de ombros. — Assim, nunca são vistos novamente. Isso é de conhecimento geral.

— E quem eles usam para levá-los até lá? Isso também é de conhecimento geral?

Outro dar de ombros, ainda mais eloquente, disse-lhe que, conhecido ou não, ele não compartilharia essa informação com ela.

A partir de então, ela e Piola se concentraram em perguntar sobre a área no interior do Lido. Você viu alguma coisa incomum em torno do dia 4 ou 5 de janeiro? Ouviu alguma coisa? Tem algum barco desconhecido por aqui? Eles descobriram que os pescadores, muitos dos quais eram bastante supersticiosos, ficavam mais chocados com o que a vítima estava usando do que com o fato de estar morta, então introduziam as perguntas mostrando duas fotos: a primeira, um close do rosto do cadáver, tirado por Hapadi no necrotério, e a segunda, que mostrava o corpo em suas vestes sacerdotais. Sem exceção, a segunda foto provocava uma reação dupla — a mão direita ia à testa para fazer o sinal da cruz e a esquerda ia para os testículos para fazer o *malocchio*, um gesto de proteção contra mau-olhado.

Finalmente, um jovem pescador chamado Lucio lhes contou uma novidade.

— O tempo estava ruim naquela noite. Estava vindo a cheia e a neve... Decidi diminuir o prejuízo e voltar para minha namorada. Ela mora em Veneza, no Dorsoduro. Então peguei um atalho.

— Me mostre — pediu Piola, e o rapaz passou um dedo pelo mapa.

— Aqui, passando pela Isola di Poveglia.

Piola assentiu.

— Continue.

— Ninguém pesca em volta de Poveglia. As pessoas não compram os peixes de lá, dizem que se alimentam de ossos humanos. Além disso, é proibido desembarcar lá. As autoridades dizem que é porque o prédio não é seguro, mas todo mundo sabe que a verdadeira razão é porque o lugar é mal-assombrado. — Ele fez uma pausa e acendeu um cigarro. — De todo modo, quando passei, vi luzes se movendo, como tochas. Acho que estavam na antiga torre.

— Chegou a ver mais de perto?

— O quê? Na noite de La Befana? De jeito nenhum! — Lucio estremeceu. — Saí correndo de lá.

Piola lhe deu um tapinha no ombro.

— Certo. Isso foi útil. Obrigado.

— De nada. — O rapaz hesitou por um instante. — Olha, eu recebi uma multa de vocês no mês passado por não apresentar a licença do meu barco. A licença estava comigo, mas tinha caído do suporte. Existe alguma chance de a multa ser cancelada?

— Sinto muito, mas não — respondeu Piola. — Não é assim que funciona comigo. Desculpe. Se importa de me ceder um cigarro?

O outro homem deu de ombros, decepcionado.

— À vontade.

— É o seu último.

— Tudo bem, tenho mais.

Piola sorriu em agradecimento e pegou o maço.

— Então — começou ele quando os dois já estavam de volta em terra firme —, Poveglia. Imagino que você esteja a par das histórias sobre aquele lugar.

— Algumas. Não havia um hospital psiquiátrico lá antes de ser abandonado?

— Por algum tempo, mas os pescadores acreditam que o lugar foi amaldiçoado muito antes disso. Originalmente era um *lazzaretto*, uma ilha pestilenta. Para começar, as autoridades municipais enterravam os mortos lá. Mais tarde, quando a peste continuou a se espalhar, eles tentaram contê-la, transportando qualquer um que apresentasse os sintomas para Poveglia e despejando-os nos buracos antes mesmo que estivessem mortos. Supõe-se que não tinham um fim muito agradável. Não é de surpreender que a ilha tenha ganhado a reputação de ser mal-assombrada. — Ele suspirou. — Por que eles decidiram construir um hospital psiquiátrico lá, só Deus sabe. Agora está abandonado, claro, está assim desde a década de 1980.

— Acha que devíamos dar uma olhada?

— Certamente. — Piola olhou para o maço de cigarros em sua mão.

— Eu não sabia que o senhor fumava.

— E não fumo. Desde o Ano-Novo, pelo menos. Prometi a minha mulher durante anos que ia parar. Eu só estava curioso com a marca.

— Mostrou o maço a ela. O que Kat pensava ser um maço de Camel, na verdade se chamava Jin Ling, sendo seu logotipo um bode com chifres num fundo amarelo, mas em outros aspectos quase idêntico à marca americana. — Falsificado. Duvido que tenha alguma ligação com o nosso homicídio, mas nunca se sabe.

Eles discutiram a melhor maneira de chegar a Poveglia. Dada à superstição dos pescadores, parecia improvável que algum deles fosse lhes oferecer uma carona.

— A menos que concordemos em cancelar a multa de Lucio — sugeriu Kat.

Piola a fitou. Por um instante, ele nada disse, e Kat percebeu que havia corado.

— Só quis dizer...

— Eu sei o que você quis dizer — interrompeu ele, de modo gentil. — Você só quer que o trabalho seja feito. E não a culpo por isso. Mas é assim que começa... fazendo economias, tratos, oferecendo ou aceitando favores. — Piola parecia mais triste que bravo. — E antes que perceba você aceita um favor que precisa ser retribuído e então acaba controlado. Isso acontece com nove em cada dez oficiais. E sabe o que mais? A maioria nem se importa. Acha normal o modo como a coisas são feitas aqui na Itália. Fim da história.

— Desculpe, senhor.

— Esqueça. Vamos chamar uma lancha dos Carabinieri e enquanto esperamos podemos almoçar. Os restaurantes de frutos do mar são excelentes nessa região, e depois de ter estado naqueles barcos fiquei com vontade de comer macarrão com ouriços.

6

— Me deixe lembrá-la de por que está aqui, segunda-tenente — anunciou o major Forster, de modo enérgico, olhando fixamente para Holly. — Como sabe, esta é a maior e mais importante base do Exército americano ao sul dos Alpes. Por meio de nossa alta projeção de poder, proporcionamos estabilidade, segurança e paz a uma região do mundo que vai da África ao Irã. No entanto, nem sempre conseguimos ser apreciados pela comunidade em que servimos.

Traduzindo, pensou Holly, *as pessoas do lugar nos odeiam.*

— Em consequência disso, uma equipe de ligação foi acrescentada no fim do ano passado para se ocupar da população italiana e gerar uma integração. Esta é uma iniciativa de persuasão que terá andamento até ficarem prontas as novas instalações em Dal Molin.

Traduzindo: até que os manifestantes desapareçam.

— Como uma nativa da língua e ligada à Terceira Equipe de Oficiais de Ligação, sua tarefa é ser o componente de ligação com os civis da nossa instalação militar. Por esse motivo, você irá personificar o tempo inteiro a integridade e o profissionalismo dos militares dos Estados Unidos.

Traduzindo: pessoalmente, acho que sua presença aqui é um desperdício de tempo e dinheiro dos contribuintes americanos, mas me disseram que precisamos ser acolhedores com os nativos, portanto assuma sua tarefa e fique longe do meu caminho.

— Sim, senhor — acatou Holly, batendo continência.

— Não se atreva a pensar que por ser fácil e segura essa missão não tem importância nem valor — advertiu o major Forster, num tom de voz que sugeria ser exatamente isso o que ele pensava, e retribuiu a continência. — Siga em frente, segunda-tenente.

— Está tudo muito calmo agora — disse o primeiro-tenente Mike Breedon, desculpando-se, enquanto conduzia Holly do escritório do major Forster para o prédio onde a equipe deles estava instalada. — As tropas ainda estão em rotação, entrando e saindo do Afeganistão, é claro, enquanto fazemos a transição para um papel de consultoria. Além disso, ainda temos missões de manutenção da paz em Kosovo e no Iraque. Mas, como o major disse, a LNO3, a Terceira Equipe de Ligação, não tem muito a ver com esse lado. O que mais fazemos é lidar com as iniciativas da comunidade, a mídia italiana e até com os próprios manifestantes. Não é muito emocionante, mas é útil.

Um sujeito afável, natural da Virginia, três anos mais velho que ela, Mike era o líder da equipe. Holly logo percebeu que eles se dariam bem.

— É aqui que você vai trabalhar — informou ele, apontando para uma escrivaninha e um computador. — Eu fico lá. Pode ir se instalando. Preciso me preparar para uma reunião, mas depois eu volto para mostrar melhor as coisas.

— Obrigada.

Ela se conectou ao computador, um processo que envolvia passar seu cartão CAC pelo leitor ao lado do teclado. O chip no *smartcard* entrou em contato com o programa militar ActivClient, verificando a autorização, a permissão de acesso e a localização antes de lhe mostrar uma tela que em todos os outros aspectos era idêntica à de um PC normal. Incomum para um computador militar, este tinha sido personalizado: havia a foto de uma jovem sorridente, vestindo roupa militar de esqui e óculos escuros, como papel de parede. Pelo jeito essa era sua antecessora, cujo nome — Holly percebeu pelos inúmeros cartões-postais ainda fixados na parede — era segunda-tenente Carol Nathans. Tudo indicava que Nathans havia embarcado com pressa, sem ter deixado as coisas arrumadas. Holly jogou a foto na lixeira. Pessoalmente, ela achava que as telas de computador ficavam mais organizadas quando estavam em branco ou exibiam um simples brasão militar.

Ela já havia feito o check-in em seu alojamento temporário no Ederle Inn Hotel, dispondo seus pertences com capricho, de uma maneira que o Exército aprovaria, e preenchido a papelada de recém-chegada no Registro. Na semana seguinte, começaria a frequentar um Programa de Orientação aos Recém-Chegados, que cobriria tudo, desde aulas de direção no sistema europeu até o vocabulário italiano básico. Nenhuma parte era opcional, mesmo que a pessoa já falasse o idioma e conhecesse bem o país. Nesse ínterim, dissera Mike, ela deveria assimilar o cronograma de Nathans e ser útil.

Passando os olhos pela folha impressa que sua antecessora havia deixado, parecia que Mike não tinha exagerado ao descrever o que eles faziam como "entediante". A ideia do Exército de uma ofensiva "persuasiva" incluía entrevistar a mulher de um coronel para o jornal interno da base sobre um programa de leitura que ela montara numa escola local; convidar uma instituição de caridade para crianças deficientes para o boliche do Camp Ederle; e organizar um Almoço dos Amantes da Massa como programação habitual no restaurante. Mas tudo bem. Ela tinha vindo com pleno conhecimento de que seu quinhão por agora seria esse tipo de coisa, não a adrenalina do combate. Só o fato de estar de volta à Itália já era o bastante.

Ela havia crescido em torno de bases como essa, comendo *nachos* e frequentando churrascos de salsichas onde apenas as crianças e as esposas não usavam fardas. Enquanto seu pai se mudava de uma base para outra, Holly frequentava uma nova escola a cada 18 meses; como todas as crias do Exército, ela se tornou especialista em fazer amigos rapidamente, ou dar essa impressão, e ainda melhor em perceber as sutis graduações de patente, cujo significado era que o filho de um oficial não convidava acidentalmente o filho de um soldado raso para ir a sua casa.

Então, quando ela tinha 9 anos, seu pai conseguiu uma mudança permanente de unidade para o Camp Darby, ao sul de Pisa, e seus pais tomaram a decisão incomum de morar fora da base, num edifício italiano comum. Holly entrou para uma escola local; quando as crianças italianas tinham suas aulas de inglês, ela saía para as suas, particulares, de italiano. Em pouco tempo, falava fluentemente, apesar de seus irmãos ainda terem dificuldades. Porém, mais que a escola, foram os vizinhos que a ajudaram a assimilar o idioma, tendo imediatamente recebido os Bolands em suas casas — ocasiões que ela muitas vezes atuava como tradutora para o restante da família. Ela acabou adquirindo dois nomes: para seus amigos italianos, que tinham dificuldades para pronunciar a letra H da língua inglesa, ela era "Ollie".

Avós, primos e melhores amigos eram pessoas que os filhos do Exército viam uma vez por ano, se tivessem sorte. Até mesmo os pais iam e vinham de acordo com os ritmos imprevisíveis da guerra. Em contrapartida, seus amigos italianos moravam não apenas com os pais, mas muitas vezes com os avós também. Os pais deles iam almoçar em casa todos os dias; primos e parentes por afinidade moravam na mesma quadra e todos se reuniam na rua entre cinco e sete da noite, conversando, flertando ou jogando futebol. Os meninos chamavam seus pais de *papà* em vez de "senhor"; os pais chamavam seus filhos por diminutivos ou apelidos por carinhosos. Antes que ela percebesse, uma parte sua se tornara indelevelmente italiana e, ao crescer, seus primeiros namorados tinham nomes como Luca e Giancarlo, em vez dos Dwights e dos Lewises com quem ela se encontrava nos eventos sociais militares.

A princípio, seus pais se preocuparam, afinal, o comportamento de um adolescente refletia a capacidade de comando do pai. Qualquer encrenca em que Holly se metesse seria primeiro levada ao comandante da base e só então ao seu pai, ao passo que, se engravidasse ou fosse pega com drogas, toda a família seria enviada de volta para casa em desgraça — contudo, eles confiavam na filha o suficiente para permitir que cometesse seus erros. Além disso, Holly percebeu mais tarde, não era apenas nela que eles confiavam, mas em seus vizinhos italianos também. Não que ela realmente fosse do tipo que se metia em encrencas. Muita coisa do universo militar havia se infiltrado em sua psique para que ela viesse a se desfazer dos vestígios.

Ela jamais havia imaginado que seguiria a carreira de seu pai no Exército, especialmente depois dos anos difíceis e amargos de sua enfermidade. No entanto, ao retornar aos Estados Unidos a fim de cursar a faculdade, encontrou-se num mundo que não reconhecia. As pessoas de sua idade se vestiam de modo diferente — a moda dos estudantes das faculdades americanas, influenciadas pelas gangues, deixaria seus amigos italianos desconcertados —, pensavam de outra maneira e, apesar de todos os seus maneirismos aparentemente despojados, eram mais cínicos e materialistas que ela. Suas colegas de alojamento nunca entendiam por que Holly arrumava o quarto antes do café todas as manhãs, por que dez horas da noite sempre eram 2.200 horas ou por que ela às vezes dizia "entendido" em vez de "sim" ou chamava o banheiro de "latrina". Assim como os jesuítas supostamente diziam que se lhes dessem uma criança até os 7 anos, eles devolveriam um homem, Holly descobriu que ela também era uma estranha no mundo civil.

Com o tempo para escolher uma carreira se aproximando, Holly se deu conta de que, se não pertencia completamente nem aos militares nem à Itália, podia muito bem fazer parte de qualquer uma das duas linhagens. Voltou-se então para a ciência política e militar, mas também seguiu seu talento para idiomas. Na Academia Militar, um mentor com uma visão mais avançada da conjuntura mundial a convenceu a aprender mandarim em vez do normalmente escolhido árabe ou farsi. Não sendo uma combatente, ela sempre era mais produtiva na sala de aula que no campo. Interceptação, análise e inteligência eram suas habilidades. Mas, como uma segunda-tenente recém-graduada, o degrau mais baixo na escala oficial, não esperava muito do primeiro posicionamento. Ela se inscreveu para a Itália, achando que suas chances eram mínimas. Mais tarde, seu mentor lhe contou que alguém da Divisão de Recursos Humanos e Posicionamento do Pentágono tinha visto seu nome na lista e o procurado para saber se ela realmente era filha de Ted Boland.

Inesperadamente, o computador apitou, perturbando seus devaneios. Olhando para a origem do som, ela notou que a tela assinalava um compromisso.

LEMBRETE: 12.00 — 12.30 Barbara Holton.
ONDE: LNO-3.

Não havia nada correspondente na programação que Mike Breedon tinha lhe dado. Era evidente que Holly estava olhando para o calendário eletrônico de Nathans, ainda ativo no computador.

— Mike, quem é Barbara Holton? — perguntou ela ao chefe, que preparava um PowerPoint do outro lado da sala, em sua escrivaninha.

— Não faço ideia.

— Seja quem for, Nathans tinha um compromisso com ela às 1.200.

Breedon praguejou, baixinho.

— Ela deve ter esquecido de me avisar. Não posso atendê-la, tenho que ir a essa reunião.

— Quer que eu cuide disso?

— Você faria isso? É provável que seja apenas outra manifestante com mais uma petição. Se cancelarmos agora, vão dizer que estamos enrolando.

— Entendido.

— Pegue uma das salas do outro lado do corredor. Se eu puder, passo lá mais tarde.

A sala de reunião, uma caixinha tão sem graça quanto qualquer outra no mundo, cheirava a ar-condicionado antigo e biscoitos velhos. Na pressa, Holly conseguiu algumas garrafas de água e um bloco de anotações, depois arrumou duas cadeiras em volta da mesa. Enquanto fazia isso, a portaria ligou para dizer que Barbara Holton estava sendo conduzida para lá.

A mulher que se apresentou minutos depois tinha cerca de 50 anos e cabelos curtos, meio grisalhos. Vestia-se com elegância, mas de modo conservador, e o único adorno que usava era um colar grande de plástico. Mais parecia uma executiva bem-sucedida ou uma professora universitária, Holly pensou, do que uma manifestante.

Quando se sentaram, Holly disse, educadamente:

— É provável que a senhora esperasse ver a segunda-tenente Nathans hoje, mas infelizmente ela está indisponível. Sou a segunda-tenente Boland. Em que posso ajudar?

Barbara Holton a fitou com seus olhos cinza como aço.

— Nathans falou do que se trata? — Seu sotaque era da Costa Leste dos Estados Unidos. Mas talvez houvesse um toque gutural ali. Alemã? Austríaca?

Holly meneou a cabeça.

— Não, senhora.

— Ou que levei oito semanas tentando marcar essa reunião com ela?

— Não, senhora.

— Bem — murmurou Barbara Holton, claramente aborrecida. — Continuando. — E tirou uma pasta amarela da bolsa e pegou alguns papéis dela. — Tenho aqui uma solicitação de liberdade de informação.

E isso é uma declaração juramentada que expressa minha condição de cidadã americana, afiliada a uma organização credenciada sob a definição da emenda Open Government de 2007 e, sendo assim, no direito de fazer tal solicitação e de ser atendida prontamente. — Ela deslizou um cartão e uma carta pela mesa.

Holly pegou ambos e os leu com atenção. Ali dizia que Barbara Holton era editora-chefe de *Mulheres e a Guerra*, que — pelo endereço ponto com — devia ser algum tipo de publicação virtual.

Seu coração acelerou. Aquilo claramente não ia ser tão simples quanto receber uma petição. Era muito improvável que ela fosse capaz de lidar com o problema sozinha. Mas, ao mesmo tempo, não queria tirar Mike de sua reunião a menos que fosse absolutamente necessário.

— Muito bem — disse ela, tentando ganhar tempo. — E qual é a natureza da solicitação?

Barbara Holton tirou outro documento da bolsa.

— Minhas perguntas são relacionadas ao período de 1993 a 1995...

— Senhora, eu duvido muito de que alguém aqui...

— Estou falando dos arquivos, obviamente — continuou Barbara Holton, como se Holly não tivesse dito nada —, que são documentos administrativos do capítulo 5 da lei número 241.

— Se houver documentação, pode muito bem ser confidencial.

— Segunda-tenente, vocês têm uns 3 quilômetros de arquivos nos túneis aqui e em Aviano. Junto das 48 ogivas nucleares, é claro. Duvido muito de que um décimo deles seja confidencial.

Holly suspirou.

— Posso ver as perguntas?

Barbara Holton deslizou os documentos sobre a mesa, as páginas vibrando com a estática da madeira polida.

Separando-as, Holly leu:

Como representante credenciada da mídia americana, solicito formalmente:

1. Quaisquer informações contidas no Camp Ederle relacionadas a visitas feitas pelo general Dragan Korovik, comandante da Milícia Croata, no Camp Ederle para receber treinamento, aconselhamento ou informações no período de 1993-5.

2. Quaisquer informações ou minutas relacionadas a reuniões no Camp Ederle entre o general Dragan Korovik e oficiais do serviço de inteligência dos EUA em 1993-5.

3. Quaisquer fotografias, inclusive de reconhecimento aéreo, oferecidas ao general Dragon Korovik antes da Operação Tempestade em 1995.

4. Quaisquer anotações ou discussões relativas a atrocidades contra civis na antiga Iugoslávia.

5. Quaisquer anotações, documentos ou outros registros que discutam o uso de estupro sistemático de mulheres como arma de guerra.

6. Quaisquer minutas de fevereiro a maio de 1995 relativas às decisões subsequentes tomadas pelo governo italiano de autorizar uma expansão da base militar dos EUA no Camp Ederle.

Holly leu o documento duas vezes. Algumas das referências nada significavam para ela, que se lembrava vagamente da Operação Tempestade na época de seu pai. Conforme se recordava, depois da queda do comunismo, o país então conhecido como Iugoslávia se engajara numa brutal guerra civil que só teve fim quando a Otan organizou ataques aéreos contra Kosovo e enviou uma imensidão de tropas de paz. A Operação Tempestade tinha sido uma contraofensiva dos croatas aos sérvios, outro episódio da longa e brutal luta entre grupos étnicos rivais, confrontando-se por poder e território. Barbara Holton parecia acreditar que o Exército americano tinha se envolvido de algum modo. Holly só não fazia ideia de como isso poderia ter relação com a decisão de expandir o Camp Ederle.

Além disso, ela sabia que era melhor não perguntar. Ao longo dos anos, havia se deparado com teorias conspiratórias — geralmente pessoas razoáveis e inteligentes, universitários diplomados ou amigos de amigos — que, assim que ficavam sabendo que ela estava alinhada com uma divisão menor da Inteligência Militar, diziam-lhe com absoluta convicção que o 11 de Setembro era uma trama da CIA, que os pousos da Apollo na lua foram forjados, que o presidente Obama trabalhava para a al Qaeda ou que os chineses estavam por trás do colapso do Lehman Brothers. Não fazia sentido manter uma conversa racional com essas pessoas, porque não havia provas conclusivas de que suas teorias não eram verdadeiras e evidências sempre seriam descartadas como inconclusivas. Por outro lado, o fato de não existirem provas de que eles estivessem certos era simplesmente interpretado como evidência de que aqueles ocupados em ocultar a verdade do público fazem bem o seu serviço.

— Senhora, terei que fazer uma consulta para saber se possuímos essas informações.

— Você vai ver nas minhas correspondências trocadas com Nathans que tenho bons motivos para acreditar que estão aqui.

— Pode ser, senhora, mas a segunda-tenente Nathans já não está mais nessa base e eu não pude examinar a correspondência.

Os olhos de Barbara Holton se estreitaram.

— Há quanto tempo está nesse posto, segunda-tenente Boland?

— É meu primeiro dia, senhora — admitiu Holly.

A outra mulher a encarou e então riu.

— Ah, isso é fantástico! Realmente *extraordinário*. Seu primeiro dia. Tem que tirar o chapéu para os militares, não é? Quando eles querem nos enrolar, realmente enrolam.

— Senhora — começou Holly, com cautela —, posso assegurar de que não há nenhum significado ligado ao fato de que sou nova nesse posto. O Exército realoca o pessoal o tempo inteiro. Eu prometo que vou expedir essa solicitação rigorosamente e com a mesma rapidez que a tenente Nathans faria.

O que não seria difícil, ela refletiu, visto que Nathans nem sequer se dera ao trabalho de transferi-la a outra pessoa antes de partir. Desconfiou de que o arquivo de correspondência que Barbara Holton se referia já tinha sido confiado à lixeira muito tempo atrás.

— Bem, veremos. Pela lei, vocês têm 15 dias para responder.

— A menos que sejam necessárias prorrogações ou esclarecimentos — acrescentou Holly, brandamente.

A outra mulher ergueu uma sobrancelha.

— Quer dizer que você *está* a par da legislação?

— Eu me formei em ciência política e militar. Também estou familiarizada com a Ordem Executiva 13.526, que permite ao governo classificar como confidencial, editar ou restringir qualquer informação que decida que devia ter sido apropriadamente confidencial na época.

Barbara Holton a fitou, em silêncio por um instante. Era a primeira vez que Holly a desafiava. Para sua surpresa, a outra pareceu quase satisfeita.

— O governo não irá classificar esses documentos como confidenciais — declarou Barbara.

— Posso perguntar por que não?

— Porque o governo não sabe que existem. Menos ainda o que significam.

Mais conspirações.

— Bem, se realmente existem e não houver motivos claros para reclassificação, eu os encontrarei e passarei para a senhora.

— Sim — murmurou Barbara Holton. — Acredito em você. — Levantou-se, deixando a pasta amarela sobre a mesa. — Quinze dias — repetiu ela, indicando o arquivo com um gesto de cabeça. — Mas eu apreciaria se puder ser mais rápido. Por mais estranho que pareça, conseguir esses velhos arquivos é de extrema urgência. Se precisar de mim, o número do meu celular está no cartão. — Ela estendeu a mão, os olhos fixos nos de Holly, avaliando-a friamente. — Foi um prazer conhecê-la, segunda-tenente.

— Mike — chamou Holly, quando seu chefe retornou da reunião. — Qual é o POP para solicitações de liberdade de informação?

Breedon deu de ombros para a pergunta sobre o procedimento operacional padrão.

— Você espera 14 dias e envia uma nota cortês, dizendo que a informação não está disponível. Ou pede que o requerente entregue o número do fichário do documento, se quiser deixá-lo realmente bravo. Do que se trata?

— Algo a ver com um general croata chamado Dragan Korovik.

— Operação Tempestade?

— Isso mesmo. Você se lembra disso?

— Negativo. Isso foi muito antes do meu tempo. Mas li a respeito. Para ser franco, essa é uma das poucas guerras com a qual ninguém mais se importa. Ficou claro que os croatas eram os bonzinhos. Os sérvios estavam fazendo limpeza étnica, bombardeando Sarajevo, tentando anexar a Bósnia, aquela merda toda, apesar de um embargo armamentista feito pela ONU. No fim, a Bósnia e a Croácia sobreviveram e nasceram três democracias. Em termos geopolíticos é um raro exemplo de final feliz.

— Ela mencionou atrocidades.

— Bem, você sabe como são as coisas. Você diz atrocidade, eu digo um exemplo infeliz de danos colaterais.

Enquanto ele falava, Holly acessava a Intellipedia, o equivalente à Wikipédia da comunidade do serviço de inteligência. Como um dos milhares de profissionais de inteligência do mundo com livre acesso à rede global Intelink, ela podia ter informações confidenciais sobre centenas ou milhares de assuntos em segundos.

— Mulheres e a Guerra parece ser uma organização que merece crédito — disse ela, ponderadamente, rolando as páginas. — Diz aqui que estiveram envolvidos em representações no TCTI.

— Que é...?

— O Tribunal Criminal Internacional para a antiga Iugoslávia. Faz parte do Tribunal Internacional da ONU, em Haia. — Ela digitou outra busca. — Que interessante.

— O quê?

— O general Dragan Korovik está detido no TCTI agora, num julgamento pendente por crimes cometidos em 1995. Ele foi entregue pelas autoridades croatas ano passado. Há poucas semanas, o advogado dele disse que, em seu depoimento, o general vai declarar que tudo que fez foi sancionado pelo governo dos Estados Unidos.

— O que logicamente não foi — opinou Mike Breedon, numa reflexão. — Ou estaríamos infringindo aquela resolução da ONU.

Holly passou os olhos no restante do artigo da Intellipedia. Dragan Korovik havia emergido da obscuridade no início da guerra para assumir o comando do recém-formado exército croata. No início, estava em desvantagem contra as forças sérvias mais numerosas, depois realizou o que a Intellipedia chamava de uma série brilhantemente executada de contra-ataques, arrancando um grande pedaço da Bósnia ocidental do controle sérvio, principalmente a região de Krajina. Houve muitas mortes de civis, no entanto. E, depois da guerra, Korovik foi forçado a se esconder, embora corresse o boato, segundo a Intellipedia, de que estava vivendo abertamente sob a proteção do novo governo. Apenas quando sua captura se tornou uma condição para a entrada da Croácia na União Europeia, uma década mais tarde, ele foi finalmente "descoberto" e preso.

— Isso está me parecendo um campo minado — comentou Mike, lendo por trás dela. — O que você quer fazer?

— Acho que seria bom dar uma olhada nesses arquivos.

— Mesmo? — Seu tom de voz dizia que ele não se incomodaria.

— É a lei, não é?

— Pode-se dizer que sim. — Holly olhou para ele. — Ah, essa coisa de governo aberto é um aborrecimento. — Mike fez uma careta. — Toda vez que alguém quer nos acusar de alguma coisa, acabamos procurando as provas para eles. É quase como se fôssemos forçados a trabalhar para o outro lado. Qual é o sentido disso?

— Claro — murmurou ela. — Qual é o sentido? Mas vou acompanhar isso de qualquer maneira. Só para nos livrarmos dela.

— Obrigado, Holly.

Apesar do que tinha acabado de dizer, não era puramente para manter Barbara Holton longe que Holly estava determinada a fornecer tantas informações quanto podia. *Você irá personificar o tempo inteiro a integridade e o profissionalismo dos militares dos Estados Unidos*, havia lhe dito o major Forster anteriormente. A lei determinava o direito de Barbara Holton ter sua consulta respondida. E isso significava que Holly Boland faria o possível para atendê-la.

7

O BARCO DOS Carabinieri ricocheteava em alta velocidade sobre as ondas. Kat, novamente com frio, agora estava dando graças à água gelada que salpicava em seu rosto a cada impacto. No almoço fora servido um *antipasto* de filhote de polvo grelhado diretamente na chama do gás, acompanhado de chili salpicado e regado com um bom azeite, seguido por *spaghetti ai ricci di mare*, uma massa com molho aromático e adocicado de ouriço do mar, temperado com funcho, vermute e açafrão, e de sobremesa um *tiramisú*, um musse macio de café com vinho Marsala. Durante a refeição, eles tinham dividido uma garrafa de Friuli leve e defumado das montanhas. Ela não estava acostumada a beber na hora do almoço — bem, não mais que uma *ombra* ou duas com amigos — e esperava estar totalmente sóbria quando chegassem a Poveglia.

Nem o vinho nem as ondas pareciam afetar Piola. Kat concluiu que ele era uma das pessoas mais calmas que já havia conhecido. Resoluto porém descontraído. E, para um oficial veterano, segundo sua experiência, Piola parecia genuinamente interessado em suas opiniões.

— Então por que uma mulher se veste de padre? — perguntara ele no restaurante, após terem feito o pedido.

Como já havia pensado naquilo, ela respondeu de imediato:

— Não como uma fantasia. Já verifiquei. Nenhuma das lojas de artigos de carnaval de Veneza oferece esse tipo de coisa. Além disso, a vítima era bem pequena. Os trajes sacerdotais eram verdadeiros e serviam nela. Imagino que tenha comprado pela internet.

Piola ergueu uma sobrancelha.

— É possível fazer isso?

Kat assentiu.

— Encontrei um ou dois sites nos Estados Unidos que enviam para todo o mundo. Na verdade, acho que a batina dela é jesuíta, com o cíngulo, fabricada por uma empresa americana chamada R. J. Toomey. — Kat pegou uma folha de papel. — Imprimi a página do catálogo deles.

Claramente impressionado pela iniciativa dela, Piola pegou a folha e a examinou.

— Certo. Digamos que você tenha razão. Nossa vítima estava bastante determinada a ponto de encomendar os paramentos dos Estados Unidos. Ou talvez fosse americana e os trouxe consigo. Porém, volto à questão inicial: por quê?

— Outra coisa que encontrei on-line... — respondeu Kat, hesitante, sabendo que estava para cometer o pecado fundamental de teorizar antes de ter provas. Mas Piola fez um gesto para que ela continuasse.

— Sim, *capitano*?

— Há organizações que fazem campanha pela ordenação de mulheres. Você sabe, para que as mulheres tenham permissão de se tornarem sacerdotisas.

Piola a olhou de soslaio.

— Um "grave delito", como nos lembrou o padre Cilosi. Claro, nem todos concordariam.

Ele estava sondando, Kat sabia, tentando descobrir se estava trabalhando com uma feminista estridente. Do mesmo modo que ela não conseguia parar de pensar se estava trabalhando com outro machista misógino. Isso já havia acontecido vezes o suficiente para que não ficasse cautelosa.

— As determinações do papa realmente parecem um pouco... radicais — comentou ela.

Piola sorriu.

— Quando vejo a ingenuidade de algumas coisas que a Igreja faz... Eles realmente não têm ideia do que as pessoas comuns pensam, não é?

— De fato — concordou ela, aliviada. — De qualquer maneira, me pareceu que o padre Cilosi descartou muito rapidamente a possibilidade de que a vítima tivesse qualquer coisa a ver com a Igreja. Talvez devêssemos encontrar alguém que tenha um ponto de vista teológico diferente antes de aceitarmos que ele esteja certo.

— Faz sentido — murmurou Piola, pensativo. — Verifique isso, por favor. E muito bem, *capitano*. Esse é o tipo de pensamento analítico que nem sempre encontramos em pessoas da sua patente e experiência.

Kat teve esperanças de que ele pensasse que o rubor em suas faces fosse devido ao vinho.

— Você percebeu que ele mentiu? — acrescentou.

— Cilosi? — perguntou ela, surpresa.

Ele assentiu.

— Quando mostramos ao padre aquelas tatuagens, ele ficou... um pouco confuso. E então deu uma resposta duvidosa sobre a possibilidade de de nos indicar alguém entendido em ocultismo. Foi quase como se estivesse insinuando que as tatuagens têm algum tipo de significado misterioso, sem realmente dizer isso.

— Mas por que ele diria algo se não fosse verdade?

Piola deu de ombros.

— Não sei. Talvez simplesmente ame tanto sua Igreja que não aprecia a ideia de ter uma mulher associada a ela. Ou talvez seja algo totalmente diferente, algo que talvez nem seja relevante. É uma das coisas que se aprende sobre uma investigação de homicídio, *capitano*. Não é preciso, necessariamente, atar todas as pontas soltas. Nós apenas as seguramos e puxamos para ver qual delas começa a desemaranhar.

Os polvos chegaram — um prato para ser dividido entre os dois, contendo cerca de uma dúzia das criaturinhas, cada uma pouco maior que uma couve-de-bruxelas e salpicadas com chili. Enquanto eles os espetavam com o garfo, Piola entabulou uma conversa.

— Em que outras investigações trabalhou, capitã?

Kat lhe contou sobre seus casos mais recentes, a maioria ligada a problemas de imigração e crimes menores. Piola estava a par de uma quantia surpreendente deles, apontou corretamente os erros cometidos e confirmou o papel que ela havia desempenhado. Kat percebeu que ele estava tentando montar um retrato de sua competência, saber quais tarefas poderiam ser delegadas com segurança, mas ela também se sentiu lisonjeada com a atenção que o coronel estava lhe dispensando. Os dois ali, compartilhando uma garrafa de vinho, acompanhada de um bom almoço, conversando atentamente — em outras circunstâncias, aquilo teria contado como um de seus encontros bem-sucedidos.

Ela logo tirou a ideia da cabeça, apavorada consigo mesma.

Katerina Tapo, esse homem é seu superior. Você reclama que os homens não a tratam de modo profissional; então agora seja profissional.

Ela se endireitou na cadeira, decidida a adotar uma conduta mais apropriada.

— Desculpe, senhor. O que estava dizendo?

Kat o questionou sobre si mesmo, mas nesse assunto Piola foi reticente — novamente uma refrescante mudança em relação à maioria dos oficiais do sexo masculino que ela conhecia, em especial visto que no caso dele a modéstia era injustificável. Em sua geração de *carabinieri*, Aldo Piola era famoso por sua participação nos chamados Julgamentos de Deslocamento. Alguns anos antes, o governo italiano havia adotado uma política de reassentamento de conhecidas figuras da Máfia do sul do país para o norte, onde, supunha-se, eles ficariam isolados de seus sistemas de apoio. A política foi um tiro que saiu pela culatra, sendo que os mafiosos realocados simplesmente estabeleceram novas operações no norte, usando as mesmas técnicas de suborno e intimidação de testemunhas que eram tão eficazes em suas cidades natais. Em sete casos, Piola conseguiu três condenações — um número pequeno, mas considerado um recorde. Correu o boato de que os superiores dele, muitos dos quais curiosamente se comprovaram menos eficazes, ficaram furiosos por Piola tê-los exposto como maus profissionais e, por isso, era improvável que ele galgasse um posto além do de coronel — uma patente relativamente baixa num país onde o trem mais lento é denominado "expresso" e o grau mais comercial de azeite de oliva é "extravirgem".

Encorajada pelo vinho, Kat perguntou sobre isso, e ele riu.

— Por que eu haveria de querer uma promoção? Você acha que os generais dos Carabinieri têm vida fácil? Eles passam o tempo todo em reuniões, sendo censurados pelos erros dos outros. — Piola ficou sério. — Quando eu era bem jovem, achava que queria ser padre. Mas me mostre um padre que realmente faz a diferença que nós fazemos. Se você faz bem o seu trabalho, não há conclusão mais gratificante do que ver alguém que cometeu um crime ir para a cadeia, e saber que foi você que o colocou lá. — Suspirou, subitamente melancólico. — É claro, na Itália é muito frequente não irem... para a cadeia, quero dizer. E essa é a principal razão para que alguns oficiais decidam não se importar mais.

Ao pedir a conta, Piola deu uma demonstração de seu comportamento incomum. O dono do restaurante anunciou imediatamente que ficava feliz em oferecer um almoço gratuito para os Carabinieri, muito grato pelo trabalho de manterem as ruas seguras, que ele os admirava muito mais que os preguiçosos da Polizia di Stato, e assim por diante. Piola não discutiu. Simplesmente esperou pacientemente que o homem terminasse de falar e então puxou duas notas de 20 euros e disse educadamente:

— Preciso de 4 de troco. — Ele já devia estar fazendo a conta antes.

Ainda assim, quando Kat tentou pagar sua parte, Piola resmungou que ganhava mais que ela e, além disso, o convite havia sido dele.

— Quando você me convidar para sair, pode pagar — disse ele, num tom de voz que não aceitava argumento.

— Tudo bem. Eu pago o próximo — murmurou ela, percebendo que já estava na expectativa de que isso acontecesse.

Agora, aproximando-se de Poveglia, o barco diminuiu a velocidade. Havia um velho e frágil píer que dava a impressão de não ser usado fazia muitos anos. Em vez de seguir naquela direção, o piloto se aproximou de uma margem de concreto poroso na praia.

A ilha era minúscula: cerca de um quilômetro de comprimento e meio de largura, dividida ao meio numa extremidade por um canal marítimo. As árvores e a vegetação cresciam livremente, impedidas apenas por uma feia torre de tijolos. Era de se presumir que indicava a localização do antigo hospital. Aquela não era a única ilha abandonada da laguna, Kat sabia. Ao norte, a ilha Santo Spirito também estava deserta e o forte octogonal ao sul tinha sido abandonado desde que ela se entendia por gente. Sempre houvera rumores sobre transformarem essas ilhotas em hotéis de luxo, mas os planos inevitavelmente naufragavam nos custos de transportar o material de construção; sem mencionar a regulamentação bizantina do Departamento de Planejamento Urbano de Veneza, que derrotava todos, exceto quem tinha bons contatos.

Piola saltou em terra firme e se virou para lhe oferecer a mão.

— Alguém esteve aqui recentemente — comentou ela, localizando algo no chão. Pegou com um saco plástico específico para objetos apreendidos e mostrou a ele. Era uma ponta de cigarro, bem nova pela aparência.

— Jin Ling outra vez — opinou Piola, analisando a ponta de cigarro.
— Interessante. Acredita em coincidências, *capitano*?
— Acredito — respondeu ele, rindo.
— Boa resposta.

Eles foram abrindo caminho em meio à vegetação rumo à torre.

— Este lugar era dirigido por freiras no início — observou ele. — Tenho idade suficiente para lembrar. Na verdade, um dos meus primeiros casos me trouxe aqui. O suicídio de um dos médicos. Foi descoberto que ele estava tomando as medicações dos pacientes e se jogou da torre. Claro que as pessoas disseram que era outro caso da maldição de Poveglia.

Eles se depararam com o antigo hospital. O edifício de tijolos e quatro andares com cerca de 200 metros de comprimento dava uma sensação palpável de decadência. Em algum momento, fora parcialmente coberto por andaimes numa tentativa de assoalhar os andares inferiores, mas não tinha sido especificamente eficaz, a julgar pelas portas que estavam penduradas fora de suas dobradiças, pelos peitoris caídos das janelas e pelas pichações.

— Garotada — declarou Piola. — Ouvi dizer que eles vêm aqui num tipo de desafio. Quem consegue passar uma noite inteira num hospício mal-assombrado, esse tipo de coisa.

A porta principal estava escancarada. No interior, havia entulho no chão do salão — pedaços de gesso, fios elétricos arrancados, uma velha cadeira de rodas destruída. De repente, uma coisa pequena e ágil correu para o cômodo ao lado. Kat esperava que Piola não sugerisse que se separassem.

— Devíamos nos separar — anunciou ele. — Vou por aqui.

Ela ficou o mais próximo possível das janelas. Os cômodos cheiravam a papel queimado e a fumaça de madeira. Uma pancada no andar de cima ecoou pelas tábuas nuas do piso, fazendo-a dar um pulo. Kat esperava que fosse apenas um pombo. Havia entulho por toda parte, quase como se o lugar tivesse sido saqueado em vez de meramente abandonado. Cacos de vidro se esmigalhavam sob seus pés. Estranhos equipamentos elétricos, feitos de baquelite e latão, com a solidez de outra época, jaziam abandonados nos cantos.

Então Kat circundou o vão da porta e seu coração quase parou.

8

DANIELE BARBO PEGOU um *motoscafo*, um táxi aquático, do continente de volta para Veneza. Ele não disse nada ao pequeno mas persistente grupo de jornalistas e fãs que tinha se reunido para vê-lo sair do tribunal. O veredito havia sido "Culpado", conforme esperava. A pena fora adiada por cinco semanas, para permitir que o tribunal realizasse uma avaliação psicológica que determinaria se ele está apto a ser encarcerado. Era uma tática de protelação por parte de sua advogada, nada mais. Se ele fosse considerado incapaz de se adaptar a um presídio normal, seria levado para uma instituição psiquiátrica, de onde só sairia depois de receber uma declaração de aptidão ao confinamento. Era um ardil-22 clássico, um circuito administrativo fechado do tipo que o sistema legal italiano se sobressaía. Uma vez ali enredado, ele sabia, seria praticamente impossível sair livre.

Diante disso, uma pesada multa pareceu a melhor opção. Daniele Barbo era considerado fantasticamente rico para o mundo exterior, o tipo de pessoa que poderia pagar o custo punitivo de 1 milhão de euros sem pensar a respeito. Poucos percebiam — e nenhum dos jornalistas que escreveram perfis sobre ele se deram ao trabalho de descobrir — que, na verdade, estava quase falido. Seu pai tinha investido todo o dinheiro em arte moderna e então deixado as obras para uma instituição de caridade que levava seu nome. As ações da empresa da família, entretanto, diluíram-se após sucessivas emissões, nenhuma delas instigada por Daniele. Ele tinha permissão de morar em Ca' Barbo, o *palazzo* da família, mas sob condições restritas: o prédio propriamente dito ficava vinculado à Fundação. Ele só estava em liberdade agora porque os gestores da Fundação, homens que Daniele odiava e em quem não confiava, concordaram em pagar sua fiança.

Que seu pai teria acreditado que esse arranjo era para o benefício do filho, Daniele não duvidava. A adolescência conturbada e o envolvimento com o cenário nascente de hackers de computadores havia exacerbado a culpa que os pais sentiam em relação ao seu sequestro e mutilação, convencendo-os de que ele estava retraído demais para lidar com os próprios problemas. Além do mais, Daniele sabia que haviam convencido seu pai de que esse era o modo mais eficaz de garantir que ele jamais vendesse alguma das obras de arte. Diante disso, no fundo, entre a escolha de manter sua preciosa coleção intacta ou de passá-la para o filho fazer o que bem entendesse, Matteo Barbo ficou com a primeira opção.

Agora, é claro, esse filho era conhecido como empreendedor da internet, algo que seus pais nunca poderiam ter previsto. O site que Daniele havia criado, carnivia.com, tinha um número consideravelmente maior de usuários que a Wikipédia afirmava. Porém, era inapropriado chamá-lo de negócio. Ao contrário do Google ou do Facebook, seus dados nunca foram usados com propósitos comerciais nem vendidos para grandes corporações. Não baixava adwares nem cookies automaticamente no computador das pessoas, tampouco rastreava os sites que elas frequentavam depois de sair. Ao longo dos anos, inúmeros prováveis investidores o procuraram com propostas para ganhar dinheiro com isso. Daniele sempre recusou.

O barco parou no píer particular de Ca' Barbo. Ao pisar nas tábuas molhadas, Daniele não pôde deixar de olhar para os quatro andares de esplendor gótico e arabesco que se assomou diante dele. O crítico de arte vitoriana, John Ruskin, comentara que Ca' Barbo era "o mais extraordinário palacete de Veneza". Agora, passado mais de um século, o andar térreo inteiro não estava sendo utilizado por causa da ameaça das cheias. A recente *acqua alta* tinha varrido seu interior de modo tão pouco cerimonioso quanto uma onda varre o castelo de areia de uma criança. O edifício era feito basicamente de pedra e mármore, e nada de importante iria apodrecer, mas a invasão havia deixado marcas até a metade das paredes e um odor ácido e fétido.

Ao subir, foi diretamente para a antiga sala de música do palacete. Atualmente, o cômodo abrigava quatro enormes servidores NovaScale, computadores tão poderosos que até mesmo no mais rigoroso inverno o ambiente precisava ser resfriado com unidades portáteis de ar-condicionado. Em contraste aos armários marchetados e às cortinas de veludo que decoravam alguns outros cômodos de Ca' Barbo, este era mobiliado com peças de sua escolha — escrivaninhas simples da Ikea, estações de trabalho baratas de melamina e cadeiras de escritório giratórias. Apenas o equipamento técnico era o melhor e mais caro, com telas enormes, tablets finos com canetas Stylus, teclados que brilhavam suavemente na penumbra perpétua. Gráficos luminosos que subiam e desciam em tempo real, como as ondas na laguna, mostravam os milhares de usuários que se aglomeravam em cada um dos circuitos integrados do NovaScale a cada instante preciso. Era possível acertar o relógio por meio de seu fluxo e refluxo, assim como pelas marés de Veneza: a ligeira elevação quando a Costa Leste dos Estados Unidos estava acordando, o salto na hora em que as crianças da Califórnia chegavam da escola, a quietude vacilante quando a Europa ia dormir.

Dirigindo-se a uma das telas, ele se conectou. Eric, Anneka, Zara e Max já o esperavam on-line. Tecnicamente, eles eram seus funcionários, mas Daniele duvidava de que se considerassem como tal. Eram os magos assistentes do Carnivia: os programadores que limpavam e desinfetavam suas ruas, policiavam seus becos e acomodavam suas disputas. Eram também, ele supunha, seus amigos, embora ainda não tivesse se encontrado pessoalmente com dois deles e não desejasse fazê-lo.

Nenhum dos quatro precisa lhe perguntar como tinham ido as coisas hoje, tendo seguido o julgamento por meio do Twitter e dos blogs.

Que droga, escreveu Max.

Vamos sobreviver, respondeu Daniele. *É uma tática, nada mais. Aconteceu alguma coisa?*

Mais um ataque, escreveu Anneka. O avatar dela era um cão chinês, mas Daniele sabia que de fato ela era uma garota holandesa de cabeça raspada e piercings nas duas sobrancelhas. Ele tivera conhecimento dela como líder de uma gangue que havia planejado uma maneira brilhante de roubar detalhes de cartões de crédito, usando falsas atualizações de segurança no Windows. *Não foi particularmente sofisticado. Apenas um ataque DoS.*

Quantos?

Meio milhão. Eles sobrecarregaram os servidores com pacotes ICMP, depois tentaram com TCP. O Carnivia derrotou tudo facilmente, mas o interessante foi a hora que eles escolheram.

Que foi?

1.04.

????

A hora exata que você recebeu a sentença de culpado.

Essa era outra demonstração de que Daniele era o alvo de quem quer que estivesse por trás daquilo. Meio milhão de computadores domésticos infectados, sem o conhecimento de seu dono, por um minúsculo programa latente que tinha subitamente reavivado e tentado acessar o Carnivia. Se as pessoas nesse fórum não estivessem prevenidas, o efeito cumulativo de tal pico na demanda poderia ter sobrecarregado os servidores e o fluxo de informações e então seria capaz de procurar pontos fracos em sua programação, como uma grande onda batendo numa muralha de concreto.

O Carnivia é robusto, observou Max. *Eles acham que o elo fraco é você.*

Vlw. Eu já tinha percebido isso também.

Sim, mas pense bem. Eles estão tentando atingir o Carnivia para chegar em você. Estão tentando atingi-lo para chegar ao Carnivia. Pode parecer pessoal, mas não é. Eles simplesmente decidiram que você é o elemento mais instável. Na verdade, é uma espécie de elogio à sua codificação.

Daniele assentiu. Ele também já havia chegado a essa conclusão, enquanto estava sentado na cela abaixo do tribunal, mas era bom ouvir isso de outra pessoa.

Zara escreveu:

Preciso te mostrar uma coisa.

Pelas postagens que fazia, jamais seria possível imaginar que Zara fosse completamente surda. Como Daniele, ela era formada em matemática e, às vezes, eles colaboravam em algum dos projetos mais herméticos e enigmáticos que o Carnivia lançava.

Ela estava mostrando a página dele na Wikipédia.

Já vi isso, escreveu Daniele.

Só um segundo.

Ela mudou para uma visão que mostrava o HTML bruto, o código no qual o conteúdo real da página estava escrito. A seção final de seu perfil tinha sido trocada outra vez, ele notou. Agora constava:

Barbo aguarda cumprimento da sentença.

Carnivia, seu site, permanece off-line.

Automaticamente, seus olhos tremeram em direção aos servidores. A segunda frase, pelo menos, não era verdadeira. Mas Zara estava sublinhando o IP que indicava a fonte da informação, um número de 11 dígitos que identificava o computador de onde tinha vindo com a mesma precisão com que uma placa identificava um carro ou o número levava a um celular.

O número na tela era seu próprio IP.

Isso é fantástico, escreveu Eric, admirado. *Incrível. Como eles fizeram isso?*

Trabalho interno, sugeriu Max, adicionando um sorriso torto para mostrar que estava brincando.

Talvez eles queiram que você pense que é um trabalho interno, observou Anneka. *Mais confusão para sua cabeça.*

É uma distração, digitou Daniele. *Max tem razão: para calcular como impedi-los, precisamos saber o objetivo deles. Essas pessoas não querem a mim. Querem entrar no Carnivia.*

Porque...?, quis saber Eric.

Porque eles detestam a ideia de que há 2 milhões de pessoas conversando sem que possam espionar, escreveu Max.

Ou talvez seja mais específico que isso, opinou Daniele. *Temos cinco semanas até meu cumprimento da pena. Não é muito tempo, mas podemos usá-lo para descobrir o que está acontecendo aqui. Vamos descobrir alguma coisa, procurando quem está por trás disso. Mas tenho o pressentimento de que vamos descobrir ainda mais se procurarmos dentro do próprio Carnivia.*

9

— Mande medir isso, além de fotografar — instruiu Piola.

A sala ficou branca quando a câmera de Hapadi capturou a cena, fixando Piola, Kat e a equipe forense, apressadamente reunida diante das paredes esfareladas do antigo quarto de hospital. Agora, todos eles usavam macacões brancos descartáveis e o flash da câmera dava a impressão de que momentaneamente desapareciam e reapareciam, como fantasmas.

O objetivo das fotografias era capturar os símbolos rabiscados no gesso dilapidado: desenhos simples, rapidamente borrifados em todos os espaços livres, até sobre as janelas quebradas. Alguns pareciam semelhantes às marcas no braço da vítima.

Uma mesa havia sido empurrada para o centro do quarto. Sobre ela, um cálice e uma cruz virada para baixo mostravam com bastante clareza qual fora a intenção de seu uso. Mas isso não era nada comparado ao desenho vermelho-ferrugem em aerossol, uma mancha gigantesca de tinta que brotava da parede mais distante, nem ao borrão alongado que mostrava por onde o corpo tinha sido arrastado em direção às portas francesas que davam diretamente para a laguna.

— No que se refere à publicidade, isso poderia ser outra banda do tipo Beasts of Satan — comentou Piola, num fio de voz.

Kat assentiu. A revelação, em 2004, de que o assassinato ritualístico de duas jovens de 16 anos havia sido orquestrado por um grupo de heavy metal denominado Beasts of Satan provocara um imenso protesto público — o chamado "pânico satânico". O Vaticano introduzira novos exorcismos; leitores de tarô e adivinhos foram banidos da programação diurna da TV; houve até propostas de proibir o heavy metal. Na época, ela ainda era uma adolescente, mas se lembrava muito bem de como a mídia havia histericamente culpado os serviços policiais por não terem, a princípio, "extirpado" o "cancro do mal".

— Razão pela qual mantemos esse desenrolar dos acontecimentos entre nós, por enquanto — acrescentou Piola. — Mas, ao mesmo tempo, vamos precisar intensificar a investigação. Vou requisitar uma equipe de vinte oficiais. Turnos dobrados, horas extras, tudo a que se tem direito. E quero cada pessoa avisada sobre não falar com a imprensa ou terá que se ver comigo. Você pode providenciar isso?

— Claro. — Ela hesitou. — Isso significa que o senhor quer que eu dirija a sala de operações?

— Não — respondeu Piola, ponderando. — Acho que prefiro que fique comigo.

Mais uma vez, Kat esperou que ele não percebesse o quanto ficou satisfeita.

— Vou falar com a Central.

— Coronel?

Eles se viraram. Um dos peritos segurava uma pasta de couro.

— Acho que o senhor vai querer ver isso.

Embora estivesse usando luvas, Piola pegou a pasta pelas bordas com cuidado para não interferir em nenhuma impressão digital. Dentro, em compartimentos separados, claramente projetados para o propósito, havia hóstias e três frascos com líquidos. O conteúdo do primeiro era vermelho, o do segundo transparente e o do terceiro dourado esverdeado.

— Vinho, água e santo óleo — explicou Piola.

— Creio que seja isso que eles fazem. Para uma missa negra... usam uma hóstia consagrada. — Kat não pôde deixar de ficar chocada. — Para profaná-la.

Piola olhou, pensativamente, para os símbolos rabiscados nas paredes.

— Sem dúvida, é essa a impressão que dá.

— Tem isso também, senhor — acrescentou o perito, segurando um pedaço de plástico do tamanho de um cartão de crédito, dentro de um saco para evidências.

— A chave de um quarto de hotel — anunciou Piola. — Ora, ora... Acho que estamos prestes a descobrir quem é a nossa sacerdotisa misteriosa, *capitano*.

Deixando que os peritos terminassem de raspar as amostras da mancha de sangue, Kat e Piola pegaram o barco de volta para o Campo San Zaccaria. Malli, o chefe da TI dos Carabinieri, polvilhou o cartão em busca de impressões digitais antes de colocá-lo num leitor.

— A maioria dos cartões que vemos aqui não são realmente usados para abrir quartos de hotel — explicou ele. — Como a tira magnética é compatível com leitores de cartões de crédito, os ladrões os utilizam para armazenar detalhes de cartões roubados. A pessoa acha que seu cartão está bem-guardado no bolso, mas de fato aquele garçom a quem ela o entregou na hora do almoço o clonou para uma chave magnética em branco, enquanto debitava sua conta. — Ele digitou instruções no teclado e algumas linhas de dados apareceram na tela. — O senhor está com sorte. Este cartão é uma chave padrão MagTek. — Ele apontou. — Do Europa Hotel, em Cannaregio, quarto 73. Chave um de duas, ativa desde 22 de dezembro até 18 de janeiro. Ou seja, a pessoa ainda não saiu.

O Europa era um pequeno e inexpressivo hotel próximo à Stazione Santa Lucia. Não era um lugar que Kat escolheria para ficar se fosse a Veneza. As poltronas baratas e reluzentes da entrada e os ternos baratos e brilhantes daqueles que as ocupavam, mexendo em laptops ou murmurando em celulares, sugeriam que aquele era um lugar estritamente destinado a homens de negócio de baixo orçamento. Ela calculou que a maioria dos hóspedes só ficava um ou dois dias.

Um bom lugar onde manter o anonimato, ela pensou.

Uma recepcionista, espremida num uniforme de poliéster dois números abaixo do que deveria, olhou de modo indiferente para as identificações deles e fez sinal para que subissem. Mais poliéster sob os pés, e uma camareira que pareceu bem mais alarmada ao vê-los do que a recepcionista. Era provável que ela fosse uma imigrante ilegal, Kat pensou. Atualmente, a maioria dos subempregos de Veneza era oferecida para imigrantes do antigo bloco comunista.

O quarto 73 era uma caixa corporativa inexpressiva, idêntica a milhões de outras caixas corporativas inexpressivas pelo mundo afora. A única coisa que o diferenciava era a vista para o exterior — e essa janela, surpreendentemente, dava para um riacho, um belo canal de fundos com quase 3 metros de largura. Na frente, um velho armazém ruía graciosamente para dentro d'água, as saliências das janelas colonizadas por arbusto-de-borboleta e musgo.

As roupas estavam empilhadas sobre as camas de solteiro.

— Parece que ela estava preparada para ir embora — comentou Kat.

Piola apontou para uma mancha úmida na parede.

— O que será isso?

A mancha tinha um leve tom rosado. Agora, olhando para o quarto novamente, Kat percebeu que havia algo estranho ali. Os pertences foram empilhados em todas as superfícies disponíveis, como se alguém tivesse feito uma tentativa pouco metódica de separá-los em pilhas. Um cabo de laptop estava pendurado no espaldar de uma cadeira. Havia malas vazias num canto, como se tivessem sido jogadas. No pequeno banheiro funcional, o conteúdo de dois nécessaires se espalhava pela pia.

— *Capitano?*

Ela se virou. Piola segurava um travesseiro de uma das camas. Tinha um orifício atravessado.

— Precisamos falar com a camareira — anunciou ele. — E com o gerente. Agora.

O gerente era mais jovem que Kat, um rapaz sardento da Eslovênia, cujo crachá o identificava como Adrijan. A camareira, que se chamava Ema, parecia ainda mais apavorada que antes, embora Kat não pudesse saber se era pela presença dos Carabinieri ou do gerente.

Aos poucos, com Adrijan traduzindo, ficou claro o que havia acontecido. Logo depois das três da madrugada, Ema tinha entrado no quarto, encontrando-o completamente em desordem. Havia sangue numa parede, no chuveiro e num lençol, e tudo que estava nas gavetas tinha sido jogado no chão. Ela arrumara da melhor maneira possível, mas não sabia bem onde devia colocar todas as coisas.

Piola ficou olhando para os dois funcionários do hotel com um misto de descrença e fúria.

— Ela *arrumou*? O que ela achava que o sangue era?

Adrijan traduziu a pergunta, e a camareira fez a mímica de alguém segurando o nariz.

— Talvez um sangramento nasal — respondeu ele, tentando ajudar.

— E isso? — exigiu Piola, segurando o travesseiro com o furo. A camareira deu de ombros, desolada.

Piola suspirou.

— Diga a ela que quase certamente interferiu na cena de um crime. — Virou-se para Kat. — O que você acha?

— Estou imaginando quem foi a vítima do crime. Se nossa... — Ela hesitou, sem querer usar a palavra "sacerdotisa" como Piola fizera antes. — Se nossa vítima foi morta em Poveglia, quem foi atacado aqui?

— Exatamente — concordou ele. — Dois nécessaires, duas malas. E, de acordo com Malli, duas chaves magnéticas foram expedidas. Quando eles finalmente nos derem uma cópia do formulário de entrada, tenho certeza de que descobriremos que havia dois hóspedes nesse quarto.

— Duas mulheres.

Piola ergueu uma sobrancelha interrogativa.

— Nenhuma roupa masculina — explicou ela. — E os dois nécessaires contêm demaquilantes.

— Mas como o assassino retirou o corpo? — questionou ele. Virando-se novamente para os funcionários do hotel, disse: — Pergunte a ela se enquanto arrumava o quarto a janela estava aberta.

A camareira assentiu, disposta a ser útil agora.

— *Si* — respondeu ela num italiano pobre. — Eu fechar.

Os dois *carabinieri* foram até a janela e olharam para baixo. Lá, as águas turvas do rio marulhavam contra a parede dos fundos do hotel.

— Chame os mergulhadores — ordenou Piola a Kat. — Diga à Central que precisamos deles aqui imediatamente. E providencie uma segunda equipe de peritos para fazer uma busca neste quarto.

Pela segunda vez naquele dia, Kat vestiu um macacão descartável e cobriu os sapatos com sacos com elásticos. O livro de registros do hotel realmente continha dois nomes, mas ainda melhor, o cofre do quarto lhes rendera dois passaportes. Um era croata, em nome de Jelena Babić. A fotografia combinava com o cadáver no necrotério de Hapadi. O outro era americano, em nome de Barbara Holton. A fotografia mostrava uma mulher de meia-idade de cabelos curtos e grisalhos.

— É melhor informar as embaixadas delas — manifestou Piola.

— Ainda não temos certeza de que Holton morreu, senhor.

— Darei cinco minutos aos mergulhadores. — Ele fez uma careta de frustração. — Se ao menos tivéssemos chegado aqui algumas horas antes.

— Senhor? — chamou Kat, hesitante.

— Sim, *capitano*?

Ela apontou para o cabo do laptop.

— Temos o cabo, mas não o laptop. Ou nosso assassino o levou ou...

— Ou também está na água? Vou falar com os mergulhadores. Eles não vão gostar. Encontrar um corpo naquela poça de merda é uma coisa, mas procurar um laptop pode levar dias. — Ele acenou com a cabeça. — Bom trabalho, Kat.

Quando Piola saiu para falar com os mergulhadores, ela se deu conta de que pela primeira vez ele a havia chamado pelo primeiro nome.

Enquanto esperava pela volta de Piola, Kat deu uma olhada nos sacos para evidências que os peritos estavam separando. Um deles chamou sua atenção. Continha uma mecha de longos cabelos pretos dentro de outro saco.

— Por que reensacaram esse? — perguntou ela, curiosa.

O perito meneou a cabeça.

— Já estava nesse saco quando o encontramos. Então pusemos tudo dentro de um dos nossos.

— Estranho. — Kat o pegou para examinar mais de perto. Devia ser o cabelo de uma mulher, ela imaginou por causa do comprimento, enrolado num círculo solto que tinha parcialmente se desenrolado para preencher as laterais do saco. — Nossas duas vítimas têm cabelos curtos, de acordo com as fotos dos passaportes.

— Gostaria que fizéssemos alguns testes nisso?

— Sim, por favor. Não pode ser normal levar algo assim quando se viaja.

Em seguida, Kat encontrou um saco que continha páginas arrancadas do *La Nuova Venezia*. As páginas eram todas da última seção, na qual pequenos anúncios de prostitutas disputavam espaço com os de *chat lines*, agências de encontros e barcos à venda. Alguns dos anúncios de prostitutas tinham sido riscados com uma caneta esferográfica.

— Curioso também — murmurou ela para si mesma.

Ela se moveu ao longo da linha. O problema da equipe de busca era saber o que devia ser ensacado para análise e o que era irrelevante, então, para se garantirem, eles tinham ensacado quase tudo, desde os blusões e os casacos femininos até o conteúdo da cesta de papel. Kat olhou para o último saco. Havia alguns frascos vazios de produtos de higiene e um recibo de supermercado. De acordo com o recibo, as duas mulheres tinham comprado Pop-Tarts, água mineral e grão-de-bico em lata no Billa da Strada Nuova dois dias antes, com um cartão de crédito. Ela fez uma anotação para pedir à empresa do cartão que lhe passasse todas as outras transações que foram feitas.

O perito trouxe um documento.

— Parece que ela alugou uma *topetta* enquanto estava aqui — comentou ele, mostrando o formulário de aluguel feito em nome de Jelena Babić. — Tem certeza de que ela não era suicida?

Os venezianos sempre ficavam impressionados que os turistas tivessem permissão de alugar pequenas embarcações durante o dia, sujeitando-se às buzinas dos *vaporetti* e aos xingamentos dos gondoleiros ao tentarem se esquivar das barcas e até de navios que ocupavam as águas atravancadas de Veneza. A maioria concordava que era incrível eles não morrerem.

Kat olhou para o formulário.

— Do Sport e Lavoro, em Cannaregio. Vou ligar para eles.

Ela ainda falava ao telefone com a empresa de aluguel — conforme esperado, o barco delas tinha sido encontrado à deriva na laguna por um pescador que o havia devolvido à empresa: não, eles não tinham pensado em comunicar à polícia, nem sequer em ligar para o número da cliente que constava no formulário de aluguel. Então ouviu-se um grito lá fora e Kat desceu as escadas correndo.

Piola estava certo: os mergulhadores tinham levado apenas alguns minutos para localizar o segundo corpo. Barbara Holton também fora baleada na cabeça, e há bem pouco tempo — o ferimento ainda era recente. Havia um laptop preso no roupão do hotel com que ela havia morrido.

— Não tenham muita esperança — avisou-lhes o mergulhador-chefe, enquanto aguardavam por um barco ambulância. — Já recuperamos laptops dos canais antes. Essa água não faz bem a eles.

— Me dê licença por um minuto, senhor — pediu Kat, ocorrendo-lhe uma repentina ideia.

Ela voltou até a recepção, onde Adrijan fora substituído por um adulto num terno apropriado, sem dúvida chamado pela administração assim que ficou evidente a ocorrência de um homicídio.

— Vocês cobram pelo acesso à internet? — perguntou ela.

O gerente assentiu.

— É claro.

— Então vocês fazem os hóspedes se conectarem por meio de uma rede? — persistiu ela. Novamente ele assentiu. — Isso significa que seus quartos são conectados a um *hub*. O que, por sua vez, significa que vocês podem monitorar a atividade de seus hóspedes na internet. E imagino que, numa rede como esta, é política padrão fazer exatamente isso.

— Não podemos comentar... — começou ele, de modo automático, antes de se lembrar com quem estava lidando.

— Só consiga uma cópia para mim — pediu ela, virando-se antes que ele pudesse discutir.

— Quer dizer que agora temos dois homicídios — conjecturou Piola.
— Sem dúvida, conectados. Mas o mesmo assassino? É possível que não.

Eles estavam num pequeno restaurante a 100 metros do Quartel General dos Carabinieri. Eram onze da manhã. Ambos tinham examinado as provas durante horas na sala de operações até que Piola decidiu que precisavam comer se pretendessem seguir em frente. Ao chegarem ao restaurante, o dono trocou algumas poucas palavras com Piola e depois lhes trouxe *cicchetti*, pequenos pratos cheios de uma variedade de guloseimas para beliscarem: minúsculos fígados de frango fritos; grandes e gordas sardinhas da laguna, servidas com cebolas marinadas no vinagre; azeitonas e bolas de muçarela cremosa; tudo dividindo espaço na mesa com uma pilha de papéis da investigação.

Kat estava à beira da exaustão. Seus olhos secos lhe davam a impressão de ter areia. Porém, ela se sentia estranhamente exultante. As últimas 24 horas lançaram mais desafios em seu caminho do que ela enfrentara em toda sua carreira até então, e tinha certeza de que estava lidando muito bem com eles.

— O padre Cilosi ligou — anunciou ela, mastigando uma azeitona e largando o caroço num canto do prato. — Ele me deu os detalhes do contato daquele especialista em ocultismo que havia se referido. O padre Uriel.

Piola ergueu uma sobrancelha.

— Outro padre?

— Tudo indica que sim. Apesar de que o lugar onde ele trabalha mais pareça algum tipo de hospital. O Instituto Christina Mirabilis, que fica na direção de Verona. Marquei um encontro com ele amanhã de manhã.

— Então isso deve confirmar se realmente estamos lidando com algum tipo de missa satânica. Mas, mesmo que estejamos, pode ser tangencial aos assassinos. Nossas duas vítimas foram baleadas, o que não me parece ser uma morte ritualística. Facas, estrangulamento, afogamento, talvez, mas nunca ouvi falar de um satanista usando uma arma de fogo. — Piola pegou uma folha da pasta. — Já fizeram a necropsia do corpo de Jelena Babić. Acho que você estava certa, *capitano*. Encontraram a etiqueta de uma confecção americana nas vestes. R. J. Toomey, bem como você previu. E outra coisa. A balística fez uma primeira análise no projétil. Está um pouco disforme pela entrada no crânio, mas eles têm quase certeza de que saiu de uma... — Olhou para a página, procurando o lugar, e Kat notou como ele precisava afastar o papel para focalizar. O que significava que precisava de óculos, mas era muito vaidoso para usá-los, ela pensou. — Uma Remington SPC de 6,8 milímetros.

— Americana?

— Sim. Diz aqui que foi criada para as Forças Especiais dos Estados Unidos. Ah, e foi disparada com um silenciador Remington. Também criado para as Forças Especiais.

Houve um silêncio, enquanto os dois avaliavam essas informações.

— É claro, essas conexões com os Estados Unidos podem ser apenas uma coincidência — acrescentou ele. — Ainda acreditamos nisso, não é?

Piola serviu mais vinho para ambos, um Garganega leve engarrafado pelo irmão do dono do restaurante.

— Que tal a cópia do uso da internet do hotel? Alguma coisa que possa ser útil ali?

— Malli não tinha certeza. — Kat localizou a lista em sua pasta. — O hotel não distingue os sites visitados pelos hóspedes. Em sua maioria são de pornografia, além de algumas agências de acompanhantes e o Google Maps, o que era de se esperar pelo tipo de hotel. Mas acho que podemos supor que *este* foi acessado do quarto 73. — Ela mostrou a ele. — Quando digitei o nome de Barbara Holton no Google, veio o site mulhereseaguerra.com, e dá para ver que todos que acessaram esse site depois acessaram este aqui. — Ela apontou outra vez. — Carnivia.com. Depois disso, nada.

— Carnivia? Isso tem a ver com o garoto Barbo, não é? O menino que foi sequestrado pela Brigada Vermelha?

— Isso mesmo. Mas não entendo a conexão. Pelo que andei lendo nos jornais, Carnivia é um tipo de site de fofocas. Você sabe, estudantes dizendo quem tem uma queda por quem, esse tipo de coisa.

Houve silêncio novamente. Kat percebeu que balançava a folha de tão cansada que estava.

Piola também notou.

— Hora de ir para casa, capitã. Haverá muitas outras noites de trabalho nas próximas semanas e não preciso de você exausta.

O dono do restaurante escolheu este momento para chegar com dois copos de grapa.

— Para mim, sem dúvida — aceitou Piola, pegando um deles. — Mas ela está indo embora.

Kat estava cansada demais para discutir, porém pegou o segundo copo do dono mesmo assim.

— Mais dez minutos.

Levou uma hora para que ela fosse embora e mais outra até chegar ao seu apartamento. Contudo, apesar do cansaço, Kat não estava disposta a dormir.

Sentia o irresistível impulso de uma grande investigação, a adrenalina — não havia outra palavra para isso — da busca. Kat já havia ouvido oficiais superiores dizerem que a pressão do homicídio, a corrida para reunir as provas enquanto ainda fossem recentes, viciava tanto quanto crack e era igualmente destrutiva para a vida familiar, a normalidade e o sono. Ela entendia isso agora. A exaustão e o entusiasmo travavam uma luta em seu cérebro.

E havia outra coisa também. Algo que a incomodava, algo que ela tinha se esquecido.

Tirando a maquiagem, Kat passava mentalmente uma lista de coisas por fazer. Procurar Malli para ver se ele podia tirar alguma coisa do laptop ensopado. Idem com o celular de Barbara Holton. Tentar seguir o rastro de informações da morta até o Carnivia. Verificar seus nomes com a Interpol e suas respectivas embaixadas e se alguma delas tinha antecedentes e dar início à tarefa de se comunicar com os parentes. Ver se o projétil que matou Barbara Holton era igual ao encontrado na necropsia de Jelena Babić. Checar os depoimentos dos outros funcionários do hotel, para o caso de algum deles ter visto alguma coisa. Seguir a pista daqueles anúncios de prostitutas riscados no jornal... o que isso *tudo* significava?

E mais alguma coisa, algo que ainda lhe escapava.

Piola. Ela dissera a Piola que iria fazer... alguma coisa. Podia visualizá-lo agora, assentindo com aquela sua expressão cortês, atenciosa. Ele não era como a maioria dos policiais mais velhos, abruptos, cínicos e debochados. Havia algo de acadêmico nele, mas também algo meio jovial. De alguma forma, isso se somava a uma qualidade que a fazia querer conquistar seus elogios.

A pressão que sentia, ela se deu conta, não era apenas a de reunir as provas. Era a pressão de conquistar o respeito do coronel Piola.

Então percebeu. Havia dito a ele que gostaria de encontrar alguém que tivesse uma posição teológica diferente da do padre Cilosi sobre o sacerdócio feminino.

Abrindo seu laptop, ela digitou "sacerdotisas" no Google e passou rapidamente os olhos pelos resultados. Alguns pareciam um pouco tristes, cheios de longas justificativas de por que os autores dos textos relutantemente aceitavam a posição do papa, mas continuavam a falar abertamente contra ele "de uma posição de consciência respeitosa". Outros eram exasperados, mostrando que a Bíblia estava cheia de referências misóginas à impureza ritual das mulheres.

> Em Levítico 15, 19-30, diz: "Quando uma mulher tiver seu fluxo de sangue, ficará impura durante sete dias: qualquer um que a tocar será impuro até a tarde... Quem tocar em sua cama lavará suas vestes, banhar-se-á em água, e ficará impuro até a tarde." Essa é a verdadeira razão por que eles não querem que sejamos sacerdotisas e por que os padres devem ser celibatários. Eles odeiam e temem nossos órgãos genitais.

Alguns sites eram melancólicos, citavam exemplos de outros credos que previamente se recusaram a aprovar o sacerdócio feminino, mas que agora o aceitavam. E em todos eles vigorava o reconhecimento de que o papa atual jamais mudaria de ideia. Um site radical, que se declarara contra os males do liberalismo, tinha escrito que aprovava o "tradicionalismo e o vigor" das congregações dos países emergentes, citando repetidamente a lei canônica 1.024: "Apenas um homem batizado recebe validamente a ordenação sagrada."

Em um blog, Kat encontrou uma postagem com o título "Por que as ordenações ilegais são erradas". O argumento era conhecido e familiar e dizia que aqueles que acreditam no direito das mulheres serem ordenadas deviam tentar mudar a Igreja. Mas o escritor continuou para acrescentar:

> Não deveríamos nos convencer de que a ordenação de mulheres venha a ser permitida dentro da atual sistematização. Os que ficaram tentados a assumir esse ponto de vista estão errados.

Aquilo era interessante: sugeria que realmente havia os que pensavam de outro modo. Será que esses indivíduos tinham dado um passo adiante? Será que havia, mesmo agora, mulheres que de algum modo se consideravam autênticas sacerdotisas católicas?

Kat abriu um novo e-mail e escreveu uma nota curta para o blogueiro, explicando que estava tentando entrar confidencialmente em contato com pessoas que apoiavam a ordenação feminina.

Depois de enviar o e-mail, ela deu uma rápida olhada no restante de sua caixa de entrada. Sua mãe enviara uma curta mensagem para ela e seus irmãos, lembrando-os de que tinham prometido ir almoçar no domingo seguinte. Ela não havia colocado sua irmã Clara em cópia. Kat notou. Sabia que Clara não precisaria ser lembrada.

Kat não a respondeu. Eram quase três da manhã de terça-feira e muita coisa poderia acontecer até domingo.

10

Holly Boland combateu as consequências da diferença de fuso horário com uma corrida matinal pelo perímetro aparentemente infinito de Ederle, seguida por um café da manhã leve na D-FAC, a cantina local. No que se referia a cafeterias do Exército, não era nada má — alguém havia tentado abrilhantá-la com um nome animado, "Sul dos Alpes", e ofereciam brioches e bolos italianos, assim como os *waffles* e as *hash browns* usuais. Mesmo assim, ela não via a hora de estar morando fora da base e iniciar suas manhãs com um espresso e uma porção de *cornetti* ou *bomboloni* fresquinhos, em vez daqueles imensos copos de papel do tamanho de um estádio de leite espumante, temperados com uma dose aguada de cafeína.

Depois do café, ela se apresentou a Mike Breedon. Como ainda não havia muito para fazer, ela decidiu dar início ao trabalho de localizar os papéis para Barbara Holton — ou, mais provavelmente, pensou, de concluir que tais papéis não existiam.

Após inúmeros telefonemas, ela conseguiu encontrar o sargento responsável pelos arquivos da base. Primeiramente, ele a direcionou a uma pilha volumosa de formulários de autorização que deviam ser preenchidos em duplicata e depois a um pequeno prédio no final da quadra administrativa. Ao chegar lá com seus papéis, Holly viu que uma longa fileira de soldados saía do edifício. Cada um carregava uma pilha de três caixas de papelão, como formigas levando migalhas.

— O que está havendo? — perguntou a um deles.

Sem parar, ele deu de ombros.

— Acho que estão precisando de espaço, senhora.

No interior do prédio, uma escadaria de ferro em espiral ecoava com as pisadas das botas padrão Belleville terra abaixo. Abrindo caminho contra a maré de soldados, Holly se deparou com um longo túnel de acesso, iluminado por lâmpadas nuas. Figuras fardadas traziam mais caixas nas duas direções, depositando-as em pilhas na saída.

Holly encontrou o suboficial encarregado e repetiu a pergunta. Ele também deu de ombros.

— Só estamos levando algumas caixas.

— Por quê?

O olhar do soldado dizia que ele raramente procurava motivos por trás das ordens que recebia. Ela tentou outra abordagem.

— Para onde estão indo?

— O Camp Darby, pelo que ouvi.

— Sabe onde posso encontrar os arquivos de 1995?

— Por acaso, sei. Fica por ali, à esquerda.

Mais adiante no túnel, as lâmpadas ficaram mais intermitentes. Nichos mal-iluminados continham cavaletes e pallets empilhados até o teto com caixas. "Arquivo" era um termo muito grandioso. Claramente, aquele era um depósito para a papelada que ninguém sabia ao certo se tinha autorização para jogar fora. Mesmo assim, tentaram dar uma organizada naquilo: folhas A4 coladas em cada nicho indicavam o ano de cada pilha. Alguns anos continham pilhas maiores do que outros. Presumivelmente, era por terem ocorrido maiores questões militares.

O ano de "1995" consistia numa pilha de caixas do tamanho de um caminhão. A fila de soldados-formigas já estava a cerca de 20 metros de distância, esvaziando os nichos, um a um. Holly não tinha mais que alguns minutos, calculou, antes de ser educadamente requisitada a desocupar a área para que eles pudessem esvaziá-la.

As primeiras três caixas que abriu continham formulários de requisições comerciais que não interessavam a ninguém. As duas seguintes abrigavam memorandos administrativos aleatórios. Na sexta, ela encontrou fotos de reconhecimento aéreo. Uma das perguntas de Barbara Holton se relacionava a tais imagens, ela recordou, mas como seria possível saber a quem essas fotos foram entregues ou que terreno exibiam? Holly decidiu seguir adiante.

O trabalho demandava tempo e, quando Holly estava a meio caminho da tarefa, os primeiros soldados já rondavam a entrada do nicho.

— Podem levar essas caixas da frente. Estou quase acabando aqui — anunciou ela, sabendo que um sorriso simpático seria mais eficaz que tentar mudar as ordens que eles receberam. Voltando às caixas, puxou outro arquivo, mais grosso. Algumas palavras em eslavo lhe saltaram aos olhos. *Siječanj-Ožujak 1995... Medački džep. Planirani unaprijed za glavne SIGINT USAREUR.* Ela não falava servo-croata, mas tinha fluência em abreviaturas militares e sabia que SIGINT USAREUR significava Inteligência por Sinais, termo originário do Exército dos Estados Unidos na Europa. Então pegou esse. O arquivo imediatamente abaixo exibia o título rabiscado à mão "66ª INTERCEPTA BiH". A 66ª Brigada centralizava a organização geral da Inteligência Militar na Europa e BiH devia ser Bósnia-Herzegovina. Em seguida, havia mais dois arquivos que pareciam conter datas e horários, tudo no inconfundível idioma eslavo. Holly pegou esses também, pôs todos embaixo do braço e chamou:

— Todos seus, rapazes.

Pensando melhor, ela se virou para um dos soldados que passava.

— Esses aqui deverão se reunir aos outros algum dia — declarou ela, mostrando os arquivos. — Faz ideia a quem devo enviá-los?

— Negativo, senhora. O pedido chegou via Intel. É tudo o que sei.

Ela acenou um agradecimento e saiu, apressada, segurando firme os arquivos. Não significava nada, decidiu, que a solicitação da lei de liberdade de informação de Barbara Holton tivesse especificamente mencionado algum tipo de envolvimento triplo entre a Inteligência Militar, o Camp Ederle e o Exército croata. Se você começar a tratar essas pequenas coincidências como significativas, acabará pensando como um desses lunáticos que acreditam em teorias da conspiração.

11

DANIELE ADICIONOU UMA lata de Red Bull em meia xícara de café e mexeu com a ponta de um lápis antes de beber em três goles. Tentou não pensar no gosto.

Eles ficaram acordados a noite inteira, rastreando janelas eletrônicas dentro do site do Carnivia que somente um pequeno grupo de pessoas conhecia, à procura de algo que talvez nem fossem reconhecer ao ver.

Ele tinha certeza de que o motivo de as autoridades o perseguirem estava em algum lugar dentro do Carnivia. Aquilo não era apenas um ataque aleatório a um canal de comunicação que eles não podiam controlar. Alguém estava procurando algo específico, algum segmento de conversa ou alguma informação valiosa, e estavam dispostos a destruí-lo para conseguir isso.

O que significava que até agora não haviam encontrado.

Daniele não sabia exatamente o que faria se ele e seus programadores encontrassem antes que os outros. Quase certamente, esse algo estaria codificado e impossível de ser rastreado, como a maioria do tráfego do Carnivia. No entanto, ele esperava que o tamanho, a forma e o padrão das transferências lhe possibilitassem, pelo menos, calcular o tipo de coisa com que estava lidando.

Você sabe, digitou Max do outro lado do mundo, *sempre existe a possibilidade de estarmos jogando diretamente nas mãos deles.*

Como assim?

Eles tentaram invadir o Carnivia sem sucesso, certo? Procurando exatamente aquilo que estamos procurando. E agora aqui estamos nós, fazendo isso por eles.

Daniele passou as mãos pelos cabelos, exausto. Então digitou: *Você tem razão. O plano A é uma droga. Se eu tivesse um plano B, provavelmente o colocaria em ação. Mas não tenho. Então vamos continuar a procurar*

12

HOLLY LEVOU OS arquivos para o Gabinete de Ligação e os examinou com mais cuidado. Os três processos tinham em torno de vinte páginas de material solto anexado. Ela tentou traduzir algumas das palavras eslavas no Google Tradutor, mas os circunflexos invertidos e outros acentos diferentes facilmente derrotaram seu teclado americano.

— Mike, nós temos algum tradutor de servo-croata na base? — perguntou ela ao chefe.

— Não faço ideia. Mas posso enviar um ou dois e-mails se você quiser. Ainda é sobre aquela solicitação de transparência?

— Sim.

— Francamente, duvido que você vá encontrar alguém. Desde Kosovo, o Pentágono não vê nenhum sentido em treinar intérpretes nesses idiomas e isso deve ter sido há quase 15 anos. O mundo segue em frente, não é?

— Certo — concordou ela com um suspiro. Por uma janela próxima, podia ver uma dúzia de soldados exercitando-se num campo de treinamento. Parecia divertido, ou, pelo menos, fisicamente era um desafio. Por um momento, arrependeu-se de não ter enviado a Barbara Holton uma carta-modelo com algumas trivialidades.

— Eu conheço uma pessoa que você pode tentar, no entanto — declarou Mike.

Ela voltou a atenção para ele.

— É mesmo?

— Ian Gilroy. Ele era chefe da divisão local da CIA antes de se aposentar, um verdadeiro combatente da Guerra Fria dos velhos tempos.

De vez em quando vem à base para dar palestras. — Mike fez uma careta. — Assisti a uma tempos atrás. Não posso dizer que foi instigante. Mas desconfio que isso dê a ele uma desculpa para usar a loja da base, fazer uma revisão no carro e jogar conversa fora com colegas dos velhos tempos. Sabe como é com esses aposentados.

— Claro — concordou ela. — Ian Gilroy. Obrigada, vou tentar. — De repente, algo veio a sua mente. — Mike — chamou, lentamente —, isso não é algum tipo de trote, é?

— Trote? — perguntou ele, inocentemente.

Os posicionamentos no estrangeiro eram notórios pelos trotes nos recém-chegados. Os novos soldados eram mandados ao arsenal para pegar um engradado de granadas para canhotos, os da aeronáutica eram enviados às lojas para comprar tinta de camuflagem, os marinheiros recebiam ordem de ajudar a calibrar o radar, enrolando-se em papel alumínio. A criatividade era infinita, fosse para duplicar chaves de um Humvee, substituir bolhas em níveis de pedreiro, copiar relatórios de armas ou qualquer outra das centenas de brincadeiras que mantinham as tropas de combate entretidas em suas longas estadias no estrangeiro. Somente agora ocorria a Holly que uma mulher de meia-idade, suspeitamente articulada, brandindo uma obscura solicitação FOIA — *Freedom of Information Act*, a lei de liberdade de informação — pudesse ser algo do gênero.

Mike sorriu com o pensamento.

— Bem que eu queria que fosse... seria um dos bons. Mas não, pelo menos que eu saiba. Foi você mesma que escolheu fazer isso, lembra? Não há outro culpado.

O Centro Educacional do Camp Ederle compreendia nada menos que três universidades afiliadas: University of Maryland, Central Texas College e University of Phoenix. Holly deu uma olhada na lista de cursos no computador. Entre as três, ela poderia estudar de tudo, desde justiça criminal a administração, tudo subsidiado pelo governo. Mesmo assim, ela sabia, a maioria dos soldados preferia passar o tempo livre angariando qualificações internas do Exército.

Ian Gilroy dava dois cursos: história militar italiana e civilização romana. Ao todo, dava apenas três aulas semanais, que não pareciam levar a nenhuma graduação específica. Sem dúvida, parecia mais o hobby de um aposentado do que uma ocupação acadêmica séria.

Percebendo que o seminário sobre história militar italiana iria terminar na meia hora seguinte, ela pegou um ônibus até o Centro Educacional. O lugar estava movimentado, principalmente por mulheres em roupas civis. Holly sabia que havia quase mil esposas morando perto da base e precisavam se ocupar de alguma forma. Ao lado delas havia um menor número de homens mais velhos, também em trajes civis. Esses deviam ser os aposentados: ex-soldados ou oficiais que residiam ali por perto e tinham o direito de usar as instalações da base enquanto vivessem. Seu próprio pai havia falado sobre fazer algo semelhante no Camp Darby.

Holly sentiu uma súbita pontada de tristeza. Muitos desses homens tinham mais ou menos a idade de seu pai. Cabelos brancos combinados com uma postura ereta, militar — digna e frágil ao mesmo tempo —, sempre a sensibilizavam.

Ela encontrou a sala de aula e deu uma espiada no interior. Dois homens com cerca de 70 anos estavam sentados assistindo a outro de idade similar que desenhava um diagrama no quadro branco, enquanto falava. Imaginando que aquele fosse Gilroy, Holly recuou e ficou esperando no corredor.

Após cinco minutos, a porta foi aberta e os dois homens saíram. Gilroy apagava o quadro agora, esfregando-o meticulosamente com álcool metilado.

— Sr. Gilroy?

Ele se virou. Tinha cabelos brancos e o físico exibia a magreza da idade, mas os olhos azuis firmes não mostravam sinais aquosos ao assimilarem suas escassas divisas.

— Sim, segunda-tenente.

— Estou aqui para pedir um favor ao senhor. Me disseram que talvez o senhor fale servo-croata. Tenho alguns documentos que precisam ser traduzidos.

Claramente satisfeito por ser requisitado, ele assentiu.

— Posso tentar, sem dúvida, mas devo avisar que minha habilidade nesse sentido está um tanto pobre. Na minha época, tendíamos a trabalhar com russo. Os documentos estão com você?

Holly lhe entregou os papéis, e ele a convidou a se sentar. Pegando um par de óculos de leitura discretamente enfiados no bolso da camisa, ele os examinou.

— São basicamente datas e o que parecem notas de reuniões — traduziu após um minuto. — Numa suposição, eu diria que estão relacionados à Operação Tempestade.

— Isso confere com a minha investigação, senhor. Mas por que o Exército dos Estados Unidos arquivou notas relacionadas a essa operação? Pelo que sei, não houve envolvimento americano naquele conflito.

Ele olhou por cima dos óculos de leitura com um sorriso.

— Como se chama, segunda-tenente?

— Boland, senhor. Holly Boland.

Gilroy a fitou por um momento.

— Você não é a filha de Ted Boland? A pequena Holly que fazia aqueles biscoitos italianos para os churrascos?

— Afirmativo, senhor — confessou ela.

— Ora, veja só! Seu pai e eu não nos víamos muito, é claro, visto que ele ficava em Pisa e eu aqui em Veneza, apesar de seguir o comando de Langley. — Ela assentiu à referência de que ele havia sido da CIA. — Mas com certeza peguei você no colo algumas vezes, na época em que ainda era capaz de fazer essas coisas. — Gilroy sorriu, lastimoso. — Mas você não veio aqui hoje para ouvir as reminiscências de um velho.

— Pelo contrário, senhor. Fico honrada de ouvir suas recordações sobre meu pai.

— Bem, talvez em outra ocasião. — Ele voltou a atenção outra vez para os documentos. — Posso saber exatamente o que está procurando?

— Bem, a questão é que... eu não tenho bem certeza. Recebi uma solicitação FOIA. Algo a ver com um homem chamado Dragan Korovik.

— E quem é ele?

— Ele é, ou era, um general do Exército croata. Com certeza não está em casa, não atualmente. Está aguardando julgamento por supostos crimes relativos à Operação Tempestade.

Gilroy levantou as sobrancelhas.

— Bem, certamente é um mistério intrigante. E devo confessar, estou por fora disso desde que me aposentei. Se importa que eu fique com isso e tente descobrir do que se trata?

— Por favor, faça isso. — Enquanto ele dobrava as folhas, Holly acrescentou: — É uma cópia.

— Portanto, não é confidencial?

— Não parece ser.

— Bom. E havendo ou não algo de útil aqui — Gilroy tamborilou os dedos sobre as folhas dobradas —, eu gostaria de convidá-la para jantar qualquer hora dessas. Já esteve em Veneza muitas vezes?

Ela fez que não com a cabeça.

— Cheguei aqui ontem.

— Então vamos a um bom restaurante veneziano e você me põe a par das coisas. Por minha conta. — Depois de uma pausa, acrescentou: — Recebo notícias de casa por meio de amigos. Ouvi dizer que seu pai não melhorou. Sinto muito.

— Obrigada, senhor. — Por alguma razão, a calma simpatia daquele homem era quase mais difícil de suportar do que as notícias que recebia regularmente de sua família. Holly engoliu o nó que se formou na garganta. — Tenho certeza de que ele ficaria feliz em saber que muitas pessoas ainda pensam nele.

— Esse tipo de coisa põe a vida em perspectiva, não é? — Gilroy juntou os papéis. — Mas nesse meio-tempo será um prazer ajudá-la com seu enigma, segunda-tenente.

13

AINDA EXAUSTA DEPOIS de ter ido dormir tarde, Kat pegou o carro e foi para o continente, rumo a Verona e à reunião com o padre Uriel. Perdeu-se várias vezes pelos campos de Vêneto antes de finalmente localizar o Instituto Christina Mirabilis, isolado entre vinhedos ondulantes e bosques tranquilos. A julgar pelas pedras antigas dos edifícios e pelos vitrais em algumas janelas, aquilo já havia sido um mosteiro ou um convento. A região entre Veneza e Verona era profusamente pontilhada por lugares como aquele, a maioria datando dos séculos XVI e XVII quando *La Serenissima*, como Veneza era conhecida, proporcionava um refúgio seguro para todas as afiliações religiosas perseguidas. Na Idade Moderna, muitos tinham se transformado em hospitais ou faculdades, geralmente ainda dirigidos por freiras ou monges da ordem original. Ali claramente havia acontecido algo nesse sentido. Ao estacionar o carro, Kat observou várias enfermeiras vestidas em hábitos cinza de freiras, andando apressadas de um prédio para outro.

A recepcionista, outra freira, conduziu-a ao escritório do padre Uriel e bateu à porta por ela.

— Entre — disse uma voz.

Um homem usando uma camisa de mangas curtas sentava-se atrás de uma escrivaninha, digitando rapidamente num pequeno computador. Apesar do *collarino* branco na camisa e o pequeno crucifixo de metal pendurado no pescoço, ele poderia ser qualquer outro profissional de saúde ocupado em seu trabalho. Uma mesa de exame clínico, guarnecida com uma folha de papel, ficava ao lado.

Interrompendo seu trabalho, ele se levantou e cumprimentou Kat com um aperto de mão.

— Prazer em conhecê-la. Sou o padre Uriel. — Seu italiano era excelente, mas uma insinuação de vogais encurtadas sugeria que aquela não era sua língua materna.

— Obrigada por me receber, padre.

— Não seja por isso. Imagino que se refira à abominação em Poveglia, não é?

— Ao homicídio, sim.

— Eu não me referi apenas ao homicídio — corrigiu o padre Uriel, calmamente. Kat certamente o tinha olhado de modo indagador, pois ele continuou: — Há muitas maneiras de permitir a entrada do mal em nosso mundo, capitã.

— O senhor está falando sobre ocultismo? — perguntou ela, com cautela.

— Entre outras coisas.

— Mas isto é um hospital, não é? Fico um pouco surpresa de ouvir um profissional de saúde falar em tais termos.

A insinuação de um sorriso enrugou os cantos dos olhos dele.

— Às vezes, a linha divisória entre espiritual e medicinal é menos clara do que meus colegas treinados puramente na medicina acreditariam. Se você usar o termo "psicose" ou "possessão", por exemplo, muitas vezes é mais uma questão de formação do que qualquer diferença real nos sintomas que está descrevendo. Em épocas anteriores, é claro, o único remédio para esses males era a oração, mas nos tempos modernos também contamos com poderosos tratamentos farmacológicos. Então, aqui no Instituto usamos as duas abordagens, intervenções farmacêuticas e espirituais, trabalhando combinadas. Literalmente, o melhor dos dois mundos.

— Interessante — declarou Kat, sem querer ser arrastada para uma discussão geral sobre o Instituto. — Mas o que me traz aqui hoje é seu conhecimento específico sobre ocultismo. Fui informada de que o senhor seria capaz de identificar alguns desses. — Abrindo a pasta, ela pegou as fotografias de Hapadi que mostravam os símbolos grafados nas paredes da cena do crime em Poveglia.

O padre Uriel examinou os símbolos um a um.

— Sim — assentiu ele. — Alguns desses são muito familiares. — Ele apontou. — Obviamente, este é a cruz virada. Sinaliza a Satã que ele é bem-vindo a um espaço blasfemo. — Indicando outro, o padre continuou: — Este é o Deus Chifrudo, um símbolo que representa o Maléfico. E este S entrelaçado representa a Saudação e o Açoite, um símbolo de obediência ao mal.

— Então, o senhor não tem dúvidas de que esses símbolos sejam um sacrilégio?

— Nenhuma. — Ele devolveu rapidamente as fotos, como se não quisesse segurá-las por mais tempo do que o absolutamente necessário.

— E esses? — Ela apontou para dois símbolos que ele não havia mencionado. — São muito semelhantes a algumas tatuagens que encontramos no corpo da vítima.

Um pouco relutante, o padre Uriel tornou a examinar as fotos.

— Às vezes, um culto ou um templo individual cria a própria iconografia, deliberadamente impenetrável aos observadores externos — disse ele, dando de ombros. — Para registrar os vários horrores perpetrados por um de seus membros, por exemplo. Nesses casos, os símbolos têm significado, mas podem ser insondáveis para nós.

— Entendo. Bem, obrigada, padre. O senhor ajudou muito.

Enquanto Kat guardava as fotos, ele disse:

— Você sabe, algumas das freiras mais velhas trabalharam em Poveglia. Quando ainda era um hospital psiquiátrico, quero dizer.

— Por que foi fechado? — perguntou ela, curiosa.

— De um modo meio incomum, creio que foi por estímulo das próprias freiras. Muitas delas passaram a crer que era um lugar muito maléfico. Segundo elas, havia aparições, ocorrências estranhas... — O padre Uriel balançou a cabeça. — Claro, tinha sido um *lazzaretto*, uma ilha pestilenta, e havia todo tipo de superstições sobre o lugar. Naturalmente, a princípio, a diocese tentou ignorar as reclamações. Freiras podem ser terrivelmente supersticiosas e não é saudável incentivar tais temores.

— O que aconteceu?

— Por fim, pelo que sei, foi observado que algo afetava os pacientes, algo que parecia não ter explicação médica. Então foi decidido removê-los para lugares como este aqui, onde eles começaram a se recuperar quase imediatamente.

— Posso perguntar ao senhor, padre... — Ela hesitou, sem saber como colocar o fato.

— Quer saber se eu realmente acredito em ocultismo? — indagou ele. — A resposta para isso é complicada, pois sou tanto um homem de Deus quanto um homem da ciência. Como padre, sem dúvida, acredito no Diabo. Mas, como médico, creio que o terrível poder do Diabo exercido sobre certas mentes se origina em parte de uma fraqueza de suas próprias naturezas. As pessoas abraçam o mal porque isso as excita.

— Quer dizer que símbolos como os que acabei de mostrar ao senhor não são reais? Não no sentido literal?

— Ah, eles são — garantiu o padre. — E assim como orações surtem efeito, eles também. Eu não saberia dizer se Poveglia é realmente assombrada por espíritos do mal, capitã, mas posso dizer que é exatamente o lugar que atrairia as pessoas que desejam cometer as blasfêmias que estamos discutindo.

14

HOLLY PASSOU UMA hora ligando para diferentes departamentos de Camp Darby, tentando descobrir aonde os arquivos dos túneis tinham sido levados. Finalmente, um segundo-sargento lhe disse que, sem aviso prévio, dois caminhões carregados de papéis haviam acabado de aparecer do lado de fora de seu hangar e ele não sabia o que fazer com aquilo.

— O senhor não estava aguardando?

— Não, senhora. E também não consigo encontrar quem ordenou para que fossem trazidos para cá. Mas isso acontece o tempo todo, as coisas simplesmente chegam. Minha aposta é que alguém por aí queria o espaço.

— E o que vai acontecer se ninguém disser ao senhor o que fazer com eles?

— Vamos esperar uma ou duas semanas e então reciclaremos. O Exército dos Estados Unidos está totalmente comprometido com a redução da emissão de carbono. E com todas as emissões dos F-16 e das bombas de fósforo, temos muito para pôr em dia. — Ele riu da própria piada.

— Entendido. Será que poderia me fazer um favor, segundo-sargento? Não os recicle até eu descobrir o que está havendo, OK?

— Como eu disse, geralmente esperamos uma ou duas semanas — respondeu ele, deixando audível o dar de ombros com indiferença. — Depois, temos que fazer alguma coisa.

Usando seu endereço seguro *@mail.mil*, Holly enviou e-mails para os setores locais da CIA e para unidades do Departamento de Defesa, indagando se tinham algum interesse nos arquivos de Camp Ederle. Em seguida, pensando melhor, acrescentou uma solicitação sobre a confidencialidade ou não dos documentos relativos ao pedido FOIA feito por Barbara Holton. Uma mensagem automática informava que ela podia esperar uma resposta no prazo de 15 dias úteis.

Ela ligou para o número de celular deixado por Barbara Holton e a chamada foi dirigida para a caixa postal, então ela deixou uma mensagem.

— Senhora, aqui é a segunda-tenente Boland da Caserma Ederle. Estou ligando para atualizá-la sobre o progresso de sua solicitação de transparência. Sinto muito, mas necessito de uma extensão de tempo, como prevista pela legislação, para determinar se as informações requisitadas estão em nosso poder.

Depois de desligar, ela sabia que na verdade deveria ter apagado toda a questão da memória. Havia assuntos mais prementes com que lidar no momento. O Serviço para a Infância e a Adolescência tinha acabado de requisitar um tradutor para ajudá-los numa série de apresentações às famílias do pessoal em serviço sobre Dizer Não aos Narcóticos. O Teatro dos Soldados precisava de ajuda com os cartazes na língua local para seu iminente baile de caridade. A Clínica Dentária, dispondo-se a contratar um assistente local, urgentemente queria alguém que comparasse as qualificações de um protético italiano às de um americano.

Mas, como Holly Boland havia sido criada para fazer a cama com capricho todas as manhãs e que, do mesmo modo, preferia solucionar cada assunto antes de passar para o próximo, ela continuou a pensar sobre a solicitação FOIA feita por Barbara Holton, enquanto desempenhava essas outras tarefas, por menos fascinantes e importantes que fossem.

15

O SOM DE celulares tocando não era incomum na sala de operações e o coronel Piola levou alguns segundos para perceber que este em particular não estava sendo atendido. Olhou ao redor, desinteressado, visto que o som estava por perto, mas logo esqueceu quando o telefone parou de tocar.

Mais alguns instantes e ele ouviu um sinal agudo, indicando a chegada de uma mensagem na caixa postal.

Isso também foi fácil de ignorar. Mas quem quer que fosse o dono desse celular o havia configurado para que soasse em intervalos regulares até que a mensagem fosse ouvida. Piola estava tentando separar as evidências reunidas até então para decidir sobre as pistas mais urgentes de investigação e o toque intermitente era perturbador. Olhou em volta outra vez, agora um pouco aborrecido com o subordinado desatento que tinha deixado o celular em vez de levá-lo no bolso.

Quase imediatamente, seu olhar foi atraído para uma luminosidade na mesa na qual as evidências recolhidas do hotel aguardavam a catalogação. Era o celular que fora encontrado, ainda ensacado, que estava com a luz acesa.

Cobrindo a distância até a mesa com três rápidos passos, Piola o pegou. Sem abrir o saco para provas, tocou na tela. As palavras "Caixa postal" lampejaram. Ele o levou ao ouvido, escutando através do plástico.

Senhora, aqui é a segunda-tenente Boland da Caserma Ederle...

Pegando o bloco, ele anotou o nome. Em seguida, digitou o número de Kat em seu celular.

— *Pronto?* — atendeu ela.

— Kat, a que distância você está de Vicenza? Preciso que fale com uma tal de segunda-tenente Boland na Caserma Ederle.

16

HOLLY BOLAND RECEBEU uma chamada da guarita, informando que uma oficial dos Carabinieri queria vê-la. Enquanto a visitante inesperada era conduzida, ela aprontou uma sala de reuniões. Essa, ela havia entendido por intermédio de Mike, seria uma de suas tarefas regulares. Quaisquer reclamações da polícia local sobre soldados americanos causando desordem nos bares locais ou cometendo infrações de trânsito seriam dirigidas a ela. Esperava-se que ouvisse com simpatia, na esperança de que a imprensa italiana não fizesse muita pressão sobre o assunto. Em seguida, poderia ser tratado internamente. Se o soldado tivesse retornado recentemente de uma zona de guerra, as punições geralmente eram leves.

Desse modo, Holly se surpreendeu quando a oficial em questão apareceu em roupas comuns de detetive, embora o termo "comum" não fizesse justiça ao traje descontraidamente elegante da jovem de cabelos pretos e lisos que agora estava sentada diante dela. Ficou ainda mais surpresa ao ser indagada se o nome Barbara Holton significava alguma coisa para ela.

Holly explicou que Barbara Holton havia lhe procurado com uma solicitação FOIA.

— Sobre...?

— Eu precisaria da permissão dela antes de responder isso. Essas solicitações são confidenciais.

Kat Tapo levantou, elegantemente, uma sobrancelha.

— É bom que saiba que Barbara Holton está morta. Acreditamos que o projétil que a matou possa ter saído de uma arma americana Estamos tratando o caso como homicídio.

Por um instante suas palavras pairaram no ar.

— Mesmo assim, a solicitação ainda é confidencial. Smithson versus Departamento de Estado, 2009 — acrescentou Holly, quase num pedido de desculpas.

Kat ponderou.

— Nesse caso, eu gostaria de ver a informação que vocês teriam dado à *signora* Holton em *resposta* ao pedido dela. Isso ajudará a determinar se a solicitação teve algo a ver com o assassinato.

A segunda-tenente Boland pareceu ainda mais confusa.

— Isso também não será possível, senhora. Os arquivos relativos ao pedido da Sra. Holton já não estão mais guardados aqui.

Mais uma vez, uma elegante sobrancelha se arqueou.

— Vocês se livraram deles?

— Os arquivos foram escalados para realocação, sim.

— Que conveniente. Parabéns, segunda-tenente! A senhora parece ter lidado com o pedido da *signora* Holton com a mesma eficiência que o Exército italiano teria feito. — Kat sorriu, na esperança de criar uma linha de comunicação com a americana, mas a segunda-tenente não correspondeu.

— O pedido e a realocação não tiveram nenhuma conexão — respondeu ela, tensa.

— Se a senhora está dizendo. De toda maneira, como devemos proceder?

— Sobre o quê?

— Eu sou uma oficial dos Carabinieri, a senhora é uma oficial do Exército dos Estados Unidos. Somos aliadas, colegas, e nossos comandantes esperam que colaboremos o máximo possível, certo?

— Sem dúvida.

— E eu preciso determinar se a visita de Barbara Holton aqui teve qualquer ligação possível com o assassinato. Digamos que a senhora não me mostrou de fato o pedido FOIA, mas simplesmente o deixou sobre esta mesa, talvez enquanto ia pegar uma água para mim... Consigo ler muito bem de cabeça para baixo. Ainda mais sendo a única pessoa na sala. Então eu poderia sair daqui com a garantia de que não estamos desperdiçando recursos numa linha irrelevante de investigação.

— Isso ainda seria uma quebra de confidencialidade, senhora — rebateu Holly, surpresa.

Kat suspirou e cruzou uma perna sobre a outra. Seu pé balançava, ceifando o ar com impaciência. Tanto o sapato quanto a saia eram imaculados, bem como suas pernas. Holly se flagrou invejando o bom gosto para se vestir da outra, juntamente com a oportunidade que ela tinha de exibi-lo. O Exército americano nem chegara perto de projetar fardas separadas para mulheres, apesar de estarem sempre prometendo.

— É claro — acrescentou Holly —, se houver qualquer evidência que ligue sua investigação à Caserma Ederle e nos fornecerem essa prova, nós mesmos investigaremos o melhor possível. — Decidida a não ser intimidada, Holly se manteve encarando a italiana, embora desconfiasse de que não estava conseguindo ficar à altura da indiferença que a capitã Tapo parecia capaz de transmitir com um simples curvar do lábio superior.

— Hoje, a caminho daqui — começou Kat —, pedi que alguém desse uma olhada no registro de investigações realizadas pelo Exército americano em favor dos Carabinieri aqui em Ederle. Foi interessante. Mas nada estimulante. — Ela se inclinou para a frente e apunhalou a mesa com a ponta de dois dedos para dar ênfase. — Nos últimos cinco anos, houve 24 investigações. E, até agora, o número de condenações nos tribunais italianos está em zero. Imagino que esteja a par das mortes no teleférico em Cermis.

Atrapalhando-se com a súbita mudança de assunto, Holly balançou a cabeça.

— Um jato militar americano estava sobrevoando as montanhas ao norte daqui, numa missão de treinamento. Só que o piloto desse jato específico tinha feito uma aposta, em vídeo, que conseguiria passar com o avião entre os dois cabos do teleférico que cruzam o vale. Ele cortou um dos cabos com a ponta da asa e o bondinho caiu de uma altura de 180 metros. Todos os seus vinte ocupantes morreram. O Exército americano se recusou a entregar a tripulação, dizendo que iriam investigar e levar o caso à corte militar. Adivinha? Eles foram absolvidos, cada um deles. Inclusive o piloto. Mais de uma década passada, os mandados italianos para a prisão deles ainda estão pendentes.

Holly não conseguia tirar os olhos das mãos da capitã Tapo, que durante todo o discurso tinham dirigido um magnífico e eloquente espetáculo próprio, como se a capitã fosse uma mímica fazendo malabarismo com uma dúzia de bolas invisíveis ao mesmo tempo.

— Senhora, não tenho autorização para comentar sobre esse assunto...

— É claro que não tem. Assim como não tem autorização para comentar sobre o atirador de elite com transtorno pós-traumático que decidiu aprimorar seu talento em civis aqui em Vicenza. Ou sobre o homem que apanhou até morrer num bar em Veneza porque tentou desafiar os três soldados que estavam flertando com a namorada dele. E vocês se perguntam por que as pessoas fazem objeção ao fato de estarem dobrando o tamanho dessa base! Dez mil servidores americanos só em Vêneto, 20 mil em toda a Itália. Sabe de uma coisa? Em qualquer outro país, isso seria considerado um bom tamanho para configurar um exército de ocupação.

Houve silêncio. Então Holly disse:

— Bem, retornando à solicitação FOIA...

— Esqueça — interrompeu a capitã Tapo, friamente. — A senhora não vai fazer nada. Por que faria? Afinal, trata-se apenas de um civil morto.

Incomodada tanto pelas roupas quanto pelas maneiras insolentes da outra mulher, Holly revidou:

— Posso dizer à senhora que a solicitação FOIA era relativa ao general Dragan Korovik e seu comando durante a Guerra da Bósnia, um período cujos arquivos já não estão aqui. Barbara Holton mantinha um site chamado Mulheres e a Guerra. Foi sob essa função que ela fez a solicitação. E essa é toda a extensão de seu envolvimento com esta base.

Por apenas um segundo houve um brilho de triunfo nos olhos escuros da capitã.

— Foi o que eu havia imaginado — comentou Kat. — Obrigada por sua ajuda, tenente. As coisas ficam tão mais fáceis quando cooperamos, não acha?

17

Sendo escoltada de volta à guarita de Camp Ederle, Kat estava satisfeita com o transcorrer do interrogatório. Havia conseguido até mais do que esperava, levando em conta que obter qualquer informação do Exército americano era notoriamente difícil. Tudo bem desempenhar um papel secundário para Piola, mas era bom cuidar das coisas por conta própria de vez em quando.

E tinha sido gratificante provocar aquela ratinha americana. Ela sabia que uma grande proporção das mulheres do Exército americano devia ser lésbica, mas não entendia por que elas aturavam usar aqueles horríveis uniformes camuflados o tempo inteiro, mesmo quando estavam inutilmente sentadas num escritório e não havia nada para camuflar. Faria mais sentido, Kat pensou, se a segunda-tenente Boland tivesse uma escrivaninha, um fichário e uma parede cinza impressas em suas calças cargo. Então ela ficaria quase invisível.

Satisfeita com a observação, que certamente faria o coronel Piola rir se conseguisse incluí-la em seu relatório mais tarde, Kat se virou para o *carabiniere* que a escoltava de volta à guarita.

— Vocês sempre fazem isso?

— O que, senhora?

— Escoltam os visitantes para entrar e sair daqui?

O *carabiniere* deu de ombros.

— Pelo menos vinte vezes por dia. Faz parte da pretensão de que este ainda é território italiano. Quando, na verdade, os ianques fazem o que bem entendem. Nosso *comandante* é nominalmente responsável por toda a base. A senhora sabe disso, não é? E eles só o utilizam para levá-lo para fora em sua farda formal quando entregam medalhas uns aos outros. Só Deus sabe o que fiz para merecer este posto.

Kat então teve uma ideia.

— Vocês mantêm registros? Dos visitantes, quero dizer.

— Por assim dizer. Isto é, anotamos os nomes e a hora. Francamente, não há muito mais a fazer.

— Ainda teriam os registros de 1995?

— Se tivesse me pedido isso alguns meses atrás, eu teria dito que sim.

— Por quê? O que aconteceu depois disso?

— Houve um incêndio no depósito onde os registros dos Carabinieri ficam guardados. Não só esses, mas tudo que se relaciona a toda a província. — Ele encolheu os ombros. — Estão culpando a Máfia.

— Culpam a Máfia por tudo.

— É verdade, porém quem mais poderia ser?

— De fato — respondeu Kat, lembrando-se do que a ratinha dissera. *Um período cujos arquivos já não estão aqui.* Portanto, ninguém mais em Ederle tinha documentos relativos àquela época. Mas talvez isso não fosse surpreendente, dado o tempo que havia se passado.

Eles chegaram à barreira de segurança. O *carabiniere* bateu continência em despedida, o cotovelo pendendo com tristeza diante da ideia de seu infortúnio contínuo.

Após a saída da *capitano*, Holly arrumou a sala, um pouco irritada consigo mesma por ter permitido que a mulher a exasperasse. Mas boa parte de sua raiva se dirigia à *carabiniere*. Afinal, os trabalhos de inteligência e de investigação policial não eram muito diferentes — ambos dependiam de analisar os fatos friamente e sem preconceitos. No entanto, a italiana tinha chegado fazendo insinuações e alegações quase ao acaso. "Que conveniente", dissera ela de modo aprovador ao saber sobre a realocação dos arquivos. Estava na ponta da língua de Holly retrucar que, se as forças armadas americanas estivessem tão emaranhadas na corrupção como os Carabinieri certamente estavam, jamais teriam lutado uma batalha sequer, bem como os italianos. Mas isso não teria sido nem um pouco coerente com os objetivos de iniciativa persuasiva do LNO-3.

Suspirando, Holly balançou a cabeça. Pessoas como a capitã Tapo a faziam se lembrar de que era possível falar italiano como uma nativa, ou ainda pensar como uma, mas sempre restaria um abismo entre o modo como sua cabeça funcionava e a deles.

Ocorreu-lhe que agora que Barbara Holton estava morta, não havia nenhuma razão administrativa para continuar com sua solicitação FOIA. Ela fez uma anotação mental para pedir uma cópia da certidão de óbito e assim poder encerrar o caso. E seria melhor dizer a Ian Gilroy para não perder seu tempo traduzindo os documentos que ela havia lhe entregado.

De volta à escrivaninha, Holly encontrou dois e-mails a sua espera, ambos relativos a FOIA. O primeiro era do setor da CIA em Milão.

A CIA lamenta, mas não pode confirmar nem negar a existência dos documentos relativos ao seu pedido.

O seguinte era da unidade do Departamento de Defesa.

O DoD lamenta, mas não pode confirmar, nem negar a existência dos documentos relativos ao seu pedido.

Sem qualquer cooperação. E com exatamente as mesmas palavras. Porém, ela se lembrou de que não havia nada de incomum nisso. Teria sido mais incomum se eles *tivessem* encontrado alguma coisa.

Barbara Holton devia ter sido assassinada, mas não havia nenhuma razão para que tivesse algo a ver com as informações que tinha lhe pedido.

Holly balançou a cabeça. *Pare de pensar como alguém que acredita em teorias da conspiração.*

18

Ricci Castiglione hesitou na entrada da Igreja de San Giacomo Apostolo, em Chioggia. O interior da nave estava escuro e silencioso, o ar aromatizado por cera de velas e incenso. Ele mergulhou os dedos na água benta junto à porta, fez o sinal da cruz e cruzou, apressado, o espaço que ecoava para uma capela lateral.

Madonas, dezenas e mais dezenas delas, olhavam para ele de todas as alturas, lotando as paredes como cartazes no quarto de um adolescente. Os turistas geralmente encaravam aquilo como uma curiosa mostra de devoção à Virgem Maria, mas essa era na realidade outro tipo de madona: a Madonna della Navicella, Nossa Senhora dos Mares, cuja imagem havia aparecido miraculosamente em troncos e barcos trazidos pelas marés das profundezas da laguna. O pescador sabia que ela era uma deusa mais antiga e mais poderosa que a Mãe de Cristo. Além de suas imagens, as paredes da capela estavam lotadas de *tolele* — pequenas oferendas de gratidão daqueles que ela havia salvado das ondas.

Ricci ficou parado por um instante, a cabeça abaixada, lutando para pôr em palavras o que queria lhe dizer.

Dessa vez, fui longe demais. Mas a culpa não foi minha. Foi do americano.

Ao se virar, seus olhos encontraram os do velho padre, que estava sentado pacientemente no confessionário do outro lado.

— Sem fregueses hoje, padre? — indagou ele, tentando parecer mais corajoso do que se sentia.

Foi o silêncio do velho corvo que o fez entender. Ricci já havia cometido muitos erros em sua vida. Certa vez, ele incendiara um barco pesqueiro rival. Em várias ocasiões tinha traído a mulher com prostitutas que se ofereciam de graça em troca de serviços prestados. Com raiva, havia apunhalado um homem e ainda acreditava que tinha sido Nossa Senhora dos Mares que garantira que ele não morresse — uma vítima viva podia ser silenciada com ameaças, mas uma vítima morta significava polícia, sem dúvida.

Seus contrabandos e outros servicinhos que fazia não contavam como pecados — estes eram delitos de outros. Tudo o que ele fazia era levar de A para B. Mas essa coisa da mulher vestida como um padre o deixara com uma sensação de horror da qual Ricci não conseguia se livrar. Era errado, isso podia sentir, e não apenas pelo enjoo pesado que corroía seu estômago. Cada um de seus potes de caranguejo tinha ficado teimosamente vazio a semana inteira. E agora havia a notícia de que dois oficiais dos Carabinieri andavam fazendo perguntas entre os pescadores. Se pelo menos o americano tivesse lhe perguntado onde jogar o corpo em vez de simplesmente deixá-lo cair na água!

O mal havia se unido a ele na forma da abominação levada para os degraus da La Salute. A partir disso, faltaria muito pouco para um afogamento numa das inexplicáveis tempestades que de vez em quando ocorria na laguna sem aviso. A Madonna della Navicella era uma mulher: não iria apreciar tal profanação em seu caminho.

Como muitos pescadores, Ricci nunca tinha aprendido a nadar e sua relação com o mar era como a de um homem que vive num vulcão: no fundo, ele sabia que era só uma questão de tempo até o mar reivindicá-lo.

Ele olhou em volta. Não havia mais ninguém ali. Indo rapidamente até a pequena cabine, fechou a cortina e murmurou para o rosto meio oculto pela treliça.

— *Mi benedica, padre, perchè ho peccato.*
Abençoe-me, padre, porque pequei.

19

Já era quase meio-dia quando Kat voltou ao Campo San Zaccaria.

— Como foi com a americana? — perguntou Piola.

— De pouca ajuda. Mas também irrelevante, pelo menos aparentemente.

Ela explicou sobre a solicitação FOIA de Barbara Holton. Como previa, Piola riu de sua descrição da americana toda certinha de quem ela tivera que arrancar a informação.

— Algum progresso aqui? — perguntou ela.

— Alguma coisa dos peritos que examinaram a cena do crime em Poveglia. Sabe os símbolos na parede? Alguns deles foram pintados *em cima* do sangue que estava em volta.

Ela pensou rapidamente.

— Isso quer dizer que foram acrescentados *depois* da morte da vítima.

O gesto afirmativo de cabeça dizia que Piola não desejava entrar em detalhes.

— Exatamente. E o modo como o sangue espalhado foi misturado com a tinta mostra que foi feito quase imediatamente.

— E isso significa...?

Piola deu de ombros.

— Quem sabe? Talvez o assassino estivesse fazendo um tipo de comentário sobre o que havia feito.

— O senhor disse "alguns dos símbolos". Quais estavam lá antes de ela ter sido morta?

Piola puxou uma folha com a prova de contatos e circulou três dos desenhos.

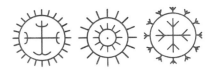

— Esses. Dois iguais às tatuagens do nosso cadáver e outro bem semelhante. — Ele olhou para cima. — O que o seu especialista tinha a dizer sobre esses três?

— Padre Uriel? — Ela tentou se lembrar. — Na verdade, ele não me falou nada sobre esses — declarou, devagar. — Quero dizer, alguns dos outros ele logo identificou como tendo significados no ocultismo, homenagens a Satã, esse tipo de coisa. Mas, quando perguntei sobre esses, ele não disse nada.

— Não os reconheceu?

— Isso é o estranho na situação. Se você não reconhece uma coisa, é mais fácil simplesmente falar logo, não acha? "Sinto muito, capitã Tapo, não faço ideia do que seja isso." Mas não foi o que ele fez. O padre Uriel fez um pequeno discurso sobre como os ocultistas às vezes criam seus próprios símbolos como insígnias de posição. Ele me deu a *impressão* de que podia ser por aí, mas não chegou a falar exatamente isso.

— Então temos alguém que talvez reconheça esses símbolos, mas não quer falar — refletiu Piola.

— Não é apenas *alguém* — lembrou ela. — Um padre. Acho que o padre Uriel pode ser o tipo de homem que não gosta de falar uma mentira descarada. Então usa subterfúgios, dando uma orientação errada.

— O que poderia fazer um padre querer desorientar uma investigação policial? — perguntou Piola, retoricamente.

Kat pensou.

— Algo que possa constranger a Igreja. Ah, e ele sabia sobre Poveglia. Ficou tentando me dizer o quanto o lugar é maléfico, o tipo de lugar que os satanistas poderiam escolher para realizar seus rituais. Naquele momento, achei estranho que a conversa tivesse tomado esse rumo, mas agora, pensando bem, acho que ele estava tentando me cutucar adiante em direção à ligação com o ocultismo.

— Porque....?

— Não sei — respondeu ela, frustrada. — Mas tem algo aqui que não está muito certo, não acha?

— Seu primeiro homicídio e você me diz que já tem o instinto para quando algo está errado? — Kat quis se desculpar, mas ele a interrompeu. — E eu concordo. Há muitas linhas de investigação contraditórias, o que me faz pensar que algumas delas devem ser cortinas de fumaça, jogadas para nos impedir de sentir o cheiro. Mas não vamos saltar a conclusões, capitã. Reunião de evidências antes. As teorias vêm depois.

Sua caixa de e-mail estava cheia, tendo inclusive uma mensagem do site que havia publicado o blog sobre ordenações ilegais.

Capitã Tapo,

Em resposta a sua solicitação, escrevo para informar que esta organização não tem nenhuma informação relativa ao envolvimento de qualquer um, por mais tangencialmente que seja, com tentativas de ordenação feminina. Se fôssemos informados de que algum dos nossos membros está envolvido em tais atividades, cortaríamos imediatamente qualquer laço com ele e passaríamos a informação às autoridades competentes da Igreja.

Atenciosamente,

O webmaster

— Encobridor babaca! — exclamou ela em voz alta.

Abaixo desse, havia outro e-mail, de um endereço desconhecido.

Prezada capitã Tapo,

Entendo que a senhora gostaria de falar com alguém sobre sacerdotisas. Sou mulher e também sou uma sacerdotisa católica.

Que eu saiba, existe mais de uma centena como eu, não obstante a posição atual da Igreja. Os números exatos são difíceis de determinar. Muitas de nós nem conhecem nossas Irmãs em Cristo e têm ordenações de catacumba.

Gostaria de discutir isso mais a fundo com a senhora se pudéssemos estabelecer um modo seguro de fazê-lo. A senhora tem uma conta no Carnivia? Seria mais fácil se tivesse.

Perdoe-me por não usar meu nome verdadeiro.

"Karen"

Ouvindo seu assobio de surpresa, Piola olhou para cima.

— Um e-mail de uma sacerdotisa — explicou ela. Era curioso, refletiu, que, apesar do tom cauteloso da primeira mensagem, só poderia ter sido aquela pessoa que enviou o e-mail dela para "Karen".

— Então quer dizer que elas existem?

Ela gesticulou em direção ao e-mail.

— Esta aqui afirma que sim. Ela menciona o Carnivia também. É a segunda vez que esse nome surge. Por que será?

Piola deu de ombros.

— Estou muito velho para decifrar todo esse lance da internet. Essa parte vou deixar para você e Malli. Mas que seja uma prioridade, OK?

Giuseppe Malli ocupava uma sala sem janelas no sótão do quartel dos Carabinieri. Muito tempo atrás, quando o prédio funcionava como um convento, essa era uma das celas mais austeras das noviças. Agora estava abarrotada de equipamentos eletrônicos: discos rígidos, laptops parcialmente desmontados, muitos cabos e monitores portáteis.

— Ah, *capitano* — cumprimentou Malli. — Eu estava examinando sua pequena sereia. — Ele levantou o disco rígido dentro de um saco plástico transparente. — Sinto muito, mas não está nada bem. As águas de Veneza levaram tudo que ela sabia. Quer que jogue fora?

— Melhor não — respondeu Kat, pegando o saco. — Inútil ou não, ainda é uma evidência. Você tem a papelada?

Cada item de evidência no prédio era acompanhado por um registro da cadeia de custódia. Teoricamente, deveria ser possível explicar cada minuto de seu percurso desde o momento em que os *carabinieri* o obtiveram.

Malli gesticulou para a desordem de sua bancada.

— Está em algum lugar aqui. Vou enviar.

— Obrigada. — Kat encontrou um lugar onde se apoiar. — Para ser franca, vim aqui para perguntar outra coisa a você. O que sabe sobre um site chamado Carnivia?

— Não mais que os outros, acho. Por quê?

Ela contou sobre as duas associações que a investigação havia levantado. Primeiro, no quarto de hotel da vítima e depois no e-mail da mulher que afirmava ser sacerdotisa.

Malli pensou por um instante.

— Numa suposição, elas devem estar usando o Carnivia como um tipo de rede de comunicação segura. O que é muito esperto, na verdade. — Vendo sua expressão de incompreensão, ele explicou: — O Carnivia usa tecnologia codificada para manter seus usuários anônimos. O próprio Daniele Barbo escreveu o algoritmo e entre os hackers é reconhecido como o melhor que existe. Então, quando se está dentro de Carnivia, a comunicação é segura. É como ter o seu próprio canal de comunicação em grau militar. Na verdade, melhor. Os sistemas do Departamento de Defesa dos Estados Unidos já foram invadidos. O Carnivia nunca.

— Acho que li que Barbo está metido em alguma confusão...

Ele assentiu.

— Agora é delito recusar ao governo permissão de acesso para monitorar o tráfego num site. A sentença dele vai começar a valer daqui a algumas semanas. A maioria das pessoas acha que Daniele vai preferir ir para a cadeia a permitir que as autoridades entrem no site.

A mente de Kat já estava fazendo hora extra.

— Quer dizer que se ele nos dissesse por que a nossa vítima estava usando o Carnivia antes de ser assassinada isso poderia ajudá-lo com o juiz?

Malli esboçou um sorriso.

— Estou entendendo aonde quer chegar, capitá, mas em seu lugar eu não teria muita esperança. Ninguém jamais convenceu Daniele Barbo a fazer algo que ele não quisesse. E uma coisa que ele realmente não quer é dar a pessoas como você e eu acesso ao seu site.

Kat respondeu a "Karen", dizendo que a encontraria onde e quando fosse conveniente. Então se concentrou na abertura de uma conta no Carnivia.

Era pouco mais complicado do que se registrar numa loja on-line. Primeiramente, era preciso escolher uma máscara de Carnaval na "loja de máscaras". Como veneziana, isso não lhe tomou tempo. Ela sempre usava uma máscara de Colombina, uma meia-máscara sorridente decorada com penas e renda. Enquanto isso, com sua permissão, o site estava buscando informações em seu computador.

Depois de um ou dois minutos, uma mensagem apareceu na tela.

Bom dia, inspetora Katerina Tapo.

Atual localização: Quartel General dos Carabinieri, Veneza.

Os dados seguintes estão corretos?

Seguia-se uma longa lista de tudo que o Carnivia havia aprendido sobre ela, que leu, atônita. Descobrira não apenas emprego, patente e idade, como também com quem ela trabalhava, quem eram seus amigos, onde morava, a escola e a faculdade que frequentara... a lista continuava.

E terminava com as palavras:

Não se preocupe, no Carnivia você ficará completamente anônima. Sua nova identidade é Colombina7759.

O que gostaria de fazer?

Entre as opções, ela escolheu "Entrar no Carnivia".

20

UMA HORA MAIS tarde, Kat finalmente saiu da internet. Sentia as faces queimar e sua cabeça girava.

O que quer que fosse que estivesse esperando, não era aquilo.

Para começar, ela havia apenas dado uma espiada, deliciando-se com o fato de que o mundo em 3-D do Carnivia era uma réplica exata da cidade que conhecia e amava. Cada detalhe era perfeito, desde os dorminhocos gatos amarelos que tomavam sol nos parapeitos das janelas até o modo como a água dos canais cintilava com o sol poente, subindo e descendo lentamente com as ondas. Mas essa era uma Veneza sem sujeira e sem turistas — a não ser que se contasse as figuras mascaradas que andavam pelas calçadas, entrando em vãos de portas e em gôndolas para resolver seus próprios negócios.

Incerta sobre o que fazer, ela seguiu uma corrente de pessoas para dentro do Palácio Ducal, onde todas pareciam consultar livros enormes em cima de mesas. Indo até lá, ela viu que cada um continha uma lista de nomes. Ao abrir o mais próximo dela, os nomes mudaram. Agora eram todos de pessoas conhecidas suas — nomes que o site havia buscado em seu disco rígido. Ao lado de alguns havia notas curtas.

Delfio Cremonesi — quatro entradas.

Francesco Lotti — duas entradas.

Alida Padovesi — seis entradas.

Alida Padovesi tinha sido sua colega na academia militar dos Carabinieri. Elas tinham perdido contato, apesar de Kat sempre pretender encontrá-la no Facebook. Clicou no nome dela. As páginas foram folheadas.

Alida Padovesi. Corpo 6/10, rosto 5/10. Não é muito boa de cama — estranho, visto que ela tem tanta prática. Sei que esteve com pelo menos dez outros homens desde que foi transferida para Milão...

Alida Padovesi. Noite dessas estávamos todos num restaurante e ela me contou que queria transar com uma mulher. Acho que estava dando em cima de mim...

Alida Padovesi. Por que ela está transando com Bruno Corsti? Será que tem algo a ver com o American Express ouro que ele lhe deu?

Era horrível, mas Kat não conseguia se desgrudar. Agora entendia por que o Carnivia e seu criador provocavam paixões tão intensas. Ela detestava o fato de estar lendo todas aquelas tolices, mas era quase impossível parar. Cada vez que decidia sair, ela localizava outro nome que conhecia, outro verbete que implorava para ser lido. Um lado seu simplesmente queria que os nomes desaparecessem, de modo que não precisasse convocar sua força de vontade a parar de ler por vontade própria.

Então, num súbito instante de pavor, ocorreu-lhe que também poderia haver esse tipo de fofoca sobre ela.

Então verificou.

Katerina Tapo — oito entradas.

Mas, quando ela clicou no próprio nome, o site mostrou uma mensagem.

Tem certeza?

Kat hesitou e depois clicou "Cancelar".

21

DANIELE BARBO SE conectou ao Carnivia, assim como já havia feito milhares de vezes antes. Na tela de entrada do site, com a máscara sorridente de Carnaval, ele digitou uma senha de administrador. Nada mudou na tela, exceto por uma opção de duas linhas apenas para administradores que aparecia abaixo do log-on:

Quer ficar:

a) visível

b) invisível?

Ele clicou em "b" e depois deu "Enter".

Daniele estava dentro de um belíssimo *palazzo* veneziano de mármore — exatamente o mesmo *palazzo* onde se sentava no mundo real. A entrada principal de Carnivia tinha Ca' Barbo como modelo, embora as esculturas e as pinturas modernistas instaladas por seu pai tivessem sido eliminadas na versão on-line. Alguns analistas haviam passado um dia inteiro discutindo esse detalhe específico. De fato, como ele tentara explicar com toda a paciência naquele dia, era simplesmente mais fácil ter como modelo para as partes tridimensionais do Carnivia um lugar que lhe era familiar, e retirar os Giacomettis e os Picassos evitava problemas com a Fundação, que detinha os direitos autorais.

Era uma boa explicação, embora, secretamente, ele soubesse que os analistas tinham certa razão.

Ao seu redor, figuras vestidas em trajes do século XVII andavam apressadas para cima e para baixo. No Carnivia, Ca' Barbo era um lugar conveniente para pegar mensagens ou uma gôndola para outras partes da cidade. A pessoa até podia usar um computador virtual ali, o que significava que, quando ela fosse ao Facebook, por exemplo, sua verdadeira identidade ficava encoberta pela máscara do Carnivia.

O pequeno aplicativo que informava um usuário do Facebook "Você tem um admirador secreto", acompanhado pelo presente de uma rosa virtual que ia despetalando aos poucos nos dias seguintes, fora uma das primeiras coisas a chamar a atenção do mundo para o Carnivia. Milhões de mensagens anônimas foram enviadas, especialmente depois que uma função foi acrescentada, permitindo que a pessoa admirada tivesse um diálogo particular e anônimo com seu admirador.

Claro que não levou muito tempo para que alguém copiasse o código original e produzisse "Alguém acha você um chato". No furor que se seguiu, o Facebook tentou banir todos os aplicativos do Carnivia — apenas para descobrir que era impotente para bloquear a codificação, tal o cuidado com que fora construída. Fazia parte do folclore do Carnivia que tinha sido necessário um apelo de Mark Zuckerberg a Daniele Barbo para que este concordasse em revelar como era feito.

No entanto, essa controvérsia não era nada em comparação ao que aconteceu quando Daniele permitiu que o Carnivia esquadrinhasse os dados do computador referentes ao mundo real da pessoa e os usou para montar um quadro de quem a pessoa conhecia: colegas, familiares, vizinhos, amigos, até as celebridades que ela seguia. Seus detratores disseram que era um estímulo a participar do pior tipo de comportamento mafioso, contudo os números de visitantes ao Carnivia quadruplicaram da noite para o dia.

Daniele nunca respondia aos seus críticos. Ele não se interessava muito pelo uso que as pessoas faziam de seu site, tampouco achava que devia ser considerado responsável pelo que elas postavam. Fazia quase cinco séculos que os venezianos usavam máscaras — na verdade, quando foram introduzidas, uma pessoa era punida se *não* as usasse ao se envolver num comportamento escandaloso, para que um comerciante, caso tivesse perdido uma fortuna nas mesas de um *casini* ou então descoberto que sua mulher tinha um amante, fosse capaz de manter os negócios sem que perdessem a confiança em sua habilidade de dirigi-los. Os boatos e os escândalos faziam tanto parte da vida veneziana quanto a dança e a libertinagem. Havia até uma palavra, *chiacchiere*, que significava "difamar" ou "passar o tempo prazerosamente". Em sua cidade esses debates eram antigos, iniciados muito tempo atrás.

Agora, invisível entre as figuras anônimas, Daniele sentou-se e esperou pacientemente por 12 horas.

Ele não fazia ideia de quem esperava nem por quê. Só sabia que, em seu meticuloso arrastão dos dados do Carnivia, localizara uma ou duas minúsculas anomalias, padrões individuais de comportamento que ele não conseguia explicar direito. Estava ali para seguir uma delas.

Todos os dias, exatamente ao meio-dia, alguém acessava o Carnivia, dava a mesma rápida caminhada, postava a mesma mensagem curta e codificada e depois saía. E exatamente ao meio-dia, a mesma força ou forças que tentavam subjugar os servidores do Carnivia jogavam seu peso contra suas defesas. Estariam as duas ações ligadas? Ele tinha quase certeza de que sim. Mas não sabia se o visitante era um cúmplice dos potenciais futuros intrusos ou uma pretensa vítima deles.

Ao meio-dia, uma figura se materializou diante dele. Era uma mulher — não que o gênero tivesse o mesmo significado no Carnivia, sendo isso uma questão de escolha pessoal e não biológica. Ela usava um Dominó, a máscara de carnaval assim chamada porque derivava dos capuzes dos padres, ou "domini", pretos por fora e brancos por dentro.

A mulher se virou, examinando os outros ao seu redor com cuidado, como se estivesse procurando alguém. Então falou com toda a comunidade — algo relativamente incomum de se fazer ali. Mesmo assim, a mensagem estava codificada: apenas o recipiente pretendido seria capaz de decifrá-la.

"*Wrdlyght? Dth reht jerish?*"

Não houve resposta. Um instante depois, a mulher se virou e foi para o píer. Pisando sobre as gôndolas, ela rumou para a cidade. Daniele a seguiu. Depois de cerca de 100 metros, ela entrou numa minúscula igreja de bairro, um simulacro da Santa Maria dei Miracoli.

Mais uma vez, ela chamou: *Wrdlyght? Dth reht jerish?* E novamente, ninguém respondeu.

A mulher se ajoelhou diante do altar, numa atitude de oração. Isso também era incomum no Carnivia, onde as pessoas tendiam a se entregar a prazeres mais profanos. Chegando invisível por trás dela, Daniele a analisou. A máscara e a fantasia eram padrão, sem exibir nenhuma das customizações que os usuários mais envolvidos do Carnivia costumavam fazer. Ela podia ser o avatar de qualquer um dos milhares de usuários que tinham, naquele momento, decidido entrar no mundo que ele havia criado.

De repente, o mundo sacudiu. A maioria das pessoas mal notaria ou acharia que era apenas algum tipo de pane no software. Daniele, porém, que era familiarizado com cada linha do código de seu mundo, sabia que não.

Não parecia ser um ataque. Não havia bolas de fogo vindo do céu; as pedras dos muros não estavam caindo nas ruas; nenhum sangue se derramara nos canais. Mas as paredes do século XV da Santa Maria dei Miracoli mudaram de posição e deslizaram em padrões geodésicos enrugados, momentaneamente revelando o *wireframe*, o esqueleto eletrônico lá dentro. O mármore do chão perdeu sua configuração e o céu ficou brevemente visível através de seções do teto dourado. Daniele teve a sensação de que era um bonequinho numa casa de bonecas que alguém muito poderoso estava pegando e sacudindo, tentando enxergar dentro.

Ele aguardou. O Carnivia se restabeleceu à medida que os servidores reagiram, aguentando o esforço. O ataque não havia sido bem-sucedido.

A mulher se levantou e foi até um canto escuro, onde havia uma antiga arca de carvalho oculta na sombra. Daniele reconheceu o lugar como um local de armazenamento, um das dezenas que ele e seus programadores espalharam pela cidade. Apesar de sua aparência medieval, era um lugar tão seguro para deixar informações como qualquer outro na internet.

A mulher destrancou a arca com uma senha codificada e olhou o interior. Daniele também olhou: estava vazia. Mas algo o deixou intrigado ao ver que o interior da arca tinha sido customizado com um desenho incomum, um tipo de padrão hieroglífico entalhado na tampa de madeira. Embora tivesse criado a funcionalidade que possibilitava tal customização, ele nunca tinha visto nada parecido com aquilo antes.

A mulher jogou uma mensagem dentro da arca, tornou a trancá-la e saiu. Essa mensagem também estava codificada, mas Daniele teve o pressentimento de que sabia exatamente o que ela dizia.

Esperei, mas você não apareceu. Por onde anda?

22

HOLLY DEIXOU UM recado para Ian Gilroy, informando ser desnecessária a tradução dos documentos que havia lhe passado. No entanto, para sua surpresa, quando ele a chamou de volta, o velho agente parecia hesitante.

— O que houve? — perguntou ela.

— Bem, acontece que já dei uma olhada neles.

— E...? Descobriu alguma coisa?

— Além disso, você me prometeu um jantar — avisou ele, sem responder diretamente. — Por acaso está livre esta noite?

— Sem dúvida.

— Tenho que ir a um vernissage hoje em Veneza. Você me acompanharia? Depois podemos jantar.

— Parece perfeito.

— Ótimo. — Ele a orientou como ir, e concordaram de se encontrar às oito da noite.

Holly o encontrou na galeria, um depósito convertido próximo ao Arsenale, que era, Gilroy lhe contou, geralmente usado para a Bienal de Arte de Veneza.

— O senhor se interessa por arte moderna? — perguntou ela, impressionada, olhando em volta. Não tivera a impressão de que ele fosse tão avançado em seus gostos.

Gilroy sorriu.

— Não, não exatamente. O homem que criou a fundação de arte que possui esta coleção era um bom amigo meu. Matteo Barbo, aristocrata de uma das famílias mais antigas de Veneza. Antes de morrer, ele me pediu que assumisse uma cadeira não executiva no conselho. Então, esse é outro dos meus pequenos serviços de aposentado.

— Barbo — repetiu ela, pensativa. — Já ouvi esse nome.

— O filho dele, Daniele, foi sequestrado quando era criança. — Gilroy baixou o tom de voz. — Foi assim que conheci Matteo. A Agência pôde dar uma ajuda não oficial aos italianos no sequestro. Infelizmente, e apesar dos nossos esforços, o menino perdeu as orelhas e parte do nariz. Antes disso, ele já era uma criança esquisita, mas depois ficou cada vez mais reservado. O pai se culpou por não ter pagado aos sequestradores o que eles queriam.

— Daniele virá aqui hoje?

— Duvido. Ele tenta ter o mínimo possível de ligação com as atividades da Fundação. — Ele a fitou. — Aliás, você está maravilhosa. Espero que Ted saiba que a filha se transformou numa linda mulher.

Holly corou.

— Obrigada.

Era verdade que ela havia se esforçado. Conhecer a capitá Tapo a fez se lembrar do quanto as mulheres italianas comuns se vestiam bem. Então decidiu que, se fosse para trocar sua farda camuflada por roupas civis de vez em quando, realmente devia fazer isso do modo adequado. No centro de Vicenza, Holly havia descoberto várias lojas pequenas porém impecáveis onde cada artigo conseguia fazê-la parecer mil vezes mais glamorosa do que de fato era, e tinha passado a tarde experimentando roupas, ficando cada vez mais incerta sobre qual comprar. Até que uma vendedora solidária na Stefanel finalmente lhe mostrou um vestido simples de caxemira listrado em tons de cinza claro. Holly se apaixonou pela peça antes mesmo de experimentá-la. E o tubinho de lã sem costuras caiu como uma carícia em sua pele. Foi estranho se olhar no espelho do provador e ver uma mulher em vez de uma soldada — o tecido aderente deu ao seu corpo esguio e firme uma insinuação de curvas, embora ela precisasse comer muita massa antes de conseguir qualquer coisa semelhante à silhueta de violão da capitá Tapo. Além disso, ela também comprou sapatos de salto alto, mas abriu mão deles antes de sair da base. Depois das botas do Exército, até tênis davam a sensação etérea de sapatilhas de balé.

Enquanto andavam pela galeria, Gilroy explicou que a obsessão particular de Matteo Barbo tinha sido colecionar obras de um período do início do século XX, conhecido como Futurismo Italiano. Eram pinturas coloridas, vibrantes até, mas excessivamente másculas para o gosto de Holly e um pouco repetitivas. De qualquer maneira, a maioria dos presentes não estava dando muita atenção aos quadros. Havia muita troca de beijinhos na bochecha e uma profusão de taças de *prosecco* sendo bebidas e enchidas de novo. Familiarizada como era às formalidades da continência militar, era estranho ser intimamente abraçada por tantos estranhos, homens e mulheres, cada vez que Gilroy a apresentava a alguém. Holly devia ter explicado uma dúzia de vezes quem era e por que falava italiano com tanta fluência antes de finalmente murmurar:

— Bem, acho que já cumprimos nossa missão aqui.

Gilroy então a levou para a Fiaschetteria Toscana, perto da ponte Rialto, onde os funcionários — garçons ainda mais velhos que ele, usando gravata-borboleta e paletó preto — brincaram sobre a idade de sua namorada, ostensivamente recomendando-lhe vários pratos pelo vigor e pela potência que proporcionavam.

— Espero que não se importe — disse ele, bem baixo. — Conheço esse pessoal há anos.

— De maneira alguma — respondeu ela, dizendo a verdade. O alarde que eles estavam fazendo era tão obviamente carinhoso que ela se sentiu lisonjeada em vez de constrangida. Notou que Gilroy falava italiano com a mesma fluência que ela, embora suas brincadeiras com os garçons fossem bastante intercaladas com vêneto, o dialeto impenetrável da cidade que era quase outra língua. Até mesmo outros italianos não entendiam bem.

— Então — começou ele, depois de fazerem o pedido de sardinhas seguidas por fígado de terneiro para ele e ravióli e peixe-espada para ela —, dei uma olhada naqueles documentos que você me entregou. E, devo dizer, também em uma ou duas inquirições de meus ex-colegas. "Quem é essa segunda-tenente Boland que está enviando e-mails sobre solicitações relativas ao Open Government?" "Você a conhece?" — Os olhos dele brilharam. — Tive o prazer de poder revelar que já sabia do que se tratava.

— Eu só estava complementando... — justificou ela, mas ele a cortou.

— Ah, não se desculpe. Provocar meus ex-colegas é um dos poucos prazeres que ainda me restam. — Ele ficou sério. — Além disso, nunca fico contente demais ao descobrir que o meu próprio lado andou fazendo algo... como devo colocar? *Inapropriado.*

Ela olhou fixamente para ele.

— É isso que os documentos mostram?

Gilroy fez um gesto bem italiano com a mão que significava talvez sim, talvez não.

— Pelo que pude ver até agora, são apenas registros de reuniões realizadas em Camp Ederle entre 1993 e 1995, não minutas do que realmente foi dito, entende, mais como planos de discussões. Mas por que essas reuniões foram realizadas em Ederle para começo de conversa? E por que os documentos estavam em croata?

— Porque alguém que só falava essa língua precisava de um registro.

— Exatamente. E, para mim, isso sugere que só podemos estar falando de militares croatas veteranos.

— Dragan Korovik?

— Possivelmente. Mas é aí que eu começo a ficar meio inquieto. Se comandantes militares estrangeiros estavam tendo reuniões numa base do Exército americano no meu setor, como é que eu não sabia nada a respeito? Segundo o protocolo, a Agência devia ser automaticamente informada de qualquer contato entre nosso lado e os não aliados.

— Então, o que o senhor acha que estava acontecendo?

— Já ouviu falar de uma organização chamada Gládio? — indagou ele, respondendo uma pergunta com outra.

Holly fez um gesto negativo de cabeça.

— Deveria?

— Bem, é uma história interessante. Em 1990, o primeiro-ministro italiano, Giulio Andreotti, foi ao parlamento e fez uma confissão notável. Veio à tona que desde o fim da Segunda Guerra Mundial, com pleno conhecimento de sucessivos primeiros-ministros italianos, a Otan estava operando sua própria rede militar secreta dentro da Itália. Ostensivamente, seus membros eram cidadãos italianos comuns: médicos, advogados, políticos, padres. Uma coisa que eles tinham em comum era o anticomunismo passional. A Otan os treinava, dava instrução militar, fornecia armas e os pagava, tudo em segredo. Era um exército de guerrilha de plantão. E ninguém sabia nada a respeito.

— Meu Deus — exclamou ela, impressionada. — Mas... por quê?

— Depois da guerra, quando os russos estavam apertando o cerco no Leste Europeu, a Otan achava que eles estavam de olho na Itália também. E os comunistas democratas estavam tendo um sucesso estrondoso nas urnas italianas. A ideia original era a seguinte: se a Rússia invadisse ou se os comunistas subissem ao poder, a Gládio iria se insurgir, pronta para se tornar a resistência oficial.

Ele fez uma pausa para quebrar um *crostini* com os dedos.

— Mas não era só isso que o primeiro-ministro Andreotti tinha a confessar. Parece que com o passar dos anos e com os russos ficando por trás da Cortina de Ferro, alguns dos gladiadores começaram a usar seus conhecimentos, e seus potentes explosivos fornecidos pela Otan, para manipular a política doméstica italiana. Mais de uma dúzia de assassinatos, atentados a bomba e outras atrocidades foram consideradas responsabilidade da Gládio. Tudo indica que até o assassinato de outro primeiro-ministro, Aldo Moro, que foi sequestrado, torturado e morto dias antes de anunciar um negócio de compartilhamento energético com os comunistas.

— Os *anni di piombo* — comentou ela.

— Exatamente.

Todos os italianos conheciam o termo que designava o caos político dos anos 1970 e 1980, apelidados de "Anos de Chumbo" devido a todos os projéteis que tinham voado, quando a polícia perdeu o controle das ruas e foi um advogado corajoso que apareceu para ser processado.

— Eles a chamavam de "estratégia de tensão" — continuou Gilroy. — Basicamente, tratava-se de provocar represálias, bem como eliminar oponentes. Mas o ponto é que a Gládio era responsabilidade da Otan. A CIA não sabia nada a respeito. Pelo menos, não oficialmente.

— Mas extraoficialmente?

— Ah, ouvíamos boatos. Especulações, algumas informações que não faziam sentido. Operações que pareciam bem-planejadas demais para ser obra de amadores. E, é claro, o escândalo Irã-Contras tinha nos mostrado exatamente o que alguns desses sujeitos eram capazes de fazer. Mas isso era tudo... boatos e especulações. Então descartamos como a bobagem excêntrica usual. Isso nos fez parecer uns idiotas quando tudo se revelou verdadeiro.

Teorias da conspiração que se revelaram nada ilusórias. Chocada com as implicações, Holly perguntou:

— O que aconteceu com a rede?

— Quando Andreotti fez o anúncio, ele disse que a Gládio já havia sido desmembrada, sob suas ordens. Ninguém foi preso, ninguém foi acusado.

— Conveniente.

— Muito. — Os olhos de Gilroy se distanciaram. — E é claro que já parecia algo do passado, pois os regimes comunistas estavam vindo abaixo. Acho que você é muito jovem para se lembrar de tudo isso, o fim da Guerra Fria.

— Eu me lembro da derrubada do muro de Berlim — disse ela. — Estava na casa de uma vizinha e apareceu na TV... As pessoas estavam subindo no muro e celebrando. Depois, meu pai chegou em casa mais cedo, contando que todo mundo na base estava comemorando. Ele disse... — Holly fez uma pausa, a voz ficando embargada. — Ele disse: "Talvez possamos ir para casa agora."

Gilroy assentiu.

— Foi o que todos nós pensamos na época. O comunismo derrotado. O trabalho da Otan estava completo. A maioria de nós realmente acreditava que estava tudo acabado. Em vez...

— Em vez...?

— Em poucos anos, estourou uma guerra civil na Iugoslávia. A princípio, foi apenas um conflito local, mas logo se tornou brutal. Sarajevo, Bósnia, Kosovo... conflitos de uma barbárie espantosa, bem na porta da Europa, a ponto de o mundo inteiro clamar pelo envolvimento da Otan. O que ela fez, não apenas com ataques aéreos mas também com operações pacificadoras e forças de proteção. Estamos em Kosovo até hoje. A Otan pós-Guerra Fria ficou maior, não menor. — Ele fez uma pausa. — Sempre me perguntei como isso aconteceu, exatamente.

Holly levou um instante para entender o que ele queria dizer.

— Só um minuto — interveio ela, incrédula. — O senhor está sugerindo que a Otan pode ter atiçado a guerra na Iugoslávia para garantir sua própria sobrevivência como organização?

— Não tenho prova nenhuma disso, Holly, mas simplesmente não consigo pensar em nenhuma outra razão para que haja documentos escritos em servo-croata nos túneis subterrâneos do Camp Ederle. — Os olhos azuis fitaram os dela, calmamente. — Ninguém jamais recebeu punição pela Gládio, muito menos foi preso. O que essas pessoas fizeram depois? Será que a rede realmente se desmembrou ou aqueles sujeitos mantiveram contato, tramando outras coisas abaixo do radar? Depois da revelação da Gládio, a polícia foi enviada para coletar as armas e os explosivos que estavam escondidos em criptas de igrejas, catacumbas, fazendas remotas... e, sem exceção, elas tinham sumido quando os policiais chegaram para desenterrá-las. Cerca de um ano depois, as primeiras bombas foram usadas contra civis na Bósnia. Por anos, tenho me perguntado se a Agência não foi feita de tola uma segunda vez.

Holly ouviu a paixão em sua voz e entendeu que ele falava de algo que ainda lhe importava profundamente.

— Portanto — continuou Gilroy, com um sorriso —, acho que você tem uma decisão a tomar, Holly. A pessoa que pediu a informação morreu...

Ela o fitou rapidamente.

— O senhor acha que foi por causa disso?

Ele deu de ombros.

— As informações que tenho é de que a polícia italiana não vê qualquer conexão. — Ela não lhe perguntou a fonte de suas informações nem salientou que ele não havia respondido sua pergunta. — A questão é: você não tem obrigação de fazer nada com essa informação, muito menos cavar por mais. Quero dizer, não tem obrigação *legal*.

— A Otan é essencialmente os Estados Unidos — concluiu ela, devagar. — Se eu tentasse ir mais fundo, estaria procurando provas contra meu próprio lado. Eu seria uma... *delatora*.

Ele assentiu.

— Por outro lado, eu saberia quem procurar com qualquer coisa que você descobrisse. Nós poderíamos manter isso em segredo.

— Nós? O senhor me ajudaria?

— É claro. Devo isso ao seu pai, pelo menos.

Holly levou um segundo para registrar o que ele tinha acabado de dizer.

— Meu pai? O que isso tem a ver com ele?

Gilroy a fitou bem nos olhos.

— Naquela época, Ted Boland foi um dos que demonstraram preocupação sobre o que agora conhecemos como Gládio. Ele tentou falar francamente sobre o assunto. Até comentou comigo a respeito. Sem saber de nada na época, eu assegurei a ele que não havia com o que se preocupar. Mas àquela altura, ele já tinha sido identificado como encrenqueiro. Ele continuou no posto, mas acho que isso arruinou o resto de seu tempo em Camp Darby.

— Eu não sabia — disse ela, devagar. Mas tudo se encaixava. Houvera uma sensação intangível de fracasso naqueles últimos anos, uma sensação de que, misteriosamente, seu pai tinha perdido as esperanças. Depois ele começou a beber e pouco mais tarde teve o primeiro de seus derrames.

— Se eu *fosse* atrás disso, como faria? — perguntou ela.

— Simplesmente siga as evidências. A mim parece provável que foi um pequeno grupo de pessoas que decidiu assumir ações políticas. Elas não teriam confiado nos canais usuais de comunicação. Deve ter havido reuniões em pessoa, como as que você já identificou. E isso significa que deve ter havido algum tipo de rastro como prova.

— Sr. Gilroy... Ian... Eu preciso pensar sobre isso.

— É claro que precisa. É uma grande decisão. — Ele fez uma pausa. — Devo lhe dizer, faz algum tempo que não dirijo uma operação, Holly. Mas qualquer conhecimento ou conselho que um velho espião ainda possa oferecer, conte comigo.

23

HOLLY NÃO CONSEGUIU ir para a cama. Ainda estava muito agitada com a conversa que havia tido com Ian Gilroy, muito perturbada pelas implicações do que ele tinha dito. Passava da meia-noite quando retornou à base, mas ela ouviu o pulsar distante de rock tocando na direção do Joe Dugan's.

Espetacular, tinha sido a descrição do soldado Billy Lewtas.

Era noite de sábado. Ela começou a andar em direção à música.

Billy Lewtas tinha razão: o Joe Dugan's era um bar muito legal. Na verdade, se a ideia de um bom bar era pouca iluminação, um barracão espaçoso como aqueles onde tocam blues em algum lugar da zona rural do Texas, abarrotado de garotões sarados, com a música tão alta que as notas do baixo latejam no peito e na virilha como um segundo batimento cardíaco — e, francamente, Holly não conhecia muitas pessoas para quem isso não seria a descrição de um excelente bar —, então esse era o máximo.

Ainda usando seu vestido Stefanel de lã que vestira para o encontro com Gilroy, ela estava um pouco elegante demais para o ambiente, mas era melhor que calças cargo. Enviou um torpedo para Billy, verificando se por acaso ele estava lá.

Estava. Em poucos minutos, ela tinha uma lata de cerveja nas mãos e estava cercada por uma multidão de jovens ansiosos. Ali, os homens superavam o número de mulheres na proporção de três para uma. Era o tipo de coisa com que as pessoas se acostumavam no Exército. Vindo de uma família onde era a única menina entre três irmãos, muitas vezes Holly cogitava se não era essa a razão para se sentir tão confortável com a vida militar. Se a pessoa tivesse problemas com agrupamentos masculinos — ou com uma animação descontrolada, gritaria, alegria, tomar um banho de cerveja ou uma abundância excessiva de testosterona em volta, então esse não era o lugar para estar.

Ela logo descobriu que uma das razões para o nível de testosterona estar especialmente elevado era a recente chegada de três companhias de marines do Afeganistão. Essa era a primeira folga deles desde o combate. Câmeras e celulares eram passados de mão em mão, exibindo filmes e fotografias. Holly captou que a missão tinha sido incrivelmente tensa e perigosa. Viu fotos de aldeões idosos com barbas extravagantes; mulheres usando burcas com olhos brilhantes; crianças afegãs sorridentes com gorros de lã coloridos, segurando pacotinhos de M&Ms numa das mãos e levantando o polegar com a outra.

Viu uma foto de um combatente talibã com a garganta cortada e outra em que um soldado fazia palhaçadas, segurando uma cabeça decepada na frente da sua como uma máscara. A maioria, no entanto, mostrava uma enorme quantidade de casas verdes e campos marrons, além de marines bronzeados sem camisa e de óculos escuros.

Um segundo-tenente chamado Jonny Wright lhe comprou uma cerveja. Holly se irritou um pouco pelo fato de ele assumir que tinha o direito de monopolizá-la só porque compartilhavam da patente de oficial subalterno, mas, quando ele disse que ia sair para fumar, ela também foi.

Por "fumar" ele queria dizer haxixe.

— O melhor *black* afegão — anunciou ele com um sorriso.

— Você trouxe essa coisa com você?

— Claro que não! Temos que desfazer as malas e passá-las pelos cães farejadores antes mesmo de entrar no avião. Peguei isso em Vicenza.

Eles deram a volta na quadra para fumar. O cheiro era forte e adocicado, e Holly adorou o modo como sua cabeça pareceu se encher e expandir suavemente feito um balão a gás na primeira tragada.

— Você vai me fazer um boquete agora? — perguntou ele, dando outra tragada.

— Estou ferrada! — Ela riu.

Ele passou o baseado e, quando Holly o pegou, ele a segurou pelo punho, pôs o pé por trás do joelho dela e a forçou a se deitar no chão, rápida e habilmente.

— Quero dizer que estou realmente precisando de um boquete. Agora.

— Vai se foder! — Ela se desvencilhou, com raiva, consciente de que ele estava falando sério.

— Eu dividi meu bagulho e comprei uma cerveja para você. Não transo com ninguém há seis semanas e não posso fazer isso sozinho. Vamos, abra essa boquinha linda.

Ele era forte e mantinha o braço dela torcido de tal forma que podia controlá-la com uma das mãos. Com a outra, tirou o pênis para fora.

Ela tentou ficar calma.

— Isso vai acabar com a sua carreira militar, Jonny. Pense bem. Faça a coisa certa e guarde isso. Não vou contar a ninguém.

Ele riu dela.

— Acabar com a *minha* carreira? Mas você não vai contar isso a ninguém, segunda-tenente. A menos que queira encarar um exame de drogas.

Ela percebeu que tinha bancado a idiota.

— Chupa, anda — murmurou ele, tomando seu silêncio por consentimento. Ele se encostou à parede e pôs as mãos atrás das orelhas dela, forçando sua cabeça em direção ao pênis, agora ereto. — Não me force a dar um tapa em você.

— OK — respondeu ela, rapidamente. — OK, tudo bem! Fique calmo.

— Boa garota. Nada de truques agora.

As mãos dele relaxaram. Ela manteve um pé para trás, e se agachou como uma corredora pronta para dar a largada.

Vai.

Holly se projetou contra ele, a cabeça abaixada de modo que o topo o atingiu na virilha com a força de um *quarterback* avançando, direto nas bolas. Tendo a parede atrás, o corpo dele não tinha para onde ir. Holly sentiu quando ele se dobrou ao meio como um livro.

Ele caiu no chão, respirando com dificuldade, enquanto ela se levantava.

— Até mais, Jonny Wright — despediu-se ela, docemente.

24

Kat acordou no domingo de manhã e notou uma leve sensação de desapontamento. O que era? Olhou para o lado vazio da cama. Não, não era isso. Apesar de fazer algum tempo que não passava uma noite de sábado sem desfrutar de uma companhia masculina, era possível viver sem isso. Na verdade, geralmente era a essa altura que ela começava a se perguntar como sugerir a Ricardo ou Quinzio ou quem quer que fosse, que era hora de tomar um banho e dar o fora.

Não, ela percebeu que a razão de se sentir desapontada era precisamente por ser domingo e, portanto, um dia sem trabalho.

Olhou para o relógio. Nove e meia. Tinha dormido até tarde, mas, afinal, tinha chegado em casa depois das duas da madrugada. Ela e Piola tinham trabalhado até meia-noite, depois comido um *risotto all'Amarone* — a típica receita veronesa, arroz cozido no vinho tinto feito com uvas parcialmente secas — na pequena *osteria* da esquina do Campo San Zaccaria, conversando sobre o caso até serem nocauteados pela exaustão.

Ela se levantou, fez um espresso em sua cafeteira Bialetti, depois se dirigiu para o chuveiro. No caminho, ligou o laptop. Ainda havia pesquisas a realizar. Ela havia feito uma lista de todas as coisas que gostaria de conferir quando tivesse tempo.

Abrindo o bloco, encontrou as anotações do interrogatório com a oficial do Exército americano. Digitou "Dragan Korovik" na ferramenta de busca e deu "Enter".

Uma hora depois, o bule de café estava vazio e ela ainda não tinha tomado banho.

* * *

Daniele Barbo ainda não havia ido dormir. Ficara andando por ruas e becos do Carnivia, invisível como um anjo, procurando mulheres com máscaras de Dominó. Tinha seguido algumas delas diversas vezes, só para vê-las desaparecer num dos salões de jogo ou bordéis cibernéticos que eram os principais espaços de recreação do site. Teve certeza de que nenhuma dessas era a mulher que estaca procurando.

Verificou novamente a Igreja de Santa Maria dei Miracoli, como fizera repetidas vezes nos últimos dias. Ao se aproximar, viu duas figuras passando pelas altas portas de carvalho e apressou o passo.

No interior, teve uma visão curiosa. Os bancos estavam cheios. Cerca de trinta figuras, usando máscaras de Dominó e trajes pretos, estavam sentadas diante do altar, imóveis, as cabeças baixas. Uma sucessão de criptografias preenchia o ar. Apenas seria inteligível àqueles que compartilhavam a senha. E ele podia apostar que cada uma delas significava uma pessoa presente, exceto a si mesmo.

Na frente, diante do grupo, estava uma figura solitária. Essa também usava uma máscara de Dominó e, de modo meio impróprio, usava uma casula e uma estola litúrgica.

Enquanto Daniele observava, a figura falou:

— *Freg mkil yrt ortinariop?*

Em uníssono, a congregação respondeu:

— *Kptry iplf dwsta.*

O que ele observava era um padre realizando uma missa, disso não havia dúvida. Em outros tempos, Daniele teria achado divertido e também ficaria intrigado ao descobrir que o Carnivia estava sendo usado para um propósito tão inesperado. Mas agora, dados todos os acontecimentos da semana anterior, seu primeiro pensamento foi "Por quê?".

Holly acordou no quarto funcional do Ederle Inn Hotel, que cheirava a ar-condicionado e graxa de botas, e se lembrou de que era domingo.

Ela havia dormido mal, incapaz de se livrar da raiva que tinha sentido do oficial marine que tentara forçá-la. Raiva dele, sim, mas também de si mesma. Caíra numa armadilha ao fumar aquele haxixe com ele. Não que fosse denunciá-lo, a menos que tivesse sido incapaz de combatê-lo.

No Exército, a cultura era de não reclamar sobre nada que não fosse uma transgressão grave. Esperava-se que cada um lutasse suas próprias batalhas.

Assim como não era a cultura ser uma delatora.

Lá fora, os sons da base eram os mesmos de outros dias. Um pelotão da infantaria passava correndo por sua janela, atiçados por um sargento. Enquanto corriam, os soldados cantavam uma cadência militar de modo tradicional.

Antes meu amor era juvenil
Agora amo é o meu fuzil

Talvez no dia seguinte eles fossem enviados ao Afeganistão, onde seriam baleados por um inimigo que não usava farda e que improvisava bombas com pregadores de roupa e telefones celulares. Talvez não fosse surpreendente que voltassem um pouco loucos.

Holly se perguntou quanto tempo levaria para que ela mesma visse o combate. Vários anos, provavelmente, quando a guerra do Afeganistão já tivesse acabado e um novo conflito surgisse para substituí-la. Havia quem previsse uma Guerra Fria na África, com a China sendo o novo inimigo. Outros diziam que haveria um conflito com a aliança islâmica ressurgente, liderada pelo Irã. A única coisa certa era que, em algum lugar do mundo, os Estados Unidos sempre estariam lutando.

Seria realmente possível, como Gilroy havia sugerido, que algumas dessas guerras fossem incentivadas pelas próprias forças militares? Ela sabia que isso não estava além do reino da possibilidade. Mesmo dentro do Exército havia muitas pessoas que acreditavam que as afirmações sobre armas de destruição em massa no Iraque foram inventadas e entregues aos britânicos para proporcionar ao Pentágono um pretexto convincente, mas com isenção de interesse, para a invasão. Contudo, ela não conseguia se livrar da convicção de que as pessoas que fizeram esse tipo de coisa haviam traído os princípios mais profundos do serviço.

Vestindo suas roupas de treino, ela saiu, mantendo o passo cerca de 200 metros atrás do pessoal da infantaria com o canto tão familiar que ela mal registrava até virar profano.

Está vendo a mulher ao lado?
Com a boca ganha o ordenado.
Está vendo a mulher bem-vestida
A vida ela ganha despida.

Holly pensou no segundo-tenente Jonny Wright. Ele seria capaz de fazer parte de uma operação como a que Gilroy descrevera — uma que ia contra tudo que o Exército dos Estados Unidos devia representar? Claro que era, se outro planejasse e lhe dissesse o que fazer. E quem impediria gente desse tipo, se não ela e Gilroy?

Não se atreva a pensar que por ser fácil e segura essa missão não tem importância nem valor, havia lhe dito o major Forster. Bem, agora estavam lhe oferecendo uma missão que certamente era mais importante para a honra dos militares do que qualquer outra que ela já recebera.

Vou fazer isso, papai.

Ela se lembrou de algo que Gilroy tinha dito pouco antes de se despedirem. Ela havia perguntado por que ele se importava tanto com esses segredos do passado. Certamente, ele devia estar aproveitando a aposentadoria agora.

Fora exatamente quando saíam do restaurante. Veneza estava em meio à névoa e as luzes ao longo dos canais indistintas com a neblina. Aos pés deles, as águas negras se alongavam como um espelho escuro a ondular suavemente.

— Já percebi que existem três coisas que me importam, Holly Boland — respondera ele, por fim. — Uma é meu país, ao qual servi durante trinta anos. A segunda é minha antiga Agência, sua probidade e reputação. E a terceira... bem, a terceira é este lugar. A Itália penetra nas pessoas, você não acha? Faz tanto tempo que moro aqui que já devo ter me tornado um pouco italiano. Se alguns do nosso povo estavam ferrando com este país, e fizeram isso sob minha vigilância, quero saber a respeito. E, se puder, quero endireitar isso. — Ele riu e lhe deu um tapinha no ombro. — Ou talvez seja apenas mais interessante do que dar palestras sobre a história militar romana.

Apesar da diferença de idade, ela reconheceu em Gilroy um estranho companheiro, alguém que pudesse, como ela, ver a situação a partir de uma perspectiva mais ampla. Mas agora, pensando na noite anterior, percebeu a esperteza com que a havia capturado. Ele disse que a ajudaria. Fez parecer como se ele estivesse concordando em ser arregimentado por ela. Mas uma parte de Holly reconheceu que podia ter sido o contrário: que havia sido ela quem acabara de ser recrutada e para uma causa que ainda não entendia totalmente.

25

— OLHE SÓ PARA ele! Que *bambino* adorável! Ele dá tanta alegria a ela, não é?

Kat suspirou. Por mais que amasse sua mãe, às vezes gostaria que ela fosse um pouco mais sutil. Quando cada frase vinha carregada de indiretas assim, tornava o almoço em família exaustivo.

Mamma falava sobre o sobrinho de Kat, Gabriele, que tinha 13 meses e no momento estava sentado no colo da avó de Kat, *nonna* Renata. Gabriele segurava uma colher de chá com um punho cerrado e rechonchudo que já estava lambuzado de *ragù*. Seu rostinho gordo também estava bem besuntado, como um batom muito malpassado. Em acréscimo, ele tinha um enorme sorriso encantador, enquanto *nonna* Renata lhe dava de comer ao mesmo tempo que o balançava nos joelhos.

— Oitenta e nove anos e ela viveu para ver os bisnetos — disse sua mãe. — Bem, seu primeiro bisneto. É claro, quando estava com a sua idade, ela tinha a mim e a todos os seus tios. E antes disso ainda tinha ficado quatro anos lutando na guerra.

A entrelinha, claro, era que a irmã de Kat, Clara, havia conseguido produzir um bebê, ao passo que ela não. E a barriga de Clara, que mais parecia uma melancia perfeitamente redonda, sem mencionar seu sorriso radiante para combinar com o do pequeno Gabriele, era um lembrete constante de que havia outro a caminho. Apesar de ser a irmã mais velha, Kat era uma decepção. Ela nem sequer trazia um namorado para casa desde a faculdade, quanto mais ter um filho. A escolha de sua carreira inquietara a mãe desde o início e a contínua falta de alguém permanente na vida da filha apenas reforçava seus temores.

Para a geração de seus pais, os Carabinieri nada mais eram do que alvo de piadas. Ainda agora, sua mãe troçava deles depois de uma ou duas doses de grapa... Um fazendeiro vê o carro dos Carabinieri subindo de ré uma montanha. "Por que estão dirigindo de ré?", ele pergunta. "Não temos certeza de que vai ter um lugar para dar a volta", vem a resposta. Pouco depois o fazendeiro vê o mesmo carro descendo a montanha de ré. "E agora, por que estão dirigindo de ré?", ele pergunta. "Acabamos encontrando um lugar para fazer a volta, afinal", responde o *carabiniere*.

Como é que se queima a orelha de um *carabiniere*? Telefone quando ele estiver passando a roupa.

Um motorista pergunta a um *carabiniere* se as sinaleiras de seu carro estão funcionando. "Sim, estão", vem a resposta. "Não, não estão. Sim, estão. Não, não estão..."

Para escapar, Kat foi sentar ao lado de *nonna* Renata, de quem gostava. Fazia muito tempo que ela desconfiava de que sua avó não era tão chegada assim a bebês como sua mãe supunha e não ficou surpresa quando Gabriele foi rapidamente passado para ela porque estava "ficando um pouco pesado demais". Então ela se encarregou de lhe dar de comer e da limpeza dos dedos sujos, enquanto as duas conversavam. *Nonna* Renata adorava contar as histórias de seu tempo entre os Garibaldini, os guerrilheiros que tinham fugido para as montanhas quando os alemães ocuparam a Itália, e Kat, por sua vez, nunca se cansava de ouvi-las.

— Não podíamos nos casar, é claro — disse *nonna* Renata, rindo.
— Não havia padres, todos tinham fugido. Então vivíamos como pessoas casadas, mesmo os que não eram. Mas sem bebês, se conseguíssemos. Era uma época de luta, não de limpar bumbuns.

— E do que a senhora mais gostou? — perguntou Kat, astuciosamente. — Da guerra ou de limpar o bumbum da *mamma*?

Os olhos de *nonna* Renata dispararam para ver se a filha não estava ouvindo.

— Da guerra! Foi a melhor época de toda minha vida. Depois, acreditávamos que tudo continuaria assim, mas é claro que os padres e os outros homens queriam as coisas do jeito que eram antes. Então voltamos aos bebês e à cozinha.

— Acho que eu teria gostado da guerra.

Nonna Renata assentiu.

— Você puxou a mim, eu sempre achei. Agora me conte, como vai indo a *sua* guerra?

— Estou às voltas com o meu primeiro homicídio — confessou Kat, orgulhosa.

Por um instante, a velha senhora pareceu confusa.

— Você vai matar alguém? Eu achava que isso não fosse mais permitido.

— Desculpe, *nonna*, eu quis dizer que estou com a minha primeira investigação de homicídio. Estou trabalhando com um coronel realmente muito bom. Ele já fez, pelo menos, uma dúzia de investigações de homicídio...

Mais tarde, quando ela ajudava a levar os pratos para a cozinha, sua mãe comentou:

— Então, quando é que vamos conhecer esse Aldo Piola?

— Você estava escutando?

— Como não? Você não falou de mais nada por vinte minutos. Espero que ele seja bonito.

Kat resmungou:

— *Mamma*, ele é o meu chefe.

— As duas coisas nem sempre se excluem, não?

— E ele é casado.

— Casado! — Sua mãe pareceu chocada, como se tivesse pegado Piola em algum crime terrível.

— É claro. Por que não deveria ser?

Sua mãe não respondeu diretamente.

— Me lembro da época em que os Carabinieri não permitiam oficiais mulheres — disse ela, com sarcasmo.

— Isso já faz mais de dez anos. E, antes que você diga qualquer coisa, não, ele é um perfeito cavalheiro. Não é um devasso, um conquistador barato. E respeita muito o meu trabalho.

Antes mesmo que as palavras saíssem de sua boca, ela sabia que a mãe faria aquela expressão, a expressão que dizia que Kat ainda tinha 12 anos e nada sabia sobre o mundo real. Ela teve vontade de gritar: *Eu sou uma oficial dos Carabinieri,* mamma*! Vejo corpos que foram baleados e depois jogados nos canais! Lido com bandidos e criminosos! Acho que sei como me cuidar!*

Mas, em vez disso, ela apenas suspirou e disse:

— Vou falar com o *papà*, antes que ele caia no sono, está bem?

26

ELA PRETENDIA IR direto para casa ao sair do apartamento de seus pais em Sant'Elena, mas a conversa com a mãe havia deixado uma irritação residual que Kat sabia, por experiência, que não seria superada por uma noite de TV e Facebook. Então mudou de direção.

Disse a si mesma que só iria dar uma volta. Era verdade que ela adorava Veneza nessas tardes de inverno, quando a *bora*, o vento frio do norte, soprava floquinhos de neve das montanhas e o ar parecia cintilar cheio de fagulhas douradas. Esse era o mês vazio, a breve baixa temporada em que os 60 mil residentes da cidade não estavam irremediavelmente em inferioridade numérica aos 6 milhões de turistas que lotavam as calçadas estreitas no restante do ano. Kat aproveitou ao máximo, dando passadas largas e decididas rumo ao Campo San Zaccaria, sem sequer perceber que a princípio era essa sua direção.

Ela subiu para a sala de operações, esperando encontrá-la vazia. Estava decidida a passar algumas horas lá, colocando a papelada em ordem, escrevendo os relatórios da semana anterior. Assim estaria pronta para enfrentar a semana seguinte sem incumbências.

Para sua surpresa, havia uma mulher no escritório envidraçado de Piola. Quando ela se levantou, nervosa, olhando ao redor, Kat viu que usava uma blusa decotada por baixo da jaqueta de couro.

Piola retornou com uma garrafa de vinho e dois copos de plástico. Colocou-os na escrivaninha, e a mulher tocou seu ombro, dizendo alguma coisa. Ele sorriu. Mesmo não querendo tirar conclusões precipitadas, não havia nenhuma dúvida quanto às intenções da mulher ao empinar os seios para chamar a atenção dele.

Foi então que Piola olhou para cima e viu Kat. Acenou para que ela fosse até lá.

— Esta é Spira — explicou ele, quando ela entrou. — Me pareceu um bom dia para trazê-la aqui e batermos um papo. Spira é um pouco tímida.

Spira sorriu. Seus olhos escuros passearam pelo rosto de Kat, avaliando-a. Agora que Kat estava mais perto, podia ver a quantidade de maquiagem que a outra mulher usava e como era barata sua jaqueta de couro. Claro. Uma prostituta.

— Aos domingos, o namorado dela vai à igreja e depois almoça com a mãe, o que dá algumas horas de descanso a Spira — continuou Piola. Spira assentiu, aparentemente contente com essa descrição da agenda de seu cafetão. — Fiquei curioso com isso — acrescentou ele, segurando o recorte tirado do *La Nuova Venezia* que tinha sido encontrado no quarto de hotel de Jelena Babić e Barbara Holton.

— Eu conheço algumas dessas garotas — interveio Spira, apontando para os pequenos anúncios que estavam riscados. Seu sotaque era forte — provavelmente do Leste Europeu, Kat pensou; como as camareiras de hotel, a maioria das operárias do sexo de Veneza também estava ali ilegalmente, vindo do outro lado do Adriático.

— Você pode nos dizer alguma coisa sobre elas? — perguntou Piola.

— *Da*. Esta aqui é loura, esta é morena. O cafetão desta aqui dá bofetadas nela...

— Quero dizer, alguma coisa nesse grupo de garotas em particular. Alguma coisa que elas tenham em comum.

Spira analisou melhor a página.

— São todas croatas — anunciou ela.

— Tem certeza? — perguntou Kat.

Acredite ou não, para mim tanto faz, foi o que o dar de ombros de Spira deixou implícito.

— E essas duas mulheres? Já as viu antes? — perguntou Piola, colocando fotos de Jelena Babić e Barbara Holton diante dela.

— *Da*. Esta. — Spira bateu o dedo na foto de Jelena.

— Quando?

— Ela estava procurando uma garota. Perto da Santa Lucia.

— Ela tentou pegar você?

— *Ne*. Eu quis dizer que ela estava com a foto de uma garota. Queria saber se a gente a tinha visto.

— Como era a garota?

— Cabelos castanho-escuros, olhos castanhos. Também *ustasha* — disse Spira, usando o termo sérvio depreciativo referindo-se aos croatas.

— Mande alguém dar uma olhada nos pertences que ensacamos no quarto do hotel — sugeriu Piola a Kat. — Veja se a foto está lá. — Para Spira, ele perguntou: — E você a havia visto?

Spira o encarou como se ele fosse um idiota.

— Na rua. Você acha que eu quero acabar num canal com a garganta cortada?

— Mas se você a visse outra vez... acha que a reconheceria?

Spira deu de ombros.

— Todas as pessoas são parecidas na rua. Os pintos têm a mesma aparência. O dinheiro se parece. Depois de um tempo os rostos também parecem sempre os mesmos.

Piola suspirou.

— Se você quiser, podemos dar um jeito para que saia daqui e vá para uma organização que reabilite garotas como você. Eles a ajudariam a largar o vício, providenciariam para você ir para casa...

— Se eu for para casa, minha família vai me expulsar. E as pessoas que me trouxeram aqui vão me encontrar. Pelo menos em Veneza eu estou trabalhando. Estou pagando minha dívida. E meu cafetão cuida de mim.

Piola nada disse, dando-lhe a chance de mudar de ideia.

— Posso ir agora?

— Sim — respondeu ele.

Kat, porém, apressou-se em dizer:

— Só mais uma coisa.

— O quê?

Kat foi até sua mesa e pegou a folha com os símbolos de Poveglia.

— Reconhece algum desses? — perguntou ela, mostrando-os à prostituta.

— Esses não — respondeu Spira, apontando para os símbolos que o padre Uriel já havia identificado. Depois, seu dedo se moveu em dire-

140

ção aos que combinavam com as tatuagens no corpo de Jelena Babić.

— Mas esses são *ustasha*.

— Croatas? Tem certeza?

Spira assentiu.

— As velhas têm. É uma coisa católica. Hoje em dia não se vê muito.

Kat e Piola trocaram um olhar.

— Obrigado, Spira — agradeceu Piola, levantando-se. — Ajudou muito. Eu acompanho você até a saída.

Quando Piola retornou, Kat já tinha feito uma busca no Imagens do Google. Usando as palavras-chave "croata", "católica" e "tatuagem" ela encontrou algumas figuras que confirmavam o que a prostituta tinha dito.

— Veja — disse ela, girando a tela para mostrar a Piola. — São chamados de símbolos *stećak*. Conforme diz aqui, os católicos da Bósnia tatuavam seus filhos com essas marcas na esperança de que os turcos não os levassem como escravos, pois forçosamente eles não poderiam ser convertidos ao islamismo se tivessem símbolos cristãos na pele. Depois da queda dos otomanos, as tatuagens permaneceram como símbolos da Igreja secreta na Croácia.

— Interessante — murmurou ele. — O que será que significam?

Mas ela já sabia e sentiu uma onda de júbilo quando tudo se encaixou.

— O motivo para que esses símbolos específicos estivessem por baixo do sangue, ao contrário dos outros, é porque a própria Jelena Babić os tinha desenhado na parede do hospital, antes de celebrar a missa. São símbolos de sua fé. Não conseguindo apagá-los e sabendo que podiam nos levar à verdade, o assassino acrescentou os outros desenhos com o intuito de nos despistar. Jelena não era nenhuma satanista. Era, ou acreditava ser, verdadeiramente, uma mulher, uma croata e uma sacerdotisa católica. — Kat balançou a cabeça. — O despistamento quase funcionou também. Supus que o contato de Barbara Holton com os americanos na Caserma Ederle não tinha relação com sua morte, pois não havia conexão com padres nem com ocultismo. Mas *havia* uma ligação com a Croácia. Ela estava pedindo informações sobre um general croata,

Dragan Korovik, que por acaso está enfrentando um julgamento em Haia por crimes de guerra. Se as Forças Armadas americanas acreditam que ele poderia revelar alguma coisa que preferem manter escondida, isso explicaria por que estão tentando cobrir seus rastros.

— Mas por que Jelena Babić estava em Poveglia? — questionou Piola. — Por que estava rezando uma missa lá? Por que o assassino matou Barbara Holton quando ela nem tinha as informações que havia solicitado... e, segundo a oficial com quem você falou, não tinha muita chance de consegui-las também? Temos mais perguntas que respostas aqui, *capitano*.

— Acho que devemos pressionar os americanos da Caserma Ederle. Precisamos comprovar exatamente quais teriam sido as respostas para as perguntas de Barbara Holton.

— Certo. — Piola se levantou. — Mas, sendo assim, isso pode se tornar um caso político. Seria melhor falar com nosso promotor antes.

— Já temos alguém designado?

— Desde a última sexta-feira. Benito Marcello. Conhece?

Ela meneou a cabeça, negativamente.

— Nem eu. Me encontre nos gabinetes do tribunal amanhã de manhã às oito e veremos se ele está de acordo.

Piola pegou um casaco atrás da porta — um Armani, ela notou, de caxemira azul-escura, que estava pendurado num cabide em vez de no gancho.

— E agora é hora de ir embora — acrescentou ele, desnecessariamente. — Você vem?

Houve uma pausa. Kat se flagrou esperando que ele sugerisse tomar um drinque e talvez comer alguma coisa antes de voltarem para suas respectivas casas.

Então, mentalmente, deixou o pensamento de lado. Era domingo, e o pobre homem mal tinha visto a família durante a semana.

— Vou dar uma atualizada na papelada — respondeu. — Vejo o senhor amanhã de manhã.

27

O PROMOTOR BENITO Marcello era jovem, bonito, bem-vestido e francamente incrédulo.

— Vocês acham que isso é algum tipo de conspiração americana? — perguntou ele, descrente. — Estão loucos.

— Muitas das indicações apontam para uma dimensão multinacional, senhor — respondeu Piola, criterioso.

— Ora, por favor! — zombou Marcello. — O senhor não conseguiu reunir nenhuma prova concreta, coronel, então está simplesmente preenchendo as lacunas com uma especulação ridícula. E agora quer intimar o Exército dos Estados Unidos! — Ele balançou a cabeça. — Vocês *carabinieri*... Não sei como podem.

A referência ao estereótipo da estupidez institucional foi sutil, mas não menos eficaz. Kat sentiu-se corar.

Para o próprio crédito, seu chefe pareceu inabalado.

— Não estamos avançando em nenhuma teoria mais que em outra no momento, porém achamos importante seguir cada pista antes da audiência preliminar.

Kat aguardou. Ela sabia muito bem que o promotor tinha o poder de dirigir as investigações para o lado que quisesse. Marcello, então, exporia os resultados das deles diante do tribunal, apenas se o tribunal concordasse com ele de que havia evidências suficientes de *prima facie* para acusar alguém. Portanto, ela e Piola poderiam *oficialmente* começar a reunir as provas. O que significava, em teoria, que qualquer trabalho investigativo realizado antes teria que ser repetido. Era um sistema loucamente complexo e não inspirava confiança. Por um lado, muitos casos nunca resultavam em processo, mesmo que tivessem passado bastante tempo no tribunal. Por outro, realmente dependia do promotor especificar quais casos seriam levados adiante ou não.

— Deixe-me propor um cenário alternativo — sugeriu Marcello, animadamente. — Temos duas mulheres estrangeiras, uma americana e uma croata, dividindo um quarto de hotel em nossa bela cidade. Temos uma cerimônia obscena num lugar remoto, decorado com símbolos sacrílegos e de ocultismo. Temos a profanação máxima da missa realizada por uma delas, vestindo roupas de padre. Tudo de extremo mau gosto, mas, sem dúvida, sensacionalista para aqueles de certa disposição... e, quando perguntamos qual disposição essas duas mulheres tinham, ficamos sabendo que eram o tipo de pessoas que acalentam elaboradas teorias conspiratórias. Ficamos sabendo que frequentavam sites dúbios e escolhiam percorrer furtivamente os cantos obscuros da internet, onde esse tipo de coisa viceja livremente. Depois, descobrimos também que elas foram vistas procurando uma prostituta... uma prostituta bem específica, sem dúvida, uma que compartilha seus gostos particulares.

Ele fez uma pausa e, com uma sensação desoladora, Kat percebeu aonde Marcello queria chegar.

— Talvez essas duas mulheres tenham tido uma briga, entre amantes. Talvez uma delas tenha decidido que não estava a fim de compartilhar a cama delas com uma prostituta. Houve uma cerimônia, de natureza sexual; excitante e ilícita, sim, mas talvez os participantes não estivessem igualmente querendo... Digamos que a americana tenha matado a croata. Mais tarde, cheia de remorso, ela cometeu suicídio no quarto que dividiam, jogando-se pela janela. Isso me parece muito mais plausível que a história conspiratória que vocês sonharam e deixa muito menos pontas soltas. — Marcello cruzou os dedos e colocou as mãos sobre a escrivaninha, assentindo com a satisfação de um homem que está impressionado, não pela primeira vez, com o próprio brilhantismo.

— Duas camas — declarou Kat.

Marcello pareceu surpreso que ela tivesse tido a ousadia de falar.

— Como, *capitano*?

— O senhor disse "a cama delas". Mas essas mulheres não compartilhavam a mesma cama. Havia duas camas de solteiro no quarto de hotel e ambas foram usadas. Na verdade, não há absolutamente nada que sugira que elas fossem lésbicas.

O promotor fez um gesto de depreciação.

— Camas podem ser juntadas.

Outra crítica que, às vezes, feita ao sistema legal italiano, encoraja os promotores a arquitetarem teorias absurdamente fantásticas, visto que ao fazê-lo ninguém lhes pede para sustentá-las com provas concretas — na verdade, quanto mais fantástica, melhor, pois isso ajuda a garantir que possam prosseguir para a próxima fase. Os promotores do julgamento da estudante americana Amanda Knox, que alegadamente forçou a companheira de quarto Meredith Kercher a um jogo sexual violento e mortal, atraíram tais críticas da mídia internacional.

— Além disso — acrescentou Marcello —, mesmo que elas não tivessem pretendendo compartilhar a cama, podem ter feito isso a título de experiência. As mulheres são mais flexíveis a esse tipo de coisa que os homens, creio. Talvez o fato de estarem em Veneza as convenceu a tentar algo assim, possivelmente pela primeira vez...

Kat olhou para ele, incapaz de acreditar no que estava ouvindo. A fúria a deixou com as faces coradas. Ela sabia que estava prestes a mandar sua carreira pelos ares antes mesmo de ter começado, dizendo ao *avvocato* Marcello exatamente o que pensava de sua teoria.

— Se aconteceu como o senhor diz, ela deu um jeito de atirar em si mesma debaixo do chuveiro, depois caminhou até a janela e se baleou novamente — rebateu Piola, rapidamente. — Usando um travesseiro como silenciador e fazendo o corpo pesar com o laptop amarrado durante o processo, para garantir que não fosse flutuar.

— Coisas mais estranhas já aconteceram.

— Realmente. Então entendo, *avvocato*, que o senhor gostaria que dragássemos outra vez o canal para ver se encontramos a arma, cuja presença abaixo da janela do hotel é essencial para sua teoria?

Marcello fez uma pausa.

— *Essencial* não é, coronel. É perfeitamente possível que a *acqua alta* tenha varrido a arma pelo leito do canal e levado para o mar. Mas, sim, o senhor certamente devia concentrar seus esforços na busca da arma. E não, repito, não em supostos aspectos da internet, teorias conspiratórias ou, Deus me perdoe, abordagens não autorizadas às Forças Armadas americanas.

Piola assentiu.

— Ficou muito claro. Obrigado por seu tempo, *avvocato*.

28

O DIALETO VÊNETO é rico em palavras escatológicas de insulto, e Kat conseguiu proferir quatro antes mesmo de chegarem à rua.

Piola estava mais confiante.

— Foi um teste útil. Se ele acha que seu ridículo cenário de jogo sexual é plausível, o mesmo pode achar o júri. Vamos procurar a arma para ele. Se nada acontecer, vai ajudar a excluí-lo. Prepare as instruções para os mergulhadores, está bem?

No entanto, ao retornarem ao Campo San Zaccaria, eles receberam a notícia de que alguém os esperava.

— Ele não quis dar o nome — explicou Francesco Lotti. — Disse que falaria com vocês antes. Está na Sala Dois.

Na sala de interrogatório, eles encontraram o jovem pescador de Chioggia que havia lhes falado das luzes em Poveglia. Ele parecia nervoso.

— Lucio, não é? — Piola o cumprimentou. — Em que posso ajudá-lo?

O pescador apertava os dedos.

— Deixei de comentar uma coisa da última vez — anunciou ele, ansioso.

— Sim?

— Quando falei de Poveglia para vocês... não contei que vi um barco também.

— Um barco? Você o reconheceu?

Lucio assentiu.

— Sim. Conheço todos os barcos. E já vi esse por lá antes.

146

— Continue.

— Ele pertence a Ricci Castiglione. Mas vocês precisam jurar que não vão dizer a ninguém que fui eu que contei. — O rapaz hesitou. — Ele vai muito lá, se é que me entendem. E não só para pescar.

— Cigarros? — perguntou Piola, astuto.

Lucio assentiu outra vez.

— Ele é a fonte daqueles Jin Ling que você fuma?

— Sim — concordou Lucio, claramente surpreso.

— E o que mais ele traz?

O rapaz deu de ombros.

— Ele tem conexões? Você sabe sobre o que estou falando, Lucio.

Relutante, Lucio assentiu.

— Acredito que sim.

— Por que você decidiu falar agora? Deve saber que isso pode colocá-lo em perigo.

— Conheço Mareta, a mulher dele — respondeu Lucio, sem jeito. — Ela não é uma mulher má e não tem nada a ver com o que ele faz. Mas agora Ricci está desaparecido. E ela sabe que não deve chamar a polícia. Então me pediu que falasse com vocês por ela. — Seus olhos foram para a porta. — Em Chioggia todo mundo fica sabendo quando alguém vai à delegacia. Ela acha que será mais seguro aqui em Veneza.

Aquilo fazia sentido. Chioggia era famosa por ser uma comunidade muito coesa, fato refletido pela quantidade de famílias com sobrenomes idênticos.

— E Mareta tem alguma ideia do paradeiro do marido?

— Não, mas eu tenho. Ele tem uma *cavana* fora da cidade. Já estive lá para comprar cigarros.

— Nos mostre no mapa — pediu Piola. — Lucio, nós vamos precisar de um depoimento oficial, mas não diremos a ninguém em Chioggia que foi você quem nos contou.

Quando Lucio foi embora, Kat e Piola se entreolharam.

— Uma conexão com o crime organizado — concluiu Piola. — Isso está ficando cada vez mais sombrio, *capitano*.

— Mas se *existe* tal conexão, se decidirmos ir atrás disso, não combina nem um pouco com a teoria da desavença entre amantes do *avvocato*

Marcello. Na verdade, estaríamos fazendo o exato oposto do que ele nos disse para fazer, que foi procurar a arma com que, supostamente, Barbara Holton se matou.

— Que ele se dane! — exclamou Piola. — Um dos sargentos pode instruir a equipe de mergulho. Não vão encontrar nada mesmo. Vamos até Chioggia.

A *cavana* de Ricci era a última de uma fileira de velhos abrigos para barcos logo ao sul da cidadezinha. Mais parecia um ferro-velho marinho do que um depósito, Kat pensou. Barcos pesqueiros apodrecidos, restos de redes de nylon, antigos cestos de caranguejo e tanques enferrujados para peixes se espalhavam nos espaços entre os galpões. O lugar todo fedia a óleo diesel derramado e vísceras de peixe, e o solo sob seus pés estava iridescente de escamas.

Embora ainda não fosse hora do almoço, não havia uma alma sequer em torno dos galpões vizinhos.

— Será que estavam nos esperando? — perguntou-se Piola, em voz alta. — E, se for o caso, agora, especificamente, ou é sempre assim?

O galpão de Ricci já havia sido pintado com um alegre azul-escuro. Agora, no entanto, a ferrugem aparecia pela pintura descascada. Piola bateu à porta de metal. Nenhuma resposta. Com cuidado, abriu-a, fazendo uma careta quando ela raspou no piso de concreto.

No interior, havia tanta desordem quanto do lado de fora. Eles passaram ao lado de um esquife apoiado em cavaletes e se viram numa área pouco iluminada que Ricci claramente usava para guardar os caranguejos que pegava. Quatro tanques de metal grandes, cada um com cerca de 5 metros de largura e 4 de altura, exalavam um fedor de água salobra parada.

— Meu Deus — murmurou Piola, de repente, fazendo o sinal da cruz. Kat seguiu o olhar dele.

Os pés de um homem saíam de um dos tanques, ainda calçados nos sapatos de borracha de pescador. Kat foi verificar onde estava o restante do corpo dele, ignorando as palavras de advertência de Piola. Por um instante, ela não conseguiu entender direito. O tanque de caranguejos devia ser mais fundo do que era ou aquelas pedras deviam ter sido empilhadas sobre o corpo ou...

Então as pedras se moveram e Kat percebeu o que estava vendo, dando um grito e recuando a tempo. Quando a bile chegou a sua garganta, ela conseguiu virar a cabeça e evitar a contaminação do tanque com seu vômito. Mas a imagem daqueles caranguejos ficaria para sempre em sua mente. Dezenas deles, minúsculos, implacáveis, movendo-se com inquietude, tentando empurrar uns aos outros, abrindo caminho, suas garras peludas enterradas na carne, rasgando-a, como se o rosto do homem tivesse explodido. Uma das órbitas havia sido cavada até o osso, e a garganta agora era apenas pedaços de pele adejando em torno de vértebras acinzentadas. Ela também viu como um dos caranguejos maiores tinha levantado a garra direita em direção à boca, um pedaço de carne branca esfarrapada, delicadamente presa em seus tenazes...

Pela segunda vez, seu vômito salpicou no concreto.

— Desculpe... — arfou ela.

— Tudo bem. Isso... Eu nunca tinha visto uma coisa dessas... — Com a tez morena agora pálida, Piola pôs o braço em torno dos ombros de Kat. — Vamos sair daqui.

Ele a conduziu até uma ancoreta de madeira junto ao mar, onde o vento frio das montanhas encheu seus pulmões de ar puro.

— Fique aqui — instruiu ele. Uma vez seguro de que ela não iria desmaiar, voltou lá dentro. Kat ouviu o som de água sendo derramada, o ruído de escovação no concreto molhado.

Minutos depois, Piola voltou.

— Limpei tudo. Ninguém vai saber. E não se preocupe, não existe qualquer chance de haver algum DNA útil naquele chão. Nós não causamos nenhum dano às provas.

— Obrigada — murmurou ela, tão agradecida por aquele "nós" quanto pela limpeza.

Piola deu de ombros, dispensando o agradecimento.

— Não foi nada. Vamos chamar o pessoal agora. O lugar vai ter que ser desmontado. Vi alguns fardos lá que parecem ser de cigarros Jin Ling, ainda embrulhados em plástico. O que se encaixa perfeitamente com o que Lucio nos contou sobre o contrabando. E tem um cômodo nos fundos com um colchão velho. Encontrei cordas também, cordas de pesca, mas com nós corrediços. Acho que alguém ficou amarrado lá.

— A vítima?

— Talvez. Ou então uma das vítimas *dele*. Seja o que for, não acho que Marcello vai ser capaz de sustentar aquela teoria idiota da bruxa lésbica.

O patologista e os peritos forenses levaram horas para chegar ao lugar, e nesse meio-tempo Piola carregou Kat para se restabelecer num bar, tomando algumas doses de grapa. Levou ainda mais tempo para calcular como remover o que restava do corpo. Quando finalmente a última parte de Ricci tinha sido ensacada e entregue à equipe de patologia, Piola foi falar com eles.

— O que vai acontecer com os caranguejos?

O chefe dos peritos olhou para os tanques e deu de ombros.

— Eles não têm nenhuma utilidade para nós.

— Você pode me fazer um favor? Jogue-os de volta ao mar. Se deixarmos isso aqui, mais cedo ou mais tarde, eles acabam parando no mercado e este caso já é tenebroso demais.

Em seguida, eles foram informar à viúva, Mareta, sobre a morte do marido. No entanto, ficou claro que ela já sabia, ou pelo menos desconfiava. Era óbvio que pedira a Lucio para falar com a polícia tanto para acabar com o assunto quanto pelo fato de ainda nutrir esperanças de que Ricci podia ser encontrado vivo. Além disso, Mareta não respondia nenhuma pergunta. O medo da Máfia era profundo ali, e ela podia esperar uma pensão de viúva se ficasse calada.

Mesmo quando lhe mostraram algumas centenas de maços de Jin Ling que seu marido guardava, Mareta continuou a insistir que ele era apenas um pobre pescador.

— E garotas? — perguntou Piola. — Ele já trouxe mulheres para cá pela laguna?

Os olhos de Mareta cintilaram de raiva e ela balbuciou algo num fio de voz. Porém, limitou-se apenas a balançar a cabeça para outras perguntas. Estava claro que eles não conseguiriam arrancar nada dela.

— Seria bom colocar o *avvocato* Marcello a par — sugeriu Piola ao saírem da casa. — Mas isso pode esperar até amanhã. É provável que ele esteja vagabundeando pela ópera agora.

Estava escuro e eles tiveram que esperar pela barca para retornar a Veneza. De repente, Kat sentiu-se desesperadamente cansada. Assim que a barca se aproximou, ela desmoronou num dos assentos de plástico do convés. Nenhum dos dois falou muito enquanto as luzes de Veneza iam se aproximando gradativamente do outro lado da laguna.

— Venha — chamou Piola, quando eles chegaram à cidade. — Eu deixo você em casa. É em Mestre, não é?

Ela tentou protestar, mas ele não aceitou. Juntos, foram pegar o carro de Piola, um Fiat surpreendentemente antigo, que estava estacionado no edifício-garagem. Como a maioria dos donos de carro que trabalhavam em Veneza, mas não moravam ali, Piola usava os estacionamentos da Piazzale Roma ou da ilha artificial de Tronchetto, localizados perto das docas, no limite oeste de Veneza.

— Você ouviu falar no golpe que alguns desses estacionamentos estavam aplicando? — perguntou ele para puxar conversa, enquanto viraram para a Ponte della Libertà.

— Que golpe?

— Houve uma profusão de roubos nos carros. Geralmente, nada de muito valor, mas é um incômodo voltar após um dia em Veneza e descobrir seu carro arrombado com uma janela quebrada. Então, eles introduziram uma conveniência chamada "guarda-valores". Por 5 euros diários, a pessoa entrega câmera, bolsas e tudo mais para um homem que os tranca numa caixa-forte. — Ele fez uma pausa. — Entendeu o golpe?

— As pessoas são roubadas de qualquer maneira.

— Melhor que isso. Os arrombamentos iniciais eram feitos pela mesma quadrilha que dirige os estacionamentos. Eles não só ficavam com o que era roubado, como criaram um negócio com algo que antes ninguém se preocupava em pagar.

Havia uma parte de Kat — um antigo lado veneziano — que não pôde deixar de se impressionar com a pura astúcia mercantilista da coisa.

— Como é que foram pegos?

— Não foram. Sempre que a demanda cai, eles simplesmente quebram mais algumas janelas.

— Um dia nós os pegaremos.

— Talvez — disse ele, e, pela primeira vez naquele dia, Kat achou que Piola também estivesse exausto.

— É ali que eu fico — avisou ela, quando se aproximaram de seu apartamento. — Mas pode me deixar na esquina.

Ele parou no meio-fio.

— Então boa noite, Kat.

— Boa noite, senhor.

Ele a fitou como se fosse dizer alguma coisa. Kat teve a forte sensação de que Piola ia lhe dizer para não chamá-lo de senhor quando estivessem sozinhos.

— Kat... quero que você saiba que é uma boa oficial — confidenciou ele, baixinho. — Uma dos melhores com quem já trabalhei. Hoje foi um dia difícil. Amanhã não vai ser.

Em um impulso, Kat se inclinou para lhe dar um beijo na face. Talvez sem entender, Piola virou a cabeça na direção dela, que parou, os lábios a poucos centímetros dos dele.

Hesitante, Piola a beijou nos lábios.

Kat sentiu vertigens, como se tivesse pulado de uma ponte muito alta e agora estivesse caindo; caindo no mar. Sabia que o momento de bater na água chegaria, que o beijo deveria acabar e que desculpas e arrependimentos viriam, mas, enquanto ainda caía, não queria pensar naquilo tudo. Só queria pensar nos sentimentos que floresciam dentro dela desde que fora designada para essa tarefa.

Os sentimentos que tinha por Aldo Piola.

Ela continuou a retribuir o beijo. Enquanto o beijava, tudo estava bem.

— Kat — sussurrou ele, interrompendo o beijo, mas segurando a cabeça dela com as duas mãos, como se não pudesse deixá-la ir completamente. — Por favor, me diga para parar. Diga, e eu juro que isso nunca aconteceu.

— Não quero que pare — respondeu ela, beijando-o outra vez, de forma mais ardente.

Uma parte de Kat ainda estava perdida no momento, nas sensações em sua boca e na súbita fornalha de anseio que havia acendido em seu ventre, mas a outra parte sabia que ela precisa escolher: deixá-lo ali ou convidá-lo para subir.

— Venha, vamos subir — chamou ela.

— Tem certeza?

— Tenho.

Piola trancou o carro e a seguiu escada acima até o apartamento. Ao pôr a chave na porta, Kat pensou em todas as outras vezes que tinha feito aquilo, nos homens que havia levado ali quando estava embriagada ou sóbria, feliz ou solitária, quando precisava de companhia ou simplesmente decidia que gostava do olhar de quem estava com ela. Mas com Piola era diferente.

Kat precisava disso.

Já dentro do apartamento, ela se voltou para Piola de novo. Dessa vez, o abraço foi mais vagaroso: um abraço sem pressa, um abraço entre duas pessoas que sabiam como aquilo iria acabar e podiam aproveitar o tempo até chegar o momento.

Mesmo assim, Piola se afastou um pouco para dizer:

— Você ainda pode mudar de ideia. Sabe disso, não é?

— Está louco? Quero isso tanto quanto você. Ou é *você* que quer mudar de ideia? Tudo bem, se quiser.

Sem dizer nada, ele balançou a cabeça. Kat pegou uma garrafa de *prosecco*, algumas fatias de presunto e azeitonas. O sofá pareceu muito formal, então eles se sentaram no chão, quadris unidos, bebendo o vinho espumante, revigorante.

Ela pousou a cabeça no peito dele.

— Quando foi que você...?

— Quando a vi pela primeira vez. Na Santa Maria della Salute. Andando na água gelada com aquelas pernas nuas. — Ele passou a mão pela perna dela, como que incapaz de acreditar que podia. — *Estas* pernas.

Kat mudou de posição, abrindo-as levemente para que ele deslizasse a mão por entre elas. A mão subiu pelo interior da coxa, acendendo um estopim de prazer pelo caminho.

— E você? — perguntou ele, tirando a mão.

Ela sorriu. Era um bom sinal. Um homem que sabia quando recuar.

— Não sei. No necrotério, talvez. Ou quando você me levou para almoçar aquela primeira vez, em Chioggia, e fez o dono aceitar seu dinheiro. — Ela estremeceu. — Ou talvez hoje.

Piola tomou um pouco mais do *prosecco* e tornou a beijá-la. Kat sentiu as bolhas dançarem em sua boca, enquanto seus lábios se tocavam, a doçura das uvas. A barba por fazer do fim do dia estava ligeiramente áspera sob sua palma.

— Venha para a cama — convidou ela, num sussurro.

Em seguida veio a surpresa de tirar a roupa, de ficar nua diante dele pela primeira vez e a sensação de prazer ao ser tocada. Piola foi lenta e metodicamente calmo, levando-a quase ao clímax ao acariciá-la antes que ela tivesse desabotoado a camisa dele. E então — finalmente! — Kat abriu o cinto e tomou o em suas mãos, fazendo Piola gemer de prazer.

Havia redemoinhos de pelos escuros no peito que seguiam numa trilha até a virilha. Piola tinha um corpo másculo e forte, como se fosse um conde medieval em sua armadura; o peitoral arredondado e a couraça do corpo de um homem maduro.

— Agora... — murmurou ela, incapaz de esperar mais — *Agora.*

Ele deslizou para dentro dela, e, com aquela sensação maravilhosa, Kat quis gritar.

Piola parou de se mover e a fitou.

— Você ainda pode mudar de ideia.

Kat bateu em seu peito com o punho fechado.

— Agora você está só querendo me provocar, seu cretino.

Ele riu e continuou a se mover num ritmo que não possuía mais a menor provocação.

Pouco depois, ainda arrebatada de prazer, Kat apenas conseguiu murmurar:

— Meu Deus. Meu *Deus.* Como isso foi acontecer?

— Não faço a mínima ideia.

Ela se virou para fitá-lo.

— Agora que estamos aqui, eu chamo você de Aldo ou continuo a chamá-lo de senhor? — perguntou ela, com ar travesso.

— Na verdade, até gosto da ideia de ser chamado de senhor na cama. — Estendendo a mão, ele segurou o seio dela, acariciando o mamilo com o polegar. — Dá a impressão de que eu poderia fazer tudo o que quisesse.

Ela sempre se surpreendia como, na cama, cada relação era diferente — e de como *ela* era diferente com cada pessoa. Havia homens com quem se sentia à vontade, com outros se sentia tímida. Ela podia ficar empertigada, selvagem ou cautelosa. Com alguns homens, não ficava confortável a menos que estivesse no controle, enquanto que com outros era incitada a um total abandono sexual. E, ainda assim, descobrira que nunca se podia prever o que realmente seria até estar na estranha e nua arena que era a cama. A única certeza era de que uma vez definido na primeira união, ficava definido para sempre.

— Mas o *senhor* pode.

Ao dizer isso, ela teve um ligeiro arrepio e percebeu que aquela seria a dinâmica da relação entre ambos, algo que nunca havia experimentado antes nem tinha esperado experimentar: ela seria, de um modo ainda indefinível e irônico, subserviente a ele.

— Bom — disse ele. Sua mão continuou a explorar o corpo esguio, delicadamente, não com a intenção de excitá-la como antes, mas como se simplesmente quisesse se entregar à memória de cada centímetro dela. Como se Kat fosse um teclado no qual seus dedos tocavam uma melodia, audível somente para ele.

Kat estendeu a mão e percebeu que Piola estava ficando excitado de novo. Na segunda vez, o sexo foi mais lento, mais comedido. Ela se concentrou em lhe dar prazer e ficou profundamente satisfeita ao descobrir que podia fazer isso, que tinha o poder de levá-lo ao ápice do êxtase.

Foi somente muito mais tarde, depois de ir buscar mais vinho e azeitonas de novo — descobrindo no processo que gostava de ficar nua em frente a Piola, um fato que não acontecia com todos —, que ele disse baixinho:

— Você sabe que eu sou casado.

— É claro — respondeu ela, em tom neutro.

— Kat, não posso legitimar essa relação. Nem posso me defender. Tenho filhos...

— Eu sei. Não vamos falar disso. Nunca.

A palavra, com sua promessa implícita, pairou entre eles por um longo tempo.

* * *

Em algum momento da noite, Kat acordou e encontrou Piola se vestindo. Fingiu estar dormindo, pois isso também era algo que não devia ser reconhecido: para onde ele estava indo, as desculpas que talvez tivesse que dar, o furtivo banho, o beijo de boas-vindas...

O que havia acontecido naquele quarto seria mantido numa bolha, num mundo à parte, que não tinha ligação com o mundo exterior à investigação.

Ou, pelo menos, foi o que ela disse a si mesma.

29

AH, MERDA.

Kat acordou e soube, de imediato, que tinha feito algo estúpido na noite anterior. Sentiu raiva. *Por que eu tenho que ser tão impulsiva?*

Mas não tinha tempo para pensar nisso agora. O importante era dar a impressão de que nada havia acontecido. O quartel dos Carabinieri era um caldeirão de fofocas, especialmente quando se tratava de assuntos sexuais. Era uma das razões para que ela tivesse criado a regra de nunca transar com pessoas do trabalho e o que a levava a dizer aos casos sem compromisso que era agente de viagens.

Ai, droga: duas regras violadas numa só noite! Lá no fundo, porém, ela sabia que era mais sério que isso.

O segundo motivo para a discrição era sua incerteza de como Aldo iria se sentir sobre o que havia acontecido. Na fria luz do dia, tendo voltado para casa, para a mulher e os filhos, era quase certo que ele se arrependeria de tudo. Seria melhor ela fingir que não tinha sido grande coisa.

Ao entrar na sala de operações, Kat se preparou para encará-lo com nada mais que um aceno de cabeça e um educado "Bom dia, senhor". Mas, diante do que se revelou, não foi necessário. Piola já estava em seu escritório envidraçado, e ela já o conhecia bem para perceber que a expressão de cortesia estudada em sua fisionomia, na verdade, significava fúria. Ele estava acompanhado do promotor Marcello, que se sentava na cadeira de Piola, ela notou. Havia também outra *carabiniere* e uma mulher que Kat reconheceu de algum lugar.

Claro! Era a camareira do Europa Hotel.

Piola fez sinal com o dedo para que Kat se juntasse a eles.

— O *avvocato* Marcello andou ocupado — disse ele, neutramente. — Se lembra de Ema?

— Sem dúvida. — Kat fez um gesto de cabeça para a camareira, que parecia apavorada.

Marcello se adiantou:

— Lendo o depoimento dessa senhorita, ele me pareceu um tanto incompleto. Tive um estalo de que ela poderia ser uma trabalhadora ilegal, não querendo chamar atenção para si. Então, exerci meu direito de convocá-la pessoalmente e sugeri uma recomendação favorável ao Departamento de Imigração se ela me fizesse um relato mais completo. — Ele mostrou um documento dentro de um plástico. — Aqui o tenho.

Kat pegou o documento e o leu.

Em certa ocasião, eu entrei no quarto e encontrei as duas mulheres se beijando... Em outra, ficou claro pela roupa de cama que elas tinham transado... Uma vez, acho que ouvi uma briga violenta vindo do quarto delas...

Ela olhou para a camareira, que mantinha os olhos para baixo.

— Ema? Isso é verdade?

A garota fez um gesto afirmativo de cabeça, mas Kat teve a impressão de que ela estava um pouco relutante.

— Bem, com certeza esse papel parece corroborar com sua hipótese, *avvocato* — declarou Piola, com um contundente desinteresse, enquanto a *carabiniere* levava Ema embora.

— Correção, coronel. Esta *evidência* — Marcello deu à palavra uma inflexão determinada — é a primeira prova concreta da motivação nesse caso. E também explica por que o material forense da segunda cena do crime é discrepante. A camareira ficou desesperada para evitar que aquilo parecesse um crime, sabendo que isso atrairia a atenção da polícia, então limpou tudo melhor do que vocês perceberam.

— Por outro lado, temos a ligação do corpo de Ricci Castiglione com o crime organizado... — começou a dizer Piola.

Marcello o interrompeu.

— Não é uma conexão, coronel, uma vez que não há prova de causalidade. Um criminoso foi morto, segundo o senhor, por outros criminosos. O fato de que ele esteja tangencialmente envolvido em sua investigação é irrelevante.

— Temos o depoimento de uma testemunha ligando-o à cena do crime.

Marcello franziu o cenho.

— De quem?

— Um pescador. Ele viu o barco de Ricci Castiglione em Poveglia na noite do crime.

— Mas não o próprio Castiglione?

— Não — admitiu Piola.

— Então não é conclusivo. Ir à ilha pode torná-lo uma testemunha potencial, mas não transforma nossas amantes em membros da quadrilha. — Marcello pensou por um instante e então estalou os dedos. — Mas digamos que o senhor tenha razão e ele esteja envolvido. Castiglione estava visitando a ilha para se encontrar com um contato do contrabando. Naturalmente, ele não gostou muito de descobrir que seu ponto de reunião havia sido invadido por um casal de turistas lésbicas com propósitos de realizar um ritual secreto. Talvez ele até tivesse se ofendido com as vestes de padre... Alguns pescadores são muito supersticiosos. Então baleou uma delas. Mais tarde, percebeu que a outra poderia identificá-lo. Então, seguiu-a até o hotel e a matou também.

— Amarrando o laptop dela no corpo para fazer peso...?

— ... para dar a impressão de um latrocínio — concluiu Marcello. — Então o senhor percebe, coronel, o fato de não ter sido encontrada nenhuma arma no quarto do hotel ontem também não prova nada. Ele pode tê-la levado e descartado depois.

— No entanto, sabemos que a arma que matou as duas mulheres tem toda a probabilidade de ter sido projetada para as Forças Especiais dos Estados Unidos.

Marcello deu de ombros.

— Sem dúvida, ele a traficou da Bósnia ou da Croácia, juntamente com os cigarros e as drogas. Restaram muitas armas depois da guerra.

— Bem, vamos ver se nossos peritos encontram alguma prova no galpão que sustente essa sua nova teoria — disse Piola, com calma.

Marcello balançou a cabeça.

— Eles foram dispensados.

— Dispensados?! — Piola não estava acreditando no que tinha ouvido. — Por quem?

— Pelo *commissario* encarregado da investigação. Eu encaminhei esse caso para a Polizia di Stato, que já está investigando uma série de homicídios relativos a contrabandos e crime organizado. É claro, eu disse a eles que comunicassem a vocês quaisquer descobertas relevantes.

— Muita gentileza de sua parte — murmurou Piola, friamente.

Marcello se levantou.

— Bem, coronel, devo deixá-lo. Tenho certeza de que o senhor tem muito a fazer para atar as pontas soltas que ainda restam. Mas é uma boa notícia que agora tenhamos feito tanto progresso. — Haveria ali uma ponta de ironia na leve ênfase ao "agora"?, Kat perguntou-se. — E tenha um bom dia também, *capitano*. — Seus olhos a percorreram de cima a baixo. — Permita-me dizer que está particularmente linda nesta manhã. O coronel Piola é um homem de muita sorte.

— Senhor? — disse ela, apavorada. Será que Piola havia falado alguma coisa?

Ele fez um aceno de mão.

— De passar tanto tempo com a senhorita, eu quis dizer.

Kat não conseguiu se controlar e corou, embora Marcello parecesse supor que isso teria sido por causa do elogio e não de sua consciência pesada. Com o peito visivelmente inflado dentro do terno, ele saiu do escritório.

— Idiota! — exclamou ela, quando ele saiu.

Piola deu um sorriso cansado.

— Quer apostar quanto que a oferta generosa do *avvocato* Marcello de intervir com as autoridades da imigração, longe de possibilitar a estada de Ema no país, vai ter o efeito exatamente oposto e ela vai ser deportada de volta para o Leste Europeu antes que a tinta seque nesse documento? — Ele pegou o depoimento da camareira e o jogou de volta sobre a escrivaninha. — De qualquer maneira, não faz sentido interrogá-la agora. Ela sabe o que Marcello quer ouvir e vai manter o que já disse. Sabe — acrescentou, com amargor —, o problema é que ele é bom nisso. Mais cedo ou mais tarde, vai vir com alguma teoria ridícula que explica tudo, cada fiapo de evidência que exista. E não tem uma única coisa que possamos fazer sobre.

— Exceto coletar mais evidências.

— Exceto coletar mais evidências — concordou ele.

Kat se inclinou sobre o computador de Piola e digitou "Benito Marcello".

— Interessante — comentou.

— O quê?

— O nosso promotor parece ser um dos advogados mais bem-sucedidos do judiciário veneziano. *La Nuova Venezia* o chama de "estrela ascendente".

— Espero que haja um "porém".

— Dizem que ele nunca levou a juízo um caso contra o crime organizado. Não é que os combata e não ganhe. Parece que nunca consegue pegá-los.

— Ou, quando pega, garante que se safem — sugeriu Piola. — Eu bem achei que ele parecia estar coberto por algo escorregadio, mas supus que fosse apenas o gel no cabelo.

Kat sorriu. Embora aparentemente nada houvesse sido dito e que os dois tivessem tido o cuidado de não se traírem com um olhar descuidado, algo estava diferente. Esse último comentário, por exemplo, não teria sido feito 24 horas antes.

Piola ficou ao lado dela, olhando para a tela do computador. Impulsivamente, Kat tocou nas costas da mão dele por um instante. Do mesmo modo breve, ele apertou os dedos dela, que sentiu a pulsação acelerar. *Ridículo*, Kat pensou, *ridículo*, mas lançou-lhe um sorriso rápido e foi banhada por uma onda de felicidade quando ele retribuiu, os olhos pregueando nos cantos.

— Então — recomeçou Piola, recuando. — Onde estávamos? Ah, sim, encontraram a foto de que Spira falou, aquela que as vítimas estavam mostrando às garotas de programa. Estava na fila do registro com os outros pertences do quarto do hotel.

Passou a fotografia para Kat. Na foto havia uma garota bonita, de cabelos escuros, que não devia ter mais de 16 anos.

— Havia várias cópias. E — continuou ele, levantando um saco para provas —, quando foram encontradas, estavam enfiadas dentro *disto*.

— O saco continha um livro. Na capa estava escrito *Sveton Pismu*.

— Isso é a Bíblia?

Ele assentiu.

— Em croata. E não, ela não foi desfigurada com símbolos de ocultismo, cruzes de cabeça para baixo nem nada disso.

— Aposto que a mecha de cabelo que encontramos também pertence à garota dessa foto. Devíamos fazer um teste de DNA. E nós mesmos devíamos começar a mostrar a foto por aí. Agora ainda é muito cedo, mas eu podia verificar as ruas em torno da Santa Lucia hoje à noite.

Mais tarde, em seu escritório, Kat recebeu um enorme buquê de flores. Não havia cartão, mas ela encontrou um e-mail do chefe na caixa de entrada.

Achei que seria bom mandar isso para você antes que o idiota o faça.

Kat sorriu e enviou uma resposta curta.

Gostei.

Ela seria cuidadosa e o que acontecia dentro da bolha ficaria dentro da bolha.

Por volta das quatro da tarde, indo para casa trocar de roupa e vestir algo mais adequado para uma longa e fria noite de andança pelos bares decadentes da área da estação, Kat saiu do Campo San Zaccaria carregando o buquê. A combinação de uma bela oficial dos Carabinieri com flores foi irresistível para o fotógrafo de plantão, que a clicou duas vezes antes que Kat percebesse que era o alvo da câmara.

Um jornalista andava ao seu lado, sem que ela parasse, fazendo uma pergunta atrás da outra, mal pausando para ouvir sua resposta.

— A senhora faz parte da investigação sobre assassinatos e magia negra, *capitano*? Pode confirmar que as mulheres eram amantes? É verdade que os assassinatos estão ligados ao site Carnivia?

— Sem comentários — resmungou ela e continuou a andar. Era ridículo, o jornalista devia saber que ela não falaria com a imprensa e, além do mais, ninguém que estivesse atrás de um furo de reportagem agiria desse modo, à plena vista do público. Faria uma discreta ligação telefônica ou marcaria um encontro reservado num dos bares atrás da Fondamenta San Severo.

O que talvez significasse que ele já tinha seu furo e o que queria dela era precisamente aquele "Sem comentários".

Kat pegou o celular e ligou para Piola.

— A imprensa está em frente ao quartel — avisou, sem preâmbulos. — Estão chamando o caso de "assassinatos e magia negra".

Ele praguejou, baixinho.

— O idiota não perde tempo, tenho que admitir. OK, obrigado por avisar.

Às seis e meia da tarde, Kat já estava na área da estação, usando jeans e uma velha jaqueta de couro. O lugar ainda estava calmo. As prostitutas que costumavam andar por ali nesse horário estavam tranquilamente sentadas com seus cafetões, entretendo-se com alguns drinques e sem falar muito, enquanto os homens gritavam, acotovelando-se, brandindo celulares e dinheiro uns para os outros. Ocasionalmente, quando eles iam ao banheiro ou as garotas saíam para fumar, Kat conseguia abordar uma, para conversar por um instante. Então mostrava a foto.

— Você já viu essa garota?

A reação era quase sempre a mesma: um olhar desinteressado, um dar de ombros, depois olhavam para Kat ao perceberem que ela era uma policial. Por fim, simplesmente lhe davam as costas.

A pergunta seguinte, após mostrar a identificação, era:

— Alguém já perguntou isso a você antes? — Nesse caso, ela tinha sorte se chegasse a receber outro dar de ombros.

Às vezes, ela conseguia falar com uma prostituta que estava drogada. Cocaína era o melhor: deixava as garotas falantes. Algumas delas disseram que "uma mulher croata" já havia lhes mostrado a foto antes.

Todas as prostitutas com quem Kat conversou eram do Leste Europeu — croatas, bosnianas, eslovenas, sérvias, macedônicas, albanesas, montenegrinas. Uma lista de países sanguinários, meio formados, que reunidos constituíam uma imagem espelhada da Itália do outro lado do Adriático. Elas estavam todas mortas por dentro. Muitas possuíam minúsculas pústulas e queimaduras em volta da boca, que nem o excesso de batom vermelho conseguia disfarçar: o legado do abuso crônico de solvente.

Uma delas disse:

— Duas mulheres croatas me mostraram isso.

— Duas? Tem certeza?

— Mas uma delas tinha sotaque americano.

Uma coisa se encaixava para Kat. Barbara Holton, apesar do nome americano, falava servo-croata. Uma americana de segunda geração, talvez, com ligações parentais com o antigo país.

Outra delas olhou para a foto, mascou seu chiclete e disse, desinteressada:

— Um homem me mostrou essa foto.

— Que tipo de homem?

— Um americano. Mas não estava fazendo negócio.

— Como ele era?

A garota deu de ombros.

— Um freguês. Ele grande. Forte.

Duas vezes, Kat foi ameaçada por cafetões com canivetes suíços. Mostrar sua identidade policial os fazia recuar um pouco, mas sem guardar os canivetes. E ela saía rapidamente daqueles bares.

Então, encontrou uma prostituta lúcida e articulada, sem cafetão em seus calcanhares, que se dispôs a falar com a condição de Kat pagar pelo seu tempo. Kat lhe deu os 50 euros pedidos. Não, ela não tinha visto a garota da foto, tampouco as mulheres que falavam croata, mas tinha ouvido histórias sobre um americano que procurava uma garota croata específica. Talvez ele estivesse com a menina da foto.

Kat percebeu que ela parecia estar gostando de falar e lhe perguntou de onde vinha. Seu italiano era melhor que o da maioria, mas ela ainda falava com um sotaque do Leste Europeu.

A prostituta, que antes tinha dito que se chamava Maria, mas que agora afirmava ser Nevena seu nome verdadeiro, era da Bósnia. Sua família tinha perdido a casa e todas as economias na guerra civil. Em consequência, quando uma família amiga sugeriu que ela poderia ganhar um bom dinheiro trabalhando como babá na Itália, seus pais a incentivaram a ir. Ela esperava poder enviar dinheiro suficiente para casa, para que as irmãs menores pudessem estudar. Sem dúvida, sabia que isso significaria ser traficada para a Itália de modo ilegal, mas na época não parecia um grande crime quando havia, segundo os amigos, pessoas que não conseguiam babás porque as garotas italianas eram gananciosas e queriam muito dinheiro.

Nevena não se preocupou quando o traficante pegou seu passaporte, nem quando foi separada do grupo de futuros imigrantes e levada num outro veículo. O motorista que a conduzia a levou para uma fazenda num lugar remoto e a estuprou de modo violento, tomando o cuidado de não deixá-la marcada. A pior coisa, ela disse, foi a sensação de impotência: o homem usá-la como bem quisesse e ela não poder fazer nada a respeito, ninguém que pudesse denunciá-lo. Sentiu tanto ódio dele que, ao ser passada para outro homem, ficou aliviada em vez de sentir medo, embora tivesse se assustado ao perceber que houve troca de dinheiro.

O segundo homem a colocou num furgão com outras três garotas e as levou para um minúsculo porto pesqueiro, onde elas foram postas num barco e trazidas para a Itália à noite. Ao desembarcarem, foram levadas para um lugar onde outras garotas esperavam. Uma delas explicou como funcionava: elas estavam sendo vendidas por uma cadeia de fornecimento que acabava nas grandes cidades italianas, onde teriam que ganhar o dinheiro e devolver a quem quer que tivesse pagado por elas. Como não estavam com seus passaportes, não podiam fugir e, se dessem um jeito de escapar e procurassem a polícia, suas famílias em casa seriam alvo de represálias.

Nevena perguntou como elas poderiam ganhar o suficiente como babás para pagar os traficantes. E foi o silêncio da outra garota que finalmente a fez perceber o que iria acontecer.

Houve outra fazenda num lugar distante, dessa vez na Itália, onde as garotas foram "treinadas". As que resistiam eram estupradas até desistirem de resistir. Para as que não resistiam, eles mostravam vídeos pornográficos e as instruíam a "fazer daquela maneira". Todas as garotas eram filmadas no ato sexual, e, se elas desobedecessem, os filmes seriam enviados para suas famílias.

Diante disso, Nevena tomou sua decisão. Faria o que tinha que ser feito para sobreviver. Depois de um tempo, segundo ela, as meninas se acostumavam. Os homens não as machucavam se elas soubessem o que estavam fazendo e dessem a impressão de querer agradá-los. Quando finalmente chegou a Veneza, ela foi vendida a um cafetão por 1.500 euros e lhe disseram que, quando ganhasse essa quantia de volta, seu passaporte seria devolvido.

No entanto, foi mais difícil do que parecia. O custo do quarto que ela usava com seus fregueses era descontado de seus ganhos, assim como o *pizzo* devido à Máfia. Ela precisava pagar por comida, eletricidade, aquecimento, lavanderia e exames médicos. Mesmo assim, depois de um ano fazendo sexo com até seis homens por noite, Nevena quase tinha conseguido. Mas pouco antes de alcançar aquele dígito mágico, seu cafetão a vendeu para outro. Agora, precisava começar tudo outra vez. Porém estava determinada a fazê-lo. Jamais perderia a esperança.

Nevena espalhou na mesa o dinheiro que Kat lhe dera e separou 10 euros.

— Este é o *pizzo*, o que Romano precisa dar à Máfia. — Pegou mais 10 e colocou em cima. — Isso é para minha manutenção. — Restavam três notas de 10. — Ele fica com isso e eu com isso — concluiu ela, pondo duas notas na pilha e deixando uma para si.

Kat lhe deu seu cartão.

— Existem organizações que podem ajudar — disse ela, como sempre fazia. — Podem retirá-la desse serviço e mandá-la de volta para casa...

Por um instante, Nevena pareceu ficar tentada. Depois empurrou o cartão de volta.

— Obrigada, mas se eu fizer isso, perco tudo que já economizei e eles ainda vão vir atrás de mim. É melhor fazer do jeito deles. Assim, quando eu for para casa, não haverá nenhum vídeo no correio, nenhum ataque a minha família e vou poder fingir que só trabalhei de babá, como eles pensavam.

— E se o seu cafetão vender você de novo? — indagou Kat. — Já pensou nisso?

— Acho que ele não vai fazer isso — respondeu ela. — Acho que ele não é tão mau como os outros.

— Guarde o cartão de qualquer forma — aconselhou Kat, deixando-o sobre a mesa. — Guarde num lugar seguro.

Às onze, quando os bares já estavam ficando mais barulhentos e os cafetões mais ameaçadores, Piola veio ao encontro dela.

— Achei que podia querer companhia, nem que fosse para ficar de vigia.

— O que eu quero — começou ela, cansada — é dar o fora daqui.

— Vamos comer alguma coisa?

Ela declinou o convite.

— Vamos para casa.

Em seu apartamento, Kat o beijou, sentindo o calor sólido de seu corpo. Começou a despi-lo e parou em seguida, pensando na garota da Bósnia que achava que seria babá e que foi obrigada a assistir a vídeos pornográficos e imitar o que via neles.

— Não posso fazer isso — murmurou ela.

— Eu entendo — disse ele, carinhoso. — Venha, vou colocá-la na cama.

Ele a pôs debaixo do chuveiro, depois a secou, fazendo-a se ajoelhar entre suas pernas para poder esfregar-lhe a cabeça com a toalha. Era como seu *papà* fazia quando ela era criança.

Colocou-a na cama e a cobriu.

— Devo ir embora?

— Não — disse ela. — Fique um pouco.

Piola se deitou ao lado de Kat, completamente vestido, e a abraçou. Mesmo assim, o sono não vinha.

Ela lhe contou sobre Nevena.

— E o que diz a lei sobre Nevena? — questionou ela, furiosa, no escuro. — Que é uma criminosa. Que nem sequer é uma de nossas cidadãs. Que não tem nenhum direito. Por isso, ela tem que continuar a se prostituir, pois não vamos ajudá-la.

— E, durante todo o tempo, a Máfia tira sua parte.

— Assim como tudo mais nesta cidade.

— Sabe, quando comecei não era assim tão ruim. Mas agora... Tenho como certo que cada gondoleiro tem que pagar o *pizzo*. Cada *croupier* do cassino municipal é um homem indicado pela Máfia. Metade dos hotéis está lavando dinheiro do tráfico de drogas e qualquer garoto que sai da escola pode se apoderar de uma arma e 1 quilo de cocaína com crédito facilitado. E o que a polícia faz? Dizemos: vamos nos concentrar no que é importante, os homicídios e os crimes contra a propriedade. Os promotores olham para o outro lado, o serviço do corpo de jurados é como ganhar na loteria e os juízes só podem acompanhar tudo isso ou são dinamitados. E não é isso que importa? — Ele se calou por um instante. — O que sempre me pergunto é: por que a Itália?

— Como assim?

— Por que o nosso país é tão especialmente corrupto quando outros não são? Espanha, Grécia, Portugal, França... alguns são mais pobres, mas nenhum deles tem problemas com o crime organizado como o nosso. O que é tão original na Itália que fomos incapazes de extirpar esse mal de uma vez por todas?

— Talvez seja apenas uma dessas coisas que acontecem.

— Talvez. Ou talvez seja alguma coisa com a gente. Nosso caráter nacional. Talvez a gente nunca se livre disso.

— Não seja pessimista. Até Nevena tem esperança.

— Nevena foi alimentada com esperança — respondeu ele. — É isso que deixa a coisa pior. Eles se aperfeiçoaram, não é? Costumavam dar um pouco de heroína para as garotas ficarem dóceis. Mas esperança custa mais barato e é tão eficaz quanto. A prostituta mais obediente é aquela que pensa que está trabalhando para sair da prostituição. Capitalismo, o melhor amigo do cafetão.

— Você acha que ela será vendida de novo antes que consiga pagar a dívida?

— Eu apostaria minha vida. Sinto muito.

Os dois cochilaram um pouco. Mais tarde, Kat o acordou e eles fizeram amor no escuro, lenta e suavemente, e ela pensou no quanto aquele ato poderia ser tão maravilhoso e ao mesmo tempo tão terrível, que poderia manter mulheres como Nevena em servidão por uma dívida e, ainda assim, entre ela e Aldo, significar conforto.

30

EDIÇÃO MATINAL DO *La Nuova Venezia*:

"ASSASSINATOS E MAGIA NEGRA" CEIFAM TURISTAS ESTRANGEIRAS

- Corpo de mulher "vestido em paramentos católicos"
- Promotor previne contra o "mundo depravado do ocultismo"
- Site "ilegal" envolvido nas mortes

O corpo de uma mulher do Leste Europeu encontrado perto da Santa Maria della Salute durante La Befana vestia paramentos de uma sacerdotisa católica, confirmaram os promotores ontem.

Acredita-se que a mulher foi morta quando invadia Poveglia, uma ilha já declarada insegura para visitantes pelo comissário da Laguna. Um segundo corpo, pertencente a uma mulher americana, descendente do Leste Europeu, foi encontrado mais tarde no regato abaixo do quarto de hotel que elas dividiam. Uma camareira declarou ter ouvido as duas discutindo violentamente numa ocasião, pelo menos.

Acredita-se que as mulheres foram acompanhadas à ilha por um pescador local, Ricci Castiglione, 37, também encontrado morto na segunda-feira em circunstâncias "coerentes com suicídio", como descreveu uma fonte próxima à investigação.

O promotor, Benito Marcello, amplamente considerado um dos mais eficientes da cidade, declarou ontem: "Ainda é muito cedo para tirar conclusões definitivas. Contudo, posso confirmar que símbolos ligados ao ocultismo foram encontrados na primeira cena do crime. Sem dúvida, essas questões foram consideradas extremamente perigosas durante muito tempo e, mesmo sob nossa perspectiva moderna, percebemos que pode haver bons motivos para isso."

Ele ainda acrescentou: "Se uma pessoa daqui foi atraída para esse negócio desagradável e tirou a própria vida em consequência, isso só realça o quanto esses perigos ainda são reais."

Ao ser questionada se as duas mulheres eram amantes, uma porta-voz dos Carabinieri disse: "Sem comentários."

Em outra versão, parece que as duas mulheres se vangloriaram de suas atividades num polêmico site. O carnivia.com, estabelecido em Veneza, atrai visitantes virtuais de todo o mundo e permite que seus usuários troquem mensagens e até material em vídeo de forma anônima. Em meio a preocupações de que poderia ser usado por pornógrafos e ocultistas, o governo italiano recentemente solicitou acesso aos servidores do Carnivia, com base nas leis de transparência. O dono do site, Daniele Barbo, atualmente aguarda sentença por se recusar a cooperar.

Até o momento desta edição ir para a prensa, Barbo não havia respondido às solicitações de comentário.

— Quer dizer que Ricci Castiglione cometeu suicídio — comentou Kat, desgostosa.

— Parece que sim — concordou Piola. — Ele se afogou num tanque cheio de seus próprios caranguejos por remorso de ter matado duas bruxas lésbicas do Leste Europeu. Impressionante.

— Como você disse, Marcello é bom nisso. Com um pouco de manobra, não há quase nada nessa narrativa que não se encaixe com as evidências.

— Até que se saiba o que ficou de fora — opinou Piola.

A manhã já estava chegando ao fim, mas a sala de operações estava quieta. Da noite para o dia, metade dos oficiais envolvidos na investigação tinha sido redistribuída para outros casos.

Piola suspirou.

— O problema é que não temos nada de concreto para oferecer como alternativa. Há muitos elementos que parecem sugestivos, mas quando os perseguimos se revelam miragens.

— Não se preocupe. Vamos chegar lá. Alguma coisa vai dar certo, tenho certeza.

Após a descoberta de que as tatuagens no corpo de Jelena eram de origem católica, Kat tinha enviado um segundo e-mail para "Karen", a mulher que se denominava sacerdotisa. Não houvera resposta na época, mas, de repente, uma mensagem inesperada aguardava em sua caixa de entrada.

> Entre no Carnivia agora. Vamos nos encontrar no Campo San Zaccaria. Venha sozinha.

Ela seguiu as instruções, exceto por um pequeno detalhe: enquanto seu avatar no Carnivia estava só, na realidade, Piola estava de pé ao seu lado, fascinado mas confuso.

— Quer dizer que isso é um tipo de jogo de computador? — perguntou ele, vendo que ela se apressava pelo Campo San Zaccaria virtual de Veneza.

— Malli diz que tecnicamente é um mundo espelho, que por sua vez é um tipo de ambiente simulado de multiuso, ou ASMU. Eles são imensos no espaço virtual. *Second Life*, *World of Warcraft*... só esses dois sites têm 10 milhões de usuários. Meu irmão era obcecado por um mundo espelho chamado *Twinity*. Passava horas interagindo com isso todos os dias. Atuantes em nichos como o Carnivia são minúsculos em comparação.

— Então são basicamente para adolescentes?

— Alguns são, mas o Carnivia é um pouco diferente porque todo mundo usa máscaras. Seu personagem do Carnivia pode ser usado para ocultar todas as suas atividades na internet, se quiser.

Como Colombina7759, ela atravessou uma réplica perfeita da Piazza San Marco, seguiu pela Riva degli Schiavoni e virou rumo ao norte para o Campo San Zaccaria.

— Chegamos.

Era estranho para ambos, que estavam ali no prédio, ver a cópia do lugar na tela, até no detalhe da rachadura que havia no frontão acima da porta.

— Extraordinário — murmurou Piola.

Diante do quartel dos Carabinieri, uma figura com máscara de Dominó aguardava. Quando Kat se apressou, indo ao seu encontro, uma tela *pop-up* apareceu acima de sua cabeça.

Dominó67980 quer falar com você. Aceita?

Ela clicou "Sim".

Obrigado. Sua conversa será criptografada.

Um balão apareceu da boca da figura.
— *Me siga.*
Ela a seguiu. A figura a levou a um canto tranquilo da praça.
— *O que quer saber?*
Kat digitou:
— *Você é uma sacerdotisa? De verdade, quero dizer?*
— *Você começou com uma pergunta difícil.*
Houve uma pausa. Depois Dominó67980 escreveu:
— *De acordo com o papa, não. Mas a teologia está do nosso lado, de fato. São os bispos que escolhem os sacerdotes, não os papas. E, se um bispo decide ordenar uma mulher, assim que ela recebe o Sacramento da Ordem passa a ser uma sacerdotisa aos olhos de Deus. Uma herege, talvez; até uma abominação. A Igreja pode excomungá-la. Pode submetê-la a um tribunal eclesiástico e demovê-la do clericato. No entanto, segundo os dogmas fundamentais do catolicismo, ela fica com a "marca indelével" do sacerdócio para sempre e não há razão para que seus sacramentos e suas orações, embora ilícitos, sejam menos válidos que os de qualquer outro sacerdote.*
— *Esse é o motivo para que você não me dê seu nome verdadeiro nem sua localização?*
— *Exatamente. A Igreja sabe, ou pelo menos suspeita, de nossa existência. Gasta vastos recursos para nos rastrear. E quando nos encontra nos maltrata.*
— *De que modo?*
— *Depende. Houve o caso de uma sacerdotisa em Chicago, por exemplo, chamada Janine Denomme. Apenas quando ela morreu, em 2010, que a diocese se inteirou de sua ordenação e não permitiu a realização de seu funeral numa igreja católica, tampouco que ela fosse enterrada em solo sagrado.*

— *Por que vocês fazem isso? Se há tanto risco, quero dizer.*

Outra longa pausa.

— *Não posso responder pelas outras. Porém, todos os cristãos creem que receber o Sacramento da Ordem muda uma pessoa, deixa uma marca inde-lével em sua alma. Isso significa que é algo que se sente na profundidade do ser. Se a pessoa tem a vocação para o sacerdócio, como eu tinha, ela não se sentirá completa sem ele.*

— *E a posição da Igreja?*

— *Está simplesmente errada. Sim, a lei canônica diz que apenas um homem validamente ordenado pode administrar os sacramentos. No entan-to, nos círculos legais há muito tempo é aceito que uma expressão que espe-cifica o gênero masculino pode incluir o feminino. Um "desastre causado pelo homem" é um desastre causado por toda a humanidade, não apenas a metade masculina. Quando Cristo disse: "Nenhum homem é sem pecado", ele não quis dizer que as mulheres são. A interdição às mulheres é simples-mente uma questão de misoginia e semântica. O capricho do homem trans-vestido como vontade de Deus.*

— *Em seu último e-mail, você mencionou "ordenações de catacumba". Do que se trata?*

— *Um padre de catacumba é aquele ordenado secretamente, sem a apro-vação do Vaticano. O termo era usado principalmente para os padres do Leste Europeu comunista. As coisas eram muito mais flexíveis lá. Era aceito, por exemplo, que um padre de catacumba fosse casado, para evitar suspeitas. Ha-via um pequeno número de sacerdotisas também, antes que o Vaticano acor-dasse para a controvérsia que elas poderiam provocar. Algumas dessas mulheres acabaram se tornando bispas e, por sua vez, ordenaram outras mulheres. É delas que a "linhagem" atual de sacerdotisas recebe sua Sucessão Apostólica.*

— O Leste Europeu novamente — comentou Kat. — Tudo leva para trás da Cortina de Ferro.

— Pergunte a ela sobre Poveglia — pediu Piola.

— *Você sabe alguma coisa sobre uma ilha veneziana chamada Poveglia?*

— *Sim. É um lugar de significado histórico para o nosso movimento.*

Surpresa, Kat digitou:

— *Por quê?*

— *Por causa de Martina Duvnjak.*

— *Quem é ela?*

— *Martina Duvnjak foi uma sacerdotisa de catacumba na década de 1950, na então Iugoslávia comunista. Pelo que sabemos, ela foi uma das primeiras mulheres a ser ordenada. Martina correu grandes riscos, deixando-se ser presa para poder ministrar às mulheres nos presídios do regime comunista, lugares sem lei, onde era muito fácil desaparecer sem deixar rastro. Ela ouvia confissões, celebrava missas, dava a unção dos enfermos, todas as tarefas que qualquer padre pode ministrar ao seu rebanho.*

— *O que aconteceu com ela?*

— *Para começar, o Vaticano fez vista grossa para o trabalho dela, mas depois enviou uma mensagem por meio do bispo que deveria parar. Duvnjak questionou a decisão e, em 1960, o Vaticano a convidou para ir a Roma a fim de discutir o caso. A viagem, é claro, foi repleta de dificuldades, visto que envolvia a travessia para o Ocidente. Como criminosa condenada, ela não tinha esperança de conseguir um visto, então foi contrabandeada para o interior da Itália via Croácia.*

— *E o que houve?*

— *Desculpe, mas estou digitando isso num cyber café e às vezes preciso parar se alguém passa muito perto. Ela chegou a uma das ilhas da laguna veneziana, Poveglia, onde foi recebida por uma delegação de clérigos. Quando se recusou a renunciar, eles a levaram para um hospital psiquiátrico das imediações, onde ela ficou trancada pelo resto da vida.*

— *Esse era o antigo hospício em Poveglia? Ela ficou presa lá?*

— *Efetivamente. Sem direitos, sem passaporte... quase ninguém no Ocidente sequer sabia de sua existência. Duvnjak não passava de uma inconveniência. Convinha a todos fingir que ela era louca. Por fim, ela morreu lá, completamente esquecida pelo mundo exterior. Para nós, porém, é uma mártir. Quem sabe um dia ainda vire uma santa.*

— *Você sabe explicar por que uma sacerdotisa pode querer celebrar uma missa lá hoje em dia?*

— *É claro. Para nós, o lugar onde ela ficou encarcerada se tornou um local de peregrinação. É quase certo que a sacerdotisa estivesse rezando uma missa de réquiem, uma missa para o repouso da alma de Martina Duvnjak.*

— E o Carnivia? — perguntou Piola, baixinho.

— *Outra mulher, uma associada à sacerdotisa que mencionei, visitava o Carnivia com frequência. Sabe por que ela fazia isso?*

— *Talvez também fizesse parte da nossa comunidade.*

— *Comunidade?*

— *Somos muito poucas em número e estamos espalhadas pelo mundo todo. A maioria, é claro, é ativista do movimento global para convencer o Vaticano a legitimar as ordenações femininas, mas mesmo entre nossas colegas ativistas precisamos ser circunspectas. Portanto, para o mundo exterior, somos ajudantes de altar, servidoras laicas... Mas aqui no Carnivia, podemos descarregar o fardo do nosso segredo.*

— *Quer dizer que é assim que vocês se comunicam umas com as outras? Em particular, como estamos fazendo agora?*

— *Quero dizer muito mais que isso. É assim que nos comunicamos com Deus.*

— *Desculpe, mas você terá que explicar.*

— *Venha, vou mostrar a você.*

Dominó67980, então, levou Kat para o interior da igreja ao lado do quartel dos Carabinieri, a Chiesa di San Zaccaria. Uma fusão dos estilos gótico e renascentista do século XV, para Kat era uma das igrejas mais bonitas de Veneza. No entanto, era tal a profusão de prédios maravilhosos na cidade que a igreja raramente atraía um turista para seu interior sombrio e cheio de eco.

A réplica no Carnivia era idêntica, exceto por uma coisa. A igreja onde ela entrou estava cheia. Figuras mascaradas estavam de pé, de frente para o altar, onde uma figura em vestes sacerdotais segurava no alto um cálice dourado. O espaço estava tomado pelo som de cânticos, um coral de vozes femininas, como se as fileiras lotadas de avatares estivessem cantando.

— *É assim que exercemos nossa devoção.*

— É claro — disse Kat, os dedos dançando sobre o teclado.

— *E isso é válido? Teologicamente, quero dizer.*

— *Sem dúvida. Entre nós, estão algumas das mais respeitadas teólogas do mundo. Elas estão de acordo que como o Espírito Santo é universal, uma missa realizada aqui é tão "real" quanto qualquer outra. Contanto que, em algum lugar, uma das participantes esteja segurando uma hóstia física e um cálice de vinho que se tornam o corpo e o sangue de Cristo.*

— *Que engenhoso.*

— *O Vaticano não vai gostar quando descobrir.*

— *Por quê?*

— *Pense bem. Aqui, só sabemos o gênero de alguém se a pessoa decidir revelá-lo. Se uma mulher habita um avatar masculino, isso significa que ela pode celebrar uma missa virtual de modo legítimo? Isso transforma as regras deles em absurdos.*

— *Você acha que pode estar correndo perigo?*

— *Fisicamente? Duvido, não com o Vaticano. É preciso ter em mente que, nos velhos tempos da Inquisição, nunca foi o próprio Vaticano que incendiou bruxas nas fogueiras. Foram as autoridades civis, a quem elas eram entregues. Na verdade, era costumeiro que a Igreja fizesse um pedido formal, hipócrita, de misericórdia, sabendo que seria recusado. As sacerdotisas que se revelaram foram insultadas, incendiadas em suas casas, excluídas de suas comunidades e congregações, e por aí afora. Não me surpreenderia se estivéssemos correndo risco de danos físicos ainda maiores com os que acham que estariam fazendo uma obra de Deus.*

— *Sinto ter que dizer a você que as duas mulheres de quem falei morreram... assassinadas.*

Outra longa pausa.

— *Que terrível. Vou rezar por elas.*

— *Você tem alguma ideia de quem poderia fazer tal coisa?*

— *Existe mais de 1 bilhão de católicos no mundo, e a grande maioria aceita os decretos do papa sem questionar. Sem dúvida, alguns deles matariam em seu nome também, mas não posso ajudá-la a descobrir quais.*

A figura na frente de Kat tremeluziu e em seguida sumiu.

— Ela se desconectou — disse Piola.

— Fascinante — declarou Kat, recostando-se na cadeira. — No mínimo, destrói completamente a hipótese de que Jelena Babić não fosse uma verdadeira sacerdotisa. Aos próprios olhos, ela era tão válida quanto qualquer homem. E isso nos dá uma explicação para o que ela estava fazendo em Poveglia.

— Nada disso pode ser corroborado — avisou Piola.

— Acho que pode, em parte. Quando falei com o padre Uriel, ele comentou que algumas das freiras mais velhas do Instituto Christina Mirabilis trabalharam em Poveglia quando era um hospital psiquiátrico. Vou ver se alguma delas confirma as partes sobre Martina Duvnjak. De qualquer modo, quero voltar ao Instituto. Quero que o padre Uriel saiba que não levei a sério sua dispensa.

— Tudo bem, mas não vamos nos distrair. Na sua essência, esta ainda é uma história sobre o crime organizado.

— Não se pode ter certeza disso — protestou Kat.

Ele balançou a cabeça.

— Os cigarros, a morte daquele pescador... Concordo com você que a história da briga entre as lésbicas criada por Marcello seja uma bobagem, mas pelo menos é simples. Acho que isso pode ser nada mais que um caso de dois mundos colidindo. Suponha que se aceite que Jelena Babić estava em Poveglia para rezar uma missa no local onde essa outra sacerdotisa havia ficado encarcerada. E o que quer que seja que Ricci Castiglione estivesse fazendo lá, era ligado à Máfia de algum modo, pegando contrabando, digamos. Até agora, bem claro, não é?

Kat concordou.

— Ele encontra alguém lá, então a mata... e sim, talvez a sugestão de Marcello de que a arma fosse dele, contrabandeada pelo Adriático, não seja de todo má. Depois de matar Jelena, Ricci tenta fazer com que a cena do crime se pareça com uma missa negra, tanto para cobrir seu rastro quanto para reforçar a reputação de Poveglia como um lugar para se manter distância. Quando o corpo é levado para Veneza, e o assassinato começa a atrair atenção, os chefes dele decidem mandar matá-lo antes que ele conte os segredos.

Aquilo soava plausível, mas Kat estava relutante em aceitar que a perseguição às sacerdotisas não fosse relevante para os crimes.

— Como pescador, Ricci não deveria saber melhor que ninguém que não podia descartar o corpo perto de Poveglia? — rebateu ela. — Ele sabia que as correntes levariam o corpo para Veneza. E que tal a solicitação de liberdade de informação feita ao Exército americano? As perguntas sobre Dragan Korovik? Você está dizendo que nada disso importa?

Piola deu de ombros.

— Como não temos permissão de falar com os americanos, é melhor esperar que não. Quanto à Igreja... com certeza eu não faria objeção se pudéssemos acabar com isso sem incluir Sua Santidade. Tenho a impressão de que o *avvocato* Marcello não vai querer se meter lá também.

— Tenho certeza de que Jelena Babić e Barbara Holton foram mortas por causa de suas crenças — insistiu Kat, com teimosia.

— Essa afirmação se baseia em provas? — perguntou Piola, baixinho. — Ou nas suas convicções?

— Como assim?

— Talvez você se solidarize com essas mulheres. — Ele gesticulou para o computador. — Mulheres perseguidas por homens. Você tem raiva dos opressores, então quer ser capaz de levá-los à justiça. Mas não é esse o caso que estamos investigando aqui.

A lógica de Piola deixou Kat aflita, porque ela sabia que, em algum grau pelo menos, ele estava certo.

— Isso é bobagem! — exclamou ela, e Piola teve a gentileza de não insistir.

— Sabe, tem um participante nisso tudo com quem não falamos — lembrou ele. — Daniele Barbo. Se ele nos desse acesso ao material que Barbara Holton descarregou no Carnivia, poderíamos saber se você tem razão de pensar que as mortes das mulheres estavam ligadas à fé.

— Aqui temos um grande "se". Pelo que sei, ele não colabora com as autoridades.

— Vale a pena tentar. De qualquer modo, você deveria procurá-lo.

— Não quer vir junto?

— É possível que ele reaja melhor a você sozinha.

— Está querendo dizer que eu deveria flertar com ele? — perguntou ela, surpresa.

— Não haverá nenhuma necessidade. Uma mulher como você só precisa entrar num lugar e qualquer homem que estiver lá vai querer agradá-la, mesmo sem perceber. Barbo é um nerd recluso, voltado à informática, não é? Duvido que já tenha visto uma mulher como você, pelo menos não em carne e osso.

— Acho que agora talvez seja você que esteja vendo as coisas de um ponto de vista pessoal — disse ela, sem saber se deveria se sentir ofendida ou lisonjeada.

— Acredite em mim, não estou. — Ele olhou para ela, impressionado. — Será que você realmente não entende o quanto é linda?

— Aldo, essa conversa está me deixando desconfortável. Esse tipo de coisa já foi deixado para trás faz uns vinte anos.

Ele deu de ombros.

— Bem, vou deixar que você decida a melhor maneira de lidar com isso. Mas ainda tenho um pressentimento de que vai ser melhor se a ideia vier de você.

31

HOLLY BOLAND ACELERAVA pela *autostrada* A13 em seu novo Fiat Cinquecento, um carro tão minúsculo que parecia brinquedo de criança e, por isso, incrivelmente divertido de dirigir. O dia estava ensolarado e o ar revigorante do inverno encolhia distâncias e expandia panoramas. Uma a uma, ela passou por pequenas e grandes cidades que tremeluziam no horizonte como imagens de pinturas renascentistas. Pádua, Ferrara, Bologna... Depois, em meio às colinas de Florença, as cúpulas e as torres multicoloridas do centro histórico se assomavam como uma miragem acima do ajuntamento urbano. Ela gostaria de dar uma parada em Pisa para ver quantos de seus velhos amigos e vizinhos ainda moravam na mesma rua — a maioria, ela podia apostar —, mas seu primeiro destino devia ser Camp Darby.

Ela cruzou a Itália de costa a costa em menos de quatro horas. Agora, virava para o sul e seguia por uma faixa plana de terras arborizadas, espremida entre o mar Tirreno e as montanhas. Camp Darby se espalhava por uns 25 quilômetros entre pinheirais, indo até o arsenal da Marinha dos Estados Unidos em Livorno. Apesar de seu tamanho, ela sabia que havia relativamente poucos militares baseados ali. Atualmente, Darby era principalmente um centro de recreação e armazenamento de mísseis. Todos os anos, cerca de 50 mil soldados e suas famílias vinham de outras bases na Itália e na Alemanha para passar as férias na área, e seus filhos brincavam a pouca distância das casamatas nucleares. Teoricamente, não havia praias particulares na Itália. Na prática, o governo italiano nunca reclamou das seguras cercas duplas, das múltiplas verificações de identidade e das câmeras de segurança.

Na guarita, ela entregou seu cartão CAC para ser passado e pediu orientação de como chegar à central de reciclagem. Ela andou uns 3 quilômetros dentro da base até chegar a um hangar imenso, situado próximo às cúpulas de concreto que marcavam, como cogumelos brancos gigantes, as tampas dos silos nucleares subterrâneos.

Dentro do hangar, sentado atrás de uma escrivaninha, ela encontrou o homem com quem havia falado pelo telefone. Ela o reconheceu de imediato: quase 60 anos, bem bronzeado, a barriga saliente espremida dentro de um uniforme dois tamanhos menor, mais parecendo em corselete. Devia faltar uns dois anos para que o segundo-sargento Kassapian se aposentasse e ele não dava muita importância ao modo como passaria o tempo até lá.

— Estou procurando os antigos arquivos de Camp Ederle que foram enviados para cá — explicou Holly. — O senhor disse que eu poderia dar uma olhada, lembra-se?

— Claro, a senhorita pode olhar. Não pense que vá ajudar muito. — Ele a levou até um canto onde havia uma montanha de papel picado. — Aqui estão.

Horrorizada, ela ficou olhando para a pilha.

— Foram picados?

— É o que parece — concordou ele.

— Quando foi isso?

— Ontem. As ordens finalmente chegaram. E fui logo cumprindo, só para garantir. Levou uma eternidade, sabe, e nós temos um picotador bem grande. Na verdade, nem acabamos ainda.

— Tem mais?

Ele apontou o polegar para uma pilha de caixas em outro canto.

— Lá.

— Se importa se eu examinar aqueles, pelo menos?

— Bem, acho que pode — disse ele, incerto. — Vendo como eles a mandaram até aqui. Só não leve nada. Porque agora minhas ordens são de picar tudo, entende? Se a senhorita levar algum, não vou poder cumprir as ordens.

— Obrigada — agradeceu Holly.

Sua primeira tarefa era tentar encontrar caixas relativas aos anos da solicitação de Barbara Holton, de 1993 a 1995. Infelizmente, tudo indicava que essas já tinham sido picadas.

— Droga! — exclamou ela.

— Encontrou o que precisa? — perguntou Kassapian, vagando por ali. Sua barriga era tão grande que ele andava levemente inclinado para a frente, como um cão apoiado nas patas traseiras.

— Não, de fato não.

— Então, o que vai fazer?

— Bem — ela apontou para a pilha —, vou verificar cada uma dessas caixas para ver se consigo encontrar algum documento escrito em servo-croata.

Ele fez um gesto de mascar com os lábios, como se estivesse girando um charuto imaginário no canto da boca, enquanto pensava sobre o que ela tinha acabado de dizer.

— E depois, vai fazer o quê? Levar embora?

— Não, sargento, de modo algum. Pois o senhor tem ordens de destruí-los, não é? — Ele assentiu, enfaticamente. — Então, uma vez em posse deles, se o senhor me direcionar a uma máquina de fotocópias, eu faço cópias. Depois, o senhor destrói os originais e todos ficam contentes.

— Por mim, tudo bem — concordou ele. — Vá em frente. Não recebemos muitas visitas aqui, para falar a verdade.

Ela percebeu que a conduta ríspida de Kassapian era apenas um disfarce para ocultar sua solidão.

— Obrigada, sargento. Que tal eu começar com esta pilha aqui? — E depois: — Sabe, eu praticamente cresci nesta base. Meu pai é Ted Boland.

Como ela esperava, os olhos dele se iluminaram.

— Ted Boland! Minha nossa! Estou aqui faz 15 anos...

Ele falou sem parar por duas horas, tempo que Holly levou para encontrar uma dúzia de documentos em servo-croata. Como havia uma máquina de fotocópia no escritório, ela fez duas cópias de cada, um conjunto para ela e outro para Ian Gilroy, antes de devolver os originais para o segundo-sargento Kassapian destruir, conforme lhe fora ordenado.

32

COMO NA MAIORIA dos antigos *palazzi*, a entrada principal de Ca' Barbo era pelo canal, projetada para impressionar os que chegavam de barco. A porta da rua na lateral, ao contrário, era praticamente anônima — velha, feita de carvalho entalhado e castigado pelo tempo, sem nada a anunciar que no interior havia uma das grandes casas de Veneza. Apenas a cabeça de leão entalhada na parede ao lado, sua boca aberta um orifício escuro do tamanho do punho cerrado de Kat, indicava que tipo de residência era aquela.

Ela apertou a campainha de bronze e, enquanto esperava, examinou melhor a cabeça de leão. Restava apenas cerca de meia dúzia dessas *bocca di leone* na cidade, Kat sabia, relíquias de uma época em que a maior república marítima do mundo achava necessário espionar os próprios cidadãos. Curvando-se, pôs o ouvido na boca. De dentro da garganta escura da fera veio um leve sussurro, como se fosse a ressonância do interior de uma caverna ou o rugido de oceanos distantes dentro de uma concha.

— O que você quer?

Kat se sobressaltou. Parado na porta, agora aberta, estava um homem de uns 40 anos. Estava vestido de modo informal, com camiseta e calças chino, apesar da friagem do vento nordeste que assobiava no *rio* estreito. Seus olhos eram claros e penetrantes e os cabelos iam até abaixo do pescoço, escondendo as orelhas. Porém, foi o nariz dele que inevitavelmente chamou a atenção de Kat. Onde as narinas deveriam estar, havia um coto liso de tecido cicatrizado, um redemoinho de carne que lembrava um segundo umbigo.

— *Capitano* Kat Tapo, Carabinieri. — Ela estendeu a mão para pegar a carteira, mas ele a interrompeu.

— Não há necessidade de me mostrar identificação, capitã. Para mim não faz diferença se diz ser quem é ou não.

— Eu enviei vários e-mails a você... — começou ela.

— Eu sei.

— Mas você não respondeu.

— Eu não queria vê-la.

— Mesmo assim, preciso de meia hora do seu tempo — declarou ela, com firmeza. Lembrou-se de ler em seu perfil na Wikipédia que ele sofria de um transtorno de personalidade esquiva e decidiu pegar pesado. — Podemos fazer isso do modo oficial se preferir, com um mandado e uma ida até o quartel dos Carabinieri. Mas vai levar muito mais tempo e talvez seja preciso aguardar um pouco nas celas provisórias. Temos uma boa demanda nessa hora do dia.

Um lampejo de desagrado cruzou as sensíveis feições de Daniele Barbo.

— Muito bem — resolveu ele, abruptamente. — Meia hora. Nada mais. Estou ocupado.

Ela notou um sotaque curioso em sua fala, não exatamente americano, mas isento da cantilena veneziana. Talvez tivesse a ver com sua surdez parcial.

— Obrigada — agradeceu ela, suavizando a insistência com um sorriso.

Barbo apenas deu um grunhido.

O salão para onde ele a conduziu era escuro e vazio. Isso não a surpreendeu. O andar térreo desses palácios era construído para o comércio e armazenamento; as grandes salas de recepção ficariam no *piano nobile* acima. Havia uma nota perceptível de umidade no ar.

— Posso ver o interior da *bocca*? — pediu ela.

— Por quê?

— Só curiosidade. Não é sempre que se tem a oportunidade.

Ele parecia pronto a dizer não, porém deu de ombros.

— A meia hora é sua. Contanto que vá embora ao final desse tempo, pode passá-lo como quiser. — Ele a conduziu até uma porta no final do corredor. — Lá embaixo. — Apontou.

Não estou flertando, disse ela a si mesma. *Só estabelecendo ligação com um interrogado difícil.*

Kat desceu para um cômodo comprido e baixo, forrado de volumes encadernados em couro. Ao longo de uma das paredes havia um balcão. A única luz vinha das grades fixadas nas paredes, um pouco acima do balcão, mas na altura dos pés de quem andava na *fondamenta*. Tudo cintilava de umidade.

Ela tinha uma ideia de como funcionava. Os cidadãos depositavam suas anotações — denúncias anônimas de outros venezianos, informações, fofocas, o que fosse — na boca do leão lá fora, por onde escorregavam para esse cômodo abaixo. Ali, uma dezena de mestres-espiões trabalhava noite e dia à luz de velas, analisando e cotejando as mensagens, erigindo um arquivo secreto de cada cidadão.

— E assim as dez grandes famílias de Veneza mantinham a suposta serenidade de sua suposta república — declarou laconicamente a voz de Daniele Barbo atrás dela. Estendendo o braço para um dos escaninhos, ele puxou e a madeira veio junto em sua mão, podre. — Agora não vai durar mais uma década, que dirá outros trezentos anos.

— A umidade da *acqua alta*, imagino.

— Não exatamente. — Mais uma vez, ele hesitou, para então falar de repente: — Venha, se está tão interessada. Vou mostrar a você. — Ele foi até outra porta e a abriu. O carvalho estremeceu e protestou onde o piso de pedra estava empenado.

O ar frio e úmido a atingiu — ar de adega. Escuridão e o chapinhar de uma caverna marítima. Daniele acendeu um interruptor e recuou da porta. Alguns degraus levavam a outro cômodo, ainda maior. Colunas robustas iam até o teto, sustentando todo aquele mármore acima, Kat supôs. Mas onde devia existir um piso, só havia água turva ondulando inquietamente, como se todo o cômodo fosse uma bandeja sendo inclinada por mãos gigantes.

— Isso fica embaixo d'água duas vezes por dia. Mas geralmente seca no verão. — Ele apontou para a parede, onde, como que para registrar a altura de uma criança, as datas tinham sido escritas com carvão. Marcas das cheias. — Começam em 1776. As mais antigas já foram apagadas. Quando Ruskin escreveu que Veneza estava se derretendo no mar como um cubo de açúcar numa xícara de chá, era a Ca' Barbo que se referia... o nome dele está no livro de visitantes.

Sem pisar na água, Kat só conseguiu alcançar a prateleira mais próxima. Pegando uma pasta marrom, ela viu que as folhas estavam manuscritas, a tinta agora indistinta com a umidade e o mofo.

— Isso não deveria ser retirado?

Daniele Barbo deu de ombros.

— Quem se interessa por isso agora? São apenas velhos segredos. Vamos subir? Você está perdendo seus trinta minutos.

Ele a conduziu para cima pela escadaria principal. A transformação não poderia ser maior. Lá, os pisos e as paredes eram delicadamente revestidos de mármore, iluminados por janelas góticas arqueadas e intrincadamente entalhadas. Porém, ela não podia se esquecer de que tudo estava precariamente apoiado naquela água ondulante do mar, naqueles escritórios de espionagem estagnados e podres. Mas isso era Veneza: beleza construída na lama; água salobra coberta de perfumes maravilhosos; um comércio impiedoso disputando espaço com as maiores glórias da civilização italiana.

— Que lugar incrível — comentou ela, puxando assunto. — Você deve se sentir privilegiado de morar aqui.

Daniele não se deu ao trabalho de responder. Conduziu-a pelo *portego*, o corredor principal do andar de cima, até um salão. Os armários entalhados e os cristais que se poderia esperar numa sala dessas se faziam notar pela ausência. Em vez disso, o cômodo parecia uma sala de seminários da faculdade. A mobília era barata e funcional, e havia um enorme quadro branco coberto do que pareciam ser equações matemáticas.

— Então — começou ele, sentando-se —, o que você queria perguntar?

— Preciso acessar algumas conversas que devem ter ocorrido em seu site. — Sentada diante dele, Kat pegou a lista do hotel. — A pessoa que se conectou nesses horários foi assassinada logo depois. Queríamos saber com quem ela estava se comunicando no Carnivia e por quê.

Daniele mal olhou para a lista.

— É uma das mulheres que os jornais estão dizendo serem satanistas?

— Não acreditamos que as especulações da mídia ajudem muito.

As pálpebras de Daniele tremularam, como se Kat finalmente tivesse dito algo que ele não esperava.

— Se você pudesse nos ajudar nessa investigação — acrescentou ela —, poderíamos providenciar uma certidão de bons antecedentes que talvez influencie a sentença em seu julgamento.

Ele curvou o lábio superior.

— Duvido.

— Eu poderia escrever ao juiz...

Mas ele a interrompeu.

— Sinto muito, capitã, mas perdeu sua viagem. Eu não tenho mais poder de acessar uma conversa que aconteceu no Carnivia que você. Tudo que foi dito lá está codificado.

— Mas você poderia me dizer o quanto a mulher ficava on-line e com que frequência — persistiu Kat. — Poderia me dizer se ela estava se comunicando com um ou muitos indivíduos. Além disso, há todos os dados coletados dos computadores de seus usuários. Endereços de e-mail, localizações geográficas, hábitos de consumo, quem eram os amigos dela... essas informações poderiam ser incrivelmente úteis para nós.

— Mesmo que eu pudesse dar essas informações, se fizesse isso sem um mandado válido na jurisdição dela, estaria infringindo leis internacionais de privacidade. Seria melhor se tentasse o disco rígido do computador dela.

— Tentamos. Ele foi encontrado no canal, mas a água salgada não deixou nada que pudéssemos aproveitar.

— Humm — murmurou Daniele, evasivamente.

— Além disso, descobri que algumas sacerdotisas, isto é, mulheres católicas que dizem ter recebido o Sacramento da Ordem, estão usando o Carnivia para rezar missas. Sabe algo a esse respeito?

Ele deu de ombros.

— O que as pessoas fazem no Carnivia é assunto delas.

— Mas você não parece surpreso.

— Nem todo mundo que necessita de privacidade é um criminoso, apesar do que o governo quer nos fazer crer.

Não estou chegando a lugar algum. Kat se inclinou um pouco para a frente, levando os ombros para trás, enquanto simultaneamente abria um pouco mais os olhos. O efeito que ela buscava era de uma discípula ávida e boquiaberta, não de uma ninfomaníaca enfurecida, mas possivelmente a distinção era mais tênue do que apreciaria.

— Daniele, sua ajuda realmente significaria muito. Para mim pessoalmente, quero dizer.

Ele a encarou com frieza.

— Você acha mesmo que *isso* vai fazer diferença? — indagou, secamente.

Kat sabia que ele não estava se referindo apenas as suas palavras e se sentiu ridícula. Não pela primeira vez em sua vida, a sensação de ter cometido um engano se transformou numa súbita onda de mau humor.

— Ah, que se foda! — exclamou. — Por que estou tentando ser legal com você? Você não passa de um geek triste que vai para a cadeia. Onde, aliás, espero que apodreça. Vou solucionar este caso sem a sua ajuda.

Daniele piscou.

— Terminou?

— Parece que sim. — Ela se levantou. — Obrigada pelo seu tempo.

— Eu não disse que não iria ajudar — começou ele, com calma. — Somente que não poderia ser feito do modo como você sugeriu. Por acaso, nossos interesses coincidem, capitã. Eu consigo os dados, mas não do Carnivia. Tiro do laptop.

Ela franziu o cenho.

— Como eu disse, já tentamos isso. Está inutilizado.

— Você está enganada.

— O que faz com que tenha tanta certeza?

— Já fiz isso antes.

Quando Daniele tinha 10 anos, seus pais haviam lhe dado um computador — um Commodore 64, um dos primeiros aparelhos comercializados com um disco rígido. Sua capacidade de processamento era de 8 bytes, menos de um milésimo da capacidade de um cartão de crédito moderno. Aos 12 anos, ele estava tão fluente na linguagem de programação BASIC quanto estava em italiano, o idioma de seu pai, e em inglês, o de sua mãe. Além disso, ele se sentia infinitamente mais à vontade no mundo em que essa língua era falada do que naquele que os outros chamavam de mundo "real". Nesse novo universo, tudo obedecia a um conjunto de leis rígidas e previsíveis. Tudo era programado e, se não se comportasse do modo desejado, era reprogramado até que o fizesse.

Naquele verão, a família se transferiu para a casa de campo na área rural de Vêneto, como fazia todos os anos assim que o calor e o mau cheiro em Veneza ficavam intoleráveis. Daniele insistira em levar o computador. Seu pai o estava carregando para a lancha, quando escorregou e o deixou cair no canal. Para consternação de seus pais, Daniele imediatamente mergulhou para reavê-lo. A água poluída o fez ficar febril, mas, assim que se recuperou, tratou de salvar todos os dados que conseguisse do disco rígido. Foi um trabalho esmerado, como reconstituir um vaso quebrado que tivesse se esmigalhado quase virando pó. Mas ele obteve sucesso.

Daniele ainda se perguntava se o pai realmente havia escorregado ou se ele e sua mãe tinham simplesmente decidido que o filho estava passando tempo demais apenas com a companhia de um teclado.

Claro, ele não se sentiu inclinado a compartilhar nada disso com a capitã Tapo, apesar de estar ciente de que ela o observava com curiosidade.

— Aquele disco rígido é uma prova — avisou ela. — Se saísse da custódia policial, ainda mais sendo colocado nas mãos de um criminoso condenado, já não teria utilidade no tribunal.

— Já não tem utilidade como está — observou ele. — O que você tem a perder?

Kat hesitou. Afinal, ela ainda possuía o disco rígido, e era verdade que Malli tinha dito que ele podia ser jogado fora. Qual era a diferença entre descartá-lo e entregá-lo a Barbo?

No entanto, lembrou a si mesma, *se* houvesse alguma coisa lá e Barbo conseguisse recuperar, ela não tinha garantia sobre o que ele poderia fazer com essas informações. Poderia muito bem roubá-las para seus próprios fins e depois dizer que estava irrecuperável. Kat sabia que Piola encararia essa proposta como inexequível.

— Sinto muito — disse ela, meneando a cabeça. — Não posso fazer isso.

Ele deu de ombros, como se essa fosse a resposta que estivesse esperando.

— Entendo. Mas poderia fazer uma coisa por mim?

— O quê?

— Quando sua investigação ficar emperrada por causa de pessoas que você não consegue identificar; quando provas sumirem ou testemunhas forem silenciadas; quando você e o coronel Piola forem impedidos de seguir as pistas que sabem serem promissoras... você vai reconsiderar?

Ela não disse que a maioria dessas coisas já estava acontecendo. Em vez disso, assentiu.

— Talvez.

— Nesse caso, capitã — declarou ele, levantando-se —, ficarei esperando sua ligação. — O interrogatório tinha acabado. Ela deu uma olhada no relógio. Havia levado exatamente 29 minutos.

Ao sair, ela viu que Daniele tinha ido ao quadro branco e o estudava atentamente, seguindo a fórmula matemática com o pincel atômico, como se lesse a partitura de uma música que só ele podia ouvir.

33

KAT PEGOU o carro e foi até o Instituto Christina Mirabilis, onde, a contragosto, o padre Uriel havia permitido que ela falasse sobre Poveglia com uma das freiras mais velhas. Entretanto, sua mente estava mais voltada para a conversa que tivera com Daniele Barbo do que no iminente interrogatório.

Ela tentava não fazer julgamentos instantâneos sobre as pessoas. O trabalho de detetive lhe ensinara que o pai sorridente que orgulhosamente mostrava as fotografias de seus filhos poderia, na verdade, estar abusando deles. O velho e simpático patife que passava a maior parte do tempo cuidando de sua horta podia se revelar um atirador da Máfia. Jovens profissionais, que para todos os efeitos em nada se diferenciavam dela, podiam ser escravos de seus vícios ou baterem nas companheiras.

No entanto, Kat havia formado uma opinião forte sobre Daniele, de que ele poderia ser útil na investigação. Não chegaria a ponto de dizer que confiava nele — mas quaisquer que fossem seus sentimentos a respeito do site, sua posição de não permitir o acesso do governo pelo menos indicava alguém que tinha princípios quando assim decidia.

Ela sabia que Piola diria que não caberia a eles tomar essa decisão. Quando oficiais de polícia começam a estabelecer as próprias regras, tornam-se parte do problema. E a lógica que Kat estava empregando, de que Daniele era confiável precisamente por ter se recusado a cooperar com um requerimento legal feito pelo governo, não era bem do tipo que poderia defender no tribunal.

Ao ser conduzida ao escritório do padre Uriel, ela estava longe de resolver seu dilema. Sentada numa poltrona de couro que a fazia parecer quase anã, estava uma mulher tão minúscula que parecia pouco mais que uma criança, embora uma leve curvatura no pescoço traísse sua verdadeira idade. Ela usava o hábito cinza e o capuz com limpel branco de freira.

Era evidente que o padre Uriel pretendia ficar e escutar a conversa; Kat estava igualmente convencida de que faria isso. Depois de convencê-lo a sair, ela fez algumas perguntas introdutórias para deixar a freira à vontade. Logo percebeu que não era necessário, pois a irmã Anna estava disposta a falar até demais.

Imediatamente, ela contou que era uma das enfermeiras mais antigas do hospital.

— Esta é a vantagem de ser freira — disse ela. — Não tem ninguém que faça você se aposentar.

— Quer dizer que a senhora trabalhou no hospital de Poveglia antes deste?

— Trabalhei. E que lugar horrível era aquele. Oh, não o hospital, que era muito bom. Mas a ilha tinha uma péssima atmosfera. — A freira baixou o tom de voz. — Diziam que era mal-assombrada. E mesmo que eu não possa dizer que tenha visto alguma coisa lá, não resta dúvida de que o clima era pesado. Aquelas pobres vítimas da peste, você sabe. Nenhuma de nós comia o peixe — Ela balançou a cabeça significativamente, como se quisesse dizer que não comer o peixe fosse toda a prova necessária.

— Que tipo de pessoas eram os pacientes?

— Oh, não era como agora — garantiu-lhe a irmã Anna. — A maioria dos reverendos padres que temos hoje... bem, eles parecem bastante normais, você não acha? Até se saber pelo que passaram. Naquela época, tínhamos muito mais do que se poderia chamar de loucos. Pessoas que não estavam bem da cabeça — acrescentou ela, como se Kat pudesse não entender o que louco significava.

Kat percebeu o aparte indiscreto sobre a atual clientela do Instituto e o armazenou para referências futuras. Padres que necessitavam da combinação pessoal do padre Uriel de oração e medicamentos... Talvez o Instituto fosse um daqueles lugares sombrios de que se ouvia falar para onde, sem alarde, eram enviados aqueles que haviam desonrado a Igreja para se tratar. Isso podia explicar por que o padre Uriel parecia tão evasivo.

— Havia mulheres no hospício?

A fisionomia aquilina assentiu vigorosamente.

— Oh, sim! Quase tantas quanto homens, eu diria. Pobres criaturas, você não acreditaria...

Kat a interrompeu.

— A senhora se lembra de uma mulher chamada Martina Duvnjak?

A irmã Anna piscou rapidamente e depois respondeu:

— Oh, minha nossa, sim! Eles a chamavam de abominação.

Era a mesma palavra que o padre Uriel havia usado.

— Por quê?

— Bem — a irmã Anna franziu os lábios —, ela estava delirante, a pobrezinha. Achava que fosse... — Ela balançou a cabeça diante do terror que estava prestes a revelar. — Uma sacerdotisa — sussurrou.

— E ela era? — perguntou Kat, francamente.

A freira idosa pareceu chocada.

— É claro que não!

— Mas acreditava ser? — insistiu Kat.

— Os pacientes acreditavam em todo tipo de coisa, pobres coitados — disse a irmã Anna, piedosamente. — Mas sim, era essa sua fixação particular. Eu não iria me esquecer disso.

— E como os médicos a tratavam?

— Do modo usual. Com medicamentos, orações e choques elétricos.

— Eram bem-sucedidos?

A irmã Anna pensou.

— Eu diria que ela ficava mais calma em certas ocasiões que em outras. Quando chegou, se encontrava num estado terrível. Falava que Sua Santidade a havia convocado para ir a Roma, sobre como mostraria ao mundo que as mulheres podiam ser ordenadas. Ouvi dizer que era preciso refreá-la às vezes.

Kat tentou imaginar como devia ter sido para Martina Duvnjak, contrabandeada para um país estrangeiro, apenas para ser aprisionada num hospício onde ninguém acreditava, ou queria acreditar, que ela fosse o que dizia ser. Onde aqueles em quem ela mais confiava a traíram mais profundamente.

— E mesmo assim a senhora diz que a chamavam de abominação? — questionou Kat.

A irmã Anna assentiu.

— De fato.

— Por que a chamariam assim se ela não era?

Pela primeira vez durante a conversa, Kat teve a grata satisfação de ver a outra mulher ficar sem palavras.

O padre Uriel estava andando de um lado para o outro no corredor.

— Espero que tenha sido útil — declarou ele, apressando-se em direção a Kat.

— A irmã Anna foi bem informativa — garantiu ela.

— Bom. Então, a menos que haja mais alguma coisa, vou acompanhá-la até o carro.

Enquanto era conduzida para a entrada principal, Kat disse:

— Por acaso, identificamos as marcas restantes na parede da cena do crime em Poveglia. Os símbolos que o senhor não reconheceu.

Ele a fitou, profissionalmente curioso.

— Sim?

O padre Uriel estava fazendo seu papel um pouco bem demais, Kat achou. Ele se esforçava tanto para manter o rosto impassível que tinha deixado de transmitir o interesse normal que qualquer pessoa, com certeza, iria demonstrar ao ser informado como um enigma havia sido solucionado.

— São chamadas marcas *stećak*. São símbolos católicos, não ocultistas. Da Bósnia e da Croácia.

Mais uma vez, seu rosto nada revelou.

— Então é um mistério a menos, não é? Embora eu deva observar que os ocultistas podem se apropriar e violar os símbolos religiosos.

— Tenho certeza. Mas, na verdade, essas marcas foram desenhadas na parede antes que as outras fossem acrescentadas. Antes mesmo que a sacerdotisa fosse morta.

Involuntariamente, o padre Uriel se contraiu.

— Desculpe — acrescentou ela. — Eu devia ter dito "a mulher vestida como um padre". Me diga, padre, se hoje em dia o senhor tivesse como paciente uma mulher que genuinamente acreditasse ser sacerdotisa, como a trataria?

Ele pensou.

— Bem, cada tratamento é diferente. As circunstâncias individuais determinariam...

— Mas o senhor *iria* tratá-la? — insistiu Kat. — Diria que ela estava delirante, como Martina Duvnjak estava?

O padre Uriel não reagiu à menção do nome de Martina.

— A medicina avançou muito desde aquele tempo.

— Mas a Igreja não. A posição sobre a ordenação de mulheres ficou mais severa.

Ele não respondeu.

— Na última vez que estive aqui — disse ela, num impulso —, o senhor se ofereceu para me mostrar a instituição.

Ele franziu o cenho.

— Foi?

— Tenho alguns minutos sobrando agora. Poderíamos fazer uma visita às instalações?

Kat pôde vê-lo calculando, depois decidindo que o mais fácil seria acompanhar a mentira dela, por mais descarada que fosse.

— É claro. Não temos nada a esconder aqui, *capitano*.

Ele se virou abruptamente, mal esperando que ela o seguisse.

— Essas todas são salas de tratamento — começou o padre, gesticulando para as salas à esquerda, sem diminuir o passo. — Sinto muito, mas não podemos interromper as terapias dos pacientes.

— Quando o senhor diz "pacientes", entendo que queira dizer "padres", não é?

Se ele havia ficado aborrecido com o fato de a irmã Anna ter divulgado essa informação, não demonstrou.

— O Instituto é um estabelecimento de caridade financiado por particulares e trabalha sob os auspícios da Igreja Católica. Como tal, damos prioridade aos membros da comunidade eclesiástica.

— Padres destituídos.

— Padres doentes — corrigiu ele. — Como eu acho que já lhe disse, a abordagem usada aqui combina medicina e espiritualidade. Existe uma sobreposição maior que muitas pessoas imaginam. A terapia cognitiva comportamental e o rigoroso autoexame da regra monástica, por exemplo, têm muitas semelhanças. Oração e terapia de visualização... Confissão e psicanálise... Até mesmo conceitos aparentemente fora de moda como penitência têm seus paralelos nos 12 passos do programa de viciados.

— E os medicamentos que o senhor usa?

— Ajudam a lidar com os sintomas e deixam o paciente mais receptivo à terapia.

— Mais sugestionáveis, o senhor quer dizer? — questionou ela, esperando provocá-lo, porém agora o padre Uriel estava em território conhecido e suas frases tinham o tom bem-polido daquelas que já foram proferidas muitas vezes antes.

— Se curar os doentes fosse tão simples quanto sugerir a eles que estão curados... — disse ele, brandamente. — Isso funcionou com Nosso Senhor, é claro, mas aqui nossos milagres são mais incertos.

Por trás de uma das portas fechadas ela ouviu — bem baixo mas de modo inconfundível — uma mulher gemer numa simulação de êxtase.

— Isso que estou ouvindo é *pornografia*?

Sem parar, o padre Uriel inclinou a cabeça para o lado.

— É possível. Inundar ou confrontar um viciado com o objeto de sua ânsia é um tratamento padrão para certas formas de vício em sexo.

Atravessando um refeitório de pé-direito alto, ele a conduziu até a cozinha. Homens de hábitos marrons com um cinto de nós amarrado à cintura preparavam a refeição em balcões compridos. Alguns poucos desviaram o olhar do que estavam fazendo. Kat sentiu o breve ardor dos seus olhares antes que se voltassem novamente para o trabalho.

— Aqui somos uma comunidade tanto quanto um hospital — dizia o padre Uriel. — Enquanto estão conosco, os pacientes observam as regras monásticas.

Ele estava estranhamente calmo.

— Inclusive os votos de silêncio?

— Sim. Exceto nas salas de tratamento e em outras áreas especificamente designadas. Julgamos que ajuda a concentrar a mente no tratamento.

Um homem alto e robusto, usando de forma incoerente um chapéu preto de lã, bem como um hábito de monge, entrou trazendo nos ombros um cervo morto. Depositou-o num balcão e pegou uma faca. O sangue escorreu de um orifício perfeito entre os cotos dos chifres.

— Esse cervo foi baleado — comentou Kat, surpresa.

O padre Uriel assentiu.

— De fato. Somos quase autossuficientes aqui. Os prédios são cercados por 200 acres de terras cultivadas e bosques. A maioria dos pacientes trabalha a terra de algum modo.

— Muito admirável. Só estou surpresa pelo fato de vocês permitirem que pacientes psiquiátricos usem armas de fogo.

— Tomamos muito cuidado, posso garantir à senhorita. Mas confiança e reabilitação são fundamentais para o que fazemos aqui. Com exceção dos que estejam passando por intervenções específicas, nenhuma porta é trancada.

— Vou precisar de uma lista de todas as suas armas e o calibre dos projéteis que cada uma usa.

— Claro — respondeu ele, com firmeza. — Embora eu possa garantir à senhorita que não vai encontrar qualquer irregularidade.

Ele a conduziu para fora da cozinha por outra porta, entrando num longo corredor. Aquela era, claramente, a parte original do mosteiro. Acima de sua cabeça, enormes arcos de pedra decoravam o teto. O padre Uriel continuou a andar rapidamente.

À direita, ela viu de relance um cômodo com chão de pedra nua. Pintadas sobre a porta em letra cursiva estava escrito *Il celibato è la fornace in cui si forgia la fede*. O celibato é a fornalha onde se forja a fé. Kat atrasou o passo para ver melhor. O cômodo estava vazio, exceto por uma fileira de estacas de madeira. Em algumas delas havia cordas de couro com nós penduradas. Uma torneira de bronze se projetava da parede. Uma depressão no piso era claramente algum tipo de escoadouro.

O padre Uriel reapareceu ao seu lado.

— Isso é uma sala de flagelação, não é? — perguntou ela, acusatoriamente.

— Sim. Não está em uso, claro, há décadas. — Ele deu um leve sorriso. — O que no passado era aprovado pela Igreja como "autodisciplina" agora é chamado de "autoflagelo" e tratado de acordo. Prova de que nós realmente avançamos.

Kat se agachou. A parede estava descolorida e esfarelando, mas mesmo assim pôde localizar vários pontos cor de ferrugem pouco acima do chão.

— Essas manchas de sangue não me parecem tão antigas assim, padre.

— Creio que a sala tem sido usada para abater porcos, pois o escoadouro é conveniente.

Ela se levantou, sentindo-se meio tola.

— Ah!

— Haveria mais alguma coisa...?

— Sim. Eu gostaria de ver uma lista completa dos pacientes que estavam aqui na primeira semana de janeiro, por favor, juntamente com os detalhes de seus passaportes — disse ela, dando a entender que ainda não havia terminado o interrogatório.

O padre Uriel abriu as mãos, desculpando-se.

— Sinto que isso não será possível, a menos que me traga um mandado. Queremos colaborar com a polícia, é claro, mas também temos o dever de preservar a confidencialidade de nossos pacientes.

Não havia nenhuma chance de que Marcello fosse lhe dar um mandado sem maiores evidências que o sustentassem, Kat sabia, e desconfiava de que o padre Uriel também soubesse.

— A senhorita parece desconfiada, capitã Tapo — declarou ele, gentilmente. — Posso perguntar à senhorita que suspeita tem de nós?

A cautela e o desejo de provocá-lo travaram uma breve batalha.

— Acho que o senhor mentiu para mim sobre aquelas marcas *stećak*. Acho que as reconheceu desde o início.

— Ah...! — O padre Uriel teve a dignidade de parecer um pouco envergonhado. — É verdade que me ocorreu que pudessem ser de origem croata. Porém — acrescentou ele, rapidamente —, não creio que tenha realmente mentido. Foi estúpido da minha parte não ter dito o que eu desconfiava. Devia ter imaginado que vocês iriam identificá-las mais cedo ou mais tarde.

— Por que não me disse do que se tratava?

— A Igreja está vivendo um momento difícil. Com todo respeito, capitã, sua hostilidade e disposição de supor o pior de nós estão espelhadas, numa maior escala, no mundo inteiro. Eu temia que, se a senhorita fizesse uma conexão errada entre o que aconteceu em Poveglia e a Igreja, esse Instituto pudesse ser arrastado para a investigação. E é fundamental para o nosso trabalho que nos mantenhamos discretos.

— Muitos de seus pacientes cometeram delitos criminosos em seus países — declarou ela. — Ter a polícia por aqui pode assustá-los e fazer com que vão embora.

— Talvez — concordou o padre.

— Na verdade, vamos dar um passo adiante. Muitos dos padres que vocês tratam aqui são misóginos de alguma maneira. Nenhum deles seria exatamente a favor da existência de sacerdotisas, não é? Então o senhor pode ver por que tenho boas razões para estar desconfiada.

Ele a fitou direto nos olhos.

— Capitã, aceito que sua vítima possa ter ido a Poveglia por sentir alguma afinidade equivocada com uma ex-paciente nossa, mas a conexão termina aí. A senhorita viu como estamos distantes aqui. Simplesmente não há como um paciente desaparecer e cometer um crime sem que tivéssemos consciência disso. Como homem de Deus, juro que, se eu tivesse alguma evidência ligando um paciente nosso, passado ou presente, a seus homicídios, lhe pouparia o trabalho de um mandado e lhe diria, mas não tenho.

34

ALDO PIOLA FOI até Chioggia, tomando o cuidado de estacionar a certa distância da casa que pretendia visitar. Ao abrir a porta e reconhecê-lo, Mareta Castiglione ficou paralisada.

— Posso entrar? — perguntou ele, calmamente.

Um instante depois ela assentiu e o deixou passar. Piola notou que, antes de fechar a porta, ela verificou se não havia nenhum vizinho observando.

— Ninguém me viu — avisou ele. — Eu só quero fazer algumas perguntas à senhora sobre seu marido.

— O que tem ele?

— Que tal nos sentarmos?

De volta ao quartel-general, Kat fez algumas pesquisas na internet sobre o Instituto Christina Mirabilis. Como esperava, as informações eram escassas. Havia uma página superficial, nada informativa — sem mapa, ela notou, nem detalhes de contato além de um endereço de e-mail, e nenhuma explicação sobre a verdadeira atuação do hospital.

Ela clicou numa aba intitulada "Quem somos" e leu:

O Instituto é uma organização de caridade financiada com fundos privados, generosamente sustentada por doadores nacionais e internacionais. Reconhecemos, em particular, o apoio de longa data dos Companheiros da Ordem de Melquisedeque.

* * *

Isso era tudo. Ela fez outra busca, dessa vez para "ordem de Melquisedeque". Havia uma série de links, a maioria para páginas indicativas de que Melquisedeque tinha sido o primeiro padre mencionado no Velho Testamento e, desse modo, todos os padres pertenciam a sua ordem. Havia diversas organizações com nomes semelhantes, mas a maioria parecia amadora. Nenhuma delas tinha links para o Instituto Christina Mirabilis.

Então Kat se deparou com um site que, embora tivesse um leve conteúdo, havia claramente sido projetado por um profissional. Um símbolo no topo da página chamou sua atenção. A metade superior era uma cruz cristã convencional, mas a inferior lembrava uma espada, o braço transformado numa lâmina curta e grossa. Kat vira um broche com desenho semelhante na lapela do padre Uriel.

Os Companheiros da Ordem de Melquisedeque se dedicam a promover e a defender os mais elevados padrões pessoais e morais do meio sacerdotal. "O Senhor jurou e não se arrependerá: Tu és sacerdote para sempre, segundo a ordem de Melquisedeque." — Salmos 110, 4.

A admissão à ordem só é feita por meio de convite. Existem 12 graus, sendo que cada um precisa ser satisfeito antes que o candidato avance para o seguinte.

"Porque ela é instrumento de Deus para teu bem. Mas, se fizeres o mal, teme, porque não é sem razão que leva a espada: é ministro de Deus, para fazer justiça e para exercer a ira contra aquele que pratica o mal." — Romanos 13, 4

Era tudo. Ela tentou clicar em palavras individuais, mas nenhuma continha links. Um botão de "Contato" parecia conter alguma esperança, mas só levou a uma página em branco com as palavras "Em construção".

Se os Companheiros da Ordem de Melquisedeque financiavam um hospital psiquiátrico particular, seus recursos deviam ser vastos. Isso em si não era suspeito — organizações quase religiosas, como os Cavaleiros de Malta e a Cruz Vermelha de Constantino, eram, ela sabia, capazes de levantar enormes quantias dos simpatizantes de sua mistura particular de cerimônia, esnobismo e caridade. Essas organizações, porém — Kat verificou para se certificar — tinham milhares de páginas na internet dedicadas às suas obras.

Contudo, não havia nada ali que implicasse o Instituto em qualquer malfeito. Talvez o padre Uriel estivesse certo: ela era inerentemente hostil à Igreja e como consequência estava disposta a encontrar provas em vez de seguir um rastro genuíno.

Piola detestou fazer aquilo, mas não tinha escolha.

— Mas acho que você sabia, Mareta — insistiu ele. — Acho que você sabia sobre as garotas que ele transportava no barco. Uma mulher sempre sabe, não é? Acho que você sabia que era assim que ele era remunerado algumas vezes. Que ele saía com as garotas.

Mareta já estava chorando, mas agora apertava os olhos e balançava a cabeça tão veementemente que as lágrimas voavam, como um cachorro sacudindo a água do pelo.

— Estou procurando provas — continuou ele, implacável. — Algo que eu possa mostrar ao promotor.

— Não tem nada — declarou ela, ofegante.

— Nada? Ou nada que você possa me contar? Mareta, entendo que não seja seguro falar sobre certas coisas. Mas garotas que saem com os maridos de outras mulheres não passam de umas *vadias*. Por que protegê-las?

— Eu encontrei um filme — confessou ela.

No momento que Mareta disse isso, ele soube que tinha conseguido o avanço que tanto desejava. Tentou ocultar o entusiasmo da voz.

— Que tipo de filme?

— Um CD. Dele. Com uma daquelas... daquelas *criaturas*.

— Que criaturas, Mareta?

— Meu marido. E uma... uma puta.

— Quanto você assistiu?

— Apenas alguns segundos. Foi o suficiente.

— Você contou a ele que tinha visto isso?

Muda, ela balançou a cabeça.

— Então o que aconteceu com o filme? O que você fez com ele, Mareta?

— Coloquei-o de volta.

— Onde? — Se ela tivesse devolvido o filme ao esconderijo e nunca tivesse dito ao marido que havia visto, existia uma pequena chance de que ainda estivesse lá.

Os olhos dela foram para o chão.

Piola empurrou o tapete para trás com a ponta do sapato. Uma das tábuas estava despregada. Ele se ajoelhou para puxá-la. Estava firme; precisou pegar a chave do carro para alavancá-la.

Em uma cavidade embaixo da tábua havia dois sacos volumosos de pó branco. E um CD. Sem marcações, sem título.

Ele deixou as drogas onde estavam e se levantou com o CD nas mãos, com o cuidado de segurá-lo pelas pontas.

— Muito bem, Mareta. Você fez o que devia.

— Não conte a ninguém — pediu ela, com voz abafada. — Por favor, coronel. É muito perigoso. Ricci sempre ficou de boca fechada. Ele nem sequer falava com um padre e veja o que aconteceu...

— Vou ter que escrever sobre isso, como se faz com qualquer prova. Mas apenas o promotor verá meu relatório.

Ela meneou a cabeça e balbuciou.

— Não...

— Mareta, eu tenho que levar isto.

— Não vou deixar. Devolva. — Ela fez um gesto súbito, tentando pegar o CD.

— Mareta, me escute — disse ele, pegando um saco para evidências do bolso e colocando o CD lá dentro. — Vou levar este filme porque ele pode ser a prova de um crime. Acho que a garota que você viu fazendo sexo com seu marido talvez estivesse sendo forçada. É por isso que, legalmente, tenho o direito de levá-lo. Isso se chama "alegação cabível". Está entendendo?

— Não, não, não — implorou ela, começando a dar tapas no próprio rosto. Piola não sabia se era por pesar ou raiva de sua estupidez por ter falado sobre o CD. — O senhor não pode levar isso. Eles vão me matar.

— Eu o guardarei em segurança.

— Eu sei o que o senhor quer. — Ela olhou para Piola, olhos arregalados. — É claro que quer. Leve as drogas. Mas não o filme. Eu...

— Você o quê, Mareta?

— Eu levo você lá em cima — sussurrou ela. — Isso é melhor que qualquer filme, não é? A coisa de verdade.

Ele sentiu uma tristeza insuportável. Levantando-se, disse com gentileza:

— Tenho que ir agora. Prometo que vou guardar isso em segurança.

Mareta pôs as mãos sobre os olhos e soltou um lamento terrível. Ao sair da sala, tudo o que ele pôde ver foi o cabelo negro caindo sobre o rosto e as mãos batendo na face num ritmo selvagem.

No quartel do Campo San Zaccaria, Piola foi direto a seu escritório e pôs o filme no computador, ignorando Kat, que tentava chamar sua atenção do outro lado do vidro.

Por um instante, o metal zuniu, girando inutilmente na unidade de CD, e ele achou que seria necessário chamar um técnico para fazê-lo funcionar. Mas então começou. Piola se forçou a assistir por vários minutos sem o som.

Kat bateu e entrou em seguida, e ele saltou para pausar o filme.

— O que é isso? — perguntou ela, curiosa.

— Não olhe. Por favor, Kat. Não quero que você assista.

— Por que não?

Ele fez um gesto, desesperançado.

— É Ricci Castiglione. Com uma garota. — Ele respirou fundo. — Eu achei que talvez ele fosse se filmar com uma delas. Mas é pior que isso.

— O que é?

— É um dos vídeos que eles usam para... manter as garotas dóceis.

— Me deixe ver.

Ele balançou a cabeça.

— Não posso.

— Porque sou uma mulher ou porque sou sua amante? — perguntou ela, a voz baixa mas furiosa.

— Porque eu quero protegê-la de imundices como essa — respondeu ele.

— Imundice é o nosso trabalho. — Sem esperar que Piola respondesse, Kat passou o braço por ele e pressionou "Play", girando o monitor para que os dois pudessem ver.

— Oh, meu Deus! — exclamou ela, depois de alguns instantes. — Está claro que é um estupro.

Ele assentiu.

— Mareta devia saber disso, mas talvez ele fosse assim com ela também. Alguns homens... acabam pensando que é assim que deve ser. Algumas mulheres também, quando é só o que tiveram.

Kat estendeu a mão e pausou novamente a imagem.

— Você tinha razão. É provável que eu não precisasse ver isso. Mas agora que *vi*, vou assistir a tudo, com o som, para ver se há alguma pista, qualquer coisa que possa nos ajudar a identificar a garota ou o lugar onde aconteceu.

— Kat, você percebe o que isso significa, não é? Acho que encontramos uma rota. É por Poveglia que eles trazem as coisas: cigarros, drogas, armas e até garotas. Aposto que usam uma série de pescadores como Ricci para o último trecho, para evitar suspeitas. Se assistirmos a isso com cuidado, talvez possamos desvendar cada um dos setores; primeiro o ponto final aqui, depois de volta para o Leste Europeu. Talvez até se consiga chegar a alguns dos grandes protagonistas no final, os homens do dinheiro que ficam em suas belas casas e nunca sujam as mãos.

— E essa rota também não é nova — murmurou ela, pensativa. — Você se lembra de Martina Duvnjak? Ela foi contrabandeada da Croácia para a Itália a caminho do Vaticano. Sua viagem terminou em Poveglia.

— Isso faria sentido. Porém, naquela época o crime organizado se resumia a traficar produtos *para* o Leste Europeu, é claro, não tirar de lá. Naqueles tempos, um par de Levi's ou um walkman da Sony trocava de mãos em Moscou por cinco vezes o preço que custava no Ocidente.

— Walkmans... isso era mais ou menos como os iPods, não é? — perguntou Kat, travessa, olhando para ele. — Só que não tão bom, certo?

— Então, digamos que a cadeia de fornecimento opere em ambas as direções — continuou ele, levantando-se e andando de um lado para o outro. — E que seja assim há décadas. Meu Deus! — Ele parou. — Será que...

— Sim?

— Lembra que contei a você que uma das minhas primeiras investigações foi de uma morte em Poveglia? Um jovem médico? O corpo dele foi encontrado na base da torre do relógio, totalmente drogado. Mas, na verdade, não fazia sentido; ele não tinha histórico de uso de drogas e parecia estranho que tivesse injetado alucinógenos. Na época, as pessoas disseram que ele devia ter enlouquecido. Mas e se ele simplesmente tivesse visto algo que não devia e foi silenciado? — Piola meneou a cabeça. — Pobre rapaz.

— Onde isso deixa Jelena Babić e Barbara Holton?

— Ainda defendo que elas tenham se deparado com algo que não podiam ter previsto em Poveglia e pagaram o preço.

— E eu ainda acho que tem mais do que isso. — Ela contou sobre sua visita ao Instituto naquela manhã. — Se foi a ordem de Melquisedeque que prendeu Martina Duvnjak em Poveglia, talvez eles também estejam, de alguma forma, ligados à rota.

— A Igreja Católica trabalhando com o crime organizado? Com certeza isso é um pouco absurdo.

Kat percebeu que eles estavam se separando em abordagens de gênero. Para Piola, a conexão com a Máfia era o grande prêmio. O que ela queria provar era que a Igreja tinha, de algum modo, sancionado o assassinato de uma sacerdotisa.

— Não vamos discutir — declarou Piola, baixinho.

Ela meneou a cabeça.

— Não, não vamos.

— Vamos sair mais cedo e comer em algum lugar perto da sua casa, um lugar onde não tenhamos que pensar em trabalho.

— Tenho uma ideia melhor — interveio ela. — Vou cozinhar. Que tal um *bigoli* com *ragù*? Mas talvez leve um tempo. — Ela ejetou o CD de Ricci do computador de Piola. — Ainda pretendo passar este vídeo quadro a quadro.

Mais tarde, Piola olhou para cima e viu Kat fazer uma anotação cuidadosa, enquanto olhava para alguma coisa na tela.

Ela é mais durona que eu, ele pensou. *Menos romântica, menos propensa a se deixar levar.*

Piola não fazia ideia de por que ela dividia a cama com ele. Ainda não sabia se iria se atrever a contar o quanto estava ficando apaixonado por ela.

Um motivo para ter voltado à casa de Mareta Castiglione sozinho naquela tarde, sem levar Kat como reforço, foi por saber que teria que pressionar a viúva, falar sobre Ricci transar com outras mulheres. Não sabia se conseguiria na presença de Kat. Ele odiaria que ela o visse bancando o intimidador. Sem mencionar um hipócrita. O que foi mesmo que ele dissera a Mareta? *Garotas que saem com os maridos de outras mulheres não passam de umas vadias.* Ele não falava sério, claro, mas duvidava de que pudesse dizer essas palavras perto de Kat.

Seus olhos encontraram os dela através da parede de vidro do escritório.

Agora não falta muito, ele pensou. *Mais algumas horas e estaremos juntos na cama.*

35

Holly Boland se aproximou do Centro Educacional com um fichário bem-disfarçado embaixo do braço. Uma vez lá dentro, ela foi para a sala onde Ian Gilroy dava sua aula de história militar italiana.

Não havia outros alunos, o que Gilroy garantira. Era o modo perfeito de se comunicar com ele: qualquer um que olhasse pela vidraça da porta veria apenas um professor em trajes civis e uma solitária aluna sentada na primeira fila.

— Se você preferir, posso lhe ensinar a fazer devolução de cartas não reclamadas de acordo com o regulamento — brincou ele. — Mas, se uma base do Exército americano não for um local seguro de reunião, onde vai ser?

Agora ela teria que dizer a ele que a base do Exército americano em si fazia parte do rastro.

— Fui até Camp Darby como o senhor sugeriu — disse ela, abrindo o arquivo. — A maioria dos documentos relativos a 1995 já tinham sido destruídos, mas encontrei estes mais antigos... esta cópia é sua.

— Obrigado — agradeceu ele, pegando os documentos e espalhando-os sobre a mesa. Poderia ser qualquer acadêmico recebendo o trabalho de uma aluna.

— Passando os olhos, notei que um nome aparecia sempre. *Aqui*, por exemplo, e *aqui*. — Ela apontou. — Georgea Bakerom.

— Esse nome não me soa familiar.

— Nem a mim. E quando eu o passei na Intellipedia também não deu em nada. Então pensei, por que não colocá-lo no Google Tradutor?

Acontece que é o mesmo nome que está no arquivo em inglês... *aqui.*

— Ela mostrou.

— George Baker.

— Sim.

— E quem exatamente nós achamos que esse George Baker pode ser?

— Este é o problema... Não faço ideia — confessou ela. — Já verifiquei todos os bancos de dados imagináveis: Registro, centro dentário, até a oficina mecânica. Não há registro de um militar com esse nome. Nem de um funcionário civil. Mas seja quem for, ele frequentou bastante o Camp Ederle... Veja todas essas datas. Parece ter organizado uma grande reunião específica... Está aqui nos documentos, *Srpanj 1-4 Devetnaest Devedeset Tri*. Ou seja, de 1º a 4 de julho de 1993. A localização está especificada nos documentos croatas como *Kamp Ederle, Italija*. Mas, depois disso, não sei de nada. Só posso supor que George Baker seja seu nome de fachada.

— A menos que ele não seja uma pessoa — ponderou Gilroy, lentamente.

— Como assim?

— É provável que você seja jovem demais para se lembrar dos velhos alfabetos fonéticos...

— Usamos fonética o tempo todo. Alfa, Bravo, Charlie...

Ele assentiu.

— Esse é o alfabeto padrão EUA-Otan. Mas, antes de ser introduzido, cada serviço tinha o seu, numa versão um pouquinho diferente. O alfabeto da Marinha começava com "*apples*" e "*butter*", por exemplo. A Aérea Real Força britânica usava "*ack*" para A e "*beer*" para B, então "ataque antiaéreo" ficava "ack-ack". E, no alfabeto do Exército americano, o correspondente a G e B era George e Baker.

Holly o fitou por um instante.

— É claro. Como eu não pensei nisso? Mas ainda não sabemos o equivalente para GB.

— Talvez não, mas sabemos que as forças armadas daquele tempo costumavam apelidar as operações, usando os alfabetos antigos dos serviços. A Operação Victor Charlie foi uma ofensiva dos Estados Unidos contra os vietcongues no Vietnam. Able Archer foi uma simulação com a bomba atômica nos idos de 1980.

— Então "Operação George Baker" pode ter sido um apelido para... — Ela parou, desconcertada com as implicações.

— Exatamente. "Operação Guerra da Bósnia".

36

No ESTACIONAMENTO DE Tronchetto, Aldo Piola entrou no carro com um suspiro de cansaço. Já passava das dez da noite. Apenas o fato de Kat fazê-lo prometer que estaria em seu apartamento às onze horas, o mais tardar, o fez sair. Os resultados das cenas dos crimes providenciados pela perícia, que sempre levavam uma semana ou mais para serem processados, tinham ficado prontos. A maioria simplesmente confirmava o que ele já sabia, mas, mesmo assim, os relatórios, escritos em uma linguagem científica, árida, que muitas vezes tornava necessário recorrer a um dicionário, tiveram de ser lidos linha por linha para o caso de ter deixado algo passar.

O tráfego, que teria sido melhor se ele tivesse saído um pouco mais cedo, estava novamente pesado. Uma nova produção de *Rigoletto* tinha estreado no La Fenice e muitos dos motoristas que voltavam para suas casas no continente usavam black tie. Depois de passar pela Ponte della Libertà, ele fez sinal para entrar à direita, automaticamente olhando no espelho retrovisor.

Uma máscara de carnaval, uma Bauta branca, de queixo comprido e sem feições, surgiu do assento traseiro como um fantasma. Por um instante, ele não conseguiu processar o que estava acontecendo, achou que devia ser alguma brincadeira. Então, sentiu um cinto de couro deslizando por seu pescoço e o cheiro azedo de comida quando uma voz rouca cuspiu em seu ouvido direito.

— É isso aí, *colonnello*. Continue em frente, eu digo quando pode parar.

O sotaque era veneziano, da classe operária. Piola voltou para a rodovia. Foi difícil, pois sua cabeça estava sendo puxada para trás pelo cinto, prejudicando a visão da estrada.

— O que você... — Ele tentou perguntar, mas o cinto deu um puxão impaciente em sua traqueia.

— Nada de conversa.

Uns 500 metros depois, o agressor disse:

— Vire aqui.

Ele pegou a saída que o homem indicou. Levava a uma propriedade industrial. Havia vários terrenos baldios onde o desenvolvimento ainda não havia chegado — rotatórias com estradas de acesso que acabavam em terras desertas, onde um dia armazéns seriam construídos.

O homem apontou.

— Aquela ali.

Quando a estrada terminou, Piola não teve outra opção a não ser diminuir a marcha.

— Desligue o motor.

Ele estava ciente de que seu coração batia forte. Concentrou-se no fato de que o assaltante usava uma máscara. Por que, se pretendia matá-lo? À esquerda, viu um único farol se aproximando pelo terreno esburacado. Agradeceu a Deus. Mas então percebeu que o sujeito certamente tinha um cúmplice. Atiradores sempre usam motocicletas para fugir.

O homem enrolou o cinto no punho cerrado, apertando ainda mais, machucando a traqueia de Piola, que podia ouvir a respiração de seu captor. Uma coisa metálica e muito sólida estava encostada em sua cabeça, logo atrás da orelha direita. Uma pistola.

— Você não devia meter o nariz onde não é chamado — disse o homem.

A arma entrou em seu campo de visão, o cano virando de tal modo que apontava bem para sua testa. Piola lutava para respirar. Será que iria morrer ali, no meio do nada, como muitos policiais antes dele? Todos os corpos que ele tinha visto e que haviam sido encontrados assim involuntariamente passaram por sua mente. Duas balas na cabeça. Borrifada de sangue no vidro do lado do motorista, afastado das roupas do atirador. Sem testemunhas.

Ele reteve o fôlego, esperando que acontecesse.

Houve um clique.

O alívio inundou seu corpo.

Não estou morto. Afinal, não estou morto. Uma troça...

— Da próxima vez — ameaçou a voz — vai estar carregada.

De repente, uma dor explodiu em seu crânio. Num movimento brusco, ele foi para a frente e em seguida voltou para trás com a garganta apertada pelo cinto. Não tinha sido uma bala no cérebro, ele pensou, mas uma coronhada. O cabo da pistola bateu em sua cabeça outra vez, o homem estava usando a pistola como um porrete e o martelava com o cabo pesado. *Deus, que dor!* Mais uma torrente de golpes no crânio, cada um ameaçando espatifá-lo como uma noz. Sua visão se fechou num longo túnel escuro ao ficar inconsciente. Outro golpe, dessa vez na testa. Ele sentiu a pele abrir como o fio correndo numa meia de nylon, a fisgada entorpecida quando o ar e o sangue se encontraram.

Um último golpe atrás da cabeça e tudo ficou escuro.

Kat gostava de cozinhar, apesar de não possuir um único livro de culinária e ter pouco interesse em aprender novas receitas. Para ela, o prazer estava em fazer o que já havia feito milhares de vezes; processos aprendidos quando criança na cozinha de sua mãe, que não exigiam nenhum pensamento. Para fazer um *ragù* de pato, ela fatiou uma cebola, refogou-a no óleo por cinco minutos, enquanto picava os miúdos e o fígado da ave; depois, enquanto estes também refogavam, picou o restante do pato. Acrescentou uma taça de vinho tinto e deixou evaporar. Enquanto isso, ferveu água para o *bigoli*, os fios grossos de massa de trigo sarraceno e ovos de pato que são para a cozinha veneziana o que o espaguete é para a culinária do sul. Finalmente, duas folhas de louro e alguns tomates picados foram adicionados ao molho. Em seguida, lavou duas cabeças de radicchio da cidade vizinha de Treviso, estriado de vermelho, perfeito para aquela época do ano, e separou, deixando para refogar quando ele chegasse.

Ela não estava surpresa com o atraso de Piola e, de qualquer maneira, quanto mais cozinhasse melhor ficaria o *ragù*. Abriu uma garrafa de Valpolicella, um belo *ripasso*, encorpado o bastante para harmonizar com o pato, mas não tão pesado quanto o Amarone mais tradicional, e se serviu de uma taça.

Enquanto esperava, ligou o laptop. Pensando em diverti-lo ao chegar, Kat foi ao Carnivia e digitou o nome de Piola.

Aldo Piola, colonnello di Carabinieri, Venezia — três entradas.

— Apenas três? — questionou ela, em voz alta. — Aldo, você me decepcionou. — Clicou novamente e parou de súbito.

Aldo Piola. Os rumores são de que ele teve um caso com Augusta Baresi.

Aldo Piola. Atualmente correndo atrás da perita forense Gerardina Rossi...

Aldo Piola. Então, será que ele e Alida Conti já foram para a cama? Sem dúvida, está rolando o maior flerte...

Kat ficou olhando para as entradas. Dois dos nomes não significavam nada para ela, mas ela conhecia Gerardina e gostava dela, uma perita forense muito bonita, de cabelos escuros. Piola havia trabalhado com ela mais de um ano atrás

É claro que ela sabia sobre a esposa dele, mas isso era diferente. Descobrir que não era seu primeiro caso deixou Kat perturbada.

Não, admita, ela pensou consigo mesma. *Seja honesta.*

Dói.

Kat tentou analisar o motivo para estar se sentindo daquela maneira. Sem dúvida, era loucura sentir ciúmes de amantes anteriores, mas não da mulher para quem ele voltava todas as noites. Ela ficaria ultrajada se um homem se aborrecesse com seus parceiros anteriores. Então por que esses casos passados, ou possíveis casos passados, faziam diferença?

Porque, percebeu, lamentando, havia se sentido lisonjeada ao pensar que os sentimentos de Piola por ela eram tão arrebatadores que ele tinha chegado a romper os votos matrimoniais por amor a ela, e só por ela. Kat sabia que o que eles tinham não era apenas um caso passageiro, muito menos qualquer outra dessas denominações casuais ou descartáveis. Não que esperasse que fosse permanente, mas, de alguma forma, era uma coisa à parte, intimamente envolvida com a incrível intensidade de uma investigação de homicídio.

Kat havia lido em algum lugar que, nos exércitos da Antiga Grécia e de Esparta, um lutador tomava um guerreiro mais jovem como amante durante a campanha. Os dois treinavam juntos, dormiam juntos, lutavam juntos e, por fim, morriam juntos. De um modo estranho, seu relacionamento com Piola parecia mais isso que um *caso amoroso*.

— Vai se foder, Aldo! — exclamou Kat em voz alta.

Ela tinha dito a si mesma que não iria ver o que as pessoas diziam a *seu* respeito no Carnivia. Mas agora, um pouco amargurada e com vinho deixando-a imprudente, decidiu ler.

Katerina Tapo — nove entradas.

Ela clicou.

Tem certeza?

Sim.

Pelo menos eles tinham deixado as chaves do carro. Ele só podia ter ficado inconsciente por alguns minutos — pôde ver as luzes se afastando à sua direita, a motocicleta do atirador correndo pela estrada esburacada.

Piola apalpou o bolso em busca do celular. Também estava lá. Portanto, poderia chamar uma ambulância. Ou ir direto para o Ospedale dell'Angelo, a menos de vinte minutos dali. Ele sabia que não deveria dirigir com uma possível concussão, mas não ficaria sentado esperando um paramédico que lhe diria isso.

Deu partida no motor. O corte em sua têmpora estava sangrando e escorria para o olho direito, então Piola virou a cabeça de lado. Assim ficava melhor.

Dirigiu até a estrada principal e virou à esquerda, para o lado contrário do hospital, em direção ao apartamento de Kat.

Kat leu as entradas com um misto de horror e desapego. *Então é isso que as pessoas pensam de mim.*

"Vadia" aparecia mais de uma vez, assim como "manipuladora", "ambiciosa", "egocêntrica" e "cadela".

Provocante... Tem todos os homens enrolados em seu dedo mindinho... Me deu bola... Acha que é especial..

E uma que quase a fez sorrir:

Achei que ela fosse gostosa demais para ser agente de viagens.

Depois havia algumas do tipo:

Liguei três vezes, ela nunca atendeu. Tudo bem, não é boa de cama nem quero vê-la de novo.

Nem era preciso ser detetive para ver a incoerência *disso*.

O que ficou terrivelmente claro era que as pessoas tinham ressentimentos dela. As mulheres se ressentiam porque os homens se sentiam atraídos por ela. Os homens que se sentiam atraídos por ela se ressentiam porque ela não tinha transado com eles. Os homens com quem ela *tinha* transado se ressentiam porque ela não os havia procurado para um segundo encontro.

Certa vez, enquanto estava na Academia Militar, ela tinha visto algo semelhante a seu respeito escrito na parede do banheiro. Ficara infeliz durante dias. Ela ainda tentou ser simpática com todo mundo, em um esforço para que gostassem dela. Mas o resultado foi sentir-se mais desprezível ainda. Então, depois de alguns dias, pensou: *Ah, que se foda.*

O que eu devo fazer? Como devo me comportar?

Fosse o que fosse que as pessoas pensassem, ela nunca usava sua aparência para conseguir favores ou promoções. Tudo bem, talvez pedir a Francesco Lotti, que claramente tinha uma quedinha por ela, que lhe designasse uma alocação de homicídio podia ser interpretado como tirar vantagem. Mas qual era a alternativa? Deixar de tentar progredir só porque tinha uma boa aparência?

Irritada, Kat deixou a ideia de lado. Deu mais uma olhada nas entradas. Era tudo mais ou menos a mesma coisa, uma litania de bobagens e inveja misturada com alguns nomes. Nada que realmente importasse.

Com exceção da última.

Kat Tapo. Quanto tempo vai levar para que o coronel Piola se renda aos seus encantos? Em mais de uma ocasião, eles foram vistos comendo risotti na Osteria San Zaccaria tarde da noite. Acho que a mulher e os filhos dele não o têm visto muito ultimamente...

Seu sangue gelou. Aquilo mudava tudo. Se as fofocas anônimas eram tão repulsivas sobre os homens com quem ela tivera encontros casuais, imagine o que fariam de um caso com seu chefe.

A campainha tocou.

Ao se levantar, ela olhou para a cozinha com novos olhos. O *ragù* de pato cozinhando em fogo lento. A panela com água esperando pelo *bigoli*. A frigideira com azeite pronta para o radicchio. *Isso é triste!*

Kat concluiu que a única coisa sensata a fazer era romper. Naquela noite mesmo, enquanto sua resolução ainda era forte. Eles conversariam e depois tudo estaria acabado.

A campainha tocou de novo.

Ela compôs a fisionomia com uma expressão neutra, adequada a alguém que está para terminar um relacionamento, e abriu a porta.

Piola caiu para dentro.

— Oh, meu Deus! — arfou ela, todos os pensamentos imediatamente esquecidos. — O que aconteceu?

— Um atirador — balbuciou ele, tocando a garganta. — Não consigo falar.

— Vou pegar grapa.

Ela pegou um copo de aguardente de uva para ele e começou a passar um pano com água quente nos cortes para limpá-los.

— Venha se deitar.

Piola não deitou, mas ela o colocou numa poltrona para poder limpar sua têmpora.

— O que fizeram com você? — murmurou ela, apavorada.

Piola fechou os olhos.

— Nada de mais. Vou sobreviver.

— Nada de mais! — Uma ideia lhe veio à mente. — Você *vai* denunciar isso, não é? Deixar a perícia examinar seu carro, fazer uma investigação cabível...

Ele balançou a cabeça em negativa.

— Está maluco? Por que não?

— Porque eu estava vindo para cá — respondeu ele, baixinho. — Como eu explicaria isso sem que as pessoas ficassem sabendo a nosso respeito?

Kat hesitou. Era sua chance, ela sabia. Jamais haveria uma oportunidade melhor. *Aldo, já estão começando a fazer fofoca. Precisamos conversar...*

No entanto, ela não disse nada. Soube, naquele instante, que não queria terminar. Algum dia, sim, mas não ali. Não agora.

Os olhos injetados de Piola se abriram, olhando para os dela.

— Kat, estou me apaixonando por você — confessou ele, abatido, como se estivesse dando a pior notícia do mundo. Como se quisesse que não fosse daquela maneira.

37

O *AVVOCATO* MARCELLO parecia horrorizado. Seus olhos não paravam de percorrer, com uma espécie de fascínio apavorado, o rosto de Piola, que agora ostentava uma série de contusões roxas. Kat pensou ter visto o promotor se contrair uma vez, como se estivesse imaginando a pistola agredindo violentamente seu próprio rosto de pele lisa e bem-barbeada.

— E ele só disse isso? "Você não devia meter o nariz onde não é chamado" — insistiu ele. — Tem certeza?

Piola assentiu.

— Tenho.

A expressão de Marcello demonstrava solidariedade e alarme ao mesmo tempo.

— Isso é terrível — declarou ele, pela terceira ou quarta vez. — Realmente terrível.

Não ficou claro, Kat refletiu, se ele queria dizer que era terrível especificamente para Piola ou para qualquer um ligado à investigação.

— E o senhor tem alguma ideia — continuou o promotor — de por que isso pode ter acontecido?

Piola lhe entregou uma cópia do CD de Mareta.

— Quer que eu assista a isso? — perguntou Marcello, nervoso.

— Por favor.

O *avvocato* se esforçou para assistir por um ou dois minutos antes de ejetá-lo do computador.

— Terrível — repetiu ele, como se estivesse em estado de choque.

— Agora, a ligação com o crime organizado é indiscutível.

— De fato. — Marcello pegou uma caneta-tinteiro de aparência antiga e começou a passá-la pelos dedos, ansiosamente, como um homem brincando com um charuto que não tem permissão de fumar. — E como é que o senhor se apossou do CD? — perguntou ele, depois de um tempo.

— Mareta Castiglione preferiu entregá-lo aos Carabinieri e não à Polizia di Stato — respondeu Piola, achando que não valeria a pena contrariar o promotor e dizer que havia pressionado Mareta para consegui-lo.

Kat se flagrou olhando para a caneta na mão do *avvocato* Marcello. Era uma Aurora, a mais antiga e prestigiada marca milanesa de canetas. As melhores chegavam a custar mil euros.

— Então, de certa forma — disse Marcello, pensativo —, o atirador estava certo.

— Senhor? — questionou Piola, claramente surpreso.

— Não tenho intenção de criticá-lo, coronel, nem de fazer pouco dos seus ferimentos. Mas a atitude correta teria sido passar o filme e a pessoa que o entregou diretamente para o *commissario* responsável pela investigação dos aspectos ligados ao crime organizado desse caso.

Piola ficou quieto.

Marcello continuou a desenvolver seu pensamento.

— De fato, esse caso infeliz ilustra precisamente os perigos de não seguir tal curso de ação. Uma investigação do crime organizado requer medidas especiais para manter a segurança dos investigadores. Chega a ser quase imprudente, em certo sentido, tentar seguir tais pistas sem as precauções adequadas.

— Senhor — interveio Piola. — Se me permite... Nós acreditamos ter localizado a rota principal que se origina no Leste Europeu...

— Exatamente — assentiu Marcello. — O crime organizado. Devia ser entregue à Polizia em primeiro lugar e depois às autoridades internacionais cabíveis.

— Acreditamos que a garota do filme seja do Leste Europeu, forçada a se prostituir na Itália. Antes de morrer, Jelena Babić e Barbara Holton interrogaram prostitutas da região em torno da Stazione Santa Lucia. Procuravam uma garota em particular, uma croata. A morte delas e o aspecto do crime organizado deste caso são inseparáveis. — Piola parou de falar, ciente de que estava começando a elevar a voz.

Marcello mal olhou para ele.

— Só não sei se sua investigação irá nos mostrar muito mais, *colonnello*. O senhor não sabe quem é a garota do vídeo, nem quem era a garota que as duas mulheres procuravam, nem mesmo por que elas a procuravam para começo de conversa. E, embora eu esteja contente que vocês tenham desistido da sugestão ridícula de que o Exército dos Estados Unidos estava de algum modo envolvido nos assassinatos, tudo indica que chegamos ao fim da linha no que se refere ao recolhimento de evidências.

Piola suspirou.

— Pelo menos, nos deixe tentar solucionar o motivo para que as vítimas estivessem falando com as prostitutas.

Marcello pensou.

— Muito bem — concedeu ele. — Creio que essa ainda seja uma linha de investigação válida, mas vou dar um prazo para isso. Digamos, três dias. Depois disso, vamos concordar que Barbara Holton e Jelena Babić eram duas estrangeiras tolas, assassinadas por Ricci Castiglione quando entraram sem permissão numa ilha abandonada onde ele realizava atividades criminosas. Há muitos outros casos dignos de sua atenção, coronel. — Ele olhou de relance para Kat. — Muitos dos quais ofereceriam à *capitano* aqui oportunidades bem melhores de exibir seus talentos. Ninguém quer ficar atolado numa coisa imunda e, em última análise, improdutiva, não é?

Suas palavras se dirigiam a Piola, mas seus olhos continuaram fixos em Kat. E foi ela que quebrou o silêncio que se seguiu.

— Sim senhor, de fato.

Marcello assentiu.

— Bem, obrigado aos dois por terem vindo.

Após eles saírem, Marcello girou a cadeira em direção à janela e se pôs a pensar, enquanto rolava a caneta Aurora nos dedos, apreciando o peso do metal robusto e frio.

Por fim, com um suspiro, pegou o telefone da escrivaninha e discou um número.

— Senhor? — disse ele, respeitosamente. — O senhor pediu que o mantivesse informado do progresso na investigação sobre Poveglia... É claro, houve alguma evolução, mas acho que não há nada com o que se preocupar.

Ele falou por mais três minutos e então desligou.

38

— NÃO VOU DESISTIR.

— Eu sei que não vai.

Kat e Piola estavam na cama, os narizes quase se tocando. Deitada embaixo dele assim, Kat podia ver todos os poros e as linhas de expressão em volta dos olhos, como uma paisagem agreste marcada por cursos de água. E acima, o ferimento na cabeça.

— Eles vão ter que me arrancar desse caso. Até lá, vou seguir as pistas. E Marcello que se foda.

Aldo podia ser zeloso no que tangia a recusar favores e tentativas de pequena corrupção, mas tinha um menosprezo entusiástico pelas ordens de seus superiores, por mais claras que fossem. Também possuía a capacidade — algo que ela não tinha visto nos outros homens com quem havia saído — de deixar de lado a vida amorosa para falar sobre o que passava por sua cabeça, como estava fazendo agora. Ela descobriu que gostava desses intervalos para conversar, com ele dentro dela, mas não inteiramente imóvel. O prazer era retardado, mas equilibrado com outro tipo de intimidade, o físico e o verbal num balanço temporário.

Ela resistiu ao desejo de dizer que não era no *avvocato* Marcello que ele devia pensar agora. Em vez disso, falou:

— Mas tome cuidado.

— Quanto mais provas tivermos, mais seguros estaremos. Eles querem nos assustar, só isso. Mas sim, vou tomar cuidado.

Ela o beijou, e Piola começou a se mover, suavemente.

De repente, Kat soube que não se importava com os outros casos. Não se importava com a mulher dele. Preferia ter uma pequena parte de

Aldo Piola do que tudo de algum outro homem superficial e ambicioso da sua idade.

— Eu te amo — murmurou ela. A sensação foi a de saltar de um penhasco, como da primeira vez em que eles haviam se beijado. — Aldo, eu te amo.

— Eu amo o *senhor* — brincou ele. E depois: — Eu também te amo, Kat.

39

HOLLY ESTAVA SENTADA num canto tranquilo do bar Ederle Inn, com uma taça de chardonnay californiano. Apesar de Camp Ederle ser cercado por vinhedos — sendo o Vêneto uma das maiores áreas vinícolas da Itália —, até as bebidas eram importadas dos Estados Unidos.

Desde seu encontro com o segundo-tenente Jonny Wright, ela evitava os bares mais movimentados da base. Não que estivesse evitando o próprio Wright, não exatamente. Ela havia verificado: a unidade dele iria embarcar de volta a Pendleton em duas semanas. Nesse meio-tempo, Holly tinha muitas outras coisas em que pensar.

Como, por exemplo, de que forma localizaria alguma prova da teoria de que, entre os dias 1º e 4 de julho de 1993, um grupo de oficiais renegados da Otan tinha se encontrado com um general croata em Camp Ederle para planejar exatamente o modo de atrair a Otan para um novo e brutal conflito.

Mais do que tudo, ela precisava de nomes. Era uma pena que os registros da guarita de Ederle tivessem sido destruídos num incêndio no depósito. No passado, ela teria zombado de qualquer sugestão que ligasse o incêndio ao julgamento de Dragan Korovik. Agora, não conseguia deixar de pensar se, no momento que Korovik foi preso, alguém tinha dado ordens para que qualquer evidência que ligasse suas atividades com os Estados Unidos fosse eliminada. Holly teve a terrível sensação de que, nesse caso, a limpeza teria sido muito bem-sucedida e que ela e Gilroy haviam chegado algumas semanas atrasados.

— Posso convidá-la para mais um desses?

Ela olhou para cima, cautelosamente. O convite havia partido de um jovem capitão com uma insígnia de oficial do Estado-Maior na lapela. Ele parecia bastante inócuo, mas ainda assim ela hesitou.

— Eu ainda estou no fuso horário dos Estados Unidos e volto para lá amanhã. Imagino que nem vou dormir hoje. — Ele estendeu a mão. — Tom Haslam.

— Prazer em conhecê-lo, Tom. Eu já estava indo, mas...

— Talvez mais um?

Ele parecia agradável e um pouco solitário, então Holly assentiu.

— Por que não?

Ele bateu com a ponta do cartão de crédito no balcão para chamar a atenção do barman italiano.

— *Due bicchieri di vino bianco, per favore.*

O italiano dele era péssimo, porém Holly apreciou que ele se desse ao trabalho de tentar. Uma rara cortesia ali.

— Número do quarto? — perguntou o barman em inglês.

— Dezessete.

O barman, cujo nome era Christofero, verificou o computador.

— O senhor ainda não tem uma conta aberta. Vou precisar do seu passaporte ou da identidade militar, por favor.

Haslam franziu o cenho, apalpando os bolsos.

— Deixei a identidade no quarto.

— Deixe por minha conta — ofereceu Holly.

— Não, vou lá pegar. Nossa, que malabarismo nos obrigam a fazer só para tomar um drinque — resmungou ele, virando-se para a porta. — Não que não saibam quem eu sou. Eu praticamente tive que enviar meu histórico de vida só para conseguir um quarto.

Holly não estava escutando. Olhava para o barman, atingida por um pensamento repentino.

— Christofero, quando o Ederle Inn foi construído?

Ele deu de ombros.

— Uns vinte anos atrás, acho. Faz dez anos que estou aqui e Massimo ocupava meu lugar antes.

— Você sempre pede a identidade antes de abrir uma conta para o quarto?

— Claro. Esse é o sistema.

— Por quê?

Ele deu de ombros novamente. Seu serviço era servir os *pretzels* e as cervejas, não questionar a burocracia militar.

— E é possível examinar as contas do bar pela data?

— *Si*, acho que sim. Mas por que eu iria querer fazer isso?

Holly se levantou e deu a volta no balcão para inspecionar a caixa registradora. Era antiga, como as caixas ligadas a computadores encontradas em livrarias. Se não estava enganada, aquilo que estava vendo nem era um sistema Windows, mas o antigo DOS, que usava apenas o teclado.

— Você pode digitar uma data para mim, por favor? — pediu ela e observou os dedos dele esperando sobre as velhas teclas manchadas. — Digite 1º de julho de 1993.

Se um grupo de pessoas estivesse viajando para Camp Ederle para uma reunião de três dias no verão de 1993, elas precisariam de acomodações. O Hotel Ederle Inn era a única acomodação de curto prazo na base. E, graças à burocracia militar, os nomes e os endereços de todas as pessoas que se hospedaram naquela noite foram meticulosamente registrados com suas contas de bar.

A velha impressora a jato de tinta trepidou, gaguejando conforme os ia lançando, linha por linha, a partir de algum lugar das profundezas da memória geriátrica do computador.

Pedindo licença, ela se desculpou por não aceitar tomar um drinque com Tom Haslam, sentindo-se um pouco culpada. Então, pegou a folha impressa e voltou rapidamente para o quarto. Havia cinco nomes croatas. Três tinham patente militar — um general, um coronel e um major. O general era Dragan Korovik. Os dois croatas sem patente tinham um "Fra" na frente dos nomes.

Uma rápida busca na internet confirmou o que Holly logo desconfiara. "Fra" significava "padre" em croata.

Ela continuou a olhar para o laptop, incrédula. *Isso não é apenas militar. Tudo indica que a Igreja também esteja envolvida.*

Em seguida, apareceram dois nomes americanos sem patente: John R. Jones e Kevin B. Killick. Soavam obviamente falsos. E, claro, seus endereços em Washington se mostraram não existentes também.

Devem ser espiões de algum tipo.

O coronel Robin Millar, oficial do Estado-Maior do quartel-general da Otan em Casteau, não se dera ao trabalho de tomar tais precauções. Homem aparentemente gregário, ele havia bancado várias rodadas no bar, indo tudo para a conta de seu apartamento.

Será que ele representava a rede Gládio que Gilroy mencionou?

Metodicamente, ela começou a verificar os outros nomes do grupo. Bruce Gould, vice-presidente, MCI, Virgínia. Outra busca rápida revelou que MCI era uma empresa chamada Military Capabilities International, ou seja, recursos militares internacionais. Segundo a página na internet, eles forneciam "recursos de liderança, recursos humanos e execução especializada para comunidades, empresas e nações em todo o mundo". A página inicial era decorada com fotos de crianças étnicas, sorridentes, agrupadas em torno de americanos armados com uniformes militares camuflados, óculos de aviador e bigodes horrorosos.

Ela digitou "Croácia" na caixa de busca do próprio site e uma nova página foi aberta. "A MCI fornece serviços urgentes de segurança estratégica a democracias emergentes. Nossas equipes *in loco* desempenharam papéis vitais em Kuwait, Nigéria, Iraque e Bósnia/Croácia." Não havia explicação do que aquilo realmente significava, mas Holly tinha quase certeza de que a MCI era um exército particular aparentemente corporativo, um de vários que angariava e treinava recrutas, colocando-os para trabalhar no setor privado.

Thomas Hudson, da General Atomics Aeronautical, na Califórnia — ela logo descobriu que seu principal interesse era a fabricação de aviões Predator de controle remoto. Stewart Portas, da Relações Públicas Portas, em Nova York. Antonino Giuffrè, sem endereço divulgado. A Intellipedia não tinha nada sobre ele, mas, segundo a Wikipédia, alguém com esse nome atualmente cumpria uma pena de dez anos na Itália por participação no crime organizado.

A Igreja, a Otan, fabricantes de armas... e agora a Máfia.

Dr. Paul Doherty, cujo endereço estava listado como Departamento de Psiquiatria e Ciências Comportamentais, Universidade de Stanford.

Até um psiquiatra eles tinham a bordo.

Holly foi até o Gabinete de Ligação e deu uma busca no armário de artigos de papelaria — post-its, pincéis atômicos de três cores diferentes e um bloco para cavalete. Levando tudo para o quarto, ela tirou da parede a gravura insossa do Grand Canyon que estava pendurada e começou a montar um diagrama em forma de aranha, mapeando as conexões entre as várias instituições com flechas e linhas pontilhadas.

Ela tinha 13 nomes, porém Robin Millar pagara bebidas para 16 pessoas. Isso significava que três participantes, pelo menos, não precisaram reservar acomodação. Ou já estavam na base ou então moravam bem perto, não sendo necessário ficar para passar a noite. Ela pegou os post-its, escreveu pontos de interrogação em cada um e os deixou de lado por ora.

Ao lado do nome de cada pessoa, Holly escreveu os detalhes do que estavam fazendo agora. Diversas delas haviam se tornado presidentes de suas empresas. Ela descobriu que atualmente Robin Millar trabalhava na MCI. Dragan Korovik, é claro, estava numa cela de prisão em Haia, mas os outros croatas pareciam ocupar posições importantes no novo governo ou, no caso dos padres, na diocese — um deles possuía o mérito de ter organizado a visita do papa em 2011.

Um elo entre a Igreja Católica croata e o Vaticano.

Segundo artigos de jornais que ela encontrou na internet, quando os comunistas tomaram conta da Croácia, a Igreja croata deu um jeito de tirar todo o seu ouro e reservas monetárias do país e colocar no banco do Vaticano, onde o dinheiro tinha ficado, acumulando juros, por mais de cinquenta anos. O Vaticano nunca fizera segredo do fato de que considerava aqueles fundos destinados ao restabelecimento da Croácia como nação católica.

Sob o post-it no qual escreveu "Vaticano", ela acrescentou "O dinheiro?".

Voltando para trás, Holly notou que havia um nome ainda sem detalhes anexados. Já havia estabelecido que o Dr. Paul Doherty saíra de Stanford em 1995, aos 27 anos; depois disso, ela não conseguiu encontrar mais nada sobre ele. Era estranho, pois, se um jovem acadêmico estivesse publicando suas obras com regularidade, devia ser fácil rastreá-lo.

Pensando na possibilidade de que ele tivesse sido escamoteado para algum obscuro departamento de pesquisa do Pentágono, ela tentou a Intellipedia e o ainda mais restrito SIPRNet. E nada.

Voltando para a internet comum, Holly mudou do Google para uma série de outros mecanismos de busca menos conhecidos — Bing, Blekko, Slikk e Sphider. Por último, tentou um programa chamado Resurrection, que fazia uma varredura nas "páginas negras" da internet — materiais de mecanismos de busca extintos havia muito tempo, como Lycos e Magellan que já não correspondiam a quaisquer sites existentes.

Na mosca!

O material que ela encontrou datava de 1992 e parecia oriundo de uma obscura revista acadêmica, *The Journal of Behavioral Science*. Holly sabia que, quando uma revista dessas publicava um trabalho, primeiro apresentava um pequeno resumo para que as pessoas pudessem decidir se queriam ler a matéria toda. Ela havia encontrado o único trabalho publicado por Paul Doherty.

Ainda não havia sinal do artigo propriamente dito, mas o que ela leu no resumo foi suficiente para se lembrar.

Já era tempo de compartilhar sua descoberta com Ian Gilroy.

40

ELES SEGUIRAM AS ordens. Misturaram-se às prostitutas e aos viciados de Santa Lucia, mostrando-lhes as fotografias de Barbara, Jelena e da jovem, cujo nome não sabiam mas que parecia croata. Mostraram também uma foto de Ricci Castiglione, nos dias que antecederam o banquete dos caranguejos.

Como Aldo continuava a parecer um policial mesmo com o rosto machucado, era Kat que entrava nos bares, nos escritórios de táxi e nos jogos de pôquer clandestinos onde raramente se ouvia o idioma italiano. Algumas vezes, ela se vestia como prostituta para passar pelos proprietários. Em outras, prendia os cafetões antes de levar suas meninas para uma conversa tranquila.

Kat sempre dizia às garotas que havia uma saída, um programa ao alcance ou um refúgio onde elas poderiam ficar em segurança. Ela tinha dito isso tantas vezes e fora desacreditada tantas outras que agora mal confiava no que dizia.

Piola estava certo ao falar que o crime havia se apoderado de Veneza. Era como um parasita, o tipo que se alimenta de seu hospedeiro e o enfraquece sem chegar a matá-lo. Deslizava seus tentáculos por baixo das portas, penetrava pelas janelas, seguia pelos canais e por baixo dos grandes palácios. Era um monstro marinho que envolvia a cidade, compartilhando de seu sangue vital, tirando seus nutrientes. Na maioria das vezes era invisível. No entanto, sabendo ver, ele estava lá. Estava lá, assim como as garotas e seus cafetões nunca ficavam a mais de 100 metros de um hotel para onde podiam levar seus fregueses, sem questionamentos. Estava lá nos gestos de cabeça entre os barqueiros, nos sorrisos deprimidos

dos garçons que agradeciam os fregueses pela gorjeta que nunca iriam manter.

O prazo de três dias dado por Marcello passou, e Piola e Kat ainda estavam imersos na imundice de Veneza, nas fétidas águas escuras que ficavam lentamente mais escuras e mais fétidas ao longo dos séculos.

Então, finalmente, encontraram Bob Findlater.

Ou, honestamente falando, Bob Findlater os encontrou. Um telefonema cortês para o Campo San Zaccaria, pedindo para marcar uma hora "assim que praticável". Houve certa dificuldade, pois ele falava muito pouco italiano. O inglês de Piola não era dos melhores, mas Kat falava fluentemente. Para garantir, eles contrataram um intérprete, caso fosse necessário.

Ele chegou sem advogado, apenas com o passaporte e um sorriso de desculpas.

— Meu nome é Robert Findlater — começou ele. — Mas todos me chamam de Bob. Sou cidadão americano e acredito que posso explicar por que Barbara Holton e Jelena Babić foram assassinadas.

Era um homem alto, corpulento, cerca de 40 anos, cabelos cortados rente ao pescoço. Ao tirar o casaco, os bíceps se destacaram sob uma camiseta cara.

Ele colocou uma fotografia A4 sobre a mesa. Mostrava uma garota morena com cerca de 17 ou 18 anos. Era a mesma foto que Kat andava divulgando pelos bares de Santa Lucia.

— Esta é minha filha — declarou ele. — Melina Kovačević. Está desaparecida.

— Continue — pediu Kat.

Ele hesitou.

— É uma longa história.

— Tudo bem. Conte com suas palavras.

Era assim que funcionava com interrogatórios: na primeira vez, eles permitiam que a pessoa falasse tudo, sem interrupções. Na segunda, faziam a pessoa repetir, indagando mais detalhes, sondando e contestando. Então repassavam tudo novamente, garantindo o pleno entendimento de que não havia nada mais a ser acrescentado.

Uma quarta vez indicaria a desconfiança de que a pessoa estava mentindo.

— Passei oito anos nas Forças Armadas — começou ele. — Lutei na Guerra do Golfo e estava para sair em 1990 quando tive a chance de entrar para a Unprofor, a força de proteção da ONU. Fomos a primeira unidade pacificadora a ir para Krajina. Hoje em dia, é claro, fica na Croácia, mas naquela época fazia parte da antiga Iugoslávia.

Ele relatou que aquele fora um período extraordinário. Apesar de ter entrado em ação no Iraque, nada poderia tê-lo preparado para a barbárie da guerra civil da Iugoslávia.

— As pessoas enfiavam a baioneta nos vizinhos e depois incendiavam suas casas. Os sérvios haviam instalado campos de concentração e arrebanhavam qualquer um de quem não gostassem da aparência. Os dois lados pregavam o ódio étnico de seus púlpitos. Os homens ficavam divididos entre entrar para o exército de libertação ou ficar para proteger suas famílias. Ninguém tinha o que comer, mas todos pareciam ter armas e explosivos.

Segundo ele, a ONU havia designado uma série de enclaves como refúgios seguros, fiscalizados pelos pacificadores.

— O problema era que não tínhamos permissão de abrir fogo a menos que nossa segurança estivesse ameaçada. Os locais logo perceberam que podiam fazer o que bem quisessem uns aos outros que nós não podíamos fazer quase nada.

Um dia a unidade dele foi encarregada de evacuar civis de uma área prestes a ser bombardeada.

— E foi lá que conheci Soraya, a mãe de Melina. Ela estava escondida numa adega, empoeirada, suja, mas logo vi o quanto era linda. Ela era uma bósnia, uma bósnia muçulmana, o único agrupamento sem nenhum exército que os defendesse. Era um milagre que tivesse sobrevivido por tanto tempo. Eu disse a ela que podia vir conosco para a base para se lavar, mas, na verdade, sabia que seria o único lugar onde ela ficaria segura. E as coisas começaram aí.

— Que tipo de relacionamento vocês tiveram? — perguntou Kat. — Se casaram?

Bob Findlater mostrou uma expressão pesarosa.

— Para ser honesto, eu já era casado na época. Eu nem sabia que tínhamos uma filha até voltar para casa. Uma vizinha que sabia que eu gostava de Soraya escreveu para mim, dizendo que ela havia tido uma menina. Escrevi de volta, mas nunca recebi notícias.

Quando o casamento de Findlater terminou, sem filhos, ele decidiu tentar rastrear Soraya e Melina.

— Eu soube que Soraya tinha morrido pouco antes do fim da guerra e Melina foi criada num orfanato. Bem, é claro que isso me deixou ainda mais decidido a encontrá-la. Ela tem quase 18 anos agora. Não é muito tarde para ir para a faculdade. Achei que podia me oferecer para pagar por isso. — Ele suspirou. — Então descobri que ela veio para a Itália trabalhar como babá.

Piola e Kat se entreolharam.

Findlater continuou:

— Logo percebi que, se alguém tentar entrar ilegalmente neste país, vai passar por mãos de pessoas bem desagradáveis. Acredito que ela tenha sido forçada a se prostituir.

— Quer dizer que ainda está procurando por ela?

— Não por conta própria... como eu já disse, meu italiano não é muito bom. Encontrei algumas pessoas boas e paguei para que fizessem isso por mim.

— Seriam elas Barbara Holton e Jelena Babić?

— Isso mesmo. Barbara dirigia uma pequena organização que fazia um bom trabalho na Croácia, reunindo vítimas da guerra com suas famílias. Eu a encontrei na internet, verifiquei as credenciais dela e ela me pareceu bem competente. Eu sabia que ela faria um trabalho melhor que o meu, pois já estava trabalhando com as consequências de longo prazo do conflito. Ela recrutou uma amiga da Croácia para ajudá-la, Jelena, claro. No início, eu tentei acompanhar, mas logo percebi que elas eram mais eficientes sozinhas, então voltei aos Estados Unidos para passar o Natal e deixei o caso com as duas. Só ontem, quando cheguei e me hospedei no mesmo hotel que elas estavam, foi que recebi essa notícia terrível do recepcionista.

Kat pensou por alguns instantes. Tudo fazia sentido, mas a primeira regra era averiguar o que pudesse ser comprovado ou verificado e reconferir. Com Barbara e Jelena mortas, isso poderia ser difícil.

— Como as pagou?

— A princípio, em dinheiro. Dois mil dólares, mais mil para despesas. Depois daria mais 3 mil, caso elas encontrassem minha filha.

Kat viu quando Piola fez uma anotação. Não havia nenhum dinheiro no quarto do hotel, mas o atirador podia ter roubado.

— Ela lhe deu algum recibo?

— Sim, mas sinto dizer que não o guardei.

— Como o senhor se comunicava com Barbara quando necessário?

— A maioria dos números recuperados do celular europeu da mulher era de lojas e bares locais.

— Principalmente por e-mail.

— Ainda tem esses e-mails?

— Alguns. Os que estão armazenados no meu laptop.

— E a carta da vizinha que dizia que o senhor tinha uma filha? Está em seu poder?

— Sim, em casa.

— E sua documentação Unprofor?

— Também.

— Encontramos uma mecha de cabelo no quarto de Jelena e Barbara. Sabe alguma coisa sobre isso? — perguntou Piola.

Pela primeira vez, Bob Findlater pareceu intrigado.

— Acho que elas devem ter tirado uma amostra dos parentes de Melina — arriscou ele, lentamente. — Para comparar o DNA, caso houvesse alguma dúvida quando a encontrassem.

— Elas não lhe falaram sobre isso?

Findlater balançou a cabeça.

— Como eu disse, deixei essas coisas para Barbara. Talvez tenha sido ingenuidade da minha parte.

— Como assim?

— Antes de ir embora, vi o quanto as duas eram destemidas, interrogando prostitutas e cafetões, sendo ameaçadas fisicamente, mas nunca aceitando não como resposta. Imagino que tenham sido assassinadas por isso.

Nem Kat nem Piola responderam.

— Então? — questionou ele. — Essa *é* a explicação mais provável, não é?

— É uma das possibilidades — respondeu Kat, por fim. — No momento não estamos excluindo nada.

— O senhor já pensou — disse Piola, com cuidado — que a filha pode não ser sua? Pelo que me lembro, a missão de paz da ONU acabou sendo malsucedida. A guerra progrediu e muitos dos bósnios foram expulsos de Krajina. A vida para os civis ficou... difícil. Especialmente para as mulheres.

— O senhor quer dizer que Soraya pode ter sido estuprada? — Findlater balançou a cabeça. — Pelo que sei do tempo transcorrido, isso não parece possível. Mas, mesmo que Melina acabe não sendo minha filha natural, ela é de Soraya. Se eu não estava lá para protegê-la e o pior realmente aconteceu, me sinto duplamente responsável por Melina.

— Melina tem sorte de que o senhor seja rico o bastante para assumir uma dependente — comentou Kat. — Por falar nisso, o que o senhor faz?

— Depois que saí do Exército, fui trabalhar para uma empresa particular. Oferecemos pacotes de segurança e treinamento para companhias multinacionais, esse tipo de coisa. Eu ganho bem.

Eles repassaram o interrogatório mais uma vez, e Bob Findlater foi absolutamente coerente em suas respostas.

— O senhor terá que permanecer em Veneza por mais ou menos uma semana — informou Kat. — Talvez sejam necessários outros depoimentos.

— Sem problemas. Isso vai me dar uma chance de continuar procurando Melina.

— Não sei se é uma boa ideia.

— Não se preocupe. Sei tomar conta de mim mesmo.

— Eu achava a mesma coisa — avisou Piola. — O que me pegou estava armado.

Findlater olhou para Piola, somente agora ligando o rosto machucado dele com sua situação.

— Esses caras não brincam em serviço.

— De fato. O senhor precisa nos garantir que não vai continuar procurando sua filha. Pode ser perigoso.

Relutante, Findlater assentiu.

— É, acho que sim.

— O fato — acrescentou Kat — é que não temos motivo para acreditar que ela ainda esteja em Veneza. Se as coisas aconteceram como o senhor sugere, é quase certo que os traficantes a levaram daqui depois de matarem Barbara e Jelena.

O americano suspirou.

— Foi o que imaginei. Mas é difícil desistir, entende?

— Só para garantir, vamos pegar uma amostra de DNA. Assim, se a encontrarmos, poderemos imediatamente estabelecer a conexão com o senhor. — Kat pegou na gaveta um kit descartável de coleta e colocou as luvas. — O senhor deve conhecer bem o procedimento. Só preciso esfregar isso no interior de sua boca.

Findlater hesitou.

— Será que vai ajudar? Como vocês disseram, talvez ela nem seja minha filha.

— Mas vai acelerar as coisas se ela for.

Ele inclinou o corpo para a frente, permitindo que Kat esfregasse o interior de sua boca. Com o rosto a poucos centímetros do dele, ela percebeu que seus olhos azuis estavam fixos nos dela. Perturbada, fez um esforço para se concentrar no que estava fazendo.

Ao colocar o material no envelope de papel e selá-lo, Findlater deu um leve sorriso. *Ele gostou de mim*, ela pensou.

— Obrigada — agradeceu Kat, tirando as luvas e estendendo a mão para apertar a dele num cumprimento formal. — Entraremos em contato, Sr. Findlater.

— Incrível! — exclamou Piola, após o americano ter ido embora.

— Extraordinário — concordou ela.

— Depois de tanto tempo, finalmente temos respostas para quase todas as nossas perguntas. Tudo se encaixa. A fotografia, a mecha de cabelo...

— E a abordagem feita por Barbara Holton aos americanos na Caserma Ederle? — objetou ela.

Piola deu de ombros.

— Como ele disse, encontrar Melina era a linha de trabalho de Barbara.

Houve um longo silêncio, enquanto os dois pensavam no interrogatório, procurando incoerências.

— Às vezes pode ser difícil — disse Piola, devagar — quando a resposta certa finalmente se apresenta, reconhecer que *é* a resposta certa. Psicologicamente, quero dizer. Quando houve tantos falsos positivos, é fácil tratar uma descoberta apenas como mais uma.

Kat assentiu.

— Por outro lado — acrescentou ele —, temos que ser céticos. É o nosso trabalho.

Ela o fitou.

— Você também não acredita nele, não é?

— Tem alguma coisa errada — declarou Piola, levantando-se, incapaz de continuar sentado imóvel. — Não sei o que é. Mas em algum ponto desse filme da Disney sobre a filha perdida e o modo como ele quer mudar a vida dela existe uma mentirinha suja. Tenho certeza.

— O que me incomoda é a falta de registros telefônicos. Se Barbara estivesse realmente trabalhando para ele, por que não deixou algum tipo de evidência? A única coisa que, sem dúvida, liga um ao outro é o fato de que algumas das prostitutas mencionaram um americano fazendo perguntas sobre uma garota croata.

— Devíamos mostrar a foto de Findlater para algumas delas. Pode ser a foto do passaporte dele, e isso podemos conseguir com o pessoal da imigração na Guardia di Finanza. E, enquanto isso, podemos verificar se ele realmente saiu e entrou no país quando disse.

Ela assentiu.

— Vou providenciar isso.

— Você notou — disse ele, pensativo — que ele pareceu um pouco estranho ao tirar a amostra do DNA?

Ela enrubesceu.

— Ah! — exclamou Piola. — Entendo. — Ele esfregou o queixo.

— Mas não acho que tenha sido isso, na verdade. Quero dizer, sem dúvida uma mulher linda esfregando o interior da nossa boca não é algo que acontece todos os dias. Mas começou antes disso, quando você disse a ele que precisava do DNA. Ele pareceu... um pouco irritado.

— Por que será?

— Não sei. Mas existem casos em que o assassino se envolve com a investigação do homicídio, aparentemente apenas como testemunha para ajudar a polícia, e seu DNA acaba derrubando-o.

— Mas não temos o DNA da cena do crime.

— De fato, não temos. Mas talvez ele não saiba disso. — Piola suspirou. — O *avvocato* Marcello vai adorar isso, você sabe. Cada última ponta solta caprichadamente atada num laço. Antes que a tinta seque nos nossos relatórios tudo vai ser entregue à Interpol e ao pessoal encarregado do crime organizado.

— Tudo bem — disse ela. — Mas vamos falar em hipótese. Digamos que Findlater *não* esteja falando toda a verdade. Aonde isso nos leva?

— Significa... — começou Piola. Ele deu um suspiro. — Significa que isso é ainda maior do que pensávamos. Significa que, quem quer que estejamos procurando, é o tipo de pessoa que pode soprar soluções para todas as nossas questões no ouvido de um ex-militar americano a qualquer hora que deseje.

— Mais que isso — acrescentou Kat. — Significa que sabem *quais* são as perguntas. Sabem até onde chegamos com a investigação.

— Marcello?

— Quem mais?

Houve outro silêncio prolongado.

— Então — declarou Piola, pior fim —, digamos que a gente seja imprudente o bastante para continuar investigando mesmo em face à possível corrupção do nosso lado, das ameaças de morte feitas pela Máfia e das mentiras desorientadoras de ex-soldados americanos. O que faríamos em seguida?

— Levaríamos o combate até eles. Diríamos a Marcello que não acreditamos numa palavra disso. Depois voltaríamos a Findlater e lhe diríamos o mesmo. Poderíamos até prendê-lo pelos assassinatos. Iríamos chacoalhar a gaiola deles e esperar que entrassem em pânico.

41

Ao visitar novamente o Centro Educacional, Holly interceptou Gilroy e o seguiu até a sala de aula. Trancando a porta, contou-lhe o que havia descoberto.

— Isso é extraordinário, Holly — comentou ele, quando ela acabou. — Muito bem.

Ela corou de prazer.

— Tem um antigo ditado veneziano que diz — acrescentou ele — "Um peixe fede primeiro a partir da cabeça." E esse fede completamente. Acho que você pode ter encontrado os responsáveis por formar a estratégia militar de Dragan Korovik.

— E não apenas sua estratégia militar. — Entregou a ele o resumo acadêmico. — Leia isto.

Pegando os óculos no bolso da camisa, Gilroy leu o título em voz alta.

— De "Deus ao nosso lado" ao genocídio: exaltação libidinal como precursora da psicose de massa. Humm... parece bem árido.

— Fica menos, acredite.

Ele colocou o papel no braço da cadeira e leu.

Resumo

Uma série de estudos psicológicos já explorou as circunstâncias em que os indivíduos podem ser induzidos a fazer mal aos outros. Em Obediência à autoridade: uma visão experimental (1974), o professor Stanley Milgram descreve sua persuasão de voluntários a dar choques elétricos em estranhos pelo mero uso de sugestões verbais, tais como: "É absolutamente essencial que você continue", processo que passou a ser conhecido como "autorização moral".

No Experimento do Presídio Stanford (1971), o professor Philip Zimbardo examinou o comportamento de 12 alunos a quem designou o papel de "carcereiros" de 12 "prisioneiros". Os últimos foram propositadamente "desumanizados", recebendo números em vez de nomes. Esse experimento foi notoriamente abandonado devido ao comportamento cada vez mais sádico dos "carcereiros".

Este ensaio analisa uma série de conflitos do século XX em que ocorreram atos de extrema violência. Além da "autorização moral" e da "desumanização", identifica outros possíveis precursores da violência, como "diferenciação étnica", "inevitabilidade histórica", "culpabilização da vítima" e "paranoia coletiva".

O autor utiliza o conceito freudiano de "exaltação libidinal" para descrever como a combinação de tais fatores pode induzir um tipo de psicose de massa, na qual populações inteiras só conseguem se satisfazer por meio da exterminação de outra.

Palavras-chave: psicose coletiva, crimes contra a humanidade, estupro em massa, ódio religioso.

— Meu Deus! — Gilroy suspirou. — É como se ele estivesse descrevendo um guia passo a passo de como criar um genocídio.

— Exatamente.

— E o ensaio inteiro?

— Isso é ainda mais curioso. Normalmente, é possível verificar trabalhos acadêmicos com a maior facilidade. A princípio foi para isso que criaram a internet. Mas quando se entra com esses detalhes num serviço como o PubMed o que vem é "Resultados não encontrados". O artigo de Doherty nunca é citado, nunca é indicado por outros psiquiatras, nunca é ligado a... Ou não foi publicado afinal ou foi apagado da memória coletiva de todos os mecanismos de busca e páginas da internet.

Gilroy pensou por um instante.

— Então — disse ele, por fim — o que fazemos com esse incrível tesouro de informações, Holly Boland?

— Eu esperava que o senhor pudesse ter alguma ideia em relação a isso.

— Quem mais sabe a respeito?

— Ninguém.

— Vamos deixar assim por enquanto. Preciso pensar.

Ela abriu a boca para falar algo, mas voltou a fechá-la. Gilroy percebeu e disse:

— Sim, Holly?

— É possível que tudo tenha sido uma operação psicológica perfeitamente legítima? Afinal, desestabilizar países estrangeiros não é bem um território novo para os Estados Unidos. Fizemos isso na Nicarágua, no Panamá, no Iraque...

— Claro. Mas nesses países estávamos legitimamente em guerra ou tínhamos a aprovação presidencial. E qualquer um que estivesse alimentando um conflito nos Bálcãs fazia isso a despeito da resolução da ONU que proibiu outros Estados de se envolver. Não, me parece que, quando se reúne tudo isso, o resultado é um tipo de coalizão que tem por finalidade uma rede de interesses: exércitos particulares, indústria armamentista, oficiais renegados da Otan, até a Máfia, todos trabalhando em conjunto para garantir que o barril de pólvora pegue fogo.

— O que eu ainda não consegui entender é o que aqueles padres estavam fazendo lá.

— É possível presumir que o papel deles era proporcionar a "autorização moral" citada por Doherty. Pregar o ódio étnico em seus sermões e assim por diante.

— Mas se tivessem lido o ensaio de Doherty eles deviam saber que estariam ajudando a jogar seu país na mais tenebrosa violência.

— Talvez achassem que era um preço que valia a pena pagar. Ou talvez tivessem convencido a si mesmos que estavam fazendo o trabalho de Deus. Nesse caso, não teria sido a primeira vez que a religião se mistura à guerra. Voltaire colocou bem, Holly: "Para fazer um homem cometer atrocidades, primeiro faça-o acreditar em absurdos."

42

— Olá — saudou Trent Wolfe. — Daniele, certo? Eu sou Trent, presidente do Rocaville, e este é o meu vice-presidente, encarregado de Fusões e Aquisições, Jim Khalifi.

Nenhum dos dois tinha mais de 26 anos e ambos usavam bermudas, sandálias e blusões de moletom desbotados com capuz. Daniele apertou a mão deles e se sentou.

Eles haviam se encontrado no lobby do Cipriani, um dos melhores, mais luxuosos e antigos hotéis de Veneza, onde os americanos estavam hospedados. Daniele se perguntou se o Cipriani tentaria impor seu famoso código estrito de vestuário — para frequentar o restaurante, os cavalheiros deviam usar gravata, mesmo nos meses úmidos de verão — ou se o fato de Trent ter reservado a suíte Palladio, uma caixa de vidro suspensa sobre a laguna, com sua entrada e lancha particulares ao custo de 10 mil dólares a diária, os teria convencido a abrir uma exceção.

Os três pediram Coca-Cola. Trent se inclinou para a frente.

— Dan, vou direto ao assunto. Nós achamos que o que você fez no Carnivia é simplesmente ótimo. É tão raro nesses tempos dirigidos pelo marketing encontrar um site no qual alguém realmente se preocupa com a codificação, não é? A maioria dos garotos que vemos hoje está apenas criando páginas na internet na esperança de fazer um lançamento de ações quando estiverem na faculdade e de vender ao Google antes de se formarem.

Ele falava como um veterano de outra época — que, em certo sentido, era. Lá em 2005, o rocaville.com tinha ultrapassado a marca de 1

241

milhão de usuários em apenas três meses. No rastro desse sucesso, Trent Wolfe saíra pelo mundo comprando negócios virtuais com um olho aguçado para o que faria sucesso e uma desatenção quase total pelas avaliações da Bolsa de Valores.

— De fato, nunca pensei no Carnivia como um negócio virtual — disse Daniele. — Mais como um tipo de experiência.

— Exatamente. — Trent apontou o canudo de sua bebida para ele. — Razão pela qual não faz dinheiro. O Carnivia tem *integridade*. Foi por isso que vim até aqui. A meu ver, você está em dificuldades.

Daniele assentiu com um gesto de cabeça.

— O principal é que vamos ajudá-lo da forma que você quiser. Vamos investir totalmente no Carnivia ou numa parte dele; uma participação majoritária ou minoritária, você é quem manda. Ou o colocamos na folha de pagamentos e pagamos suas contas legais.

— Isso é muito generoso — disse Daniele.

Trent sorriu.

— Eu só acho que caras 2.0 como nós devem se manter unidos. Um dia você vai fazer o mesmo por mim.

— Para ser franco — acrescentou Daniele —, eu estava esperando por isso.

— É mesmo? — Trent lançou um olhar impressionado para seu vice-presidente. — Nós mesmos só discutimos isso no fim de semana passado. Estávamos num *hackathon* e alguém falou "Que tal o Carnivia? Precisamos nos aproximar desses caras".

— Eu quis dizer — explicou Daniele — que esperava que *alguém* fosse fazer uma oferta pelo Carnivia. Afinal, por que fazer pressão sobre mim pessoalmente se isso não engloba o site? Então imaginei que em algum momento antes da minha sentença, alguém fosse tentar comprá-lo, em termos aparentemente tão generosos que eu seria um idiota se não aceitasse.

— Não é comprar. É *investir* — corrigiu Jim Khalifi. O patrão lhe lançou um olhar de advertência.

— E como eu sabia que aqueles que fizessem a oferta estariam de algum modo ligados aos que engendraram as falsas acusações contra mim, tive o cuidado de investigar sua empresa mais profundamente do que talvez vocês achassem possível — acrescentou Daniele.

Trent piscou.

— Ei! Todo mundo me conhece. Tenho um blog, uso o Twitter... Minha vida é um livro aberto, certo?

— Será mesmo? — indagou Daniele. — Por exemplo, todo mundo sabe, ou pensa que sabe, que Rocaville é formada por um bando de técnicos jovens e saudáveis do Vale do Silício que atualmente está fazendo o Facebook suar a camisa para derrotá-lo. Mas quantas pessoas sabem que os seus três maiores investidores, na verdade, são empresários do ramo da Defesa?

Trent pareceu intrigado.

— Nosso capital original veio de empresas de games...

— As quais, se você seguir o rastro de propriedade até o fundo, acabam sendo controladas por fabricantes de armas. O governo dos Estados Unidos é o maior comprador mundial de sistemas gráficos 3-D avançados. Só que os chamam de sistemas de treinamento visual e de simulação sensorial. E a indústria da Defesa atualmente é a maior investidora individual de pesquisa e desenvolvimento de alta tecnologia dos Estados Unidos. Aquela empresa de software moderna e descolada que apostou trinta por cento em vocês no início, por exemplo, foi recentemente adquirida pela General Dynamics, o maior fornecedor do governo de operações militares cibernéticas. Você é um homem de fachada para interesses militares, Trent.

O sorriso de Trent quase esmaeceu.

— Isso é como dizer que sou financiado pelo Kremlin só porque algum russo investiu sua aposentadoria em nossas ações.

— Sem os seus três maiores investidores, você não seria nada — comentou Daniele, calmamente. — Aposto que dias atrás você recebeu uma ligação de um deles, marcando uma reunião. É provável que nem tenham surgido sobrenomes, apenas uma conversa fiada sobre segurança nacional e como eles estavam dando a você a oportunidade de provar que, apesar das tatuagens e das sandálias, você é um americano leal. Estou certo?

Houve um silêncio prolongado.

— Se você é tão paranoico — disse Jim Khalifi, entrando na conversa —, por que concordou em se encontrar conosco?

— Quero saber quem está por trás dos ataques a mim e por quê. Não fico me vangloriando pela minha codificação. Posso ter criado os algoritmos, mas qualquer um razoavelmente esperto poderia copiá-los. Acho que é muito mais provável que seus amigos queiram ter acesso ao Carnivia para poderem se desviar da codificação. Ou seja, eles querem bisbilhotar alguém que atualmente acha que o Carnivia é seguro. Mas quem?

— Se somos quem você diz que somos, não iríamos contar — respondeu Trent Wolfe.

— Talvez. Mas aposto que você está pensando na reunião que teve com aqueles caras e se perguntando se *eles* realmente são quem disseram ser. Há uma grande diferença entre pedirem para ajudar o seu país e trair seus princípios por um bando de fabricantes de armas, não é?

Houve outro silêncio prolongado.

— Dê uma olhada na MCI — declarou Trent Wolfe, de repente. — É só o que estou dizendo. Minha nossa, Dan, é só o que estou dizendo e já é muito.

— O que é a MCI?

— Military Capabilities International. Exércitos privados, acordos governamentais... Seja o que for, eles fornecem.

— E são pagos por quem?

Trent meneou a cabeça.

— Não sei, eu juro, e se soubesse não ia dizer. Esses caras não brincam em serviço. E quanto a eles, essa conversa não aconteceu, OK?

43

DISCRETAMENTE, KAT FOI à recepção do Hotel Europa. Esperou até que não houvesse mais hóspedes por lá e então mostrou a identidade para o recepcionista.

— Lembra de mim?

Sobressaltado, o rapaz anuiu.

— Tenho um mandado para dar uma busca em um de seus apartamentos — mentiu ela com toda a calma. — Só que esqueci a papelada no quartel. Vou ter que examinar o quarto antes e envio a documentação por fax mais tarde.

Ele franziu o cenho.

— Seria o quarto onde aconteceu o assassinato?

— Não. É o quarto ocupado por um hóspede, o Sr. Findlater.

— Preciso ver isso com meu...

— Não, você não precisa. Não me importo com a política de sua empresa e não tenho tempo para lidar com a direção. Só preciso de dez minutos naquele quarto e então não o incomodarei mais.

Ela podia sentir a cautela corporativa lutando com o desejo arraiga do de colaborar com uma oficial dos Carabinieri. Após um instante de hesitação, o rapaz abriu uma gaveta e pegou uma pilha de cartões magnéticos. Uma passada pela máquina, algo digitado no teclado do computador e ele entregou o cartão.

— Quarto 244. O hóspede não está lá.

Ao seguir para o elevador, Kat verificou se havia sinal para o celular. Piola enviaria uma mensagem, caso ela precisasse sair de lá rapidamente, embora não fosse provável. Findlater tinha sido convidado a voltar ao Campo San Zaccaria com os e-mails que havia trocado com Barbara Holton. Piola o manteria ocupado por, pelo menos, uns quarenta minutos.

Eles discutiram os méritos dessa excursão até tarde da noite. Obviamente, qualquer prova que Kat encontrasse sem um mandado de busca seria inadmissível. Mesmo que encontrasse alguma coisa e conseguisse um mandado depois, seria uma estratégia de alto risco — caso se tornasse conhecido que Kat estivera no quarto antes, isso desacreditaria não apenas a prova, mas potencialmente toda a investigação.

Portanto, essa expedição era puramente especulativa, para ver se eles estavam certos em sua intuição; um prelúdio para anunciar ao promotor Marcello que não acreditavam na história de Findlater.

A camareira ainda não tinha arrumado o quarto 244 — havia uma bandeja de café da manhã do lado de fora, esperando para ser recolhida e uma placa de "Não perturbe" na maçaneta. Curioso, Kat pensou, visto que Findlater não estava no interior. Só para garantir, ela bateu à porta. Ninguém atendeu.

Então enfiou o cartão na fechadura e esperou a luz verde. Verificando o corredor uma última vez para ter certeza de que não estava sendo observada, Kat entrou.

A cama já estava feita, e com capricho. Sem dúvida, reflexos de uma carreira militar — essa parte da história era verdadeira, claro. Ao lado da cama, uma sacola de lona sobre um cavalete. Dentro, roupas casuais porém caras: camisetas, camisas polo e calças chino, tudo devidamente dobrado.

No banheiro, alguns produtos de higiene pessoal. Na mesinha de cabeceira, uma garrafa d'água. Kat notou que não havia livros: nenhum item pessoal de qualquer tipo, apenas uma capa vazia de laptop e uma carteira de identificação de uma companhia chamada Military Capabilities International em nome de Robert Findlater. A roupa suja já se encontrava acondicionada num saco da lavanderia do hotel. O quarto estava tão vazio que era quase como se não estivesse ocupado.

Ou, ela pensou, como se tivesse sido cuidadosamente arrumado para uma inspeção como esta.

Havia uma pequena escrivaninha abaixo da janela. Sua superfície também estava vazia, exceto por alguns pequenos papéis debaixo de outra garrafa d'água. Kat a ergueu e os examinou. Eram recibos — refeições simples em cafés, um *panino* no aeroporto, notas de serviço de quarto, um recibo de 500 euros do caixa eletrônico. Desde sua aterrissagem no Marco Polo dois dias antes, Bob Findlater parecia não ter feito nada mais condenável que tomar uma cerveja ou outra.

Aceitando que havia fracassado, Kat foi para a porta. Ao alcançá-la, ouviu vozes no corredor — um hóspede despedindo-se da camareira com um alegre "*Arrivederci*" ao sair.

Ela aguardou. Os passos do homem e o rangido das rodinhas de sua mala passaram pelo corredor, e Kat ouviu um "ping" quando o elevador chegou.

Foi o momento em que notou um palito de dente dobrado caído no tapete, bem junto à porta.

Ela retornou por onde tinha vindo e no banheiro encontrou outro, dobrado da mesma forma, também junto à porta, do lado de dentro.

— Droga — praguejou ela, baixinho, lembrando-se da placa de "Não perturbe". Sem saber exatamente onde ele havia colocado os palitos no batente da porta, não tinha como esconder de Bob Findlater que seu quarto fora vasculhado.

De volta ao Campo San Zaccaria, Kat encontrou um Piola desanimado.

— Os e-mails correspondiam — reportou ele. — Ou seja, ele *parece* ter enviado cerca de uma dúzia de mensagens para Barbara Holton, e ela *parece* ter respondido com atualizações do progresso que ela e Jelena estavam fazendo no rastreamento de sua querida filha. E você, como foi?

Kat lhe contou sobre os palitos.

— Não é ilegal querer saber se o seu quarto foi vasculhado — observou ele. — Afinal, fomos nós que dissemos a ele para ser cuidadoso. Mais nada?

— Na verdade, tem uma coisa — respondeu ela, devagar.

— O quê?

— Um detalhe mínimo. Na hora nem pensei nisso. Mas encontrei uma pilha de recibos no quarto dele.

— E...?

— Você não acha curioso? Se um homem vai procurar a filha perdida, por que guardaria os recibos? De quem cobraria o dinheiro? Na verdade, Findlater especificou que não guardou o recibo dos 3 mil dólares que tinha dado a Barbara Holton. Então por que estaria guardando um registro de suas despesas nesta viagem? A não ser que alguém estivesse pagando. — Ela olhou para Piola. — Findlater não está procurando a filha, Aldo. Ou, se estiver, é só porque alguém disse a ele para fazer isso.

— Ou — concluiu Piola — ele é apenas um homem de hábitos. O quarto estava bem-arrumado?

— Extremamente — admitiu ela.

— Então ele também faz uma pilha arrumadinha dos recibos de seu cartão de crédito. Não estou discordando de você, Kat, mas isso não chega a ser uma evidência.

— É só o que temos.

— Sim, é só o que temos — concordou ele. — Então hora de encarar Marcello.

A reunião com o promotor foi curta e objetiva. Ele não estava disposto a ouvir mais especulações malucas, fosse sobre americanos, croatas, padres ou quaisquer outros. Eles deviam fazer seus relatórios e encerrar a investigação.

— Não entendo, *colonnello* — disse ele, sarcástico. — O que há com esse caso? Cometem crimes nesta cidade o tempo todo. A maioria é encerrada em poucos dias, em poucas semanas, no máximo. Por que quer perder tanto tempo nessa investigação em particular? — Ele fez uma pausa, ainda olhando para Piola e depois, propositalmente, desviou o olhar para Kat. — Deve haver *algo* neste caso que esteja afetando seu juízo e fazendo com que prolongue a investigação, coronel — continuou. — Fico me perguntando o que pode ser.

Kat se forçou a não reagir, a não se contrair, tampouco enrubescer sob o olhar do promotor, que estava fixo nela. Ele olhava para Piola e retornava para ela, com uma sobrancelha levantada de modo interrogativo.

Depois de alguns instantes, Marcello meneou a cabeça, satisfeito por tê-los provocado.

— Muito bem, aguardarei o relatório final nos próximos dias.

* * *

— Ele não sabe de nada — opinou Kat, quando eles saíram do gabinete do promotor. — Só está tentando deixar você irritado.

— Eu sei — declarou Piola. — Não se preocupe. Não me desconcertam tão facilmente.

Eles voltaram andando para o Campo San Zaccaria. Era quase tão rápido quanto esperar um *vaporetto*, contanto que se fizesse um desvio pelo norte da Piazza San Marco, lotada de turistas mesmo naquela época do ano.

— Quando visitei Daniele Barbo — começou ela, hesitante —, ele sugeriu que seria capaz de reaver os dados do laptop de Barbara Holton. Parece que já fez algo semelhante uma vez.

— É mesmo?

— Eu disse que não, claro, mas ele falou que a oferta continuaria de pé. Acaba de me ocorrer que agora temos algo concreto para Daniele procurar. Podíamos pedir que ele visse se Barbara Holton realmente enviou esses e-mails ou se Findlater os está fabricando.

— Sim, só que entregar o computador dela para um hacker condenado que aguarda a sentença por desobedecer às leis de privacidade na internet seria uma coisa insana de se fazer.

— Certo. Mas poderia ajudar...

— Precisamos de evidências que possamos *usar*, Kat. Evidências que convençam pessoas como Marcello. Nada mais vai fazer com que ele saia de cima da gente.

Os dois eram os únicos que ainda estavam instalados na sala de operações agora. Kat tinha a sensação de um caso que havia chegado ao fim fazia tempo.

Seu celular tocou.

— *Pronto?*

— Kat, é Francesco. Tem um caso que a Central precisa destinar a alguém rapidamente, e é grande. Um político que estrangulou um garoto de programa e está dizendo que foi um acidente, mas há provas de que o *feno* estava chantageando ele. O seu nome foi sugerido.

— Quem está encarregado?

— Você, se quiser. Sua investigação. O promotor pediu pessoalmente por você.

— Qual promotor? — perguntou ela, embora já imaginasse a resposta.

— *Avvocato* Marcello.

Através da parede de vidro do escritório de Piola, ela o observava pegar um envelope marrom que estava sobre a mesa. Ele retirou o conteúdo e ficou olhando. Por um momento, Piola congelou. Então seus olhos se voltaram para Kat.

Ela sabia que jamais esqueceria a expressão daqueles olhos, algo muito pior que horror ou desespero.

— Preciso ir — avisou ela ao telefone.

— A Central precisa de uma resposta...

— Diga que estou muito ocupada. — Desligou. — O que houve? — gritou para Piola.

Ele não respondeu. Kat se apressou até o escritório dele e tomou a fotografia de sua mão. A impressão estava granulada, tinha sido tirada à noite, com zoom, mas o objeto fotografado estava bem claro.

Piola. E Kat. Entrando no apartamento dela, o braço dele em torno dela, a cabeça voltada para ela, que estava rindo.

Apenas para o caso de haver alguma dúvida, tinha uma segunda foto. Mostrava a janela do apartamento dela. Kat estava baixando as cortinas. Aldo aparecia logo atrás, a mão estendida para segurá-la. Ela usava um roupão.

Havia uma anotação, uma folha A4, na qual alguém tinha digitado as palavras:

Elas foram enviadas à sua esposa.

44

— Talvez eles não tenham feito isso — disse Kat. — Talvez seja apenas uma ameaça.

Piola balançou a cabeça.

— Tenho que ir para casa. A essa altura, ela já deve ter aberto o envelope. — Ele pegou o casaco e o pendurou no braço.

— O que vai dizer a ela?

— Eu não sei. — Ele parecia atordoado.

— Aldo, precisamos conversar.

— Sim. Mais tarde. Antes tenho que ir para casa e falar com a minha mulher.

Ele saiu da sala como um sonâmbulo.

— Você vai me ligar? — perguntou Kat.

Piola não respondeu.

Kat deu outra olhada na primeira foto. Era evidente que tinha sido tirada fazia algum tempo, pois mostrava Piola antes do ataque. Portanto, quem quer que houvesse contratado o fotógrafo sabia sobre eles praticamente desde o início e era até provável que tivesse usado esse conhecimento para planejar o ataque a Piola.

Seu sangue gelou.

E agora... Ela tentou imaginar a conversa que Piola teria ao chegar em casa. Mas não conseguiu. Kat não possuía nenhuma experiência nesse sentido, nunca tivera esse tipo de relacionamento.

Sentiu-se como uma garotinha pega fazendo algo terrível, algo tão ruim que simplesmente era deixada sozinha, enquanto os adultos se reuniam para falar a respeito.

A mulher dele vai me culpar. Afinal, a culpa é minha.

Mesmo sem querer, ela se flagrou conectando-se ao Carnivia. Sob seu nome havia 14 entradas.

Ela clicou na mais recente.

Então é verdade! A Capitã Glacial e o Coronel Terrivelmente Sério andam investigando um ao outro! Não dá para imaginar o que conversam na cama!

— Ah, pelo amor de Deus! — exclamou ela, indignada, e desconectou. Então, para se distanciar do que Piola e sua mulher podiam estar conversando, começou a trabalhar na papelada.

O telefone da escrivaninha tocou, mas Kat não reconheceu o número. Atendeu, pensando que pudesse ser ele.

— É o coronel Piola? — disse uma voz masculina, claramente aflita.

— Ele não está. Quem fala?

— Eu já estive aí. Aqui é Lucio, o pescador, aquele de Chioggia, lembra?

— Sim, claro. Em que posso ajudá-lo?

— É sobre a viúva de Ricci, Mareta. Está no hospital. Bateram nela ontem à noite. Os médicos dizem que ela quase morreu.

— Quem fez isso?

— Ela não falou... nem pode, está com a mandíbula fraturada. Disseram que talvez nunca mais consiga falar direito. — O rapaz parecia histérico. — Vocês não puderam manter segredo, não é? Tinham que falar.

— Eu vou até aí.

— Não! Fiquem longe dela! Fiquem longe de todos nós! Por que devíamos nos preocupar com vocês? Podíamos muito bem dar um tiro em nós mesmos e poupar os caras desse trabalho.

Piola voltou após três horas. Não conseguia olhar para Kat, que o seguiu até o escritório.

— Sua esposa está bem? — perguntou ela.

— É claro que não.

— E você?

— Esse não é realmente o ponto, não é?

— O que vocês disseram?

— Isso é... particular — respondeu ele, sério, e ela se contraiu. — Kat, ouça... É evidente que prometi a ela que está tudo acabado entre mim e você.

Tolamente, em sua dor, ela tentou fazer uma piada sobre o assunto.

— Bem, eu já levei foras tantas vezes e é provável que este ganhe o prêmio de mais direto.

— Fora? Você faz parecer que somos dois adolescentes, namorando — murmurou ele.

— Então o que era? — Kat estava desesperada para que ele falasse com ela, mas Piola parecia ter se afastado. Era como se uma barreira tivesse abruptamente caído sobre os sentimentos dele.

— Foi um caso estúpido, errado, imprudente — disse ele, friamente. — Eu fui um idiota de me deixar envolver nisso.

Envolver. Ela ouviu em suas palavras um eco da conversa que tivera essa tarde: o que realmente importava era a mulher com quem ele era casado.

E eu?, ela tinha vontade de gritar. *E os meus sentimentos?* Porém, não conseguiu. Porque não era casada com ele. Ela era a malfeitora, não a injustiçada.

— Marieta Castiglione está hospitalizada — declarou ela.

Piola praguejou.

— O que aconteceu?

— Uma surra punitiva, pelo que parece. Fraturaram a mandíbula dela.

— É melhor eu ir até lá.

— Lucio pediu para não ir. Mas, se você for, eu também vou.

— Kat... — Ele balançou a cabeça. — Acho que não fui bem claro. Prometi a Gilda que está acabado entre nós.

— Sim, entendi.

— Quero dizer, não posso continuar trabalhando com você.

Kat o encarou.

— Seria impossível — disse ele, gentilmente. — Você entende isso, não é?

— Como assim?

— Vou pedir que um dos capitães me ajude no restante da investigação.

— O quê?!

— Qualquer outra coisa não seria justa.

— E como exatamente *isso* é justo? — perguntou ela.

— Não é justo com a minha mulher, quero dizer. Não se pode esperar que ela fique contente com a situação se eu continuar dividindo um escritório com você.

Kat não podia acreditar no que estava ouvindo.

— Hoje de manhã, recusei uma investigação de homicídio que seria só minha para continuar neste caso.

— Sinto muito. Mas haverá outras oportunidades.

— Essa não é bem a questão, certo? Devíamos ser capazes de trabalhar juntos como profissionais, independentemente de nossos sentimentos.

Piola suspirou e esfregou a cabeça com as duas mãos. Kat pôde ler com maior clareza o que passava pela mente dele. *Primeiro uma mulher furiosa, agora uma amante irritada.*

— Se tivesse me dito, antes de termos ido para a cama, que uma vez que tudo acabasse entre nós você me tiraria do caso, acha que eu teria ido em frente? — acrescentou ela.

— Só estou tentando encontrar uma solução que funcione — respondeu ele, cansado. — A situação atual ficou claramente impossível, por minha total responsabilidade, eu sei. A única solução, pelo que posso ver, é você ser transferida para outra investigação. Esse caso que mencionou, por acaso eu sei que foi para Zito. Falei com ele quando vinha para cá. Ele gostaria de tê-la na equipe.

— Ah, que ótimo!

Ela já podia imaginar as risadinhas abafadas, os olhares, os sussurros pelas costas. *Essa é a capitã que transava com Aldo Piola e teve que ser afastada do caso quando a mulher dele descobriu!*

— Vou deixar uma coisa bem clara. Eu realmente sinto muito, muito mesmo, por sua mulher. Agora percebo que me envolver com você foi estúpido e irresponsável. Mas não vou sair do caso. Fui designada para esta investigação e vou ficar nela até que encontremos o assassino ou que Marcello nos arraste para fora daqui e ele mesmo apague as luzes.

— E o que vou dizer para minha mulher? — perguntou Piola, em desamparo.

— Isso é problema seu. Mas poderia começar dizendo a ela que na verdade não tem o direito de se livrar de mim só porque fui tola de ir para a cama com você.

45

DANIELE EMPURROU A cadeira para trás e olhou para o relógio. Eram quatro da tarde.

Ele havia investigado a MCI, incansavelmente, sem dormir nem comer até que tivesse terminado. O site oficial tinha lhe dito muito pouco, mas, em meio ao insípido jargão corporativo, ele havia filetado os nomes de meia dúzia de executivos.

Sabendo que os altos executivos quase certamente teriam os smartphones recém-lançados, Daniele pegou os nomes e cruzou as referências com os registros das quatro maiores companhias de celulares americanas. Então, enviou uma mensagem para cada um deles. Dizia simplesmente: *Já saiu da reunião? Preciso ficar a par.* Quando o proprietário do telefone abrisse a mensagem, assumindo que era de um colega, ele baixaria um pequeno software que imediatamente começaria a passar uma senha em algoritmo para o acesso remoto da conta de e-mail do executivo, que também estava armazenada no telefone. Em termos de invasão virtual, era relativamente simples, algo conhecido como "ataque de força bruta". Os hackers chineses tinham usado uma técnica semelhante quando invadiram o Google em 2010.

Uma vez tendo acesso às contas de e-mail dos funcionários, Daniele deu um jeito para que cada um deles recebesse um e-mail interno. Sabia que em todas as empresas havia dúzias de mensagens banais sendo enviadas e recebidas — e-mail para informar que o ar-condicionado necessitava de conserto, ou que a empresa tinha ganhado algum prêmio obscuro, ou anunciando alguma reestruturação corporativa desconcertante. Em muitos casos, os recebedores clicavam nelas de qualquer modo para evitar que continuassem aparecendo em suas caixas de entrada como "não lidas".

Nesse caso, Daniele simplesmente criou uma filipeta para dizer que outro funcionário da MCI estava prestes a correr uma maratona em benefício de uma boa causa e procurava patrocínio. Quando os destinatários clicavam na filipeta em seus computadores do escritório, ela enviava os detalhes dos nomes e das senhas de usuário do sistema diretamente para Daniele. Em poucas horas, ele estaria no interior da rede da companhia, fazendo um arrastão nos milhares de e-mails que iam e vinham todos os dias.

A MCI era muito esperta — usava nomes codificados, bem como criptografava as mensagens mais sensíveis e outras vezes usava linguagem velada que espelhava os códigos abreviados das Forças Armadas americanas. Mas ele conseguiu saber o suficiente para descobrir que o Carnivia era "o alvo" e que o objetivo final era "apagar o rastro de fumaça". Em linguagem clara, era uma operação de limpeza.

Daniele poderia invadir seus sistemas o quanto quisesse, mas sem as outras peças do quebra-cabeça não seria capaz de saber do que exatamente eles estavam tentando se livrar. Não era a primeira vez que ele pensava numa maneira de convencer a capitã Tapo a lhe entregar o disco rígido de Barbara Holton. As respostas estavam em algum lugar daquela máquina, disso tinha certeza, mas a cada dia que passava mais as placas do HD ficavam enferrujadas com a água salgada na qual ficara imerso.

Sempre que ficava estressado ou frustrado, Daniele se concentrava numa equação matemática. Era uma prática que ele havia iniciado durante os longos e apavorantes dias de seu sequestro, quando se propunha a fazer simples exercícios mentais de aritmética para distrair a mente das coisas que os sequestradores diziam que iriam fazer caso seus pais não pagassem o resgate. Aos poucos, os números em sua cabeça tinham assumido substância — o mundo matemático revelando-se como uma série de padrões tangíveis, de modo que ele começara a ver nos meros tijolos do quarto onde havia ficado aprisionado ou no arranjo das folhas da árvore do lado de fora da janela gradeada uma realidade muito mais pura e satisfatória do que aquela em que era forçado a passar suas horas em vigília. Daniele se refugiou ainda mais no mundo da matemática depois da mutilação, para escapar da dor e depois ao assistir, apavorado, o ataque brutal e desajeitado das Forças Especiais italianas aos seus sequestradores. Enquanto o mundo exterior ainda celebrava seu retorno para casa, ele se retirava cada vez mais profundamente nessa outra realidade, onde tudo fazia perfeito sentido.

Agora ele entrava precisamente nesse mundo. "*Monstrous moonshine*" era o nome dado pelos matemáticos para um padrão numérico extraordinário. Para percebê-lo, era necessário imaginar um toroide em 24 dimensões, gerado por um reticulado de Leech e aplicá-lo a uma progressão numérica conhecida como *M*, o módulo Monstro — uma série não muito diferente de pi, porém mais difícil de calcular. Ele olhou, extasiado, para aquilo e sentiu parte de sua ansiedade se desfazer.

Se fosse para a prisão, sabia que esse mundo seria seu único refúgio, mas duvidava de que fosse suficiente para manter a sanidade mental.

Era preciso encontrar uma maneira de virar a mesa contra a MCI. Porém, no momento, Daniele não fazia ideia de como.

46

HOLLY SE ENCONTROU com Gilroy em Vicenza. Conforme combinado, estava sentada à mesa de um café próximo à *piazza* principal quando ele se deixou cair em uma cadeira diante dela.

— Estive pensando sobre aquele seu pacote — começou ele, sem maiores preâmbulos. — Acho que devia levá-lo para o meu tutelado, Daniele Barbo.

— Um civil? — questionou ela, surpresa. — Pensei que queríamos lidar com isso internamente.

— Sim... mas não creio que ainda tenhamos o suficiente para apresentar às autoridades. Quando se puxa uma erva daninha, é preciso agarrar pelas raízes, todas elas, até as menores, mais profundas, ou então a danada cresce de novo ainda mais forte. Precisamos dos nomes de todos que sabiam sobre "GB", as cadeias de comando, os resultados; todos os detalhes. Além disso, precisamos saber o que Barbara Holton tinha descoberto e com quem estava compartilhando isso on-line. E o artigo de Doherty. Se alguém consegue rastrear um documento que foi apagado da internet, é Daniele. — Ele hesitou. — No entanto, devo avisar que ele não é uma pessoa fácil de lidar. Pode também ficar meio cauteloso com o meu envolvimento. Ele me culpa, assim como aos outros fiduciários da Fundação Barbo, por certas decisões de seu pai relativas à criação dele. A verdade é que nós tentamos exercer uma influência positiva por trás do pano, mas o pai de Daniele só prestava atenção nos conselhos que iam de acordo com suas próprias inclinações... Um pouco como Daniele, de fato. Teimosia extrema é mal da família.

— Não seria melhor se eu não mencionasse seu nome?

— Talvez seja melhor dizer que eu, com relutância, proporcionei que vocês se conhecessem em vez de dizer que a ideia foi minha. Se estiver certo, ele verá isso como uma possível solução para alguns problemas prementes que está tendo.

— Como assim?

— Acho que vou deixar que ele lhe fale sobre isso. Quanto menos você souber antes de conhecê-lo, melhor. E outra coisa, Holly. Se tiver a chance, incentive Daniele a envolver a polícia italiana. Aquela oficial dos Carabinieri que você mencionou, a que foi vê-la para investigar sobre Barbara Holton... Ela e seu oficial superior foram proibidos de entrar em contato direto com você. Desconfio de que irão agarrar a chance de fazer isso em segunda mão, por meio de Daniele.

— Será que dar essas informações à polícia não aumenta o risco de que se torne público?

— Há um pequeno risco, sim. Mas creio que seja manejável. E a polícia pode ser persuadida a ser discreta, afinal. É assim que funciona na Itália.

47

KAT FECHOU A porta do apartamento e se encostou nela, lutando contra as lágrimas que havia reprimido durante todo o dia. Agora finalmente chegara a hora de chorar.

O quarto ainda tinha traços da presença de Aldo. No dia anterior, eles haviam feito amor ali. Ele tinha se deitado em sua cama, tomado banho em seu chuveiro. A garrafa da grapa que eles beberam ainda estava sobre a mesa da cozinha, meio vazia. Os copos usados estavam na pia, esperando para ser lavados.

Vai se foder, ela pensou com raiva, e em seguida: *eu te amo*.

Mas será que amava mesmo, perguntou-se. Será que o amor era essa intensidade arrebatadora de desejo físico e anseio ou seria mais como o que Aldo e sua esposa deviam ter — os longos anos ocupando o mesmo espaço, os filhos, a dor da traição, a possibilidade do perdão? Kat percebeu que essa era a pergunta que não tinha feito naquela tarde: *você a ama?* Não fora preciso. Já sabia a resposta pela expressão de desolação nos olhos dele ao ver as fotos.

Kat, você foi uma tola. Uma tola destruidora de lares.

Ela se serviu um bom copo de grapa e ligou o laptop. Como se fossem coçar, seus dedos vagaram quase por conta própria em direção à conexão do Carnivia.

Katerina Tapo — 21 entradas

... Acontece que ela só pegou o caso dos "assassinatos e magia negra" porque Piola já tinha dito à Central que queria trabalhar com ela. Francesco Lotti tentou fazer com que ela pensasse que tinha sido ele a lhe dar a escala. Pobre Lotti, perdido de amor!

... Eu soube que a moça não está feliz que a esposa tenha descoberto, e agora Piola está levando bomba dos dois lados...

... É isso que acontece quando levam mulheres para organizações militares. Não se pode culpar os homens...

— Ah, pelo amor de Deus! — exclamou ela, aborrecida, e fechou a página, decidida a nunca mais chegar perto do maldito site.

Então foi irônico que o primeiro e-mail de sua caixa de entrada tivesse o endereço *danielebarbo@carnivia.com*.

Prezada capitã Tapo,

Podemos nos encontrar? Tenho algo que lhe interessa.

Saudações,

Daniele Barbo

P.S.: Você deveria trazer aquele HD.

Soltando uma imprecação, ela excluiu a mensagem.

O e-mail seguinte era da Guardia di Finanza, o Departamento de Polícia responsável pelas fronteiras italianas. Mais cedo, enquanto preenchia a papelada, ela cumprira o pedido de Piola para conseguir uma cópia do passaporte de Findlater, juntamente com suas datas de entrada e saída do país. De acordo com o e-mail, as datas corroboravam com a história de Findlater. Cansada, Kat clicou no anexo. O rosto sorridente de Findlater, dez anos mais jovem, preencheu sua tela. Era como se o cretino presunçoso estivesse debochando dela.

Ela se aproximou para ver melhor. Em sua foto do passaporte, Findlater usava uma jaqueta esportiva e uma camisa de colarinho aberto. Havia algo na lapela — algum tipo de alfinete de gravata.

Era difícil ter certeza, pois a resolução da imagem não era muito boa, mas parecia ser um crucifixo. A parte de baixo da cruz se alargava e estreitava na ponta. Como a lâmina de uma espada curta e grossa.

Se não estava enganada, era idêntica ao broche que tinha visto o padre Uriel usando. E no logotipo da página dos Companheiros da Ordem de Melquisedeque.

Kat consultou sua pasta de "Itens excluídos", moveu a mensagem de Daniele Barbo de volta para a caixa de entrada e releu.

Ela ainda estava com o HD. E Malli, previsivelmente, não tinha lidado com a papelada da cadeia de custódia. Se, por algum milagre, alguém viesse a seguir o rastro da documentação, indicaria que o disco estava em algum lugar junto do restante da desordem em sua mesa.

Kat Tapo acabou não chorando naquela noite. Chegou perto, houve insônia, arrependimento e uma sensação doentia, inusitada, causada pela consciência de que tinha feito algo errado. Mas o que ela sentiu principalmente foi a sensação dura e fria que reconheceu como resolução.

48

ELES SE REUNIRAM na sala de estar de Ca' Barbo, com sua mistura eclética de afrescos renascentistas, pinturas modernas e mobília barata. Daniele Barbo, Holly Boland e Kat Tapo.

Ao olhar ao redor, Kat pensou que o cômodo refletia as excentricidades do dono. Ocasionalmente, podia-se ver o aristocrata veneziano nele, educadamente oferecendo-lhes um *spritz* — o clássico drinque veneziano feito com Campari, vinho branco e água gasosa — em refinadas taças do século XVIII. Então, abruptamente, Daniele começou a falar sobre protocolos TCP e logaritmos de comutação de pacotes, deixando o aperitivo esquecido ao dar explicações incompreensíveis, e distraidamente abrindo uma lata de Diet Coke no decurso.

Na maior parte do tempo, porém, ele parecia quase sem interesse na presença das duas mulheres, seus olhos vagando em direção aos quadros cobertos de anotações matemáticas, alinhados nas paredes.

Kat olhou para Holly Boland a sua frente. Admitia que tinha julgado mal a americana. Ela resumira Holly a uma burocrata presa à escrivaninha com zero de imaginação e nenhuma coragem, porém a mulher exalava um ar de tranquila segurança ao explicar por que os havia reunido ali. É claro, Kat pensava, como militar, a segunda-tenente Boland estava mais acostumada a receber ordens do que a tomar iniciativas. Mas seu relato sobre como tinha rastreado os nomes das pessoas presentes na conferência Ederle, se fosse verdadeiro, mostrava uma habilidade investigativa impressionante.

Se fosse verdade. Kat estava ciente até demais de que em acréscimo ao pecado de ter dormido com um oficial superior, agora estava contemplando a entrega de provas a um criminoso condenado e a revelação de detalhes de uma investigação dos Carabinieri a uma agente secreta estrangeira. Se aquilo fosse descoberto, ela enfrentaria uma corte marcial, no mínimo. Por esse motivo, nem Piola sabia que ela estava ali.

— Nenhum de nós está aqui por escolha própria — dizia Holly. — E não cairia bem para nenhum de nós se outras pessoas soubessem disso. O motivo dessa reunião é que todos nós, separadamente, estamos investigando pistas que agora parecem estar ligadas. Minha proposta é reunir tudo o que sabemos para ver onde estão as sobreposições. Vocês concordam?

Kat assentiu. Daniele examinou as unhas.

— Eu falo primeiro — anunciou Holly, com um suspiro. — Daniele, posso usar um desses quadros?

Ele deu de ombros.

— Se quiser...

— Então — começou ela, levantando-se e tirando a tampa de um marcador. Estava usando roupas civis para essa reunião, provavelmente para não chamar a atenção em Veneza, mas no modo de pensar de Kat, as roupas que ela havia escolhido, um blusão de moletom com capuz, jeans e tênis, simplesmente a faziam parecer um garoto adolescente. — Tenho uma conferência em 1993 em Camp Ederle que envolveu o general Dragan Korovik, a Máfia italiana, uma empresa de segurança privada chamada MCI, um psicólogo, a Igreja... — Ela relacionou, um a um, os protagonistas conhecidos de George Baker e então largou o marcador. — Kat, o que você tem?

— Eu tenho um homicídio que envolve a Croácia, Camp Ederle, a Igreja, um hospital psiquiátrico, um funcionário da MCI, a Máfia... — Kat se levantou e escreveu a lista de conexões. Ponto por ponto, as duas listas eram quase idênticas. — Daniele, sua vez.

Ele gesticulou, dispensando o marcador.

— A única coisa concreta que tenho é a MCI.

Kat anotou isso por ele.

— Então esse é o ponto de partida. Temos que encontrar os elos entre a MCI e esses outros protagonistas. — Ela hesitou. — Daniele, isso significa que vou deixar você tentar o disco rígido de Barbara Holton. Entre outras coisas, preciso saber se vai poder reconstruir a troca de e-mails dela com Bob Findlater.

Ele assentiu.

— Posso cuidar disso, enquanto vocês duas procuram pelas sobreposições em outros lugares.

— Não — retrucou Kat, meneando a cabeça.

— Por que não?

— Enquanto você estiver trabalhando nesse disco rígido, uma de nós duas irá vigiá-lo o tempo inteiro. — Ela levantou a mão para interceptar as objeções dele. — Eu sei, eu sei... tenho certeza de que, se você quisesse, poderia levantar as informações sem que eu percebesse. A questão é que estou passando dos limites por simplesmente permitir que você toque nisso. Preciso limitar a minha culpa de "absurdamente crédula" para "criminosamente negligente". O que me leva à segunda questão. Pelo que vejo, você ainda está se recusando a realmente se aprofundar no Carnivia e nos contar o que está havendo lá. Então vou lhe perguntar mais uma vez, sem juízes nem advogados presentes: você pode fazer alguma coisa que ainda não fez para rastrear essa informação?

Ele a fitou, calmamente.

— Tem uma coisa.

— Continue.

— Quando segui uma das sacerdotisas no Carnivia, me deparei com uma arca que tinha uma marca *stećak*, um desenho semelhante aos que você encontrou em Poveglia. Percebi que a arca era um local de armazenamento, um modo de transferir uma grande quantidade de dados entre indivíduos.

— E...?

— Descobri que vários locais de armazenamento do Carnivia estavam customizados com o mesmo símbolo. Estavam claramente sendo usados para transferir arquivos relacionados a um projeto específico. Parece uma hipótese razoável que seja algo que tenha a ver com seus homicídios, visto que, pelo menos num caso, quem quer que estivesse aguardando as informações nunca as recebeu.

— Quem seria o receptor?

— Não sei. Preciso do algoritmo, da chave da criptografia que Barbara Holton usava para se conectar, que estaria automaticamente salva no HD dela junto de suas outras informações pessoais. Se eu conseguir recuperar isso, vou ficar sabendo para quem, realmente, ela estava trabalhando. Mas estou disposto a apostar que não era para Bob Findlater.

49

Vigiar Daniele, enquanto ele trabalhava no HD, acabou se revelando mais complicado do que Kat havia previsto. Ingenuamente, tinha imaginado que ele simplesmente encaixaria o disco num computador e faria alguns testes. De fato, a primeira coisa necessária era um ambiente muito limpo onde trabalhar.

E ocorria que um "ambiente limpo" não significava sair por Ca' Barbo com um aspirador de pó na mão.

— Para recuperar o disco, preciso desmontá-lo e limpar os resíduos da água do mar das placas — explicou ele, suspirando com a ignorância delas. — Discos rígidos são unidades lacradas por uma ótima razão. O ar contém partículas microscópicas de pó que o atingiria como lixa. Preciso de um ambiente fechado com um fluxo de ar filtrado e renovado.

Usando materiais de uma loja de ferragens, Daniele começou a construir um compartimento lacrado com sua própria unidade de ar-condicionado, forrado com material de fibra de carbono para reduzir a possibilidade de estática. Ele se mostrou um artesão metódico, nunca fazendo atalhos e garantindo que cada estágio estivesse perfeito antes de ir para o próximo.

Depois de construído, o compartimento recebeu um fornecimento separado de energia para minimizar as oscilações de voltagem e um ionizador para dissipar quaisquer sobrecargas que surgissem. Ferramentas plastificadas especiais foram limpas e desmagnetizadas antes de serem instaladas na bancada forrada de fibra de carbono. Só então ele vestiu o macacão branco de perito forense e entrou no compartimento com o disco.

O compartimento tinha que ficar lacrado enquanto Daniele trabalhava, mas, com certa relutância, ele concordou em instalar uma câmera de vídeo para que as duas oficiais pudessem observá-lo. Na prática, porém, Kat logo se impacientou com o ritmo lento do trabalho e deixou Holly supervisionando Daniele, enquanto ia para os arredores de Santa Lucia continuar a mostrar a foto de Bob Findlater para as prostitutas.

— Então como é que o cara da TI dos Carabinieri não fez nada disso? — perguntou Holly pela linha de comunicação, enquanto Daniele começava a desmontar o disco rígido. Evidentemente, não era uma pergunta idiota: em vez de resmungar, ele a honrou com uma resposta.

— A maioria dos especialistas de informática, na verdade, é especialista apenas no software específico que usa — declarou ele. — Para inspecionar um HD, por exemplo, é preciso se equipar com um programa como Helix ou IXimager. Isso vai dizer o que há no espaço inativo, as porções de dados que foram deletadas, mas não realmente eliminadas da máquina. Para noventa por cento das investigações isso é suficiente.

Ele parou de falar para colocar as capas do disco de lado.

— Para coisas mais avançadas, como o bombardeio de Madri ou o acidente com o ônibus espacial, quase todas as agências governamentais do mundo usam um equipamento chamado Kroll Ontrack. Na verdade, se eu tivesse um HD danificado por fogo num dos meus computadores, é provável que também procurasse isso. Mas a água do mar exige um pouco mais de especialização. O problema não é tanto a água em si, afinal os dados são armazenados magneticamente, mas o que ela deixa para trás quando seca. Quando alguém como Malli dá início ao disco para copiá-lo, os resíduos arranham a superfície do disco em movimento, corrompendo os dados. Minha esperança é de que Malli não tenha se esforçado muito, pois quanto menos tiver feito isso, maiores serão minhas chances.

Antes de começar a delicada operação de liberar as placas, Daniele colocou uma máscara cirúrgica, luvas de látex sem talco e uma pulseira antiestática.

— Estamos com sorte — soou sua voz abafada pelo transmissor. — Ainda tem umidade aqui.

— Isso é bom?

— É como as estacas de madeira que servem de alicerce para as casas venezianas. Enquanto estiverem molhadas, não se corroem.

Ele colocou as placas numa tigela de água filtrada.

— Pronto. Agora é preciso deixar que fiquem de molho.

Saindo do compartimento, Daniele tirou a máscara e o macacão branco. Holly viu seus olhos irem para os quadros cobertos de anotações matemáticas no fundo da sala.

— O que é aquilo?

— Um problema matemático — resmungou ele.

— Isso eu percebi. Tem algo a ver com informática?

— Mais ou menos. — Ele olhou para Holly. — Duvido que você vá entender.

— Eu também, mas fale mesmo assim.

Daniele pegou um marcador e foi até o quadro, traçando um caminho pela fórmula.

— O problema se chama *P versus NP*. Na verdade, ele se resume a uma simples questão: se um computador pode ser programado para conferir a resposta de um teorema, por que não pode ser programado para resolvê-lo? É um dos sete problemas matemáticos do Millennium Prize. Até agora somente um foi resolvido.

— E você acha que vai conseguir?

— Eu pensava que sim, mas agora duvido que alguém consiga.

— Então por que continua tentando?

— Por quê? — ecoou ele, surpreso. — Porque é lindo. Como uma peça musical ou uma escultura. O problema em si, quero dizer... ele diz mais sobre a condição humana do que qualquer sinfonia ou retrato conseguiria dizer.

— Você quer dizer que simplesmente gosta de olhar para ele?

— Olhar, escutar... não são palavras adequadas. Aqui... — Ele foi até outro quadro que estava encostado numa parede e o puxou para o lado. Atrás havia uma pintura abstrata. — Este é um De Chirico. Meu pai o considerava uma das coisas mais sublimes de sua coleção. E aqui... — Daniele deslizou o quadro de volta, cobrindo novamente a pintura. Nele havia a anotação $e^{i\pi} + 1 = 0$. — Esse problema é a identidade de Euler. Qualquer matemático sério vai lhe dizer que é uma das obras de arte mais profundas já criadas, mais bela que a Capela Sistina, mais elegante que o Parthenon, mais pura que o *Requiem*, de Mozart. Em apenas três simples etapas, responde a uma das questões mais fundamentais da existência.

— Que é...?

— Ah... Por que os círculos são redondos?

Enquanto Holly ainda pensava sobre isso, Daniele a conduziu para o outro aposento. No canto da parede havia uma escultura alongada que lhe pareceu ser um Giacometti. Impropriamente, tinham colocado na escultura um par de óculos Ray-Ban e um gorro de pele russo. Mas Daniele apontava para um afresco na parede, uma paisagem, no qual havia um post-it com os números 6, 28 e 496 escritos.

— Aqueles são chamados de "números perfeitos". Isso significa que, se você pega todos os divisores do número e os soma, consegue o mesmo número com que começou. Então vamos pegar o número 6, por exemplo, que pode ser dividido por 1, 2 e 3. Some 1, 2 e 3 e você obtém 6. Os antigos gregos pensavam que o padrão de número perfeito é uma prova da harmonia inerente da natureza.

— Portanto, o afresco é uma pintura de uma paisagem — disse Holly, devagar — e o outro é... é... — Ela se esforçou para encontrar a palavra certa.

— A essência da paisagem — terminou Daniele por ela. — Exatamente.

Agora Holly começava a entender. O que tinha parecido ser uma desfiguração casual das obras de arte do palácio — o legado odiado do pai — agora soava como uma reinterpretação das mesmas. Várias vezes depois disso, ela apontou para um post-it grudado numa obra de arte inestimável e perguntou a ele o que significava. Uma paisagem marítima tinha a anotação *Xo (N)*.

— O teorema da modularidade — explicou Daniele. E uma natureza-morta de flores estava etiquetada com o que ele disse serem equações Mandelbrot.

A matemática em si podia ser avançada demais para Holly, mas ela sabia o bastante para compreender que Daniele Barbo tinha uma mente diferente de qualquer outra pessoa que ela conhecera.

* * *

Por fim, Daniele retornou ao compartimento, tirou o disco rígido da tigela em que havia ficado de molho e abriu uma caixa de aerossóis.

— Imagino que isso seja ar comprimido, não é? — perguntou Holly.

— Mais ou menos. Ar enlatado não é realmente ar, mas sim um coquetel de gases, como o trifluoretano, que se comprime facilmente. O problema é que para impedir as pessoas de inalar, os fabricantes adicionam outro produto químico que o deixa amargo e esse agente pode deixar resíduo. Este ar comprimido é de qualidade da NASA.

Foi enquanto ele secava meticulosamente as placas que algo ocorreu a Holly.

— Daniele, acho que descobri por que você construiu o Carnivia.

Ele não respondeu, mas pelo vídeo ela o viu se contrair. Tarde demais, Holly percebeu que estava entrando em um campo minado. *Ah, bem: não há como recuar agora.*

— Todo mundo chama o Carnivia de rede social — começou ela. — E isso me deixou intrigada porque parece uma contradição... você é a pessoa menos sociável que já conheci. Mas fiquei pensando nesses seus problemas matemáticos. Você vê o mundo como uma série de equações, não é? No entanto, a verdade é que o mundo não é bem assim... é desarrumado, imprevisível e vários fatores aleatórios estão sempre bagunçando o quadro.

— E isso a leva a que conclusão, segunda-tenente? — perguntou ele, baixinho.

— Acho que o mundo real acabou sendo um espaço aleatório demais para tentar resolver problemas como *P versus NP*, ou seja lá como você os chama. Então construiu a sua versão, mais arrumada, onde poderia limitar as variáveis. Todas essas pessoas que entram para o Carnivia... inconscientemente são apenas parte de uma gigantesca simulação matemática. Como um ninho de formigas num laboratório. E é por isso que você se importa tanto com o site, não é? Não por causa dos 4 milhões de usuários ou sei lá quantos são. É porque o quebra-cabeça que você o construiu para processar não está resolvido ainda.

— Humm — murmurou ele, evasivo. Houve um silêncio prolongado, seguido apenas pelo sibilar do ar que ele passava no disco.

Dentro das circunstâncias, Holly pensou, aquela era uma boa resposta.

* * *

Quando o disco finalmente ficou seco, Daniele saiu do compartimento segurando uma caixa preta do tamanho de um maço de cigarros.

— Está consertado — anunciou ele, simplesmente. — Ou, pelo menos, o suficiente para tentar fazer funcionar.

Ele encaixou o HD num computador, ligando-o a uma saída USB como se fosse um cartão de memória.

— Não vou tentar rodar no Windows — avisou ele. — Para o caso de estar programado para apagar. E, dessa forma, eu não preciso saber o nome de usuário ou a senha de Barbara Holton.

— Como sabe o que está procurando?

— Não sei. Mas o Carnivia salva as informações do usuário num local bem específico. Vou começar por lá e trabalhar de trás para a frente.

50

ELES SE REUNIRAM na mais recente exposição de arte da Fundação. Quatro homens, todos na faixa dos 60 anos, nenhum deles interessado em arte. Cada um se posicionou diante de um quadro diferente. Caso um turista aparecesse, ocorrência improvável, visto que os quadros dessa sala tinham sido cuidadosamente selecionados entre os itens mais feios e fora da moda da coleção tardia de Matteo Barbo, a recepcionista não deixaria entrar, explicando que, como era quase hora do almoço, a entrada de visitantes não seria permitida. O turista daria de ombros, pensando que esse tipo de coisa acontecia o tempo todo na Itália.

— Não sei se foi prudente enviar o próprio Findlater — declarou Ian Gilroy, pensativamente, para o quadro a sua frente.

— Nos deram um aviso de apenas 48 horas. Não havia mais ninguém que entendesse a gravidade da situação — respondeu alguém a sua direita.

Gilroy se virou e atravessou a sala até onde estava pendurado *O carro passou*, de Balla, tendo uma parede vermelha como fundo.

— Pelo que sei, a investigação dos Carabinieri está encerrada — comentou o terceiro homem. — O promotor me informou que o relatório final vai circular em poucos dias.

— Correção — intercedeu Gilroy. — A investigação pode estar encerrada, mas os Carabinieri ainda estão investigando.

— De qualquer maneira, quando o julgamento do general estiver em andamento vai ser tarde demais para apresentar mais provas — observou o segundo homem.

— Talvez. Mas eu gostaria de saber exatamente que provas faltam ser encontradas. — Gilroy examinou a pintura. — Na verdade, isso é muito bom. O senso de movimento... Ele realmente capta a forma como o espectador é deixado para trás, querendo saber o que aconteceu.

— Todo acontecimento deixa rastro — opinou o terceiro homem.

— Mas nem todo rastro incrimina. — Gilroy se curvou para ler a placa ao lado da pintura. Nela estavam alguns trechos do manifesto futurista. — "Glorificaremos a guerra, a única higiene do mundo" — leu ele em voz alta. — "Militarismo, patriotismo, o gesto destrutivo dos portadores da liberdade, belas ideias pelas quais morrer, e desprezo pela mulher." — Suspirou. — Eles não eram muito agradáveis, não é mesmo?

— O que você tem em mente? — A voz à esquerda se esforçou para não soar impaciente.

— Eu tenho um terrier — disse Gilroy, recuando novamente para observar melhor a pintura. — Vocês entendem de caça com terriers? O pequeno terrier vai corajosamente para o território da raposa e mesmo que ele seja pequeno demais para matar o animal sozinho, ele a imobiliza e isso dá tempo ao caçador para descobrir o território e enviar seus cães de caça.

— O que acontece ao terrier?

— Depende. Às vezes, a raposa o mata. Em outras ocasiões, os cães pegam a raposa e o levam junto. Em algumas vezes ainda ele consegue voltar mancando para o dono.

— Tenho a impressão de que posso ter conhecido o seu terrier. Aqui, na verdade, no vernissage.

— Possivelmente. Mas só para deixar claro... mantenha distância. Ela é de minha propriedade. Nada de ser visada ou morta no calor da caça.

— Muito bem. Se você realmente acha que ela vale a pena.

— Ela descobriu detalhes sobre George Baker que nem eu sabia. Seus cães valem dois por um centavo, meu amigo. Mas um bom terrier é difícil de encontrar. — Ele se voltou para o quarto homem, o que usava um colarinho clerical e que até então tinha permanecido calado.

— E quanto ao *seu* quinhão, padre, acho que é hora de deixar isso para os profissionais, não concorda?

51

DANIELE PODIA TER descrito o HD como "consertado", mas logo ficou claro que isso não significava que as informações agora estavam prontamente acessíveis. Os dados estavam tão corrompidos, ele explicou, que tinham se reduzido a partículas minúsculas, desconectadas. Seria preciso coletar milhares de fragmentos e tentar encaixá-los, byte por byte.

Após um dia de trabalho, ele somente conseguiu reconstruir umas poucas porções isoladas das mensagens que Barbara Holton havia trocado com seus contatos no Carnivia.

... detida num acampamento conhecido como Ninho dos Pássaros na região de Krajina...

... testemunho sustenta as alegações feitas por Jelena B...

... às vezes, quatro ou cinco caminhões lotados de soldados de cada vez chegavam ao Ninho dos Pássaros todos os dias...

— Isso parece se relacionar à Operação Tempestade — comentou Holly. — Ela devia estar reunindo relatórios das atrocidades contra civis.

Enquanto Daniele continuava a trabalhar no disco, Kat e Holly pesquisavam as palavras "Acampamento Ninho dos Pássaros". Mesmo traduzido para o croata, não havia nada na internet ou, se havia, estava enterrado entre as milhões de fotografias de pássaros canoros, cuidando de seus filhotes e de receitas chinesas de sopa.

— Precisamos diminuir os termos da busca — opinou Holly. — Daniele, pode nos dar mais alguma coisa?

— Alguma...

Nós sabíamos que os estupros iriam começar quando tocavam "Marš na Drinu" pelo alto-falante da mesquita. Enquanto a música tocava, todas as mulheres tinham que se despir e os soldados entravam em suas casas, pegando as que queriam. Era frequente a escolha de mães e filhas. Muitas de nós foram espancadas durante os estupros...

— Muitas das perguntas de Barbara Holton se relacionavam ao "estupro como arma de guerra" — murmurou Holly.

— "Marš na Drinu" é uma canção sérvia que eles tocam quando se reúnem para beber. — informou Kat de seu laptop. — Quanto à mesquita, eu diria que isso é um testemunho de uma bósnia sobre um ataque de soldados sérvios.

— Tem isso também — disse Daniele.

Eu estava me fingindo de morta depois que uma granada foi jogada na minha sala da frente. Ali deitada, ouvi vozes estrangeiras lá fora e um intérprete traduzindo as palavras para o croata. Ele dizia "Não deve restar nada, nem mesmo os gatos, nem mesmo as crianças."

— Então isso se refere a uma ofensiva *croata* — disse Kat.

— Que envolve estrangeiros — acrescentou Holly. — Parece que Barbara estava coletando provas para mostrar que tanto os sérvios quanto os croatas estavam cometendo atrocidades semelhantes.

Sem fazer comentários, Daniele lhes entregou outro fragmento.

Às vezes, eles traziam um novo recruta. Mandavam que ele escolhesse uma garota, a estuprasse e depois a matasse. Ou, como um jogo, a garota podia escolher entre se submeter ao estupro ou ser morta. Era uma grande piada para os outros soldados se ela escolhesse a morte, pois o soldado ficava humilhado. Então ele seria provocado e instigado ainda enquanto tentava recuperar a masculinidade, matando-a do modo mais brutal imaginável.

— Meu Deus — disse Kat, indignada. — Que tenebroso.

Os acampamentos tinham nomes inócuos, femininos, como "Cafeteria Sonja", "Tranças de Ninfa" ou "Ninho dos Pássaros".

Os novos nomes possibilitaram uma busca mais detalhada. O que elas encontraram foi ainda mais apavorante. Durante os três primeiros anos da guerra dos Bálcãs, havia uma estimativa de que 20 mil mulheres tinham sido estupradas, muitas em lugares especiais de detenção, instalados apenas para esse propósito. Cada lado culpara o outro de ser o primeiro a usar essas táticas.

Houve um silêncio por uma hora ou mais, enquanto as duas mulheres liam os relatórios oficiais. Ainda em 1994, a ONU havia analisado "dezenas de milhares" de alegações de estupro, concluindo:

Há denúncias de que estupro e assédio sexual foram cometidos por todas as facções bélicas. Alguns dos casos denunciados de estupro e assédio sexual são o claro resultado da conduta de indivíduos ou de pequenos grupos sem evidências de um comando ou de uma política geral. No entanto, muitos outros casos parecem fazer parte de um padrão geral. Esse padrão sugere fortemente a existência de uma política sistemática de estupro e assédio sexual...

E, no entanto, pouco parecia ter sido feito a respeito depois disso. De fato, à medida que o país se aprofundou na violência, e os observadores da ONU foram retirados de lá para sua própria segurança, o assunto foi aparentemente quase esquecido na confusão geral.

Kat sentiu as faces queimarem de raiva. Tudo isso tinha acontecido a pouco mais de 300 quilômetros, do outro lado do mar Adriático, e mesmo assim as pessoas se acostumaram tanto a pensar no Bloco Comunista como uma entidade separada que até hoje ninguém falava sobre aquilo. Incapaz de continuar sentada, ela se pôs de pé num salto e foi tomar um pouco de ar fresco na grande janela belamente emoldurada, bem quando Daniele murmurou:

— A-há.

Ela se virou, e ele apontava para a tela.

— É com esse e-mail que Barbara Holton se comunicava no Carnivia.

Elas se reuniram em volta dele. *rcarlito@icty.org*.

— ICTY é a abreviação em inglês de Tribunal Penal para a ex-Iugoslávia — disse Kat. — Com sede em Haia. O site de Barbara Holton menciona que ela já havia feito algum trabalho para eles no passado.

Holly estava digitando o endereço de e-mail num mecanismo de busca.

— E R. Carlito é Roberta Carlito — informou ela. — Sua designação oficial é "analista legal". Ela é subordinada direta ao promotor-chefe. Extraoficialmente, eu diria que é um tipo de "investigadora de tribunal".

— Então pode ser que Barbara Holton estivesse lhe fornecendo provas para o julgamento de Dragan Korovik.

— Mas o que isso tem a ver com Findlater?

— Barbara Holton achava que houve cumplicidade americana no conflito — respondeu Holly. A Operação George Baker confirma isso. Talvez tenham dado a Findlater a tarefa de não permitir que as provas chegassem a Haia.

— Apagando o rastro de fumaça — murmurou Daniele, por trás do computador.

— Isso explicaria por que Findlater estava procurando Barbara Holton e Jelena Babić — concluiu Holly. — Mas não explica por que todos estavam procurando a filha de Findlater.

As duas mulheres tiveram a mesma ideia ao mesmo tempo. Entreolharam-se, o entendimento palpitando entre elas.

— Barbara Holton não estava simplesmente procurando Melina Kovačević — declarou Kat, devagar. — Estava procurando provas de um crime de guerra.

— Porque as duas são a mesma coisa — concordou Holly.

— Não entendi — interveio Daniele. — Como assim?

— Aquela mecha de cabelo que Kat encontrou no quarto de hotel das mulheres... Se veio de Soraya Kovačević, conteria o DNA que, ao ser comparado ao DNA de Findlater e ao de Melina, poderia provar que eles eram os pais biológicos de Melina.

— Piola sempre disse que aquela história hollywoodiana sobre encontrar a filha para poder lhe dar educação era conversa fiada — disse Kat. — Holly tem razão, Findlater não estava usando Barbara e Jelena para encontrar Melina. Estava tentando encontrá-la antes delas.

— Mas por quê? — quis saber Daniele.

— Para matá-la. Para destruir a prova. É isso. Melina é o rastro de fumaça. Seu DNA é a prova viva de um crime de guerra.

De qualquer ângulo que olhassem, eles continuavam voltando para a mesma hipótese.

Findlater alegara que tinha encontrado a mãe de Melina escondida num porão quando servia em Krajina como soldado das tropas de paz e que eles haviam se apaixonado.

— Mas se a verdade fosse um pouco diferente — comentou Kat. — Se, digamos, ele estava na Croácia como agente da MCI, um daqueles que instigavam o conflito por qualquer meio possível, inclusive violência sexual contra mulheres...

— Exaltação libidinal — interrompeu Holly. — Estupro como arma de guerra. Um dos precursores do genocídio, segundo Paul Doherty.

— ... então é bem possível que tenha sido ele mesmo que estuprou Soraya. Melina foi a consequência desse estupro.

— Precisamos entrar em contato com essa Roberta Carlito. — Holly olhou para Daniele. — Podemos enviar um e-mail para ela? É seguro?

— Nem um pouco. Mas não é preciso enviar um e-mail. Podemos entrar em contato com ela do mesmo modo que Barbara fazia, pelo Carnivia.

Eles entraram no Carnivia, enviaram uma mensagem criptografada para Roberta Carlito e ficaram aguardando. Meia hora depois, receberam uma resposta, pedindo que a encontrassem na Piazza San Marco.

Era a primeira vez que Holly assumia uma identidade no Carnivia. Andando com os avatares de Kat e Daniele por uma bela calçada ao longo de um canal, os próprios canais piedosamente livres de turistas e do cheiro dos *vaporetti* movidos a diesel, ela não conseguia ver o motivo para tanto estardalhaço.

— É tão bonito — dizia ela, surpresa.

— Bonito, mas podre — murmurou Kat, concisamente. — Bem como no mundo real.

Daniele deu de ombros.

— É um lugar onde as pessoas moram. Algumas são boas, outras más. A maioria um misto das duas coisas.

Eles chegaram à Piazza San Marco e encontraram uma mulher com máscara de dominó, esperando na frente do Palácio Ducal. Daniele forneceu o código do computador de Barbara e Kat digitou:

— *Boa tarde, Sra. Carlito. Somos amigos de Barbara Holton. Creio que esteve procurando por ela, não é?*

— *Ela está bem?*

— *Sinto muito, mas não. Ela foi assassinada.*

Houve um longo silêncio.

— *Eu temia que pudesse ser uma coisa dessas.*

Eles começaram a andar ao longo da Riva degli Schiavoni, enquanto Roberta Carlito explicava como tinha conhecido Barbara Holton.

— *Barbara era uma entre a dúzia de voluntários não remunerados que coletava provas de crimes cometidos durante a guerra na ex-Iugoslávia. Especificamente, crimes contra mulheres. Declarações juramentadas de vítimas, depoimentos de testemunhas, cronologia dos acontecimentos... Sem o próprio ramo executivo, o ICTY não possui os recursos para reunir essas coisas e a polícia local geralmente está implicada com os crimes originais, não se dispondo a nos ajudar. Então, nos apoiamos numa rede de advogados e ativistas voluntários.*

— *Imagino que Jelena Babić fosse mais uma dessas.*

— *Não. Jelena era uma testemunha, uma das primeiras que Barbara encontrou. Mas elas ficaram amigas e Jelena usou seus contatos para apresentar Barbara a outras vítimas.*

— *Vítimas de que, exatamente?*

— *Ah... Você sabe alguma coisa sobre lugares como a Cafeteria Sonja?*

— *Sei um pouco, agora. Pelo que entendemos, eram campos de estupro.*

— *Sim. Os estupros serviam a diversos propósitos. Ajudavam a desmoralizar e aterrorizar a população, claro. Brutalizavam os soldados, facilitando assim que atendessem as ordens dos comandantes de cometer atos ainda mais violentos no futuro. Mas também havia outra questão: as mu-*

lheres muitas vezes engravidavam. A falta de controle de natalidade era intencional. Para todos os efeitos, elas viraram máquinas de reprodução, possibilitando aos captores encher a região com filhos do tipo étnico dos vitoriosos, sendo que a etnia da mãe era vista como menos importante que a do pai. Era um modo de tornar as questões de raça e religião ainda mais tóxicas do que já eram.

Kat escreveu:

— *E se lhe disséssemos que essas táticas estavam sendo planejadas ainda antes da Guerra da Bósnia? E que um pequeno número de oficiais da Otan pôs a mão nisso, juntamente com uma empresa militar particular que tem ligações com o governo dos EUA?*

— *Eu pediria as provas. Isso sempre foi o que nos deteve... realmente provar que havia mais nisso do que a brutalidade usual da guerra. Há cerca de um mês, Barbara pensou que finalmente havia encontrado uma prova definitiva, como ela chamava. Ela recebeu uma declaração juramentada de uma bósnia chamada Soraya Kovačević, que esteve presa no acampamento Ninho dos Pássaros. Soraya alegava que um dos estupradores era um empreiteiro militar americano, ligado às forças croatas como conselheiro. Mesmo depois de todo esse tempo, ela ainda conseguia identificá-lo. É o perfeito caso teste para nós... se conseguirmos sustentá-lo, teremos feito a ligação de todos os estágios de uma atrocidade conhecida, desde o planejamento até o cometimento, chegando aos mandatários americanos.*

— *O que você precisa para que ele se sustente?*

— *Uma declaração juramentada de Soraya Kovačević, juntamente de uma documentação válida da cadeia de provas, de modo que sua autenticidade seja inquestionável. Alguns mapas e fotografias da região também seriam um bônus. Mas o que mais precisamos é de uma amostra de DNA que confirme que o americano é pai da filha de Soraya.*

— Ou seja — disse Holly em voz alta —, não só precisamos encontrar a mãe, como precisamos ter sucesso onde Barbara e Jelena fracassaram, encontrando a filha também.

— *Por onde começamos?*

— *A prova de Jelena deve ajudar. Ela identificou o acampamento Ninho dos Pássaros como sendo na região de Krajina, próximo a uma cidade chamada Brezic. Mas devo acrescentar que o tempo não está do nosso lado. O julgamento de Korovik começa em menos de duas semanas e precisamos submeter qualquer prova à defesa com antecedência. Uma vez que a audiência comece será tarde demais.*

Sentindo que Daniele tivera o suficiente da presença delas, as duas mulheres se retiraram e foram para um *bacaro* nas proximidades.

— Sabe de uma coisa? — começou Holly, pensativa, quando as duas já estavam sentadas diante de uma mesa no fundo do bar, com seus respectivos *spritzes*. — Muitos diriam que mexer nisso agora é perda de tempo. Que a história segue em frente, as pessoas perdoam e esquecem. A Croácia está entrando para a União Europeia, está começando a receber turistas... Qual é o sentido de revolver um crime que aconteceu quase vinte anos atrás, numa guerra que a maioria das pessoas nem podia encontrar num mapa?

— É verdade — concordou Kat. — É provável que a maioria das pessoas dissesse isso.

Holly a olhou de soslaio.

— Menos você, não é?

Kat meneou a cabeça.

— Você?

— Também não — admitiu Holly.

— Um crime é um crime — declarou Kat. — As pessoas deviam tomar conhecimento. E crimes como esse... Sim, eles envolviam civis, mas muitos foram direcionados especificamente contra *mulheres*. Não sei bem se *avançamos* nessa área, não totalmente. As mulheres ainda estão sendo traficadas, ainda estão sendo tratadas como cidadãs de segunda classe. As coisas estão melhores do que eram, mas a guerra não acabou.

— Como Jelena descobriu ao próprio custo.

— Sim. — Kat suspirou. — Você enfrenta alguma discriminação no Exército?

— Como mulher, você quer dizer? Não tenho reclamações.

Kat a fitou.

— Ou seja, um pouco.

— Acho que sim. É como em todo lugar: no Exército, o respeito precisa ser conquistado. Todo mundo tem algo de si mesmo que pode ser interpretado como fraqueza. Depende de cada um garantir que não seja como as outras pessoas o definam.

Não era a primeira vez que Kat se perguntava se Holly Boland não era lésbica. Não era uma pergunta que se fazia a uma oficial americana, ela sabia.

— Quando entrei para os Carabinieri — disse ela —, não fazia muito tempo que mulheres tinham sido admitidas como oficiais. Ainda havia um pouco de, digamos, *resistência* à ideia. Costumavam pôr fotos de revistas pornográficas no meu armário. Uma vez, vi que alguém tinha se masturbado em cima do meu uniforme. Em outra, fui calçar o sapato e estava cheio de xixi. Todo mundo disse que eu devia simplesmente ignorar.

— E foi o que você fez?

— Mais ou menos. Quer dizer, eu fui e fiz xixi nos sapatos dos homens que eu achava que estavam fazendo isso, quando *eles* não estavam por lá. E você?

— Nada nessa linha — respondeu Holly, levemente assombrada pelo modo prosaico com que Kat tinha dito a última frase. — Apesar de que, não faz muito tempo, um sujeito tentou me forçar a fazer sexo oral com ele.

— Você conseguiu lidar com isso?

— Acho que sim. Dei uma cabeçada na virilha dele.

Kat assentiu, igualmente impressionada.

— Mas bem por essa razão — acrescentou Holly — fico irritada de pensar que houve pessoas dispostas a arrastar as Forças Armadas americanas para a Guerra da Bósnia para satisfazer as próprias finalidades. Nós servimos com honra. Isto é, lutamos de acordo com as regras da guerra e vamos atrás e punimos aqueles que as quebram.

— Então vamos fazer isso? — perguntou Kat.

Holly assentiu.

— Vamos.

Ao deixarem o bar, Kat notou um casal que estava numa mesa próxima, levantando-se para pagar a conta.

— Estranho — comentou ela, baixinho.

— O quê?

— Está vendo aqueles dois? A mulher de casaco cinza e o homem de marrom? Eles chegaram logo depois de nós.

Holly deu uma olhada.

— Não é tão surpreendente, é? Deve haver pelo menos uma dúzia de pessoas aqui que fez isso.

— Claro.

Mas quando elas chegaram na esquina, Kat ficou para trás, observando.

— Outra coisa sobre aqueles dois — disse ela, enquanto caminhavam em direção a Ca' Barbo. — Eles estão com um guia. Em italiano. Mas falam inglês entre si.

52

DE VOLTA A CA' BARBO, elas discutiram a possibilidade de terem sido seguidas pelo casal do bar. Ali em Veneza, isso não era um grande problema, mas se elas decidissem ir à Croácia, seria melhor viajar despercebidas.

— Eu tive um treinamento básico antivigilância — disse Holly. — Não há muito que se possa fazer em aeroportos, claro, mas, depois disso, é bem possível que a gente consiga despistá-los.

— Acho que vocês deveriam evitar aeroportos — opinou Daniele. — Só levam quatro ou cinco horas para ir à Croácia de carro. Mas não com um carro alugado, pois os registros são todos computadorizados. E vão ter que deixar os celulares aqui.

— Por quê? — perguntou Kat. — A Croácia usa o mesmo sistema, não é?

— Daniele quer dizer que nossos celulares podem ser usados para nos rastrear, por meio das torres de transmissão — explicou Holly. — Vamos comprar celulares pré-pagos e os manteremos desligados quando não estivermos usando.

— Os cartões de crédito também — acrescentou Daniele. — Com certeza, vão rastreá-los.

— Vamos levar dinheiro em espécie. Se tivermos cuidado, não vamos deixar nenhum rastro eletrônico.

Enquanto Holly pesquisava a rota até Brezic, Kat voltou ao Campo San Zaccaria. Encontrou Piola na sala de operações deserta, digitando seu relatório.

— Talvez você queira acrescentar que Findlater estava mentindo — começou ela. — Ele nunca esteve apaixonado por Soraya Kovačević. Ele a estuprou e agora, quase vinte anos depois, está tentando se livrar da prova.

Piola olhou para ela com frieza.

— Como você sabe?

— Levei o HD para Daniele Barbo. Andei trabalhando com a americana também, a oficial da Caserma Ederle. Não era só Findlater que estava fazendo isso. Havia um grupo inteiro deles conspirando para fazer uma guerra tão terrível na Bósnia que a Otan teria que se envolver.

Um suspiro escapou dos lábios de Piola, como se não pudesse acreditar no quanto ela havia sido imprudente. Ele esfregou o rosto com as mãos. Não tinha se barbeado, ela notou, e a barba por fazer estava salpicada de fios brancos. Ao lado do teclado havia um maço de cigarros aberto.

— Eu não lhe ensinei nada? — perguntou ele.

— Como assim?

— Digamos que você consiga reunir algumas provas dessas... dessas alegações. E depois? Será que não percebe... com todas as regras que quebrou para chegar a esse ponto, você já está fatalmente comprometida. Qualquer tribunal italiano daria uma olhada nesse caso e o jogaria fora.

— E se não levarmos o caso a um tribunal italiano? Estivemos em contato com o ICTY.

— O ICTY está processando Dragan Korovik, não Bob Findlater — disse ele, aborrecido. — E o que você me diz de justiça para os assassinatos de Jelena Babić e Barbara Holton? Que tal o princípio que garante que os crimes cometidos na Itália sejam julgados na Itália? De qualquer forma, isso não vai acontecer. Você está demitida desse caso.

— Agora você está soando como Marcello.

— Talvez. Mas como seu superior, essa é uma decisão que cabe a mim. Você não vai levar isso adiante. É uma ordem.

— Então é uma ordem que vou ignorar. — Ela hesitou. — E também fique sabendo que estou indo para a Croácia com a oficial americana, para encontrar a mãe de Melina.

— Kat — resmungou ele. — Kat... pense bem no que está fazendo. Ouça a si mesma. Somos os Carabinieri. Não é assim que trabalhamos.

— Pelo que vi, nós praticamente não trabalhamos. Você não percebe? Essa é a minha chance de fazer alguma coisa.

— Não lhe ocorre que ao dar a ordem de não ir adiante com isso é porque estou pensando em *você*? — perguntou ele.

— Como assim?

Piola apontou para as contusões do rosto.

— Por que acha que eles me deram essas coronhadas?

— Para calar sua boca.

— E o que a faz pensar que eles não vão calar *você*? Não vê? Se o que está dizendo for verdade, Barbara Holton, Jelena Babić e Ricci Castiglione morreram porque sabiam demais. E cada um deles sabia muito menos que você.

— Nós conhecemos Findlater. Estaremos prevenidas.

— Findlater teve ajuda, muita ajuda. — Ele ficou em silêncio por um instante. — Tem uma coisa que Mareta Castiglione comentou... Na hora, não liguei os fatos. Ricci foi se confessar pouco antes de ser morto.

— Acha que foi por isso que o mataram? Porque pensaram que ele podia estar contando os segredos a um padre?

— Talvez. Mas e se for mais que isso, e se foi o próprio padre quem denunciou que Ricci estava vazando? — Ele balançou a cabeça. — Se a sua americana estiver certa, vocês estão enfrentando uma aliança extraordinária. Acha que essas pessoas vão simplesmente ficar a postos, observando vocês cavarem as provas?

Teimosa, Kat disse:

— Isso precisa ser feito.

Ele se levantou.

— Kat... Por favor. Eu estraguei tudo. Meu casamento, esta investigação... o que eu não vou acrescentar a essa lista é você. Deixe os outros correrem atrás dessa loucura se quiserem. Eu não dou a mínima para eles.

Ela não conseguiu pensar no que dizer.

— Eu te amo — declarou ele, com voz rouca. — Só porque... — Ele recuperou o fôlego. — A decisão que tomei, de voltar para a minha mulher... era preciso. Espero que você entenda. É o meu dever. Mas o meu coração está com você.

— Você me queria fora da investigação. Antes mesmo de hoje.

— Eu nunca vou poder trabalhar com você, Kat. Mas isso é *por causa* dos meus sentimentos, não porque eles tenham mudado.

Kat ainda estava processando isso em sua mente quando ele a beijou. Por um instante, ela permitiu e retribuiu o beijo, lembrando-se de como era bom, de como se sentia protegida e segura nos braços de Piola. Até que o empurrou.

— Isso não é justo, Aldo. Você está agindo mal e dizendo que tem bons motivos. Se eu fosse homem, não estaria tentando me proteger assim. E é por isso que vou ignorá-lo. Vou para a Croácia atrás de Soraya Kovačević. Depois volto para encontrar a filha dela. Vou mantê-lo informado do meu progresso, mas não vou permitir que você entre no meu caminho.

53

ALÉM DA SALA de estar repleta de papéis espalhados em Ca' Barbo e do escritório quase deserto do Campo San Zaccaria, havia outra sala de operações montada para lidar com o caso.

Era pequena, bem-arrumada e ocupava um escritório envidraçado, a 6.400 quilômetros de distância, no quarto andar de um prédio anônimo em Norfolk, Virginia.

Embora nenhuma das pessoas ali presentes constasse na folha de pagamento do Departamento de Defesa dos Estados Unidos, a maioria usava uniforme de combate, complementado com divisas de patente.

— O próximo passo delas é a Croácia — relatou um sargento, tirando os fones de ouvido e falando por sobre o ombro. — Pretendem ir e encontrar a mãe.

— Excelente. — O comentário veio do único homem presente que não usava uniforme. No entanto, seu terno escuro e sua camisa branca impecável tinham sido passados com precisão militar. — Por razões óbvias, temos bons amigos na Croácia. Quando elas vão pegar o avião?

— Pelo que Hermes sabe, elas vão de carro.

— Então vamos encontrar a mãe antes delas — sugeriu um dos homens uniformizados.

— Isso seria uma resposta de curto prazo — disse o homem de terno, pensativo. — Acho que devíamos nos concentrar na busca de uma solução mais duradoura. Isso já tomou muito de nossa atenção.

Os outros homens apenas aguardavam as ordens. Caso alguém quisesse suas opiniões, seria solicitado.

— Vamos pedir aos nossos amigos do exército croata que organizem um exercício de campo — disse, por fim, o homem de terno. — Um exercício de emergência para testar sua prontidão de combate, assim como rezam os termos de nosso contrato atual de treinamento com eles. Felizmente, a mídia croata ainda é razoavelmente grata aos militares. Um pequeno mas trágico acidente com duas estrangeiras será simplesmente aceito como prova de que mais desses treinamentos são necessários.

— Crixus não quer que sua agente sofra danos.

O homem de terno escuro assentiu.

— Mais uma razão para que pareça um acidente, então. Crixus vai superar.

54

ELAS PARTIRAM ANTES do amanhecer do dia seguinte, dirigindo de Veneza para o nordeste no pequeno carro de Holly, com as montanhas atrás e o mar à direita. Em Palmanova, bem na ponta do Adriático, a estrada virava para o leste e depois para o sul, seguindo a grande curva da Laguna di Marano. Poucos turistas iam para aquela região lúgubre, pantanosa e vazia, menos ainda ao alvorecer, porém a estrada estava repleta de enormes caminhões com nomes eslavos escritos nas laterais.

Ao saírem de Veneza, o interior do carro de Holly estava limpo com meticulosidade militar, mas o chão logo ficaria salpicado de papéis de chocolates e latas vazias das bebidas de Kat. Ela viu Holly olhar para aquilo e se contrair; no entanto, tendo as mãos no volante não havia muito que pudesse fazer.

Depois de Trieste, elas passaram pela minúscula Eslovênia. Embora fizesse parte da antiga Iugoslávia, a Eslovênia era membro da União Europeia desde 2004 e em consequência parecia pouco diferente de estar na Itália. Meia hora depois, elas cruzaram a fronteira da Croácia e foi como se estivessem percorrendo outro século e num país diferente. Nos campos, agricultores de rostos marcados pelo tempo davam tapas nas ancas dos bois atrelados a arados. As mulheres usavam lenços na cabeça e coletes feitos de um tecido grosso, indistinguível. Entretanto, algumas casas possuíam antenas parabólicas e, ocasionalmente, elas vislumbravam alguma BMW e outros carros de luxo.

Parecia um país que estava nascendo, um país que ainda estava em constante mudança.

Holly falou, calmamente:

— Acho que temos companhia. Um Audi sedã azul-escuro. Placa italiana.

Kat olhou pelo espelho do passageiro.

— Vamos tentar nos livrar deles?

— Vamos lá.

— Pode ser complicado, o carro deles é mais veloz.

— Na verdade — disse Holly —, em perseguições automobilísticas, sempre levamos em conta que o outro tenha um carro mais veloz.

— Como assim?

— Que não se tenta vencê-los na corrida. — Enquanto falava, ela ia saindo da pista. O outro carro seguiu, mantendo distância. — O que estamos procurando é um bom trecho de subúrbio. Na verdade, bem como este. — Abruptamente, sem usar as luzes de pisca-pisca, ela entrou para a direita. Em seguida, acelerou e então deixou que a velocidade caísse de novo, enquanto o Audi virava na rua atrás delas.

— E outra direita — indicou ela, fazendo a curva. Mais uma vez, acelerou brevemente antes de diminuir a marcha quando o outro carro apareceu. Agora já estavam com uma vantagem de cerca de 100 metros.

A rua terminava num cruzamento. O semáforo estava vermelho. Sem parar nem sinalizar, Holly passou pelo sinal e virou à direita, misturando-se ao tráfego. Houve um tocar de buzinas e ela acenou.

— Desculpem.

Uns 50 metros adiante, ela virou à esquerda.

— Não consigo vê-los — avisou Kat, olhando para trás.

— Mesmo assim... — Mais uma vez, Holly fez uma série de curvas sem sinalizar, todas para a esquerda.

— Entendi — murmurou Kat, admirada. — Você está contando as curvas à esquerda, para ficar sempre voltando para a direção em que vínhamos. Depois vai fazer o mesmo com as curvas à direita.

— Exatamente. É o equivalente a girar alguém com uma venda, só que com um automóvel. A maioria das pessoas se esquece de contar. E quando tiverem que decidir para que lado nos seguir, as chances de calcularem corretamente caem exponencialmente.

Ela virou mais uma vez à direita.

— Agora estamos saindo da cidade por uma estrada mais ou menos paralela à que viemos. Espero que eles ainda estejam perdendo tempo nos procurando lá atrás.

— Muito bom. Mas eu tenho uma pergunta.

— Qual?

— Você aprendeu isso no Exército, certo?

— Claro.

— O que acontece se eles tiverem sido treinados da mesma forma?

— Vamos torcer para que não estivessem prestando atenção naquele dia.

Elas voltaram para a estrada principal e continuaram seguindo para o sul. Por fim, saíram da estrada e começaram a subir a serra. Quase imediatamente, começaram a ver sinais dos danos deixados pela guerra. Quase todas as pequenas cidades ainda tinham pelo menos uma casa destruída. Em alguns casos, buracos dos projéteis salpicavam suas fachadas.

— Agora estamos entrando na região de Krajina. Esta era uma das áreas mais disputadas — comentou Holly. — Originalmente, fazia parte da Bósnia. Os sérvios a dominaram, depois os bósnios a tomaram de volta, então os sérvios a recuperaram de novo e finalmente os croatas pegaram deles dois.

Kat sentiu um calafrio.

— Ainda tem uma vibração ruim, não é? — Ela notou que, nas áreas por onde tinham passado, as pessoas locais olhavam abertamente para o carro delas e ali ninguém as encarava.

Seguiram em frente, rumo à costa.

— Acho que acabamos de cruzar a antiga linha de frente — anunciou Holly. Não havia o que marcasse o ponto, exceto uma torre de caixa d'água de concreto que havia sido atingida por projéteis de ambos os lados até parte dela se tornar quase uma renda. Agora se assomava na estrada, como uma escultura modernista, varas de metal saindo do concreto esfacelado, sólido demais para desmoronar, mas muito caro para consertar.

Brezic ficava a cerca de 25 quilômetros dali. Enquanto seguiam, Holly apontava para características da paisagem rural — linhas de visão, abrigos, trechos de terrenos altos. Ela conseguia ler a paisagem de um modo tático que era completamente desconhecido para Kat. Ao ouvi-la, era como se os últimos 15 anos tivessem desaparecido e a guerra ainda estivesse acontecendo, os fantasmas dos soldados e suas vítimas patrulhando aquela parte do país.

Essa impressão foi reforçada quando, num cruzamento, elas tiveram que dar passagem a um comboio de caminhões cheios de tropas. Os soldados na parte de trás do veículo olharam para as duas com um olhar faminto mas resignado, de homens que sabiam que levaria muito tempo até que tivessem uma companhia feminina.

— Deve ser um exercício — comentou Holly.

Finalmente, chegaram a Brezic. Era pouco maior que uma aldeia, com uma pequena praça central, um armazém, um café combinado com bar e uma igreja. Ao estacionarem, alguns homens idosos desviaram o olhar das mesas do café, dirigindo-o a elas. No momento em que Kat e Holly se aproximaram, eles já tinham saído em debandada.

— Parece que não gostam muito de estrangeiros — comentou Holly.

No interior do café, elas encontraram um homem lavando copos. Kat pegou a foto de Melina Kovačević e falou em italiano:

— Estamos procurando a mãe dessa moça, Soraya Kovačević. O senhor a conhece?

O homem mal olhou para a foto antes de balançar a cabeça. Kat tentou novamente em inglês. Ele, porém, não respondeu.

Uma mulher que segurava um esfregão e um balde entrou. Quando Kat tentou lhe mostrar a foto, ela a empurrou, desencadeando uma torrente de palavras em croata que, por menos que Kat e Holly pudessem entender, claramente significava que elas deveriam ir embora. Enquanto a mulher gesticulava, Kat notou as tatuagens *stećak* em seu antebraço.

— Isso vai ser mais difícil do que prevíamos — anunciou ela.

— Vamos tentar a igreja.

Enquanto as duas atravessavam a praça, outro caminhão cheio de soldados passou retumbando. Puxava um morteiro montado num pequeno reboque.

— Armas de fabricação americana — comentou Holly. — E são novas. Aquele é um A85 de 4,2 polegadas, o mesmo que nós usamos.

— Imagino que armar um país inteiro deve ser um contrato que vale a pena ganhar.

Na igreja, elas encontraram um jovem padre que cuidadosamente derretia tocos de velas de altar.

— Boa tarde — cumprimentou Kat, educadamente. — O senhor fala italiano? Inglês?

— Inglês, sim, um pouco. Sou o padre Pavic. Em que posso ajudar? — perguntou ele, com um sorriso.

— Estamos procurando a mãe desta mulher. — Kat mostrou a foto. — Também gostaríamos de falar com qualquer pessoa que tenha conhecido *esta* mulher. — Ela mostrou a foto de Jelena Babić.

O jovem padre a estudou.

— Não conheço nenhuma das duas. Mas estou aqui há apenas quatro anos. Gostariam de vir até o escritório? Pode ser que o padre Brkic saiba mais.

Ele as levou para uma pequena sala nos fundos, onde um padre idoso estava sentado com os pés próximos a um aquecedor elétrico, com um cobertor sobre os joelhos. O jovem falou com ele respeitosamente em croata e então lhe entregou as fotos.

O padre Brkic falou breve mas enfaticamente, o dedo nodoso em cima da fotografia de Melina Kovačević.

— Ele conhece essa moça — informou o padre Pavic. — Ela foi criada num orfanato na saída da aldeia. Mas não era uma boa moça. Foi mandada embora porque as freiras não conseguiam impedi-la de beber e falar com homens.

— E a outra mulher? — Kat apontou para a foto de Jelena Babić.

O padre idoso hesitou. *Ele a reconheceu*, pensou Kat.

— *Ne.* — Ele devolveu a foto ao jovem. De modo quase furtivo, ele se benzeu.

— Bem, obrigada mesmo assim. Sabe nos dizer como chegamos ao orfanato?

Quando elas estavam indo embora, o padre mais velho, de repente, disse outra coisa. Seus olhos estavam fixos no aquecedor, mas Kat percebeu, pelo modo como o padre Pavic parou para escutar, que estava relacionado a Holly e ela.

— *Reci im da treba biti oprezan. Ljudi ovdje ne vole pričati o ratu.*

— Ele disse que é melhor vocês tomarem cuidado. As pessoas daqui ainda são muito sensíveis em relação à guerra — traduziu o padre Pavic.

— Por favor, agradeça-o pela ajuda — respondeu Kat, pensando consigo mesma *como o padre Brkic sabia que aquelas fotos tinham alguma coisa a ver com a guerra?*

Na praça, estacionado a pouca distância do carro delas e com uma boa visão de todas as estradas de saída da área, estava um Audi azul-escuro.

55

ELAS DIRIGIRAM POR mais de 1 quilômetro até o orfanato. Naquelas estradas estreitas não havia como repetir a manobra que havia despistado seus perseguidores antes e, quando elas chegaram à instituição, que não tinha qualquer identificação, o Audi ainda as seguia.

Ambas foram conduzidas a um escritório e recebidas por uma mulher de cerca de 60 anos e expressão severa. Ela usava um hábito cinza e o capuz com limpel branco, juntamente com o pesado crucifixo de uma madre superiora. Mais uma vez, Kat explicou o motivo da presença delas ali e mostrou as fotografias. A outra mulher assentiu.

— Sim, Melina foi uma das nossas crianças aqui — disse ela, num bom italiano. — Infelizmente, ao completar 15 anos, ela se tornou incontrolável. Por fim, não tivemos outra escolha além de expulsá-la.

— O que me intriga — começou Kat — é que ela não era realmente órfã. Pelo que sei, sua mãe ainda está viva. Por que vocês ficaram com ela então?

A madre superiora hesitou.

— É verdade que a mãe dela está viva, mas o fato é que não era casada. Neste país ainda é difícil para uma mulher criar uma filha nessas condições. Geralmente, essas crianças são entregues à Igreja para serem criadas num ambiente moralmente mais adequado.

Kat preferiu não contestar o último comentário.

— Então ela não teve nenhum contato com a mãe biológica?

— No início a mãe se manteve afastada, mas depois entrou em contato. Na verdade, foi disso que Melina começou a ficar indisciplinada. Penso que a menina deve ter criado uma ideia de como seus pais poderiam ser e de onde ela própria tinha vindo... Em minha opinião, teria sido mais benévolo deixá-la na ignorância. Infelizmente, porém, não temos o direito de evitar tais encontros. E a mãe dela achava que a filha merecia saber a história verdadeira. — A madre tocou a foto de Jelena Babić. — Imagino que tenha sido Jelena Babić a pôr essa ideia na cabeça da menina.

— A senhora conhece Jelena também? — perguntou Kat, surpresa.

— Ah, sim! Ela fazia obras de caridade com as crianças daqui. Era uma boa pessoa, mas suas opiniões nem sempre eram sadias. Tivemos que mandá-la embora também, depois... — Ela parou de falar.

— Depois que descobriu que ela acreditava ser uma sacerdotisa — completou Kat.

A madre superiora suspirou.

— Por favor, entendam. Eu mesma fui chamada por Deus... entendo o quanto essa vocação pode ser forte. Mas Jelena queria mais. E estava convencida de que sua ordenação, como ela insistia em chamar, era válida, apesar de seu impedimento segundo a regulamentação de Sua Santidade. Eu disse a ela que nenhum bem adviria de falar abertamente. Mas acho que sentia que o que havia acontecido com ela e com a mãe de Melina durante a guerra fazia uma diferença para a posição das duas. Que apenas se as pessoas soubessem a respeito entenderiam. Foi quando ela decidiu que Soraya devia dizer à filha como ela tinha nascido.

— Em consequência de um estupro.

A madre superiora lhe lançou um olhar penetrante e cruzou as mãos sobre o colo.

— Tivemos muitas crianças aqui, da idade de Melina, que tiveram antecedentes igualmente difíceis. Achamos melhor não entrar em detalhes sobre as circunstâncias que as trouxeram ao mundo. Como poderíamos? Com que idade elas conseguiriam administrar uma coisa dessas? Como poderíamos sequer saber com certeza quais delas eram resultado desses crimes e quais não eram? Parecia mais justo não se prender ao passado. Quando Melina ficou sabendo e, claro, contou às outras... Algumas ficaram com raiva, outras não queriam falar a respeito. Foi um período muito desagregador.

— Que a senhora solucionou se livrando dela.

O aço cintilou nos olhos acinzentados da madre superiora.

— Como eu disse, foi o comportamento dela que nos forçou a fazer isso. Ela recebeu muitas advertências.

— A senhora tem conhecimento de que ela se tornou uma prostituta?

A madre superiora prendeu rapidamente o fôlego.

— Não, eu não sabia... Que horror! Vou rezar por ela.

— Acreditamos que tenha sido contra a vontade, que ela foi forçada a isso por traficantes de pessoas. Talvez porque não tivesse mais a quem recorrer depois que saiu daqui.

— Não tivemos escolha — replicou a madre superiora com firmeza.

— O que a senhora entende sobre o que aconteceu no campo de estupro? — perguntou Kat, curiosa. — O que foi exatamente que Jelena e Soraya contaram a Melina?

A madre superiora meneou a cabeça.

— Vocês teriam que falar com Soraya sobre isso, não comigo.

— Ela ainda mora aqui?

— Sim. A uns 25 quilômetros daqui, numa aldeia chamada Krisk. Mas há uma coisa que vocês devem saber. Não procurem Soraya Kovačević. Esse foi um sobrenome croata que demos a Melina para ajudá-la a se inserir. Pergunte por Soraya Imamović. Ela é bósnia.

Quando elas voltaram para o carro, o Audi reapareceu.

— Vamos ter que despistá-los — comentou Holly. — Pode ser perigoso para Soraya se os levarmos até ela.

— Entendido.

Elas saíram, seguindo uma rota sinuosa.

— Que loucura, não é? — disse Kat. — O nome Kovačević é aceitável, mas Imamović marca a pessoa como algum tipo de alienígena.

Holly assentiu.

— Como era mesmo aquela expressão no título do trabalho de Doherty? "Exaltação libidinal"? Dá para entender o que ele quis dizer. É como se todos ficassem loucos por alguns anos e, ao despertarem, descobrissem que tinham estuprado e matado seus vizinhos de porta.

Um agricultor foi para o meio da estrada e levantou a mão para que elas parassem. Holly pôs o pé no acelerador, fazendo o homem saltar fora do caminho e dispersando o bando de gansos que a mulher dele estava prestes a atravessar. Os gansos grasnaram, indignados, e o agricultor deu um berro.

— Isso deve deter o Audi por alguns minutos — disse Holly, olhando pelo espelho retrovisor. — Vamos tentar aumentar a distância. Chegaremos daqui a alguns quilômetros de qualquer maneira.

Três quilômetros depois elas alcançaram a estrada principal.

— Parece que se perderam — comentou Kat, agradecida.

— Parece — disse Holly, mas Kat notou que ela não parava de olhar no retrovisor.

Seguindo as orientações dadas pela madre superiora, elas chegaram a um pequeno bangalô separado das outras casas. Uma jovem atendeu a porta.

— Estamos procurando Soraya Imamović — anunciou Kat, mostrando sua identidade italiana.

— Sou eu — respondeu a mulher, num italiano precário.

Kat ficou estupefata. Esperava alguém muito mais velha. A mulher diante dela era bonita, tinha cabelos escuros e não podia ser muito mais velha que ela mesma.

Percebendo sua confusão, Soraya pareceu desconfiada.

— O que vocês querem?

— Queremos falar sobre sua filha. E sobre Jelena Babić e Barbara Holton.

Por um instante, Kat pensou que Soraya fosse fechar a porta na cara delas. Mas, a contragosto, deixou-a aberta.

— Vocês podem entrar por dez minutos. Depois vou ter que cozinhar.

Soraya começou a fatiar vegetais, enquanto conversavam — Kat desconfiou de que fazia isso para não ter que olhar para elas. Tudo bem: qualquer coisa que a fizesse se abrir, ajudaria.

— Preciso falar com você sobre o acampamento Ninho dos Pássaros — disse Kat, do modo mais gentil possível. — Eu sei que é difícil para você, mas creio que possa nos ajudar a entender o que aconteceu com Barbara e Jelena.

— Elas morreram? — perguntou Soraya.

— Sinto muito.

— Que pena. Eram boas pessoas.

Kat esperou que ela prosseguisse.

— Sim, eu estive no Ninho dos Pássaros com Jelena — disse ela, por fim. — Foi depois que os croatas tiveram que se retirar. Quando tomaram esta região, os sérvios estavam com raiva. Eles iam de casa em casa, procurando os homens. Eles os levaram para um campo de esportes. Bateram neles até decidirem quais eram lutadores. Em seguida, os levaram para a floresta e atiraram neles. Meu pai e meu irmão estavam lá.

— Os ombros de Soraya vergaram, mas ela continuou. — Então, eles voltaram atrás das mulheres. Ordenaram que saíssemos para a rua e ficássemos em fila. Eles tocaram uma música no caminhão, uma marcha sérvia. Tínhamos que tirar a roupa antes que a música terminasse, eles disseram, ou então nos matariam. Quando já estávamos todas nuas, fizeram suas escolhas. Eu fui uma delas. Eles nos estupraram lá mesmo na rua, com todos os vizinhos olhando. Algumas que tentaram resistir ou que pediram que parassem foram mortas.

Ela se calou por um instante, lembrando-se dos acontecimentos.

— Depois, eu pensei: pelo menos, acabou. Eu preferia estar morta, mas pelo menos poderia escolher como e quando me matar. Eles pegaram algumas de nós e puseram num caminhão e nos levaram para uma fazenda numa colina. É por isso que chamavam de Ninho dos Pássaros, porque ficava no alto. A uma boa distância de tudo.

Ela tornou a se calar, enquanto fatiava cenouras. Kat percebeu que Holly estava anotando tudo, como havia sido combinado, as pausas prolongadas dando-lhe tempo para finalizar.

— Éramos 18. Algumas eram croatas, outras bósnias — disse, por fim. — Os soldados sérvios iam todos os dias, em caminhões. Além deles, policiais, bombeiros, funcionários da prefeitura... eles diziam: "Vamos transformá-la numa boa moça *chetnik*. Você vai ter bebês fortes e sérvios para nós." Mas, às vezes, eles matavam uma mulher caso não gostassem dela. Então, acho que os bebês não eram tão importantes quanto eles diziam. Acho que era só para... para... — Ela procurou pela palavra.

— Justificar o que estavam fazendo?

— *Da*. É claro que todas preferiam morrer. Antes, éramos todas boas mulheres.

— Que idade você tinha, Soraya?

— Catorze — respondeu ela, sem rodeios.

Catorze. Meu Deus! Tentando não demonstrar seu horror, Kat disse gentilmente:

— E Jelena também estava lá.

— Sim. Ela era como nossa mãe, a que nos ajudava. Dizia que tinha encontrado uma mulher certa vez, e que essa mulher a havia ordenado sacerdotisa. Então ela dava a bênção às pessoas e rezava por elas. Quando bebês nasciam, ela os batizava. Mesmo sendo muçulmana, eu deixava que ela rezasse por mim. Todas deixavam.

— Quanto tempo isso durou, Soraya?

— Eu contei tudo isso para a mulher americana.

— Eu sei. Preciso que conte de novo, para podermos usar como prova.

Soraya pegou um repolho e começou a tirar as folhas externas.

— A sensação foi que durou toda a minha vida, mas foram alguns meses apenas. Até o exército croata voltar e expulsar os sérvios. Houve uma semana de luta... muitas pessoas morreram. Os croatas foram até o campo e disseram... — Ela parou, as mãos imóveis, relembrando.

— Sim, Soraya. O que eles disseram?

— Disseram que todas as mulheres croatas podiam ir para casa.

— E *você*? Você foi para casa?

Ela meneou a cabeça.

— Eu era bósnia — disse ela, baixinho. — Muçulmana.

— Eles fizeram você ficar?

— *Da*. Eram de outro exército, usavam outras fardas. Porém tudo mais era igual.

— Os croatas a estupraram, como os sérvios tinham feito?

— *Da* — balbuciou ela. Sua casca de compostura estava prestes a ruir, Kat pôde perceber. Depois disso, as coisas tomariam outro rumo. Ou Soraya não seria capaz de falar por causa das lágrimas, ou então pediria que elas fossem embora.

— E homens que não eram sérvios nem croatas? — perguntou Kat. — Havia algum?

Soraya assentiu.

— Não muitos, mas o suficiente. Eles diziam aos soldados que estavam sendo muito bons para nós. Diziam: "Não, não desse jeito. Vocês são soldados ou crianças? Acham que os sérvios tratariam suas mulheres dessa maneira? Façam assim." — As lágrimas começaram a correr pelas faces de Soraya. Exasperada, ela as enxugou. — Vocês tem que ir embora agora. Meu marido vai chegar logo. Ele não gosta que eu fale sobre isso.

— Soraya, você poderia identificar algum dos estrangeiros que viu? Poderia identificar este homem, por exemplo? — Kat mostrou uma fotografia.

Soraya olhou.

— É o sargento Findlater — disse ela, com voz neutra, sem expressão.

— Ele a estuprou?

— *Da*.

— E você ficou grávida? Como pode ter certeza de que o bebê era dele?

— Na época, eu não tinha certeza. Mas depois, sim. O bebê era igualzinho a ele.

— O que aconteceu depois que você engravidou?

— Jelena voltou. Falou com as pessoas encarregadas. Ela me propôs um acordo.

— Que tipo de acordo?

Em silêncio, Soraya puxou para cima a manga do suéter. Havia uma tatuagem *stećak* em seu antebraço.

— Se me tornasse católica — respondeu ela —, minha filha também seria. Se eu e minha filha fôssemos batizadas, ela poderia ir para um orfanato.

— Jelena a converteu?

— Ela me *ajudou*. Era o único caminho.

— E você concordou?

— *Da*. Jelena nos batizou. Então me tornei católica. Quando as pessoas diziam "Você é uma porca suja muçulmana", eu respondia "Não, sou uma porca suja católica". E todo mundo ficava feliz. — Ela secou os olhos nas costas da mão. — Finalmente, a guerra acabou. Mantive meu lado do trato. Todas as semanas, ia me ajoelhar na igreja. Ninguém poderia levar minha menina do orfanato nem dizer que eu estava mentindo. Até conheci Droboslav, um católico. — Quando um leve sorriso tentou lutar contra as lágrimas, Kat compreendeu que Droboslav era o marido dela e certamente um bom homem. Graças aos céus por isso.

— E Jelena? Você continuou a se encontrar com ela?

— Ela me trazia notícias de Melina. Algumas fotos. Era linda, minha menina. Eu não podia ir vê-la, mas tudo bem. Terrível, mas tudo bem.

— Até Jelena ficar com raiva.

— Ela queria contar a verdade a Melina. Quem minha filha era e de onde tinha vindo. Talvez estivesse certa. Talvez não. Melina ficou com raiva. Quando saiu do orfanato, começou a se encontrar com um homem. Um *kazneno*.

— Um gângster?

Ela assentiu.

— Havia histórias de moças que desapareciam... eu disse a ela que tomasse cuidado. Melina dizia que eu a havia abandonado, que não tinha o direito de lhe dizer o que fazer. Quando ela desapareceu, fui à polícia. Eles disseram que ela não era uma croata de verdade, que uma boa moça croata não teria feito o que ela fez. Que devia ser seu sangue bósnio ruim. Ficaram felizes de se ver livre dela.

— O que Jelena disse sobre isso?

— Ela falou que iria tentar encontrá-la. Dizia que a nossa história faria as pessoas entenderem o que realmente havia acontecido aqui na Croácia. Mas acho que ela estava errada. Tudo que as pessoas querem é esquecer o que houve. — Ela olhou para o relógio. — Por favor, agora vocês precisam ir.

— Podemos pegar uma mecha do seu cabelo? É para...

— Eu sei. DNA. Já dei uma para a mulher americana. Mas pode pegar mais, se quiser. É só cabelo.

56

Ao saírem da casa de Soraya, um pequeno furgão estacionou na frente dela. Um homem usando um macacão de mecânico saltou de dentro, olhou desconfiado para elas e seguiu a passos largos em direção à porta. Pela janela, Kat viu uma Soraya lacrimosa caindo nos braços dele. Ele encontrou os olhos de Kat por cima do ombro da esposa. Estava sério e carrancudo.

— Hora de ir — disse ela para Holly.

O próximo destino seria o Ninho dos Pássaros, para que elas pudessem tirar as fotografias que Roberta Carlito havia pedido. A estrada serpenteava a colina por entre um bosque de castanheiras. Além de um ou outro agricultor trabalhando manualmente em seus pequenos campos e algumas nuvens de fumaça subindo de chamas distantes, a zona rural parecia estranhamente deserta.

Em uma das curvas, elas pararam e olharam para trás em direção ao vale. Não havia nenhum carro subindo a colina.

Holly ainda parecia extraordinariamente preocupada. Kat a fitou.

— Você acha que elas erraram ao contar para Melina sobre sua origem, não é?

— Acho que sim — admitiu Holly. — Sei que é uma situação complicada, mas saber que seu pai era um estuprador e que sua mãe deu você para ser criada em outra fé... Isso é muito duro em qualquer idade. Eu preferia começar com uma ficha limpa.

— Eu concordaria se isso não afetasse mais ninguém. Porém, se contar a Melina significa que Findlater pode ser pego, eu diria que isso muda as coisas.

— Tudo se resume a um julgamento, não é? O bem-estar de uma menina é mais ou menos importante que a justiça por algo que aconteceu antes de ela ter nascido?

— Acho que as duas coisas são importantes. Obter as evidências sobre Findlater e a conferência de George Baker para o ICTY é apenas metade do trabalho. Uma vez que tenhamos feito isso, temos que fazer tudo que estiver ao nosso alcance para ajudar Melina também.

Soraya tinha dito que o Ninho dos Pássaros ficava situado numa fazenda abandonada, a única no topo da colina. Mesmo assim, elas levaram em torno de meia hora, investigando as numerosas trilhas que entravam na floresta, antes de localizarem uma cerca de arame farpado.

Deixaram o carro e seguiram a pé. A fazenda consistia de um chalé abandonado e quatro ou cinco galpões em mau estado. Um pequeno celeiro de um lado estava parcialmente destruído pelo fogo.

— Não há muito que se ver aqui — comentou Holly, erguendo a câmera e tirando algumas fotos.

Kat deu um passo adiante e sentiu algo pequeno e redondo sob seu pé. Empurrando o capim com a ponta da bota, viu algo cintilar. Cápsulas de balas. Pouco mais adiante, ela quase tropeçou na ponta de uma corrente enferrujada. Puxando-a, percebeu que a outra ponta estava fixada numa árvore.

Kat estremeceu. Talvez fosse simplesmente o poder da sugestão — saber que coisas terríveis tinham acontecido ali —, mas havia algo assustador naquele lugar. Era uma sensação semelhante a que tivera ao andar pelo antigo hospital psiquiátrico em Poveglia.

— Vamos até o outro lado — instruiu Holly.

Nos fundos, os estragos eram ainda mais evidentes. Velhos equipamentos agrícolas enferrujavam entre as ervas daninhas. Uma pilha de vergalhões de ferro mostrava onde outra construção havia desmoronado no chão da floresta.

— Mais algumas fotos e iremos embora — disse ela, exatamente quando Holly ergueu a mão.

— O que foi isso?

Elas pararam para ouvir. Escutaram novamente. Uma voz feminina vinha da direção do chalé abandonado.

Os pelinhos da nuca de Kat se arrepiaram. Por um instante, pensou que era um fantasma. Então, ouviu uma voz masculina e o som de um motor. Ela e Holly se entreolharam e furtivamente foram para o canto do celeiro em escombros.

Havia um furgão diante do chalé. Dois homens escoltavam uma jovem para um dos galpões. A porta se fechou atrás dela.

Os homens voltaram para o furgão. Holly levantou a câmera e tirou várias fotos, enquanto o veículo partia. Em seguida, elas foram até o galpão. Havia algumas janelas, altas e estreitas, nas laterais da construção.

Espiando o interior, através da penumbra do fim de tarde, Kat e Holly viram cinco jovens mulheres sentadas numa gamela virada para baixo, aguardando. Junto delas, havia cinco malas depositadas no chão de concreto.

Kat e Holly recuaram para a mata e conferiram.

— É a rota — disse Kat. — A mesma que traficou Melina, de Brezic até a Itália. Isso deve fazer parte do trabalho deles.

— Acho que os fatores que tornavam essa localização atraente na época da guerra ainda se aplicam. É remota e segura. E aposto que o pessoal daqui ainda sabe que deve manter distância.

— Melina pode ter ficado presa exatamente no mesmo lugar que sua mãe esteve — concluiu Kat, horrorizada com a coincidência.

— O que vamos fazer?

— Não sei se há muito que se possa fazer agora. Se forem como as garotas que conheci em Veneza, elas foram iludidas com alguma história sobre ir trabalhar como babás ou faxineiras. Elas vão confiar nos traficantes, não em duas estrangeiras que aparecem dizendo que tudo é uma mentira. E se elas avisarem os traficantes que estamos aqui as coisas podem ficar complicadas.

Elas voltaram para o carro e desceram a trilha de ré.

— É por isso que importa — declarou Kat, de repente.

Holly olhou para ela.

— O que importa?

— É por isso que os crimes antigos precisam ser investigados tanto quanto os novos. Caso contrário, eles simplesmente se repetem.

Ao chegarem à estrada, Holly manobrou o carro. Kat se inclinou para a frente, apontando.

— Espere. O que é aquilo?

Pouco mais de 1 quilômetro abaixo delas, as tropas estavam saltando de três caminhões e espalhando-se pelo campo. De repente, houve um clarão e um estouro abafado ecoou na floresta.

— Deve ser o exercício militar que vimos antes — observou Holly.

— Holly — disse Kat, devagar —, será que eles estão aqui por nossa causa?

— Não vejo como. Mas, por segurança, vamos evitá-los. Há uma rotatória logo adiante, vamos para lá e voltar para a estrada principal.

57

O PILOTO DA Força Aérea americana, major Peter Bower, empurrou o manche e os instrumentos a sua frente reagiram de imediato quando a aeronave se endireitou. Restavam-lhe mais quarenta minutos de voo. Depois disso, mesmo que o voo não tivesse terminado, ele se levantaria para alongar as pernas e entregaria os controles a outro piloto. Então colocaria os óculos escuros para proteger os olhos da claridade do primeiro sol da manhã, sairia do ar condicionado do Centro de Voo para o calor seco do deserto de Nevada e tomaria o café da manhã no BX, enquanto lia seus e-mails e navegava na internet em seu tablet. Após uma hora e meia, ele voltaria ao seu turno e certamente seria designado para outro voo, talvez sobre o Afeganistão. Ele preferia os voos afegãos. Todos preferiam: se sabia que lá o *drone* estava envolvido numa missão real, em oposição aos intermináveis exercícios que caracterizavam as operações europeias da Otan.

Como este.

— Estou com o alvo — anunciou ele, a voz profissionalmente calma. — Um pequeno automóvel claro da Fiat. Um Predator e quatro mísseis. Aguardando ordens.

— Entendido — disse Linda Jessop, sentada à direita dele. Ela operava os sensores, as várias câmeras, as ligações com satélites e os sistemas de imagem, que eram os olhos e os ouvidos do *drone* deles. Como muitos outros operadores de sensores, embora Linda fosse tecnicamente funcionária de uma empresa particular e não da Força Aérea, os dois voavam juntos havia cerca de quatro anos. Em todo esse tempo, eles nunca tinham saído do chão.

Nem sequer tinham posto os olhos na aeronave que pilotavam hoje, embora fossem muito familiarizados com o modelo. O Pentágono havia adquirido mais de 360 Predators UAVs — os unmanned aerial vehicles, ou veículos aéreos não tripulados — e atualmente os usava em conflitos por todo o mundo. Peter e Linda pilotavam missões ao vivo quase todos os dias. Juntamente com seus colegas, eram responsáveis pela morte de mais de 2.500 pessoas desde o início da suposta Guerra ao Terror.

O Predator que eles estavam pilotando essa manhã tinha sido lançado da Base Aérea de Aviano, na Itália, antes de voar algumas centenas de quilômetros para a Croácia a fim de fazer parte de um exercício de evasão e resistência em pequena escala. Portanto, os mísseis Hellfire estavam desarmados: qualquer instrução para dispará-los resultaria num ataque simulado a laser, um "abate" somente no nome.

Os enganos no uso dos Predators eram cada vez mais raros. As ordens eram verificadas e reconfirmadas a cada estágio do processo. Como o major Bower costumava se vangloriar com seus amigos, era o modo mais seguro e preciso já inventado de travar uma batalha — pelo menos para a tripulação.

— Alvos obtidos — confirmou Linda.

A voz do controlador preencheu os fones de ouvido dele:

— Piloto, sensor, estão autorizados a travar combate.

Embora fosse apenas um exercício, Peter Bower sentiu a pequena descarga de adrenalina provocada pela ordem de disparar. Apesar do que muitos afirmavam, nunca se tratava aquilo como um video game. Ele já havia voado em muitas aeronaves convencionais e vira inúmeros alvos desaparecerem sob a retícula de sua mira, o suficiente para saber avaliar o que essas ordens significavam para aqueles na outra extremidade.

Rapidamente, os dois fizeram o *checklist* de pré-lançamento. Em um dia bom, poderiam fazer isso em 21 segundos: codificar as armas, confirmar seu status, armar o laser e captar o alvo pelo radar.

E hoje o dia estava muito bom: 21,5 segundos.

— Três, dois, um — contou ele. — Disparar. — Próximo ao major Bower, Linda apertou um botão vermelho ao lado de seu manche. — Três, dois, um. Impacto.

E, meio segundo depois:

— *Puta merda!*

Na tela, fumaça e fragmentos se espalharam como uma mancha de tinta.

— Munição viva — informou ele, com urgência. — Repito, nós disparamos munição viva. Confirmem o estado do alvo.

— Entendido — disse a voz em seu ouvido. — Cessar fogo. — E, alguns segundos depois: — Peter, teremos que verificar isso. Pode ser que tenha sido um caso de fogo amigo. Fique na escuta.

Peter Bower se recostou em seu assento. Apesar do frescor do ar condicionado, um suor frio surgira em sua testa. *Fogo amigo*. As palavras que qualquer piloto, a bordo ou não, jamais queria ouvir. As palavras indicavam que ele tinha acabado de disparar um míssil letal num alvo aliado.

Em seguida, ele esticou o pescoço para a frente. Assim que a fumaça passou, pôde ver na tela que o alvo, o pequeno Fiat, devia estar fazendo uma curva no exato momento que ele disparou. Vindo de uma altura de 2 mil pés, o Hellfire levara alguns segundos para atingir o solo e, apesar do sistema de mira guiado por laser, o artefato tinha explodido a cerca de 3 metros de distância. O ataque havia tirado o carro da estrada e tornado inevitável seu choque nas árvores, mas parecia que alguém estava tentando sair pela porta do passageiro.

— Mude para a térmica — instruiu ele a Linda. A tela ficou colorida. Sim, pelo menos um ocupante estava vivo.

— Continue a observar — disse a voz em seus fones de ouvido. — Peter, estamos tentando descobrir o que aconteceu aqui. Deve ter sido algum erro no estágio de armamento... Não se preocupe, vamos verificar isso a fundo.

Peter Bower suspirou.

Obrigado, Senhor.

58

KAT NÃO FAZIA ideia do que tinha acontecido. Algo as atingira. O carro explodira. Holly havia perdido o controle da direção... Explicações conflitantes se debatiam em sua cabeça.

Com os ouvidos zunindo, ela levantou a cabeça do air bag e viu sangue. Isso explicava os múltiplos estrondos dentro do carro: era o som dos air bags inflando. Um tinha atingido seu rosto com força suficiente para fazer seu nariz sangrar.

Ou, vendo por outro ângulo, seu rosto tinha ido de encontro ao para-brisa com tanta força que a intervenção do air bag quase certamente salvara sua vida.

Ela olhou em volta. O carro havia girado quase 180 graus e agora estava de frente para o caminho por onde elas tinham vindo. O lado do motorista estava amassado onde o carro se chocara com um carvalho. Havia cacos de vidro por todo lado. Ela podia senti-los em seus cabelos e colo, além de tiras deformadas de metal atrás da cabeça de Holly. Mas — graças a Deus — Holly estava se mexendo.

Kat puxou o cinto de segurança, que havia machucado seu peito ao prender a fivela. Enquanto remexia no fecho, ela olhou para o para-brisa rachado. Levou um instante para perceber que onde o carro estava segundos antes agora havia uma cratera fumegante de quase 2 metros de largura.

O cinto finalmente se soltou e ela puxou o trinco da porta. Depois de mais uma tentativa, ela abriu, com dificuldade, a porta empenada. Ela correu para o outro lado e retirou Holly do carro, deitando-a na estrada.

— Tudo bem... — arfou Holly, pondo-se de pé. — Só estou um pouco tonta. Você está bem?

— Acho que sim. O que aconteceu aqui? — Uma coisa que Holly tinha dito antes lhe veio à mente. — Meu Deus! Eles estavam usando munição real...

— Sim, morteiros. Mas isso não foi um morteiro. — Holly se encostou a uma árvore, recuperando o fôlego. — Isso foi uma mina ou algum tipo de míssil. — Mancando, ela caminhou em direção à cratera. — Acho que foi um Hellfire. Pode-se perceber como ele explodiu contra o solo, não abaixo dele.

— O que você quer dizer?

Holly olhou para cima e apontou.

— Lá. Está vendo?

Acima delas um minúsculo ponto circulava no céu escuro. Parecia impossível que algo tão distante pudesse ter provocado tal destruição.

— Um *drone* — avisou Holly. — Provavelmente um Predator. Se for isso, tem pelo menos mais três mísseis na ogiva.

— Eles ainda podem nos ver?

— Sem dúvida. Vamos nos esconder por entre as árvores, rápido. Eles têm sensores infravermelhos, mas as copas são bem altas. Precisamos fugir da detecção, pelo menos até escurecer completamente. — Ela foi até o porta-malas e o abriu. A porta tinha perdido a mola e foi preciso segurá-la aberta.

— O que você está fazendo?

— Temos que levar tudo que precisarmos. Não podemos voltar aqui. É perigoso demais.

Elas entraram na floresta. Felizmente, Holly havia levado suas coisas num mochilão do Exército. Kat pendurou sua sacola esportiva no ombro e se concentrou em tentar acompanhar as passadas militares de Holly. Mas descobriu que estava trêmula com a adrenalina.

— Kat? Estive pensando. Talvez aquele exercício que vimos fosse realmente uma fachada.

— Fachada para quê?

— Para nos atingir. Digamos que eles organizem algum treinamento de evasão e resistência com algum tipo de componente multinacional.

Disparam morteiros, há um pouco de confusão... Enquanto isso, eles nos atingem com um Predator. Quando for anunciado que uma segunda-tenente e uma capitã italiana dos Carabinieri foram tragicamente mortas, a maioria das pessoas vai pensar que fazíamos parte do exercício. E é improvável que aqueles que saibam de tudo façam muito estardalhaço.

— Então o Audi era uma distração?

— Talvez. Ou então eles estavam nos vigiando o tempo todo. Uma equipe em terra e outra no ar.

Kat sentiu o medo dominar suas entranhas. Se Holly estivesse certa, a força alinhada contra elas era descomunal.

— O que eles vão fazer agora?

— Duvido que arrisquem outro ataque com míssil. É mais provável que usem o *drone* para reconhecimento e usem os caras em terra para nos pegar.

— Maravilha.

— O lado bom é que já fiz isso antes. Evasão e resistência faziam parte do nosso treinamento.

— E quanto tempo você durou?

— Cerca de 12 horas — admitiu Holly. — E, a julgar pelos caminhões que vimos, a quantidade desses caras é enorme. Isso pode ser difícil.

59

DANIELE BARBO APERTOU um botão do computador e viu uma dúzia de arquivos do HD de Barbara Holton se reconstituir diante de seus olhos. Agora era possível ler o suficiente e juntar as peças de grande parte do trabalho que a americana estava fazendo antes de morrer. Dezenas de depoimentos de vítimas e testemunhas, tanto de homens quanto de mulheres, todos relacionados às atrocidades ocorridas durante o conflito na Iugoslávia.

"Era um grupo de uns dez garotos de Posavska Mahala e dos vilarejos em torno que se denominavam 'cavalos de fogo'. Eu conhecia a maioria deles pessoalmente. Em particular, Marijan Brnic. Implorei para que ele me soltasse, relembrando-o de suas relações passadas como vizinho da minha família. Ele me disse que ficasse contente por ele estar sozinho, pois o procedimento era diferente com os outros, ficando cinco ou seis com uma garota. Eles puxaram minha amiga B. N. (19) pelos cabelos, bateram nela e puseram uma faca em sua garganta quando ela tentou se livrar. Ela foi estuprada por dois do grupo."

"No centro de interrogatório, nossos captores nos espancavam todos os dias. Um sargento gostava de exibir uma técnica que tinha de extrair dentes com o cano do revólver. Perdi quatro dentes assim..."

"Quando os guardas estavam entediados, inventavam jogos. Ordenavam que carregássemos sacos cheios de areia de um lado para o outro do campo e depois nos espancavam por tentar roubar areia sem permissão e nos mandavam levar de volta. Quando os levávamos de volta, éramos espancadas por não obedecer à primeira ordem. Isso continuava por horas a fio."

"Eles nos mandavam deitar de costas e depois saltavam de uma mesa em cima de nossas barrigas. Estavam tentando provocar hérnias em nosso corpo. Um homem tinha uma hérnia do tamanho de uma cabeça humana..."

"Nós mulheres éramos desnudadas. Os prisioneiros homens eram obrigados a se masturbar diante de nós, enquanto sofriam abusos verbais dos guardas. Então os guardas levavam as mulheres embora. Alguns prisioneiros, homens e mulheres, eram obrigados a dançar juntos ao som de uma música enquanto a mulher era estuprada."

"Eles disseram ao meu amigo: 'Eis uma adivinhação. Como é possível segurar as suas duas orelhas com uma das mãos?' Quando meu amigo disse que não sabia, eles cortaram as orelhas dele, colocaram em sua mão e disseram: 'É possível fazer qualquer coisa quando se trata de nós.' E o fizeram lamber o sangue da faca para limpá-la..."

Daniel encontrou um arquivo intitulado simplesmente "Por quê?" e o abriu. Continha as anotações da própria Barbara Holton.

— O curioso é que a Bósnia não era um país particularmente dividido antes da guerra. Doze por cento dos casamentos eram inter-raciais. No oeste, no norte e no leste, a maioria das áreas consistia de comunidades croatas, bósnias e sérvias que conviviam pacificamente.

— O ponto crítico parece ter surgido no início da década de 1990. Subitamente, os jornais e os repórteres de rádio estavam cheios de discursos de teor étnico e acusatório. Seriam eles a causa da violência? Ou seria outra coisa? Como os incitadores do ódio sabiam quais botões apertar? Como podiam ser tão coerentes em sua mensagem?

— Os dois exércitos, croata e sérvio, empregavam tradutores. Para quem? Jelena diz que conheceu uma garota que foi estuprada no Ninho dos Pássaros por um americano. Verificar?

* * *

Claramente, Barbara concluíra que havia algum tipo de esquema e que empreiteiros militares podiam estar envolvidos, mas só no fim tinha conseguido reunir provas concretas de que as ordens partiram deles.

Mesmo assim, tinha sido assassinada pelo que sabia.

Pegando o telefone, Daniele digitou o número do celular pré-pago de Kat, esperando verificar seu progresso. Como ele havia previsto, a chamada foi direto para a caixa postal.

Desligando, ele olhou para o fone e franziu o cenho. Depois do sequestro, havia sido diagnosticado como portador de uma forma de autismo que, entre outras coisas, o tornava incapaz de sentir empatia pelos outros. Ele próprio sempre se recusara a aceitar o rótulo, acreditando que havia simplesmente escolhido dar as costas ao mundo para atender a uma vocação superior. Porém, sabia que algo estava faltando em seu interior; certa música que os outros ouviam nas vozes humanas e que para ele se perdia; certo calor que os outros encontravam na amizade e que para ele era tão invisível quanto a luz do dia para um morcego.

Portanto, Daniele ficou surpreso ao se perceber esperançoso de que Holly e Kat estivessem bem.

Mas então lembrou a si mesmo que as duas mulheres estavam sendo úteis para ele no momento. Se fosse para escapar da prisão e salvar o Carnivia, era preciso criar algo que mudasse o jogo e fosse muito mais que a débil "referência de caráter" que Kat havia lhe oferecido.

Seria melhor se conseguisse algo sobre aqueles que tinham tentado destruí-lo, algo suficiente para que se constituísse num trunfo e depois pudesse ser trocado por seu site e sua liberdade.

Talvez Holly e Kat tivessem outro plano, Daniele refletiu. Seria preciso lidar com isso quando chegasse a hora.

Nesse meio-tempo, sem dúvida, havia mais a ser encontrado no laptop de Barbara Holton e depois havia o texto do Dr. Doherty a ser rastreado — o ensaio inteiro, não apenas o resumo. Ele não tinha nenhuma intenção de honrar sua promessa com Kat e compartilhar qualquer informação que descobrisse. Daniele Barbo operava sozinho e sempre havia sido assim.

60

ERA QUASE MEIA-NOITE. As duas mulheres estavam deitadas juntas sob o único cobertor do kit de sobrevivência de Holly, num abrigo rudimentar que servia de esconderijo montado com galhos.

Holly assumira a liderança, supondo corretamente que as técnicas de evasão do território inimigo estavam fora do campo de especialidade de Kat. Ao cair da noite, elas acenderam pequenas fogueiras em áreas diversas para confundir as câmeras de imagem térmica do Predator, saindo rapidamente antes que o fogo pegasse. Em contraste, o abrigo delas não tinha nenhuma fonte de calor. Elas contavam somente com o isolamento da camada de folhas e com o cobertor para mascarar o calor do corpo.

Além do fato, Kat refletiu, de que não havia lhes restado muito calor corporal para ser detectado. Agora, ela estava abraçada a Holly o mais intimamente que já estivera com um amante, cada centímetro possível de seus corpos grudados para conservar o pouco calor que lhes sobrava. E ainda assim tremia.

Ocasionalmente, elas ouviam gritos distantes na floresta abaixo, o ronco longínquo dos caminhões que subiam e desciam a colina. Kat se flagrou repetindo mentalmente as palavras da ave-maria, algo que não fazia havia anos. Ao chegar ao fim, ela instintivamente se moveu para fazer o sinal da cruz.

— Fique imóvel — sussurrou Holly. — Só vamos nos mexer pouco antes do amanhecer, quando eles estiverem descansando.

Elas não tinham comido nada durante toda a noite além de uma barra de chocolate que Holly encontrara em sua bagagem estratégica.

Mas, apesar da fome e do frio que deixava dormente o quadril pressionado no chão, Kat se sentia sonolenta.

De repente, houve um estouro, sacudindo as duas como se tivessem sido jogadas para cima num cobertor. Terra e pedras caíram sobre elas. Os ouvidos de Kat zuniam. Poucos instantes depois, seguiu-se outra explosão, ainda mais perto dessa vez.

— Corra! Agora! — ordenou Holly.

Elas já haviam concordado que, se tivessem que sair correndo, a melhor direção seria para cima da colina. Assim, evitariam andar em círculos ou perder as referências. Agora, agarrando sua sacola, Kat corria aos tropeços atrás de Holly.

Um terceiro projétil assobiou ao cair. Os escombros tamborilaram nas folhas ao redor como granizos. Kat ficou esperando pelos gritos e pelo correr de botas que devia se seguir. Mas nada. *Será que estamos correndo para uma armadilha?* Certamente, não era o que parecia, mas ela estava tão desorientada que não confiava mais em sua capacidade de pensar.

Por fim, Holly parou. Kat caiu, os pulmões arfando. Ela se considerava razoavelmente em forma, mas Holly estava num patamar muito superior ao seu.

A floresta se tornou silenciosa novamente.

— O que é isso? — sussurrou Holly, inclinando a cabeça.

Na brisa da noite, Kat percebeu que o som dos motores dos caminhões parecia ficar cada vez mais fraco, em vez de mais alto.

— Será que estão indo embora?

— Acho que sim. — Holly parecia preocupada. — Não estou gostando disso. Acho que devíamos falar com Daniele.

— Por que ele?

— Acho que ele sabe mais sobre a tecnologia que estão usando do que eu. Essas últimas explosões... tenho quase certeza de que eram morteiros. Só que morteiros não deviam ser assim tão precisos, pelo menos não sem serem apontados por um aparelho de reconhecimento.

Elas ligaram um dos celulares pré-pagos e digitaram o número. Daniele atendeu de imediato.

— O que está havendo?

319

Holly explicou, brevemente.

— E vocês estavam com os dois celulares desligados?

— O tempo inteiro.

Houve um silêncio, enquanto Daniele pensava.

— Espere um momento — pediu ele. — Vou verificar algo on-line.

Um instante depois, Daniele voltou.

— Esses morteiros eram de 120 milímetros?

— Creio que sim.

— Acho que são guiados por GPS. São os últimos modelos lança-dos. Diz aqui que eles têm PCE de 10 metros. Isso significa alguma coisa para você?

— PCE significa probabilidade circular de erro, o que antes era cha-mado de área aproximada de impacto — respondeu Holly. — Um PCE de 10 metros significa que cinquenta por cento dos disparos feitos vão cair, aproximadamente, a 10 metros de distância do alvo, o que é muito melhor que o tipo tradicional. Mas ainda não entendo. Como eles po-diam ter as nossas coordenadas de GPS?

— Alguém deu a você algo eletrônico? Uma calculadora, um relógio despertador?

— Negativo. — Então um pensamento a atingiu. — Ah, nossa!

— O que foi?

— Meu CAC, meu cartão de identidade militar. Ele contém um instrumento rastreador.

— Holly — disse Daniele, com urgência —, você precisa se mexer. *Agora!* Se eles estão rastreando vocês...

— Eu sei. Acabo de perceber isso também. — Apertando o fone no ouvido, ela pegou a mochila e começou a descer a colina, gesticulando para que Kat a seguisse.

— O que está acontecendo? — quis saber Kat, ofegante.

— Daniele, o que vamos fazer? — perguntou Holly ao telefone. — Precisamos pensar em algo rápido.

Acima delas, um projétil assobiou em meio às árvores e um mor-teiro se enterrou na terra fofa a poucos metros de onde elas estavam um instante antes. As explosões reverberaram na floresta como um gongo atingido. Instantes depois, outro morteiro explodiu próximo ao primeiro.

— Holly, pare de correr! — gritou Daniele pelo telefone.

— O quê? — berrou ela, incapaz de ouvir qualquer coisa.

— EU DISSE PARE! Tive uma ideia.

— Enquanto eles estiverem vendo o rastreador do cartão CAC se movendo pelas telas, sabem que estamos vivas — explicou Holly, pegando as coisas que precisava na mochila.

— Certo. Isso eu entendi. Mas como é que o chocolate vai ajudar?

— Por si mesmo, não ajuda. Apesar de que podíamos utilizar a energia dele. — Ela partiu a barra ao meio e deu um pedaço a Kat. — Mas o que realmente ajuda é o papel alumínio.

Ela puxou o cartão CAC do interior do suéter pelo cordão preso em volta do pescoço. Abriu o cordão, colocou o cartão no papel alumínio da barra de chocolate e o embrulhou duas vezes.

— Por favor, me passe o cobertor.

Ela enrolou o cobertor em torno do pacote de papel alumínio e então amarrou tudo com o cordão.

— Isso deve ser suficiente. Quanto ao rastreador, meu GPS parou de funcionar alguns minutos depois da última explosão do morteiro.

— Ou seja, coerente com um golpe direto.

Holly assentiu.

— Tomara que eles pensem que estamos mortas. Vamos tirar as baterias dos celulares também, só para garantir.

— Certo — disse Kat, seguindo o exemplo de Holly e tirando as baterias do celular. — E agora?

— Vamos abrir certa distância daqui, caso venham nos procurar. Então vamos descansar e esperar o dia amanhecer. Depois disso, não sei. — Ela hesitou. — Kat, se eles estavam nos rastreando por meio do meu CAC, significa que podiam estar seguindo meus movimentos desde que cheguei a Ederle. Camp Darby, Ca' Barbo, Brezic... Eles estavam simplesmente esperando o momento propício. Além disso, vão conseguir nos localizar assim que aparecermos. Se quisermos sair dessa, teremos que encontrar uma maneira de voltar para a Itália sem usar carro, cartão de crédito e nem passar por um controle de passaportes.

61

DANIELE PEGOU UM trem para sair de Veneza e depois um táxi. Nunca tinha aprendido a dirigir, em parte porque, como veneziano, raramente precisava, e em parte porque seu cérebro se debatia para processar as milhares de mínimas convenções e interações que constituíam o comportamento normal na estrada. Ele entendia as regras, mas o fato de algumas serem habitualmente desobedecidas e outras não produzia nele um profundo sentimento de perplexidade.

Por sorte, ele não estava indo longe — apenas ao Instituto Christina Mirabilis. A freira da recepção verificou sua tela de consultas marcadas.

— Ah, sim. Nove horas, para uma consulta com o padre Uriel. Vou dizer a ele que o senhor está aqui.

Alguns minutos depois, Daniele foi conduzido ao consultório do psiquiatra.

— Prazer em conhecê-lo, Daniele — disse o padre Uriel, apertando a mão dele com um sorriso simpático. — Pelo que entendi, você quer que eu reexamine seu estado clínico para os tribunais. Eu o faria com prazer, mas devo dizer que isso está um pouco fora do meu campo usual de atuação.

— Encontrei um artigo que o senhor publicou há alguns anos — explicou Daniele. — Pelo que me lembro, o senhor fez uma ligação entre o tratamento de pessoas com transtorno de personalidade esquiva e certos tipos de psicopatologia.

O padre Uriel assentiu.

— Sim, eu me lembro disso. Devo dizer que me surpreendo de que o tenha encontrado. A revista em que o artigo foi publicado teve uma circulação muito limitada.

— O senhor usou um termo que chamou minha atenção — disse Daniele. — Ou melhor, chamou a atenção do mecanismo de busca que eu estava usando. "Exaltação libidinal".

— É mesmo? — O padre Uriel deu de ombros. — Bem, posso ter usado. É um desdobramento do pensamento de Freud sobre psicologia grupal e o ego...

— Eu sei a que se refere, padre Uriel. Ou devo dizer Dr. Doherty. Dr. *Paul* Doherty.

O padre Uriel não respondeu, mas seus olhos se estreitaram.

— Eu estava vasculhando antigos caches da internet em busca desse termo exato — continuou Daniele. — Afinal, é uma combinação incomum de palavras... Havia o ensaio original do Dr. Doherty, o que foi inteiramente removido da web há mais de uma década. E depois uma breve referência ao artigo de autoria do padre Uriel, cinco anos depois. O senhor colocou as letras MRCPsych após o nome, indicando ser membro do Colégio Real de Psiquiatria da Grã-Bretanha. Verifiquei e o Colégio não tinha nenhum registro de um padre Uriel, mas sim de um Dr. Paul Doherty. Lembrei que, ao serem ordenados, alguns padres assumem um novo nome, algo que lhes é pessoal, o nome de um santo ou figura bíblica que os inspira. Assim como Uriel. Dei uma olhada nisso também. Ele era conhecido como o santo patrono do arrependimento. Porém, é mais conhecido como o arcanjo que monta guarda no Portão do Éden com uma espada de fogo.

— Aquele que toma conta do trovão e do terror — citou o padre, em voz baixa.

— Não vim aqui fazer uma avaliação, padre. Vim para que me dê uma *explicação*. Quero saber sobre essa conferência que ocorreu em Camp Ederle. A Operação George Baker.

— Vivi muitos anos com medo de que alguém me fizesse essa pergunta — confessou o padre Uriel. — Devo admitir que depois de todo esse tempo eu começava a acreditar que talvez nunca fosse acontecer. — Ele suspirou. — Eu não tinha conhecimento anterior do que eles estavam planejando, entenda. Foi logo depois da publicação do artigo que você se referiu, o que trata do genocídio. É preciso que compreenda que minha intenção foi apenas de *advertência*. Uma análise dos fatores psicológicos que levavam sociedades aparentemente estáveis a irromper subitamente na mais horrível violência. A Alemanha nazista, Ruanda, Camboja, Irlanda do Norte, Curdistão, Timor Leste... Tantas tragédias e mesmo assim ninguém havia tentado olhar para elas de modo desapaixonado e elaborar o que tinha acontecido e por quê.

Ele foi até a janela e olhou para fora.

— Percebi que havia certos fatores que todas as situações tinham em comum... os sinais de perigo, se preferir. Eu acreditava que, como um psiquiatra experiente deve ser capaz de identificar a psicose num paciente antes que ele esteja a ponto de ferir alguém, também deveria ser capaz de diagnosticar e evitar a psicose numa população. Embora eu me diga isso, foi um trabalho pioneiro. Pensei que a conferência fosse me dar uma oportunidade de disseminar essas ideias... afinal, por que mais teriam me convidado? Foi somente por volta do terceiro dia que percebi que não estavam usando meu trabalho para evitar uma guerra, mas sim como modelo para planejar uma.

— O que o senhor fez?

— Ah, eu protestei, claro. Mas eles foram muito espertos. Disseram: "Só queremos garantir que isso não aumente progressivamente. Agora que entendemos como os conflitos civis funcionam, seremos capazes de controlá-lo... fazer as populações se mudarem, aliviar as tensões antes que virem um genocídio." Alguém usou a expressão "limpeza étnica". O sujeito da empresa de RP, acho. Tudo parecia tão razoável, tão *pragmático*. E eu pensei, bem, as ideias já estavam lá, no meu artigo. Que bem faria eu ir embora? Ficando, eu poderia, pelo menos, influenciar no resultado. Tentar garantir que a guerra, que eles me asseguraram ser inevitável, fosse o mais breve e limpa possível.

— Em vez disso, tornou-se um dos conflitos mais bárbaros do século XX.

O padre Uriel assentiu.

— Sangue em minhas mãos. Tanto sangue. Isso destruiu Paul Doherty, destruiu completamente. Durante anos, ele foi paciente de uma das instituições psiquiátricas onde antes trabalhava. Então, finalmente, encontrou a cura. Ou melhor, ela o encontrou.

— Que cura foi essa?

— Deus — declarou o padre, simplesmente. — Deus me chamou. Me disse que eu tinha um propósito, um propósito divino, explicando como devia satisfazê-lo no serviço aos outros. Aqueles que tivessem cometido atos tão bárbaros que ninguém além de Deus poderia perdoar, esses seriam meu rebanho. Começou com alguns que haviam lutado na mesma guerra que eu tinha ajudado a criar, pessoas que fizeram coisas tão maléficas que nem sequer conseguiam falar a respeito no confessionário. Entre eles havia, inclusive, padres, homens de Deus, que incitaram os piores e mais tenebrosos atos... Comecei a me concentrar neles. Tudo se desenvolveu a partir disso.

— E este lugar?

— Até então, eu estava a caminho de ser ordenado, mas sabia que minha vocação era continuar meu trabalho psiquiátrico entre os destituídos. Tinha certeza de que muitos dos envolvidos na Operação George Baker não perceberam que sua semente daria frutos tão venenosos... Sugeri que talvez pudessem financiar uma instituição para aqueles que, como eles, tinham olhado para as próprias almas e descoberto que apenas o mal mais terrível lá habitava.

— O senhor os *chantageou*?

Uriel meneou a cabeça negativamente.

— Foi mais a natureza de pedir o que era legitimamente devido. Afinal, os vários grupos envolvidos na George Baker ficaram muito bem em função daquela guerra. Eu estava apenas oferecendo ajuda para limpar parte da sujeira.

— E os Companheiros da Ordem de Melquisedeque? Quem são exatamente?

O padre Uriel franziu o cenho.

— Uma organização benevolente na qual os fundos para o Instituto são canalizados, nada mais.

— Vou precisar de uma lista de nomes — disse Daniele. — Todos os detalhes que o senhor puder se lembrar.

O padre tornou a suspirar.

— Daniele, faça uma pergunta a si mesmo. Que vantagem pode haver em trazer tudo isso à tona? Aquele meu ensaio... Uma vez que se torne conhecido, você deve se lembrar que outros, *muitos* outros, vão encontrá-lo, assim como você. As ideias nele contidas, as ferramentas que transformam uma agitação civil num genocídio, vão virar moeda corrente. As pessoas como você, a geração que se criou com a internet, gostam de pensar que a abertura é sempre boa e o segredo é sempre mau. Mas o reverso também pode ser verdadeiro. Às vezes, é o sigilo que evita que pessoas más aprendam a fazer mais mal.

— Meu segredo pode ter um preço.

— Ah. — O padre Uriel uniu as pontas dos dedos e olhou para ele, pensativamente. — Você pretende negociar com aqueles que têm seu futuro nas mãos.

— Talvez. Afinal, o senhor fez isso.

— Então me deixe fazer uma oferta um pouco diferente. Entendo que o motivo que deu para vir aqui hoje foi somente um pretexto. Mas, na verdade, creio que possa ajudá-lo. Os tratamentos para o seu estado se desenvolveram muito nos últimos anos.

— Eu não preciso de tratamento.

— Você já teve uma relação significativa com outro ser humano? — perguntou o padre Uriel.

Daniele não respondeu.

— Daniele, você não precisa viver da maneira que vive, afastado do resto do mundo. Pode aprender a formar conexões, fazer amizades... A princípio, talvez não vá experimentá-las do mesmo modo que os outros. Tornar-se totalmente humano requer prática. E orientação. A menos que você permita que alguém o ajude, nunca irá começar.

— Se eu quiser um terapeuta, posso procurar na lista telefônica.

— Sim, mas se fosse fazer isso já teria feito há anos. Além do mais, minha taxa de sucesso fica acima do normal. Posso lhe mostrar os números, se desejar.

— Eu seria medicado?

O padre Uriel deu de ombros.

— Possivelmente. Mas o trabalho principal seria com terapia cognitiva comportamental. Existe alguém em especial com quem gostaria de se relacionar emocionalmente?

Daniele nada disse.

— Bem, pense sobre isso. — O padre se levantou.

— Como sabe que os outros participantes da conferência concordarão? — perguntou Daniele.

— Ah, tenha certeza de que vão concordar. Você vai entender melhor quando olhar a lista de nomes. — O padre Uriel anotou algo e mostrou a ele. — Esta é a pessoa que organizou a conferência, Daniele. O antigo chefe da sede da CIA em Veneza. Seu guardião, Ian Gilroy.

62

ERA UM PLANO tão arriscado que se houvesse alguma alternativa, qualquer que fosse, elas jamais teriam pensado nele.

Encobertas pela escuridão, as duas mulheres voltaram ao topo da colina, onde ficava o Ninho dos Pássaros no meio da floresta silenciosa. Satisfeitas que ainda não houvesse guardas, elas foram furtivamente até o galpão onde as garotas estavam.

Como previram, a porta não estava trancada. Aquelas mulheres estavam cativas por mentiras, não por trancas.

Elas acordaram uma a uma, perguntando se sabiam italiano e pegando as que falavam para traduzirem para as outras. Então, explicaram por que estavam ali.

As garotas olhavam para elas com um misto de descrença e assombro, enquanto Kat e Holly lhes contavam que, longe de estarem sendo contrabandeadas para a Itália a fim de trabalhar como babás e empregadas domésticas, estavam sendo traficadas para uma vida de prostituição. Apenas quando Kat mostrou uma foto de Melina Kovačević que uma delas finalmente disse:

— Essa é Melina. Eu a conheço. Ela foi para a Itália trabalhar.

Kat balançou a cabeça.

— Ela foi forçada a se prostituir. Muito provavelmente pelas mesmas pessoas a quem vocês estão confiando as vidas hoje.

As garotas se juntaram, sussurrando, e de vez em quando lançavam olhares para Kat e Holly. Então, uma delas chamada Živka, que parecia ser a líder natural do grupo, pronunciou-se.

— Digamos que vocês estejam dizendo a verdade. O que querem que façamos?

Kat apontou para duas das garotas, uma loura e outra morena.

— Quero que você e você troquem de roupa, bagagem e passaportes comigo e com minha amiga. Fiquem escondidas na floresta até que venham nos pegar e depois voltem para casa. O restante de vocês, simplesmente continue a fazer o jogo deles, por enquanto.

Não foi preciso esperar muito tempo. Antes do meio-dia, um furgão chegou e a porta do galpão se abriu. Um sujeito corpulento, perfilado contra a luz, chamou as garotas para fora.

Holly e Kat estavam apostando que o traficante que as levaria para o próximo estágio da viagem não conhecia as garotas individualmente nem se daria ao trabalho de verificar suas identidades, contanto que a contagem conferisse. Elas estavam certas e, embora o homem estudasse as mulheres que subiam atrás do furgão sem janelas, no qual dois velhos colchões faziam as vezes de assento, era na silhueta delas que ele prestava atenção, não nos rostos. Na época em que essa construção abrigava o gado, Kat pensou, ele devia olhar para os animais praticamente com a mesma expressão quando estes saíam para ser vendidos no mercado.

Holly e Kat foram as últimas a deixar o galpão.

— *Čekaj* — chamou ele, de repente, quando Holly estava prestes a entrar no furgão. Elas podiam não falar a língua, mas o tom de sua voz era claro. Ele havia pedido que ela esperasse.

As duas congelaram. Dando um passo à frente, ele ergueu a mala de Holly, colocou-a dentro do furgão e estendeu a mão para ajudá-la a subir.

— *Hvala* — murmurou ela, mantendo os olhos baixos. Ele assentiu, satisfeito por tê-la ajudado.

— Parece que você conseguiu um admirador — sussurrou Kat, enquanto as outras garotas abriam espaço para elas. — Quer dizer que os cavalheiros *realmente* preferem as louras.

— Se tentar qualquer coisa, esse cavalheiro está morto.

— Sério, Holly, precisamos estar preparadas. A qualquer momento, a situação vai ficar feia.

— Mas talvez só quando chegarmos à Itália. Lembra daquele vídeo de que me falou, o que o contrabandista forçava a garota... Aquilo foi filmado na Itália, não é? Deve haver um bom motivo para isso. Eles não vão querer assustar as garotas até o último instante, para que elas não tentem fugir. Aposto que eles têm ordens de não tocar na mercadoria até que as garotas estejam em segurança do outro lado da fronteira.

— Espero que você esteja certa, mas acho que não devíamos contar com isso.

— Vamos ficar atentas a qualquer coisa que possa ser transformada numa arma. Aconteça o que acontecer, devemos estar preparadas.

Elas foram levadas por tranquilas estradas secundárias em direção ao litoral antes de virar para o norte. Finalmente, chegaram numa fazenda afastada. O fazendeiro e sua mulher ignoraram as garotas que desembarcaram do furgão, e foram conduzidas para o interior de um celeiro. Havia bezerros numa das extremidades, olhando para elas, curiosos, mas pelo menos os animais mantinham o lugar aquecido e a palha era macia e seca.

Após outra longa noite e um rudimentar café da manhã constituído de pão com queijo, outro furgão veio buscá-las. O motorista as levou por mais uns 80 quilômetros antes de virar em direção a um pequeno porto.

Novamente, elas esperaram, dessa vez num abrigo para barcos. Nada aconteceu pelo resto do dia.

— É proposital — sussurrou Kat para Holly. — Eles querem deixar as garotas fracas e cansadas antes de finalmente começarem a violá-las.

Nenhuma das garotas falava muito. Até Holly estava mais quieta que o normal. Kat ficou preocupada — Holly não parecia alguém que se amedrontasse com facilidade.

— Tudo bem? — perguntou ela, após Holly ter olhado para o mesmo ponto na parede durante meia hora.

— O quê? — Holly despertou. — Sim, tudo. É que... eu não paro de pensar no meu cartão CAC. O fato de estar sendo rastreado.

— O que tem isso?

— Não basta ligar o navegador de satélite para pegar o sinal dessas coisas. Ele foi projetado para resgatar os soldados por trás das linhas inimigas, então imagine só o quanto a codificação deve ser poderosa. O único modo de inserir minhas coordenadas naqueles mísseis e morteiros seria através de alguém que tivesse acesso à rede de computadores do Pentágono.

— O que significa que quem estiver tentando nos matar tem conexões poderosas.

Holly disse, lentamente:

— Estou imaginando se não confiei demais.

— Em que sentido? Confiou em quem?

Holly não respondeu.

Deixando a amiga com seus pensamentos, Kat fez uma busca minuciosa no galpão. Como esperava, isso lhe rendeu uma série de armas potenciais: seis pregos enferrujados, dois canos finos de aço e, o melhor de tudo, um raspador e um rolo de tinta. Depois de tirar o cilindro incrustado de tinta do rolo, ela tinha um gancho com ponta afiada, enquanto que o raspador, uma vez afiado, era quase tão letal quanto uma faca. Ela distribuiu seus achados entre as garotas, advertindo-as a deixarem tudo guardado por enquanto.

Quando voltou a se sentar, Holly disse em voz baixa:

— Elas não vão lutar. Você sabe, não é?

— As garotas? Por que não, se for pela própria liberdade?

— A violência não vem com naturalidade para garotas desse tipo, nem para a maioria das mulheres, especialmente essas. Elas são bonitas, femininas e durante toda a vida descobriram que conseguem o que querem dos homens sendo gentis com eles.

— Como assim?

— Vamos ter que fazer isso por conta própria, só você e eu. Qualquer ajuda delas será um bônus.

— Acha que isso é possível?

— Pode ser. Tem um ditado nas Forças Armadas que diz: planeje o combate e combata pelo plano. Precisamos elaborar uma estratégia e cumpri-la.

Elas conversaram por várias horas e a tarde estava apenas começando. Calcularam que os traficantes as levariam embora durante a noite, quando diminuíam as chances de serem detectados. Acomodaram-se para esperar.

63

IAN GILROY ACEITOU a chamada por vídeo, cumprimentando, educadamente, com um gesto de cabeça o rosto que surgiu na tela.

— Bom dia, general — saudou ele, embora fosse fim de tarde na Itália e o rosto pertencesse a alguém que já não era um oficial na ativa.

— Aquele seu terrier foi morto — informou o outro homem, sem demora. — A outra cadela que estava com ela, também. Eu queria me desculpar com o senhor pessoalmente. Sei que era afeiçoado àqueles cães.

Gilroy mal piscou.

— Posso saber o que aconteceu?

— As duas estavam em campo, caçando. Infelizmente havia uma matilha de cães de caça por perto.

A sala onde Gilroy estava, no interior da Villa Barbo, uma mansão *palladiana* próxima à cidade de Treviso, era repleta de obras de arte inestimáveis. Mas a atenção dele continuou fixa na tela.

— O corpo do terrier foi recuperado?

Teria sido sua imaginação ou o outro homem hesitara um instante?

— Foi na floresta, à noite. Ela pode ter se arrastado para morrer. Cachorros pequenos fazem isso, algumas vezes.

— De fato. E em outras, eles saem apenas para lamber os ferimentos.

— Negativo. Nosso pessoal fez buscas incessantes na floresta durante dias à procura dela. Meus pêsames. Mas pelo menos isso resolveu o problema de todos aqueles ossos que ela estava tão ávida de cavar.

Gilroy fitou o rosto na tela. Embora estivesse a milhares de quilômetros de distância cibernética, sua fúria era evidente.

— O que o senhor não conseguiu entender, general, é que precisávamos daqueles ossos.

O tom seguro do outro homem vacilou.

— Como assim?

— Eram a isca para pegar um urso.

— Não estou entendendo.

— É claro que não está. Planejamento não é o seu forte. Mas, se por uma chance remota, no futuro, o senhor ouvir um dos meus cachorros latindo na floresta, é melhor ter plena certeza de que não haverá mais acidentes.

Antes que o outro homem pudesse responder, Gilroy estendeu o braço e se desconectou.

64

Ao CAIR DA noite, dois outros traficantes vieram para embarcar as garotas numa lancha. Depois de navegarem por 2 quilômetros, elas foram transferidas para um barco pesqueiro. Enregeladas e molhadas com a água que havia respingado dentro da lancha, as mulheres desceram até o porão, onde se encolheram entre caixas de tainhas e cavalinhas, estremecendo de frio. À medida que os peixes davam os últimos suspiros ao redor delas, o barco ia na direção oeste, o cheiro de diesel, vísceras de peixe e gases do motor sufocando o pequeno espaço confinado.

As garotas sentaram-se em suas próprias bagagens ou sobre as redes de pesca descartadas, apoiando a cabeça no casco do barco, tentando dormir um pouco. A cada poucas horas a escotilha era aberta e um membro da tripulação, usando um macacão azul e botas de borracha, descia para descarregar mais uma safra da pesca, utilizando um cabo curto com um gancho para direcionar as redes sobre as caixas de armazenamento, esvaziando-as numa torrente de peixes prateados e escorregadios. Enquanto isso, ele lançava olhares furtivos para as garotas. Porém demonstrou muito mais interesse quando as redes revelaram um polvo capturado junto. Habilmente, ele o abriu para retirar o cérebro e as vísceras, que foram jogados numa caixa a ser levada para cima e esvaziada.

Ao subir, ele deixou o cabo.

Com uma ponta afiada, como um gancho letal, era a melhor arma delas até então. Kat rapidamente o colocou na sacola e depois examinou o porão, procurando outras coisas que pudessem usar.

Quando a aurora era apenas um lampejo sobre o mar atrás delas, as garotas foram levadas para o convés e transferidas para outra lancha. A nova embarcação, um bote inflável, manobrou ao lado do barco e rumou para a escuridão em alta velocidade. Após vinte minutos, chegou a terra firme. Pelo formato do contorno da costa, Kat supôs que deviam estar aportando em Le Marche, no sul de Ancona, uma área quase deserta naquela época do ano.

Essa devia ser a parte da viagem que representava o maior perigo para os contrabandistas. Qualquer avião ou guarda costeira poderia localizá-los imediatamente. A lancha se dirigiu para uma enseada rochosa, parando ao lado dos seixos, o piloto exibindo o ar confiante de quem sabia que todas as providências necessárias haviam sido tomadas e que ele não teria problemas.

Da praia, as garotas seguiram penosamente com suas bagagens até onde outro furgão as aguardava no acostamento da estrada. O interior do veículo estava quente e cheirava a cigarro, suor e grapa barata. Algumas garrafas rolaram no chão, e Kat calculou que um grupo de homens tinha viajado ali recentemente.

Vinte minutos depois, elas chegaram a uma fazenda afastada. Os faróis iluminaram a casa. As mulheres exaustas foram conduzidas para dentro da construção.

65

DANIELE OBSERVAVA o romper do dia em Veneza. Tinha sido uma longa noite e uma difícil decisão.

As palavras do padre Uriel retornaram a sua mente. *Existe alguém em especial com quem gostaria de se relacionar emocionalmente?*

Sim, existia. Ela era loura, pragmática e, como ele, havia crescido com um pé na cultura italiana e outro na americana. Enquanto ele acabara desprezando o privilégio e o poder que eram seus por direito de primogenitura, ela tinha sido criada à sombra das Forças Armadas americanas, abraçando-as.

E agora, ela era seu melhor — na verdade, seu único — trunfo na negociação para salvar o Carnivia.

E depois havia Kat. Geralmente, Daniele Barbo não dava muita importância a seus colegas, fossem homens ou mulheres. Kat Tapo tinha muitas qualidades que ele desdenhava. Era colérica, impetuosa, emocional e enérgica. Tendia a agir primeiro e pensar nas razões depois. E, mesmo assim, ele se surpreendera ao imaginar o que ela pensava dele.

Seria possível que Kat fosse sua amiga?

Aquele seria outro dia frio e cinzento, e os canos estavam prevendo outra onda de *acqua alta*. Quando o céu ficou da mesma cor do mar, ele tomou uma decisão.

Pegando o celular, enviou uma mensagem.

Sr. Gilroy, aqui é Daniele Barbo. Estou indo vê-lo.

66

Na sala de estar da pequena casa da fazenda havia seis homens, sentados de pernas escancaradas. Sete, incluindo o motorista que as levara até ali. Os olhos de todos eles brilharam ao ver as mulheres.

Esperavam por nós, pensou Kat.

Vários cinzeiros e garrafas vazias estavam espalhados pela sala. Na TV, um filme pornô. As garotas olharam para aquilo e desviaram os olhos rapidamente, tentando ignorar o que estava acontecendo na tela. Os homens observavam avidamente suas reações.

Um deles levantou uma garrafa de grapa, brandindo-a de um lado para o outro.

— Aqui, senhoritas, tomem um gole — disse ele em italiano. Tinha um forte sotaque marchigiano, devia ser de Marche. O que significava que elas tinham desembarcado bem ao sul, conforme Kat havia imaginado. Esses deviam ser os soldados locais da infantaria: domar uma nova remessa seria a própria gratificação por qualquer coisa que tivessem feito.

Certa vez, ela havia conversado com um agente secreto, um homem que se infiltrara num grupo do crime organizado. Ele disse que a coisa mais difícil de trabalhar à paisana era superar o instinto de prender as pessoas. Agora Kat entendia o que ele tinha dito. Sem seu uniforme e distintivo, ela se sentia estranhamente nua.

Copos de grapa estavam sendo servidos e impingidos às garotas. Kat aceitou um e engoliu metade da bebida de uma só vez. Não o bastante para ficar embriagada, mas suficiente para lhe dar um pouco de coragem.

Agora não tem outra saída além dessa.

O homem que dirigira o furgão perguntou para um dos outros:

— Está tudo pronto?

— Lá em cima. Você tem a primeira escolha, como concordamos. Mas não demore muito. A rapaziada está ficando impaciente e só tem um quarto.

Kat estava ciente do olhar do motorista passando por elas, avaliando uma a uma. Seus olhos pairaram sobre ela e então foram para Holly.

— Aquela ali — disse ele.

O outro resmungou:

— Então acabe logo com isso.

— Você. — O motorista apontou para Holly. — Venha comigo. Preciso verificar seus documentos. — Um dos homens riu.

Kat fez um quase que imperceptível gesto de cabeça para Holly. *Planeje o combate, combata pelo plano.* Não importa o que acontecesse, agora elas estavam comprometidas.

Quando o motorista saiu da sala com Holly, um dos outros aumentou o volume da atriz ofegante na TV. Para abafar qualquer som que viesse lá de cima, Kat pensou. Mas isso as ajudaria também. Se o plano funcionasse.

O homem deu uma batidinha no colo e sorriu para a garota mais próxima, dizendo:

— Sente-se aqui, querida. Eu não mordo.

Assustada, a garota olhou para Kat, incerta do que deveria fazer.

— O que isso tem a ver com ela? — perguntou o homem, interceptando o olhar. Ele olhou de uma para outra, desconfiado. — O que está havendo?

Nossa melhor arma é a surpresa. E a qualquer instante agora, elas perderiam essa vantagem.

— Preciso de um drinque — avisou Kat, pegando a garrafa de grapa da mesa e tomando um gole no gargalo. — E dos meus cigarros. — Curvando-se, ela puxou a rede de pesca que guardara na sacola.

Atinja o inimigo com o punho cerrado, não com a mão espalmada, dissera-lhe Holly.

Kat jogou a rede sobre os três homens sentados, golpeou outro na têmpora com a garrafa de grapa e então começou a bater nos que estavam embaixo da rede, mirando suas cabeças.

— Agora! — gritou ela para as garotas.

Apavoradas, elas não se mexeram. Kat não as culpava: ela própria tremia de medo. *Não há tempo para repensar.* A porta foi aberta de repente e, por um instante, ela achou que o plano estava se desmoronando. Ao se virar, viu com alívio que era Holly.

— Raio X assegurado — disse Holly, sem rodeios. Kat decidiu que não era o momento de dizer à amiga que não fazia a mínima ideia do significado daquilo. Curvando-se, ela tirou da sacola o gancho com a haste e jogou para ela.

Nada de garrafas quebradas nem facas — isso deixa muito sangue.
Nenhum prisioneiro além do motorista.
Incapacitação máxima num tempo mínimo é o nosso objetivo.

Os homens sob a rede lutavam para se pôr de pé, mas a mobília os impedia. Holly e Kat bloqueavam o acesso à única porta, e agora Holly atacava violentamente, segurando com as duas mãos o gancho como se fosse um bastão de beisebol, atingindo cabeças e braços cada vez que ficavam ao alcance e usando a ponta afiada para espetar os homens sob a rede.

— Saiam! — gritou Kat para as garotas, que por fim se mexeram. Enquanto isso, um dos homens, com um pouco mais de presença de espírito que os outros, conseguiu se desvencilhar da rede e ficar fora do alcance das armas de Holly e Kat. Desimpedido, ele se aproximou delas, puxando uma faca.

Holly jogou para Kat as chaves que havia tirado do motorista.

— Agora é com você. Vai.

Kat hesitou.

— Tudo pronto?

— Sim — confirmou Holly. — Saia daqui.

O homem escolheu justamente esse instante para se lançar sobre Holly, batendo o braço que segurava o gancho contra a parede. Holly soltou um grito de desespero ao deixá-lo cair.

Kat não hesitou. Estendendo o braço em direção à sacola, agarrou a primeira arma que encontrou e puxou para fora. O rolo de tinta. Quando o homem levou a mão para trás a fim de cortar o rosto de Holly, Kat espetou seu pescoço por trás e puxou. Ele caiu no chão, segurando a garganta, onde ar e sangue borbulhavam pelo corte. Para garantir, ela o chutou nas costelas.

— Obrigada — disse Holly, sendo muito sincera. O gancho já estava de volta em sua mão.

— Conte até dez, depois siga.

Correndo para fora, Kat encontrou as garotas esperando no furgão. O motorista já havia sido amarrado com uma corda que Holly trouxera do barco. Kat estava com o motor ligado e o veículo tinha feito a volta quando Holly irrompeu da casa e num salto embarcou ao lado dela. As rodas deram uma breve derrapada antes de se firmarem na terra e elas saírem ao som do ronco do motor.

— Eles virão atrás de nós — disse uma das garotas, nervosa, olhando para trás.

— Se estivermos certas, eles terão outras coisas com que se preocupar — respondeu Holly.

— Como o quê?

— Como o cartão CAC que deixei lá desembrulhado.

— O que é um cartão CAC?

De repente, a casa da fazenda atrás delas explodiu numa bola de fogo feita de alvenaria e vidro.

— Nestas circunstâncias — comentou Holly com satisfação —, é um bom dispositivo explosivo improvisado.

67

DANIELE SENTOU-SE DIANTE de Ian Gilroy e olhou ao redor. A mesa era um monólito dourado circular com vidro Murano embutido, feita no século XVIII. Nas paredes, ele podia ver sua imagem refletida num conjunto de espelhos do século XVII com molduras ornamentadas em ouro. Um afresco de Lorenzo Lotto cobria o teto.

— Minha família era dona desta *villa* — disse ele, puxando assunto.

— Lembro de ter brincado aqui quando criança.

— A fundação da sua família ainda a possui.

— No entanto, é você que faz uso dela.

Gilroy deu de ombros.

— Uma *villa* projetada por Palladio é uma obra de arte em si e, como tal, os termos de custódia de seu pai requerem que a Fundação seja responsável pela Villa Barbo. Francamente, eu não fazia ideia de que você se importava com essas coisas. É por isso que queria me ver? Para discutir suas acomodações?

— Quero negociar. Minha liberdade e a do meu site.

— O que o faz pensar que tenho poder de decisão nesse assunto?

— Ah, sei que tem — assegurou Daniele. — Talvez eu não entenda completamente o jogo, mas reconheço o jogador. Quem mais poderia ser o elo entre Camp Ederle e o Carnivia?

A expressão de Gilroy não mudou.

— Eu não faço ideia do que você está falando.

— A CIA estava envolvida na conferência George Baker. Segundo o padre Uriel, ou melhor, o Dr. Doherty, você foi um dos organizadores.

O outro homem se recostou na cadeira.

— Muito bem, você andou ocupado. E esse é o seu trunfo? O conhecimento ou a *suposição*, devo dizer, de que eu estava lá?

Daniele meneou a cabeça.

— Meu trunfo é a localização da sua agente, a segunda-tenente Boland.

Gilroy pareceu genuinamente surpreso.

— Ela está viva?

— As duas mulheres estão. E possuem a prova que liga um ex-soldado das Forças Especiais dos Estados Unidos, empregado por um empreiteiro militar particular, às atrocidades ocorridas na Bósnia.

O americano ficou em silêncio por um instante.

— Não é um grande trunfo. Vou ficar aqui e esperar que ela apareça.

— Vai ser muito mais fácil mandar matá-la agora do que quando ela chegar a Veneza.

— Matá-la? — Gilroy o encarou. — Creio que você entendeu mal essa situação, Daniele.

— Acho que não. É uma manobra clássica da CIA. Você sempre desconfiou da possível existência de alguma prova em algum lugar por lá que poderia aparecer um dia e incriminá-lo. Então está usando Holly para revelá-la. Desse modo, você se livra da evidência e dela também.

— Seu raciocínio é lógico. Mas você não conseguiu entender os verdadeiros motivos dos envolvidos e, se me permite dizer, Daniele, isso talvez seja consequência de sua condição. Quero Holly viva, não morta. Como minha agente, ela é responsabilidade minha. Assim como você, mas de um modo diferente. Razão pela qual, acidentalmente, faz meses que o protejo.

— A mim?

Gilroy assentiu.

— Você tem razão ao dizer que eu poderia, se quisesse, falar com os que desejam destruir o seu site. Também tem razão quando supõe que eles ficarão bem contentes em destruí-lo, se isso ajudar a atingir seus objetivos. O meu objetivo é, e sempre foi, evitar que isso aconteça.

— Você estava por trás de George Baker. É tão responsável por aquelas atrocidades quanto qualquer outro.

— Não. Eu estava *em* George Baker. Há uma diferença. Veja. — Levantando-se, Gilroy foi até uma estante, pegou um livro grosso e mostrou a capa a Daniele. As memórias de um antigo secretário da Defesa dos Estados Unidos. — Quer saber até onde George Baker chegou? — perguntou ele. Abrindo o livro no meio, Gilroy localizou a parte que procurava e leu em voz alta:

O presidente e eu discutimos a situação na Bósnia. Claramente, a sobrevivência daquela região estava em jogo. Nós concordamos em autorizar uma empresa privada a usar o pessoal aposentado das Forças Armadas dos EUA para aperfeiçoar e treinar o exército croata e a não reforçar o embargo armamentista.

Ele fechou o livro.

— A empresa privada era a MCI. Claro, "aposentado" dá a impressão de velhos cavalos de guerra postos a pastar em vez do exército bem-organizado de mercenários das antigas Forças Especiais como realmente eram. O ponto é: uma vez que a MCI teve a bênção da administração para dirigir o conflito bósnio como sua guerra particular, não houve mais como detê-los. Com a indústria armamentista lhes dando qualquer coisa que quisessem e os fomentadores de guerra da Otan os atiçando, eles se tornaram incontroláveis.

— Você está dizendo que tentou impedi-los?

— Fiz o que pude, o que, admito, foi muito pouco. A CIA tinha sido autorizada a ajudá-los e a MCI interpretou isso como *ordenada* a ajudá-los. O que podíamos fazer? Exceto por tornar público, isto é, contar ao mundo que os Estados Unidos não só haviam burlado um embargo de armas da ONU como também tinham usado um exército particular para dar início a uma guerra suja no processo, nossas opções eram muito limitadas. Mas jurei que um dia, depois que aquela administração tivesse deixado o poder, eu encontraria as provas e as levaria ao Tribunal Internacional de Crimes de Guerra.

— Você vai atrás do ex-secretário da Defesa? — perguntou Daniele, surpreso.

— Não apenas dele. Do secretário de Estado. Do próprio presidente. E de todos os outros mandachuvas daquela administração, daqueles que passaram a aposentadoria dirigindo fundações humanitárias e aconselhando o Oriente Médio sobre resolução de conflitos. Todos eles sabiam o que estava sendo feito em seu nome. Quero vê-los em julgamento por crimes contra a humanidade, cada um deles. E agora, finalmente, tenho a oportunidade.

— Por causa de Findlater?

— Por causa de *Korovik*. A prisão do general Korovik muda tudo. Ele é o sujeito que pode testemunhar que os Estados Unidos sabiam o que estava acontecendo. E Korovik vai gostar de passar adiante a responsabilidade se isso significar salvar a própria pele. A única coisa que precisamos fazer é encontrar a prova que sustente o testemunho dele.

— Espere um minuto — interrompeu Daniele, confuso. — Você está dizendo que a prova que Holly e Kat apresentarem vai de alguma maneira *ajudar* Korovik? Com certeza, ela estará lá para ajudar a promotoria a provar seus crimes.

Gilroy balançou a cabeça.

— Pense bem. Em vez de negar que os crimes aconteceram, ele vai admiti-los, mas colocar a culpa nos fomentadores da guerra em Washington.

— O que significa — concluiu Daniele, devagar — que não haverá necessidade de negociar em favor do Carnivia. Uma vez que isso vier a púbico, as pessoas que estão tentando destruí-lo estarão elas mesmas no banco dos réus.

— Exatamente. Passei anos trabalhando para chegar a este ponto, Daniele — Gilroy o fitou firmemente com seus olhos azuis —, mas preciso saber onde Holly está. Preciso encontrá-la antes da MCI. Eles já chegaram à conclusão de que devem matar a capitá Tapo e Holly, apesar das minhas instruções explícitas do contrário.

— O que Holly sabe sobre tudo isso?

O americano deu de ombros.

— Muito pouco. Em parte, foi para protegê-la. Mas ela também está motivada por um franco senso de lealdade. Fui aconselhado a dar a impressão de que incorporo os valores simples, preto no branco, de seu pai, para que ela trabalhasse com mais eficiência para mim.

— Por acaso esse conselho partiu do padre Uriel? — perguntou Daniele, secamente.

— Nós nos encontramos de vez em quando para discutir assuntos de interesse mútuo.

— E imagino que foi Uriel quem sugeriu que você a fizesse parecer se interessar por mim, não é? — perguntou Daniele, evitando os olhos do outro.

— Para fazer o quê? — Gilroy se ajeitou na cadeira, um olhar de diversão surgindo em seu rosto. — De jeito nenhum. Na verdade, nunca me ocorreu fazer isso, apesar de que agora que você mencionou, é provável que devesse ter feito. Eu não imaginava que você pudesse ser suscetível a esse tipo de coisa.

— Como vim aqui hoje preparado para trocar a vida dela pelo meu site — declarou Daniele, friamente —, dificilmente serei acusado de ter sentimentos.

— Ah! Mas na hora você achou que talvez ela fosse a minha *agent provocateur*. Onde ela está?

— Elas desembarcaram ao sul de Ravenna esta manhã. O cartão CAC dela foi brevemente ativado e depois silenciou novamente. Dei uma olhada por meio de um satélite meteorológico hackeado e parece que houve uma explosão. É quase certo que foram seus amigos da MCI tentando outra vez. Holly sabia o que aconteceria se o cartão fosse reativado, então imagino que ela tenha planejado para que isso acontecesse assim. Supondo que tenham transporte, devem chegar a Veneza hoje à tarde.

68

Logo ao sul de Rimini, Kat saiu da estrada e entrou no bosque de pinheiros que margeava a praia. No verão, esses bosques continham acampamentos e praias de nudistas, mas agora, no auge do inverno, estavam completamente desertos.

— Vamos acabar com isso — declarou ela, desligando o motor.

Holly assentiu. Elas foram para a parte de trás do furgão e tiraram o motorista amarrado de lá. O sangue ainda vertia do lugar onde Holly o acertara na cabeça.

Elas o deslizaram sem muita gentileza para o chão e soltaram a amarra de sua boca.

— A coisa vai ser assim — começou Kat, agachando-se ao lado dele. — Você vai responder a algumas perguntas. E, se você não fizer isso, vamos machucá-lo até que responda.

— Vai se foder, sua vadia — cuspiu o homem.

Kat suspirou.

— Acha que não vamos fazer isso? Por que somos mulheres, talvez? — Ela pegou a sacola e começou a lhe mostrar o que havia dentro. — Este raspador de tinta, por exemplo, é do tamanho ideal para arrancar seu pau e o saco juntos. Este prego aqui vai atravessar sua mão. O gancho, bem, talvez a gente o enfie no seu sovaco e puxe você por aí. Ah, e se acha que somos fracas e delicadas demais para fazer isso por muito tempo, lembre-se de que também temos o furgão. Quando cansarmos, simplesmente vamos ficar indo para a frente e para trás em cima dessa sua perna esquerda. E sabe o que mais? Vamos ligar o rádio, assim poderemos ouvir alguma música feminina em vez dos seus berros. E depois, contando ou não o que queremos saber, vamos deixar um envelope com você contendo 300 euros e uma mensagem de agradecimento, de modo que os sujeitos desprezíveis para quem você trabalha nos poupem o trabálho de acabar com você. — Ela brandiu o raspador de tinta diante dele. — Agora, eu vou lhe perguntar uma única vez. Estamos procurando uma garota croata chamada Melina Kovačević. Ela foi contrabandeada pela mesma rota de fornecimento em que *nós* viemos, cerca de um ano atrás. Onde ela está agora?

— Não enche o saco, sua vagabunda.

— Isso não serve. Holly?

Holly abriu as calças do homem e, com uma centelha de desgosto cruzando sua fisionomia, puxou os genitais dele. Kat colocou a face afiada do raspador de tinta embaixo dos testículos.

— Puxe bem e aperte... — pediu ela a Holly.— Isso. Pronta? Quando eu disser três. Um...

— Ouvi dizer que iam mudá-la de lugar — apressou-se em dizer o motorista. — Não sei para onde, juro. Só que nunca a encontraram.

— Por que não?

— Ela fugiu do cafetão, em algum lugar de Veneza. Puseram alguém de vigia na ferroviária e na barca, mas ela nunca apareceu. Espalharam que deviam matá-la quando ela fosse encontrada, para dar exemplo às outras garotas. Só que ela sumiu.

— Acho que acredito nele, Kat — disse Holly com cuidado.

Kat largou o raspador de tinta.

— É triste, mas acho que eu também.

Ao ir embora, deixando o infeliz motorista amarrado no bosque, Holly olhou para Kat.

— Aquilo foi bem convincente.

— Acha que eu realmente teria feito?

— Ali, na hora, fiquei sem saber.

— Eu também — admitiu Kat. — Então, aonde isso nos leva?

— Três opções. Ou Melina morreu, ou conseguiu escapar da Máfia e saiu de Veneza despercebida, ou...

— Ou ainda está lá e sempre esteve.

— Onde quer que ela esteja, deve estar bem-escondida. Veneza é um lugar pequeno, mas nem Findlater nem a Máfia conseguiram encontrá-la e eles devem ter procurado com todo o afinco.

69

DANIELE DIGITOU UMA URL terminada em .ru, o sufixo denotando uma página baseada na Rússia. Na verdade, ele sabia muito bem que esse site específico pertencia a dois egressos do MIT, que atualmente residiam em Londres e tinham feito fortuna aplicando teoremas de permutação em jogos on-line. Um deles, conhecido por seu nome de usuário na internet, Snap, era, como Daniele, membro da Cavaleiros do Lambda Calculus, uma associação pouco coesa de programadores e matemáticos que se deliciavam resolvendo problemas de codificação dificílimos.

Os membros dessa fraternidade, apesar de se definirem como hackers, consideravam falta de educação roubar ou fazer alterações na codificação de outra pessoa: tais atividades eram para *crackers* e assim, por definição, *lusers, lamers, script kiddies* e *leets*. Portanto, Daniele tomava o cuidado de observar as cortesias cabíveis quando visitava o quadro de avisos de Snap.

olá, mundo, digitou ele.

Um instante depois outro usuário do quadro respondeu.

oi p vc tb. há qto tempo, defi@nt.

Viu Snap por aí?

Na última vez que ouvi falar ele estava afundado num hack.

IRQ?, digitou Daniele, querendo dizer: *será que dá para interromper?*

Snap aqui, digitou o dono do quadro, unindo-se à discussão. *Só analisando o código de um cara. Minha máquina está trabalhando, então estou à base de* laser chicken. *Qual é?*

Significado: *enquanto meu computador processa algum código super-complicado reescrito, estou comendo um delivery de frango Kung Pao e me inteirando das notícias.*

Estou atrás de uma deep wizardry, escreveu Daniele.

Na última vez que vi, você tinha muitos privilégios na área, Def.

Vlw, mas preciso de um sistema específico e não tenho tempo de verificar a infraestrutura.

Qual é o lance?

Um Pr3D47OR Dron3, escreveu Daniele, usando um alfabeto alternativo para evitar o alerta de algum mecanismo de busca itinerante.

Humm. A princípio, eu saúdo nossos novos insetos soberanos. Significado: *mexer com as merdas do governo não é tranquilo.*

Daniele aguardou. Havia todas as possibilidades de que seu amigo se recusasse a ajudar. Não porque tivesse medo de hackear um Predator nem porque era ilegal ou difícil demais, mas por causa das complexidades éticas envolvidas. Meter-se com assuntos de defesa nacional era Falta de Educação. Sua esperança era de que Snap confiasse nele o suficiente para ajudar mesmo assim.

Precisa de botões?, perguntou Snap, por fim.

Não. Só visuais.

Um segundo.

Houve uma pausa de alguns minutos antes que Snap retornasse.

Amigo, seu pedido está quase feito. Tem antena parabólica?

Claro.

Tem um sistema chamado Skygrabber. Vou passar para o foovax e mandar para o FTP. Não deve haver nenhum ice. Cavalo de Troia.

Isso ajuda muito. Vlw.

Segundo a Newsweek*, os talibãs hackeiam os* drones *há anos. Alguns deles até afirmam poder enganar o GPS. Sua experiência pode variar.*

UAU. Valeu mesmo.

Daniele desconectou do quadro e baixou o programa para o qual Snap havia lhe direcionado. Se o hacker estivesse certo, só seria preciso instalá-lo, apontar a antena parabólica para o céu e sondar as ondas aéreas do sinal de vídeo do Predator, como se fosse qualquer outro sinal vagando pelo éter. Segundo Snap, nem sequer haveria ICE — ou contramedida eletrônica de invasão.

Enquanto aguardava que o programa fosse instalado, ele fez uma pesquisa rápida. Seu amigo tinha razão: por mais estarrecedor que fosse, a *Newsweek* realmente havia noticiado que os sinais dos *drones* Predator não tinham nenhuma codificação. Aparentemente, haviam encontrado centenas de horas de filmagem de vigilância interceptada em laptops dos talibãs capturados. O Pentágono afirmara que o problema era arquitetar um sistema de codificação que pudesse ser compartilhado com os aliados no campo de batalha. Daniele desconfiava de que o verdadeiro motivo era muito mais simples: quem quer que tivesse projetado os sistemas de software dos *drones* havia cometido o erro de supor que os inimigos eram desprovidos de inteligência e que só porque eles não tinham água encanada eram incapazes de criar uma codificação de informática.

Vinte minutos depois, ele tinha um menu na tela que lhe oferecia uma escolha entre vinte canais pornográficos e os sinais de três *drones* Predator.

Daniele abriu um canal de voz e falou com Gilroy.

— Estou conectado.

— Já consegue vê-las?

Daniele estava se movendo entre os sinais de vídeo do Predator quando o outro homem falou. Pela aparência, dois dos aviões estavam concentrados num pequeno furgão que se dirigia para o nordeste vindo de Pádua.

— Acho que sim.

— Bom. Avise se alguma coisa mudar.

70

ASSIM QUE CHEGARAM à Ponte della Libertà, Holly olhou para Kat.

— E agora?

— Acho melhor largar nossas passageiras.

— Se as deixarmos vagando pelas ruas, a Máfia vai recolhê-las.

— Sim, eu sei. E se as entregarmos à polícia, elas serão deportadas para a Croácia, e lá as gangues vão pegá-las.

— Alguma ideia?

— Não é o ideal, mas tem alguém em quem confio que vai saber o que fazer. — Ligando o celular pela primeira vez desde a chegada à Itália, ela digitou um número familiar.

— Aldo Piola. — Veio a resposta.

— Coronel, aqui é Kat Tapo.

Houve um silêncio atônito por um instante.

— Onde você está?

— Em Veneza.

— Dois dias atrás, me disseram que você tinha morrido numa explosão na Croácia.

— Como já pode ter concluído, essas notícias foram exageradas. Mas pode ser uma boa ideia não corrigi-las ainda — disse Kat. — Depois explico. Nesse meio-tempo, estou com um problema imediato e preciso da sua ajuda.

Dessa vez o silêncio foi mais sutil.

— Kat, eu dei minha palavra...

— Estou com um grupo de moças da Croácia que foram traficadas para a Itália. A Máfia quer usá-las como prostitutas. Se forem mandadas de volta para casa, é provável que morram. Elas precisam de um cavaleiro valente, coronel.

Outra pausa.

— Onde você está?

— Em cerca de 15 minutos estaremos no estacionamento de Tronchetto. Vou estacionar o mais próximo possível do seu carro. — Ela desligou antes que ele pudesse fazer mais perguntas e depois ligou para outro número, que foi atendido imediatamente.

— Daniele? Estamos de volta a Veneza.

— Estou sabendo. Na verdade, estou observando vocês agora mesmo aqui na tela, cortesia dos nossos amigos da MCI.

— Tem Predators em cima de nós?

— Três.

— Precisamos despistá-los.

— Sem dúvida. Acho que a única razão para ainda não terem sido mortas é porque eles estão esperando vocês os levarem até Melina.

— Mas nós também não sabemos o paradeiro dela. Só que está em algum lugar de Veneza.

— Sim, mas talvez eles não saibam disso. Seja como for, eu diria que vocês têm apenas uma chance de encontrá-la. Quando perceberem que vocês estão tão no escuro quanto eles, não haverá mais motivos para não atacar.

— Nesse caso, definitivamente precisamos nos livrar desses *drones*.

— Kat... — Daniele fez uma pausa.

— O quê?

— Você confia em Holly Boland?

Kat resistiu ao instinto de dar uma olhada para o lado, para a americana.

— Tanto quanto confio em qualquer outra pessoa — respondeu ela, mantendo a voz neutra. — O que significa bastante, mas não completamente. Por quê?

— É que andei falando com Ian Gilroy. Claramente, é ele quem a dirige. E, apesar de ter uma explicação para cada coisa, está tudo *excessivamente* arrumado. Ainda não sei se confio nele. E isso significa que não confio na agente dele também.

— Vou ficar atenta. Agora, você pode nos ajudar a lidar com os Predators?

— Com certeza, posso tentar. Para onde vocês estão indo agora?

— Para o estacionamento de Tronchetto. Vamos nos encontrar com o coronel Piola lá. Ele vai levar as garotas.

— Isso é perfeito. Um pouco arriscado para Piola, mas perfeito.

Quinze minutos depois, quando chegou a Tronchetto, Piola encontrou o furgão estacionado ao lado de seu Fiat.

— Tome — disse Kat, entregando-lhe as chaves. — Você vai levar o furgão para Vicenza. Nós ficamos com o seu carro.

— Por quê?

— Depois explico. Mas se Daniele Barbo ligar dando instruções siga-as ao pé da letra, OK?

Pegando as chaves do Fiat de Piola, ela e Holly entraram no carro e fizeram sinal para que ele fosse à frente delas em direção à saída.

Circulando acima do edifício-garagem, os Predators tinham perdido a visão do furgão. Numa sala com ar-condicionado na Virginia, meia dúzia de pares de olhos examinavam as saídas, procurando sua presa.

— Lá — avisou um dos analistas, de repente. — Saindo do estacionamento. Deviam estar tentando nos despistar.

— Mantenha dois UAVs no veículo — ordenou o comandante. — O outro fica no estacionamento. Para onde o furgão está indo?

— Ele está atravessando a ponte outra vez, indo para o continente.

Kat aguardou dois minutos, depois dirigiu o carro para a saída. Enfiando o tíquete de Piola na máquina, ela pagou os 5 euros e saiu.

— Alguma coisa? — perguntou ela ao telefone preso a seu ouvido.

Três quilômetros de distância dali, em Ca' Barbo, Daniele observava os monitores.

— Dois *drones* foram atrás do furgão. O outro ainda está voando em círculos sobre o estacionamento. Acho que vocês os despistaram.

— Ótimo!

— Como é que você vai retornar a Veneza depois de ter atravessado a ponte?

— Vou dar a volta na laguna em direção a Chioggia.

— A barca de Chioggia para Veneza leva um tempo.

— Não vamos para Veneza.

— Você sabe onde Melina está?

— No momento é só um palpite.

— Não diga mais nada pelo telefone — advertiu ele. — Não há motivo para que eles tenham este número, mas cautela nunca é demais.

Dentro da cabine quente do estacionamento, o atendente lia *La Repubblica*. Para ser franco, não era exatamente um trabalho, mas ele ganhava muito bem, especialmente se quebrasse os vidros de alguns carros de vez em quando para justificar os preços elevados que seus patrões cobravam pela sala da caixa-forte.

Olhando para a tela, ele viu que o tíquete correspondente a uma das placas da lista de observação que tinham lhe dado acabara de sair.

Pegando o telefone, fez uma ligação.

— O terceiro *drone* acabou de se movimentar. Acho que está seguindo vocês — relatou Daniele.

— Droga! — Kat deu a volta no fim da Ponte della Libertà e retornou a Veneza. — Nesse caso, mudança de plano.

— Para o quê?

— Ainda não tenho certeza. — Ela pensou por um instante. — Daniele, o Carnivia é uma réplica perfeita de Veneza, não é?

— Até a última pedra.

— Será que tem uma maneira de você usá-lo para...

— Sim — interrompeu ele. — Kat, isso é genial! Vá até a Piazzale Roma, deixe o carro no estacionamento lá e me ligue de novo. Eu faço o resto.

Celulares tocavam por toda Veneza. Ligações discretas eram atendidas com grunhidos monossilábicos. No Grande Canal, dois gondoleiros se afastaram do píer sem seus passageiros e viraram abruptamente para o norte, seguindo pelo Rio Novo. No cassino municipal, um homem que jogava na máquina caça-níqueis ignorou uma súbita ejaculação de moedas sobre seus sapatos e saiu sem olhar para trás, os olhos grudados na tela do celular. Um porteiro de hotel em Santa Croce entregou um carrinho cheio de malas para o gerente com a concisa instrução: "Cuide disso, volto mais tarde." Um anão parado em frente à estação Santa Lucia, com um colar de mapas turísticos pendurado no pescoço, estalou os dedos para um agente de apostas perto dele.

Às vezes, dizem que o crime organizado na Itália é a única coisa que importa. Cinco minutos depois de Kat ter feito a volta em direção a Veneza, um pequeno exército de vigias também convergia para a Piazzale Roma.

Daniele se conectou ao Carnivia. Num monitor adjacente, ele tinha os sinais de vídeo dos Predators e, portanto, podia ver exatamente o que os controladores dos *drones* viam.

Na nova tela, porém, ele conseguia ver o que os outros não viam — uma simulação das minúsculas ruas e becos de Veneza, algumas não tendo mais de 1 metro de largura, onde nenhum raio de sol penetrava.

Nem câmeras do alto. As passagens e as calçadas dos canais formavam um labirinto onde até os moradores da cidade se perdiam.

— Tem uma *calle* estreita a sua direita — relatou ele. — Leva a uma bifurcação onde você vira para um *ramo*...

— Devagar, Daniele — interrompeu Kat, ofegante, andando rapidamente pelo pequeno beco. — Se andarmos rápido demais, vamos chamar atenção.

— Certo. — Daniele deu uma olhada no sinal do Predator. Os aviões ainda voavam em círculo, mirando nas duas mulheres em meio a todas as outras pessoas na Strada Nuova. — Tudo bem, eles não sabem onde vocês estão, mas estão esperando que reapareçam. Vou levá-las para um passeio.

Ele as direcionou ao longo de várias ruelas, depois por um *sotoportego*, uma passagem por baixo de várias casas.

— Isso deve enganá-los por um tempo — disse ele, satisfeito.

A voz de Kat murmurou em seu ouvido:

— Daniele, acho que acabamos de ser localizadas por um gondoleiro. Ele está fazendo uma ligação. — Houve uma pausa e então a voz dela retornou: — Sem dúvida, ele nos localizou. Está dando a volta para nos seguir.

— Certo, então precisamos evitar os canais agora. Vá para a esquerda, onde fica a ponte.

Ele as conduziu por uma série de outras calçadas.

— Lá — declarou ele, por fim. — Agora você deve saber onde está.

— Obrigada.

— E acho que sei onde você está tentando chegar, mas não fale nada nesta linha. Boa sorte.

Daniele as havia guiado de volta para Cannaregio, o *sestieri* mais ao norte de Veneza. Essa era a última parte da cidade livre da infestação de turistas. Humildes lojas de ferragens, armazéns e outros negócios da classe operária estavam mais em evidência ali do que as luxuosas lojas de moda.

— Aqui — avisou Kat, saindo de outro *sotoportego* para um minúsculo píer que dava para o canal. — Eu me lembrava do endereço por causa dos recibos de Barbara Holton.

No alto do muro havia um cartaz pintado à mão. *Barche a noleggio.* Alugam-se barcos.

Elas pediram para alugar uma pequena lancha. O proprietário queria identidade e um cartão de crédito antes de entregar o barco.

— Veja bem — disse Kat, perdendo a paciência. — Nós vamos pagar em dinheiro e traremos a lancha de volta ao anoitecer.

O dono dos barcos meneou a cabeça.

— Identidade e um cartão. É a lei.

Discretamente, Holly se afastou da discussão.

— O senhor se lembra daquele barco que alugou para a turista que foi assassinada? Eu sou a *capitano di carabinieri* com quem falou. Isto é uma emergência policial e se não me alugar um barco agora mesmo vou voltar com um mandado de busca e virar este lugar de cabeça para baixo. Entendeu?

— Bem, se a senhora é uma *carabiniere*, pode me mostrar alguma identidade, não é? — replicou o proprietário, sendo razoável.

Kat ouviu o som de um motor de popa fazendo a curva.

— Já volto — disse ela, virando-se em direção ao som.

O proprietário deu de ombros. Então ele também ouviu.

— Ei! O que...

O barco ficou à vista, passando velozmente por eles dois. Sem hesitar, Kat saltou, pousando com precisão na proa.

— Excelente — disse Holly, acelerando.

— Sou veneziana. Nós não caímos ao saltar em barcos.

Atrás delas, o proprietário dos barcos pegou o celular. Em seguida, hesitou. Se ela era uma *carabiniere*, denunciar o roubo podia ser um erro. Antes de fazer qualquer coisa, ele verificaria a linha.

71

NA SALA DE vigilância da MCI, um ordenança se virou para o homem de terno na mesa de observação e disse, baixinho:

— O Sr. Gilroy está requisitando uma teleconferência, senhor.

— Faça a conexão.

— Como vai, general? — disse Gilroy, educadamente, quando o rosto dele apareceu na tela.

— Sr. Gilroy. — Havia apenas uma leve inflexão naquele "senhor". Nenhum dos homens na sala de observação estava mais nas Forças Armadas, porém eles carregavam suas patentes anteriores como se fossem membros invisíveis. Ser simplesmente "senhor" significava que a pessoa era um civil ou um espião, categorias de pessoas para as quais o general não tinha muito tempo disponível. — Como está o tempo em Veneza?

— Está um dia lindo — garantiu-lhe Gilroy. — Na verdade, um ótimo tempo para voar. Embora eu esteja vendo algumas nuvens no horizonte.

O general deu uma olhada para as telas dos sensores.

— Eu também, Sr. Gilroy. Eu também.

— Na verdade, é provável que o senhor esteja se perguntando por que não consegue ver muita coisa neste momento — disse Gilroy, abruptamente.

— De fato parece que perdemos nossos objetivos de vista — admitiu o general.

— Posso lhe dizer aonde sua presa está indo.

Os olhos do general se estreitaram.

— Achei que o senhor as queria sãs e salvas.

— Sim, pois eu queria que elas nos levassem à garota. Mas depois de sabermos onde ela está... — Gilroy deixou a frase morrer. — Mas, por favor, chega de explosões espalhafatosas. O senhor tem alguém por perto que possa limpar isso para nós?

— Nosso homem nunca saiu da cidade. Qual é a solidez do seu serviço de inteligência?

— Vem de alguém próximo às mulheres. Ele está cooperando comigo.

— O senhor deve ser muito convincente.

— É isso que faço — respondeu Gilroy, prontamente. — Descobri que se dermos um bom motivo para que nos ajudem as pessoas geralmente se prontificam. O seu homem tem um barco?

— Ele pode conseguir um.

— Diga a ele para ir à laguna. Passarei novas instruções quando ele estiver na água. — Gilroy desconectou sem esperar qualquer outra palavra do general.

72

KAT E HOLLY não falaram muito ao atravessar a laguna. O pequeno motor de popa protestava com um gemido estridente devido à velocidade que estavam requisitando dele. Toda vez que a lancha tombava com uma onda, a água gelada batia no rosto de ambas.

Finalmente, o objetivo ficou à vista e Holly diminuiu a marcha.

— O píer está muito apodrecido — declarou Kat, lembrando-se. — Podemos atracar na margem.

Elas desligaram o motor e de repente tudo ficou silencioso. As ondas acariciavam a quilha do barco. Elas atracaram e pularam para o concreto.

— O antigo hospital fica lá. — Kat apontou. — Depois das árvores.

— Parece abandonado.

— Vamos tentar a torre. Foi lá que o pescador disse ter visto luzes.

Elas seguiram até a porta da frente arrombada. As autoridades ainda não tinham se dado ao trabalho de lacrar as janelas. No chão havia o mesmo entulho, nas paredes as mesmas pichações.

— Melina! — gritou Kat. — Melina! — Um instante depois, Holly fez coro e as duas gritaram com toda a potência da voz.

Holly ergueu a mão, pedindo silêncio.

— Acho que ouvi alguma coisa.

As duas tentaram escutar algo. Um morcego passou por cima da cabeça delas, dando uma cambalhota num esforço frenético para passar pela porta.

— Melina! — gritou Holly, novamente.

Então elas ouviram passos descendo as escadas e diante delas apareceu uma jovem de cabelos escuros.

73

— Melina Kovačević? — perguntou Kat, gentilmente.

A jovem assentiu.

— Sou oficial dos Carabinieri e esta é minha amiga. Viemos para levá-la a um lugar seguro. — O medo passou pelos olhos da garota, e Kat se apressou em acrescentar: — Não se preocupe. De agora em diante, uma de nós vai ficar com você o tempo todo. Sabemos que você esteve em perigo. Estava aqui o tempo inteiro?

— Jelena me trouxe para cá — disse a garota num italiano precário. — Ela falou que era um lugar seguro. Eu não sabia que seria tão frio.

Então, Melina estava ali havia mais de três semanas, sobrevivendo com os biscoitos recheados e as latas de grão-de-bico que as mulheres tinham comprado para ela. Mentalmente, Kat se deu um chute por não ter percebido antes o que significavam aqueles recibos de supermercado encontrados no quarto do hotel e o cheiro de queimado em Poveglia.

— Quando a polícia veio, eu e meu chefe, além dos peritos, por que você não apareceu? — perguntou Kat.

— Barbara disse para não confiar na polícia. — Melina ficou quieta por um instante. — Achei que Barbara fosse vir me buscar. Ela falou que vinha. Então a bateria do meu celular acabou.

— Sinto muito, mas Barbara morreu — informou Kat, tão gentil quanto podia. — E você deve saber sobre Jelena.

— Eu estava aqui — sussurrou ela. — Vi quando o homem a matou, bem no meio da missa. Ele não me viu, mas eu o vi arrastá-la para o mar.

— Você conseguiu vê-lo direito? Acha que poderia reconhecê-lo?

— Acho que sim. Estava escuro, mas havia lua.

— Sabe quem ele era, Melina?

Ela fez um gesto negativo com a cabeça, e Kat decidiu que aquele não era o momento de explicar qual era exatamente a relação de Bob Findlater com ela.

— Vamos levá-la de volta a Veneza. Você tem alguma coisa aqui? Roupas? Uma sacola?

— Somente o saco de dormir. Está lá em cima. — Ela olhou para Kat com o canto dos olhos. — Precisei queimar algumas coisas para me manter aquecida.

— Não se preocupe. Ninguém vai se importar. Deviam ter demolido este lugar há muitos anos.

Elas a acompanharam para pegar o saco de dormir. Lá em cima o lugar não estava tão acabado, mas sem aquecimento as noites deviam ter sido muito frias. Ocorreu a Kat que sem mais suprimentos, uma bateria para o celular ou um modo de sair da ilha, Melina provavelmente acabaria morrendo em Poveglia.

Foi quando elas estavam descendo novamente, dirigindo-se à porta da frente, que uma figura escura saiu de um vão de porta atrás delas.

— Parem.

Elas se viraram. Findlater segurava a pistola com as duas mãos, o corpo alinhado por trás da arma, os joelhos ligeiramente dobrados. Ele parecia ao mesmo tempo alerta e relaxado, como alguém que assumira aquela posição muitas vezes antes.

— Estou surpreso com você, segunda-tenente Boland — acrescentou ele.

— O que você quer dizer? — perguntou Holly, com cautela.

— Primeira regra de território hostil. Assegure um perímetro e seu ponto de evacuação. Você é uma vergonha para as Forças Armadas dos Estados Unidos.

Holly não respondeu.

— Quero vocês três lá fora. Assumam a posição de prisioneiras no terraço. Isso significa ajoelhadas com as mãos atrás da cabeça. Não olhem ao redor, não olhem umas para as outras, não falem ou atiro no ato. Andem.

Elas fizeram o que ele havia ordenado. Assim que se ajoelhou na laje fria, Kat sentiu os braços sendo levantados por trás e algo macio, feito de borracha, atando seus punhos.

— Chamamos isso de contenção de Guantánamo. *Gitmos* para abreviar — soou a voz de Findlater em tom de conversa ao ouvido dela. — Não importa o quanto você se debata, eles não deixam marcas.

Ele se aproximou de Holly e fez o mesmo. Melina ele deixou por último. Kat a ouviu arfar de dor.

— Você não fica com o *gitmos*, filhinha querida — declarou Findlater. — Não precisa disso. As velhas cordas servem.

Ele voltou para Kat e Holly.

— Vocês duas, levantem e venham comigo.

Ele as fez andar em meio à vegetação até a praia, com a pistola apontada. Kat arriscou um olhar para trás. Melina estava deitada de lado, braços e pernas imobilizados. *Por que nos separar?*, pensou ela.

Então, com um súbito calafrio, ela entendeu por quê. Não importava se Melina ficasse com ferimentos nos punhos, pois seu corpo, com seu DNA incriminador, jamais seria encontrado. Ele iria matá-la, levá-la para a laguna e se desfazer dela, amarrada a pesos adequados desta vez.

Kat não fazia ideia de por que ele não estava planejando o mesmo para Holly e ela.

Porém, logo descobriu.

— Para o píer, vocês duas — ordenou ele. — Cuidado agora. Se passarem, vão se afogar. Isso. Agora deitem de lado.

Kat sentiu quando Findlater pisou no píer, cautelosamente evitando as tábuas podres. Então, ele puxou seus punhos amarrados e os prendeu com outra amarra a um dos postes mais fortes que sustentavam a estrutura.

— Vamos ter cheia esta noite — disse ele, puxando conversa. — Que, como sabemos, leva os corpos desse local para Veneza. Inclusive os de vocês. — De pé, acima dela, ele pôs a bota na cabeça de Kat e a rolou para a frente e para trás, como se fosse uma bola de futebol. — Acho que a maré vai ficar uns 30 centímetros mais alta que isso. Vou ficar por aqui e observar vocês duas se afogarem, depois tiro os *gitmos* e deixo que flutuem de volta para a cidade. Água do mar nos pulmões e nenhuma marca. Acidente de barco. — Ele rolou a cabeça de Kat um pouco mais com a bota, pressionando sua face até forçá-la a olhar para ele. — A questão é: como vou me distrair nesse meio-tempo? Uma pena que não possa marcar esse rostinho bonito. Mas talvez haja outro modo de me divertir um pouco.

A bota deixou sua cabeça e pisou entre suas coxas, separando-as, fazendo Kat sibilar de dor quando ele pôs todo o peso do corpo sobre sua virilha.

— De fato, acho que há — murmurou ele. — Que bom que eu trouxe uma camisinha. Não íamos querer que um DNA indesejado fosse encontrado em sua necropsia, não é?

Findlater levou a mão ao bolso da camisa.

— Então, qual vai ser? A morena ou a loura? Ou quem sabe minha linda filha bósnia? Hum, que difícil decisão. Oh, o que é isso?

Agachando-se, ele passou algo na frente dos olhos dela. Um pacotinho azul.

— Você acredita? Parece que eu trouxe um pacote com três. Todo mundo fica feliz. Mas acho que, só pela novidade, minha filha leva a primeira.

Kat o sentiu se inclinar mais perto, examinando sua fisionomia, procurando o medo e a repulsa em seus olhos. Ela os fechou para não lhe dar a satisfação. Sentiu sua respiração na face. Ele deu uma risadinha.

— Agora você sabe como era na Bósnia — sussurrou. — O forte ou o fraco. Vida ou morte. Prazer ou dor. Nenhuma regra. Belamente simples, na verdade. Não há sensação melhor do que ter o poder de fazer o que se quer com outro ser humano. — Ele pôs uma mecha do cabelo dela para trás da orelha, de modo quase carinhoso. — Melhor que isso só mesmo fazer o que se quer com um país inteiro, como estamos fazendo com o seu. Uma vez que se experimenta, é difícil recuar.

Ele se levantou e saltou levemente para a margem da água.

— Talvez eu traga minha garotinha para cá, assim vocês podem nos escutar. Que tal, capitã? Quer me ouvir fodendo enquanto ela morre?

Ele se virou.

— Que porra é essa? — acrescentou Findlater, numa voz beligerante. Houve um único estampido, seguido por outro. Pareceu uma eternidade antes do próximo som: o ruído da pancada do corpo dele na água.

74

PELO MODO COMO estava deitada, Kat não podia ver o que estava acontecendo. Será que Findlater tinha tropeçado no píer? Será que o estampido tinha sido de uma tábua se quebrando? Ou fora Melina que havia se soltado e viera pegá-lo? Diversas explicações passavam por sua cabeça, mas nenhuma fazia sentido.

— O que está havendo, Kat? — chamou Holly.

Mas a voz que respondeu era americana, masculina e calma.

— Findlater morreu. As senhoritas estão bem? Não tentem se mexer. Esse píer está ruindo. Vou trazer o barco até aqui e já as solto.

— Sr. Gilroy? — questionou Holly.

— Eu mesmo. Capitá Tapo, é um prazer conhecê-la finalmente, embora eu sinta muito pelas circunstâncias. Levei um pouco mais de tempo do que gostaria para chegar aqui. Findlater estava sozinho?

— Achamos que sim. Melina está lá no antigo hospital...

— Eu sei. Já estive com ela, está tudo bem. Precisamos levar vocês de volta para lá também e rápido.

— Por quê?

Houve uma explosão na laguna, a menos de 1 quilômetro de distância. A água pulsou no ar num jorro gigantesco.

— Os Predators — respondeu Gilroy, sem delongas. — Ainda estão observando, apesar de terem recebido as coordenadas erradas de Daniele, algo que se chama enganador de GPS, acho. Vamos nos proteger e então vou fazer umas ligações.

Kat sentiu uma faca cortar suas amarras. Dolorosamente, ela se pôs de pé. Gilroy já estava soltando Holly.

— É melhor rebocarmos *aquilo* de volta para Veneza. — Ele fez um gesto desdenhoso de cabeça para o cadáver de Findlater. — Amarre os pés dele com uma corda, por favor. Depois vamos ver o que fazemos com ele.

— O senhor só nos usou como *isca*? — perguntou Kat, incrédula.

Gilroy virou os simpáticos olhos azuis para ela.

— Por assim dizer. Mas lhe garanto que não tive escolha. Vamos voltar para o hospital e eu explico.

Quando chegaram à relativa segurança do antigo hospital, Gilroy foi para um cômodo separado fazer uma série de ligações, cada uma numa língua diferente.

Kat o ouviu dizer:

— Temos tudo filmado. Um dos meus homens gravou o sinal dos seus *drones.* — Houve uma pausa. — É por isso que tenho todas as cartas e você nenhuma. Mas agora está acabado. É bem objetivo... — Pela porta aberta ele percebeu que Kat estava ouvindo e se afastou, abaixando a voz.

Alguns minutos depois Gilroy retornou.

— Está tudo sob controle — anunciou ele, sem meias-palavras. — O jogo acabou. Nós os vencemos, pessoal. Vamos para casa.

75

Dez dias depois, Daniele Barbo se levantou no tribunal para receber sua sentença. Para surpresa de muitos, na sala de audiências lotada, o juiz leu uma longa lista com todos os motivos de por que o homem condenado deveria ir para a cadeia, mas, em seguida, observou que havia recebido o relatório de um ilustre médico, diretor de uma respeitada instituição psiquiátrica. O relatório declarava que o acusado agora estava sob os cuidados do médico e em vista das excelentes possibilidades de progresso enumeradas, seria um erro total impor uma sentença de custódia. Portanto, ela ficaria suspensa pelo tempo em que o acusado estivesse recebendo tratamento médico.

Daniele Barbo deixou o tribunal como um homem livre.

Mas não um homem tranquilo.

Após se desvencilhar dos jornalistas que o perseguiam, ele pegou um táxi; não para Veneza, mas para a Villa Barbo, antiga residência de verão da família próxima de Treviso, agora ocupada por Ian Gilroy.

— Imagino que você já tenha ouvido as notícias do tribunal — disse ele ao ser levado à presença do homem mais velho.

Gilroy assentiu.

— De fato. Meus parabéns. Embora, é claro, não fosse totalmente inesperado.

— Não me referi ao tribunal italiano, mas ao de Haia.

— Que notícia é essa? O julgamento do general Korovik só começa daqui a três dias.

— Não vai mais haver julgamento. Ele foi encontrado morto esta manhã. — Daniele ergueu seu celular e leu na tela. — "O general Korovik havia afirmado recentemente que sofria do coração e a gravidade de seu estado não o deixava em condições de suportar o julgamento. Relatórios preliminares sugerem que ele pode ter tentado exacerbar os próprios sintomas com medicação contrabandeada, mas fatalmente calculou mal a dose."

— As notícias correm muito rapidamente hoje em dia — brincou Gilroy. — Fico constantemente impressionado como todo mundo parece saber quase tudo assim que a coisa acontece.

— Exceto que, neste caso, ninguém realmente sabe de nada, não é? Suponho que isso torna meio impraticável o seu plano de denunciar um ex-presidente dos Estados Unidos e seu secretário da Defesa por crimes de guerra.

Pensativamente, Gilroy assentiu.

— Bem, sem dúvida, é um contratempo. Não vou negar.

— Eu quase acreditei em você por um instante, sabe disso. Achei que realmente tinha a intenção.

— Ah, você não deve pensar...

— Você brincou comigo, Gilroy. Assim como brinca com todo mundo. Calcula o que mais queremos ouvir e depois constrói uma história em que queremos acreditar.

— Daniele — murmurou Gilroy, pacientemente —, eu achava que nós finalmente tínhamos deixado para trás a fase de adolescente-desconfiado da nossa relação.

— Você nunca pretendeu denunciar ninguém. Assim como o Carnivia nunca seria cortado, não é? Você só me fez pensar que poderia ser. Foi um dos primeiros botões que apertou, me obrigando a fazer exatamente o que você queria.

— O que eu *realmente* queria, Daniele? — perguntou Gilroy, os olhos claros se estreitando.

— O assassinato de dois homens que sabiam demais. Um deles, Bob Findlater, você mesmo matou. O outro, Dragan Korovik, aparentemente estava fora de seu alcance, numa cela de prisão em Haia. E, para piorar as coisas, ele estava para falar como um meio de salvar a própria pele. Mas você sabia que, dando um bom incentivo, havia outros que fariam o trabalho sujo por você. Korovik sabia o que havia naqueles comprimidos que estava tomando? A morte dele tem a sua assinatura, Gilroy: convencer um homem a ingerir veneno, fazendo-o pensar que é do interesse dele.

— Daniele, isso tudo parece muito engenhoso. Quase merecedor de um de seus quadros na internet. O padre Uriel realmente me advertiu que você poderia experimentar uma paranoia crescente durante os primeiros estágios do tratamento. Imagino que não haja um fiapo de provas para sustentar essas fantasias.

— Ainda não.

— Ainda não — ecoou o mais velho. Por um instante fugaz, Daniele detectou alívio nos límpidos olhos azuis de Gilroy.

— Na matemática, chamamos de "conjetura" quando achamos que algo é verdadeiro, mas não sabemos como provar — disse Daniele. — Não significa que está errado, apenas que a melhor forma de examinar o caso é imaginar que seja verdade e ver aonde isso nos leva. E isso me leva à conclusão de que alguém precisava assumir o comando no planejamento de George Baker. Não creio que a MCI pudesse ter feito isso por conta própria... eles são mercenários, não estrategistas. A Igreja, a Máfia, os oficiais da antiga Gládio da Otan, nenhum deles era grande o bastante por si só para organizar essa coalizão de víboras. Seria necessário alguém que realmente entendesse onde se localizavam todas as alavancas do poder na Itália e como acioná-las. Alguém como você, na verdade.

— Fascinante, Daniele. Fascinante e, como você mesmo disse, sem qualquer fundamento.

— Talvez. Mas pode haver uma coisa. Antes de você atirar nele, Bob Findlater disse a Kat Tapo: "Não há sensação melhor do que ter o poder de fazer o que se quer com um país inteiro, como estamos fazendo com o seu." Essas foram as exatas palavras dele, "como estamos fazendo com o seu". Kat ficou muito chocada com isso.

— Foi um lapso. Ele quis dizer "como estávamos fazendo com a Bósnia".

Daniele balançou a cabeça.

— Ele só podia estar se referindo à Itália. E aquele "nós"... não vejo como podia estar se referindo apenas à MCI.

Gilroy jogou as mãos para cima.

— E é isso? Um pronome ambíguo e de repente não sou confiável?

— Não paro de pensar sobre quem estávamos enfrentando aqui — comentou Daniele. — Toda essa rede de interesses, trabalhando em conjunto em George Baker, ainda trabalhando junto hoje para encobri-la. Quem está mexendo os pauzinhos aqui, Gilroy? Por que a busca de "Companheiros da Ordem de Melquisedeque" infectou meu computador com um minúsculo spyware, tão silencioso e bem-projetado que quase passou despercebido até para mim? O que está realmente acontecendo na Itália?

— Não faço a mínima ideia do que você está falando — respondeu Ian Gilroy, suspirando e abanando a cabeça. — Ou o que isso pode ter a ver comigo.

— Como já disse, eu também ainda não sei. Mas acredite, *vou* descobrir.

Quando Daniele se foi, Gilroy disse:

— Imagino que você tenha ouvido tudo isso.

Holly Boland saiu de trás de um biombo pintado.

— O suficiente.

Gilroy suspirou.

— Ele não confia em mim. Não o culpo. Ele foi destituído da Fundação de seu pai, e eu sou seu representante. Mas o que posso fazer? As estruturas legais são inalteráveis.

Holly tocou no braço dele.

— Apenas continue a protegê-lo.

— Posso protegê-lo de muitas coisas, mas temo que não dos demônios que habitam sua cabeça.

— Posso ajudar?

— Você faria isso? — perguntou Gilroy. — Estou ficando velho demais para essas coisas, e ele é uma responsabilidade que nunca vou conseguir descartar.

— O que posso fazer?

— Se aproxime dele. Entre no Carnivia, essa é a chave. Se você conseguir entender aquele site, acho que vai começar a entender Daniele Barbo.

— Será um prazer.

— Obrigado, segunda-tenente. — Ele ficou quieto por um instante. — Deixe-me aproveitar o modo confessional em que estamos para explicar uma coisa. Antes de você chegar à Itália, sua antecessora, Carol Nathans, foi me procurar com uma correspondência relativa a uma solicitação de liberdade de informação que haviam lhe encaminhado. Logo percebi o que era, que a solicitação estava no rastro da Operação George Baker. Nathans disse que queria meu conselho, mas ficou claro que ela de fato queria saber como responder à carta da melhor forma possível e deixar a mesa limpa antes de ser transferida. Naquele mesmo dia, um dos meus contatos no Pentágono me ligou para dizer que você tinha se inscrito a uma posição na Itália. Eu o incentivei a conceder o pedido. Creio que, como eu, você deve se sentir leal a este país assim como ao seu e por isso ter motivação para se envolver com a investigação.

— Por que não comentou isso quando nos conhecemos?

— Não quis que se sentisse obrigada a me ajudar. Mas prometo que da próxima vez que algo assim aparecer, vou ser franco com você.

— Próxima vez?

— Sempre há uma próxima vez no serviço secreto, Holly. Nunca se derrota um inimigo, mas, com sorte, conseguimos controlá-lo por algum tempo. — Ele a fitou, pensativo. — E a capitá dos Carabinieri? Você vai continuar em contato com ela?

— Vamos morar juntas. Por algum tempo, pelo menos.

Gilroy levantou uma sobrancelha.

— Estou contando os dias, aguardando o fim do meu período mandatório na base — explicou Holly. — Comentei com Kat que iria procurar um lugar para morar e ela sugeriu que ficasse com ela até arrumar alguma coisa. Ela mencionou três vezes que tinha a cabeça bem aberta até eu perceber que ela estava querendo me dizer que não se importava se eu fosse gay. Algo a ver com minha falta de lingerie de renda e saltos altos, pelo jeito.

Gilroy riu.

— Essa é a definição exata de uma italiana de mente aberta. Aceita de bom grado que você seja lésbica, mas não consegue acreditar que você não seja a menos que vista uma *bella figura*.

— Acho que isso vai se esclarecer. E ela já me disse que posso pegar seus sapatos de salto alto emprestados, para treinar.

— Então, vocês três vão ficar próximos. — Ele assentiu. — Bom. E o desventurado namorado de Kat, o coronel? Onde é que ele se encaixa no quadro?

Holly hesitou.

— Acho que ela vai se encontrar com ele esta noite para discutir exatamente essa questão.

76

Ao cair da noite, a maré subiu. Disseram que poderia ser a última *acqua alta* da estação. Os canais e as praças de Veneza foram lentamente se enchendo de água lamacenta, como um ralo entupido que transborda no piso do banheiro.

Com dificuldade, Kat atravessou o Campo San Zaccaria inundado, dirigindo-se para a *osteria* próxima ao quartel dos Carabinieri, onde encontrou Aldo Piola sentado sozinho, comendo uma tigela de *bigoli con le sarde*. Um muro baixo de sacos de areia diante da porta protegia o restaurante, impedindo a entrada abusiva da água, embora o piso estivesse úmido devido a um filete que havia conseguido ultrapassar as defesas.

Ela puxou uma cadeira e viu a mistura complexa de emoções que passaram pelos olhos dele. Surpresa, deleite, cautela, culpa.

— Vai me acompanhar? — Ele indicou a massa. — Está boa. Sardinhas frescas do lago Garda, com passas brancas e um pouco de ricota.

Ela declinou o convite com um gesto de cabeça.

— Mas vou tomar vinho.

Ele fez sinal para o dono, que veio com outra taça.

— As garotas estão em segurança — disse Piola, servindo-a. — Encontrei um lugar para todas elas num projeto de reabilitação no campo, a uns 30 quilômetros daqui.

— Obrigada. E Findlater?

— Veja só que curioso, o corpo dele foi encontrado quase no mesmo ponto onde o de Jelena Babić estava, bem diante da Santa Maria della Salute. Trazido pelo mar, é claro. O promotor Marcello está inclinado a tratar isso como um caso de suicídio.

Kat ergueu as sobrancelhas.

— Não havia duas balas no corpo?

— Parece que há dúvidas sobre a primeira bala tê-lo matado. E, se isso não for suficiente, os empregadores dele na América forneceram provas clínicas de que estava tirando uma licença de longo prazo devido à depressão. Segundo o médico, é uma forma de transtorno pós-traumático, provavelmente ligado ao seu tempo de serviço nas Forças Especiais dos Estados Unidos.

— E você, no que acredita?

— Creio que o promotor Marcello mostrou seu brilhantismo costumeiro de encontrar uma teoria que se encaixa com todos os fatos conhecidos antes de nos dar ordens para não investigar mais nada. — Piola olhou para ela. — E visto que por algum milagre você ainda está viva, não tenho nenhuma intenção de tentar descobrir qualquer outra coisa.

— Obrigada.

— Esqueça isso. Amanhã de manhã — ele acenou com o garfo cheio de *bigoli* enrolado para a água que marulhava na porta — tudo terá ido embora e Veneza estará limpa de novo. Deixe que o mar lave seus segredos.

— Limpa? Veneza?

— Bem, pelo menos de volta à sujeira usual.

— Aldo... — começou ela.

— Aliás, não posso ficar muito tempo aqui. — Seus olhos estavam concentrados na tigela, enquanto ele perseguia os últimos fios de massa envolvendo-os no molho. — Prometi que ia ler para as crianças.

— Preciso lhe pedir uma coisa.

— Diga.

— Quero continuar trabalhando com você. Como teríamos feito se nunca tivéssemos ido para a cama. Não fingindo que nunca aconteceu: aceitando que sim, que foi errado, e deixando isso para trás para podermos fazer nosso trabalho.

Piola largou o garfo na tigela vazia e a pôs de lado.

— Eu também gostaria disso, Kat — declarou ele, devagar. — Não há nada que eu poderia querer mais. Mas seria pelas razões erradas.

— Está dizendo não?

— Sinto muito. Simplesmente não posso.

— Achei que você fosse dizer isso, mas precisava ter certeza absoluta
É que preciso tomar uma decisão.

— É mesmo?

— Abriu uma vaga na divisão de Milão. Foi sugerido que eu me inscrevesse Na verdade, foi *fortemente* sugerido.

— Ah — disse ele. — E você vai?

— Você sabia? — perguntou ela, sem responder. — Sobre a sugestão, quero dizer?

Ele balançou a cabeça.

— O que você decidiu?

— Foi por isso que vim falar com você. — Kat suspirou, profundamente. — Eu queria dizer, olhando nos seus olhos, que vou entrar com uma reclamação oficial de má conduta sexual contra você. Quero que entenda por quê. Não é porque dormiu com uma oficial subalterna, mas sim porque se recusou a trabalhar com ela depois.

Apavorado, ele olhou para ela.

— Você faria isso?

— A carta já está escrita.

— Mas isso é loucura, Kat. Eu não vou lhe causar nenhum problema.

— Já causou, me impedindo de trabalhar com o melhor investigador dos Carabinieri.

— Mas... por quê? Eu sei que você é ambiciosa, mas acha mesmo que pisar em cima... — Ele parou. — Sinto muito. Isso foi imperdoável da minha parte. Só não entendo por que você quer fazer isso.

Ela falou, lentamente.

— O problema não é você, Aldo. É o sistema, o modo como supõem que sou eu e não você quem deve ser posto de lato. E é Jelena Babić e Barbara Holton. E Martina Duvnjak, e Soraya e Melina Kovačević e minha avó, que lutou ao lado dos guerrilheiros na guerra, mas depois foi mandada de volta a fazer bolos e ter bebês. São as mulheres que não têm permissão de serem sacerdotisas porque a Igreja olha para uma tradição misógina de 2 mil anos e a denomina Lei Sagrada. São as mulheres estupradas no Ninho dos Pássaros durante o conflito bósnio e as garotas que ainda são traficadas para a Itália atualmente. Nenhuma delas queria ser vítima. Mas foram. — Ela se levantou. — Uma vez você me perguntou "Por que a Itália?". Bem, isso é parte da resposta. Talvez só quando mudarmos coisas como essa é que seremos capazes de começar a lidar com as coisas que realmente importam.

Piola não tentou negociar com ela ou dizer que tinha mudado de ideia, e por isso Kat ficou agradecida. Odiaria desprezá-lo agora.

— Desculpe — acrescentou Kat.

Ele não respondeu. Nada mais havia a dizer.

Ela pôs uma nota de 5 euros na mesa.

— Pela minha parte do vinho — disse, ficando satisfeita ao ver que ele quase sorriu. Depois, indo para a porta, Kat pisou com cuidado sobre os sacos de areia e na água gelada.

Daniele e Holly aguardavam na lancha Barbo à beira da Riva degli Schiavoni, onde o transbordamento das águas ocultava o curso do canal. Kat embarcou. O motor roncou para a vida. Ninguém falou, enquanto Daniele movia a cana do leme, fazendo uma curva aberta no escuro antes de dirigir a proa para Ca' Barbo.

Nota histórica

EMBORA *A ABOMINAÇÃO* seja uma obra fictícia, boa parte do contexto se baseia em fatos, mesmo que, como é de se esperar, muitos deles ainda sejam contestados. Por exemplo, atualmente parece haver uma quantidade razoável de evidências de que elementos dos serviços de inteligência dos Estados Unidos estavam ajudando o lado croata da guerra na antiga Iugoslávia, apesar do embargo às armas promovido pela ONU. Isso levou aos ataques aéreos realizados pela Otan em Kosovo, amplamente anunciados como a primeira guerra "humanitária" da Otan e a uma subsequente expansão de sua esfera de operações. A expansão das bases das Forças Armadas dos Estados Unidos no norte da Itália, como a duplicação do tamanho de Camp Ederle, perto de Veneza, continua em progresso. Ao todo, existem mais de cem instalações militares dos Estados Unidos no país, estabelecidas sob termos que até hoje permanecem secretos.

As referências a acontecimentos como a conspiração Gládio da Otan, feitas em *A abominação*, são o mais precisas que me foi possível construir. Matérias adicionais sobre esse contexto podem ser acessadas no site da série, www.carnivia.com, juntamente com informações sobre os próximos livros da trilogia.

Agradecimentos

MUITAS PESSOAS AJUDARAM o nascimento de *A abominação*. Quero agradecer em particular a Laura Palmer, editora de ficção da Head of Zeus no Reino Unido, não apenas por seu excelente aconselhamento editorial mas também — juntamente do CEO Anthony Cheetham — pelo imediato entusiasmo ao receber o manuscrito e por comunicar essa empolgação a outros editores mundo afora.

Meus agradecimentos também a Lucy Ridout pela atenta preparação dos originais e a Anna Coscia por corrigir meu italiano, muitas vezes péssimo. Fico especialmente grato a Sara Cossiga em Veneza, e ao *colonnello* Giovanni Occhioni dos Carabinieri de Veneza por me mostrar seu quartel no Campo San Zaccaria. Mas minha maior gratidão vai para meu agente, Caradoc King, que, juntamente com sua sócia Louise Lamont, viu algo na ideia quando não passava de algumas anotações numa folha e uma conversa num restaurante. Agradecido como sou por seu parecer generoso e apoio incansável, sempre apreciarei de modo especial o e-mail que ele me enviou de Goa, depois de ter lido o manuscrito acabado enquanto estava de férias. Só espero que a previsão que fez então vire realidade.

Este livro foi composto na tipologia Adobe Garamond,
em corpo 12/14,7, e impresso em papel off-white
no Sistema Cameron da Divisão Gráfica
da Distribuidora Record.